최석규 문집

기억의 빛, 양심의 길을 찾아

최석규 문집

기억의 빛, 양심의 길을 찾아

최석규 **지음** 최석규 선생 문집 간행위원회 **엮음**

채륜
CHAE RYUN

최석규 선생(1926. 3. 27.~2008. 10.22.)

기억은 곧 양심이다

정현기(문학평론가)

　2008년도에 나는 두 분의 스승을 잃었다. 한 분은 『토지』의 작가로 널리 알려진 박경리 선생이고 또 한 분은 프랑스에 오래 살면서 가끔씩 한국 나들이를 할 때면 나를 불러 많은 이야기를 나누었던 최석규 선생님이시다. 두 분은 나이도 같은 1926년생이고 같은 해 2008년에 돌아가셨다. 이 자리에서 박경리 선생을 거론하는 것은 예가 아니다, 허나 나는 마음속의 스승 두 분을 같은 해에 잃어 학문의 고아가 되었다는 말을 남기고 싶다.

　1960년도 연세대학교에 입학한 나는 제2외국어를 불어로 정하고 강의실에 들어갔는데 웬걸, 나와 같은 강의를 신청한 국문학과 학생은 여학생 하나뿐이었다. 경기여고 시절에 불어를 배웠다는 그와 함께 불어를 배웠지만 나는 첫 학기에 에프F를 맞았다. 옆 친구들이 나를 놀리던 웃음소리가 쟁쟁한 가운데 나는 다시 불어를 신청하여 또 들었다. 최석규 선생님은 늘 엄격하여 옆에 다가갈 수가 없는 분이었다. 발음 하나 하나에 어찌나 정확을 기하는지 번번이 나를 지적하여 발음을 시키면서 내 덧니가 난 이를 모두 다 벌리게 하여 부끄럽게 하였다. 이렇게 만난 이 어른을 정식으로 자주 만나게 된 것은 고급불어를 다 배우고 나서 다시 그 앞에 갔을 때였다. 1960년대 당시 국문과 선배들은 이 대학 문과대학에 두 천재 학자가 있는데 그 첫째가 최석규 교수님이고 다른 이는 최익환 영문과 교수님이라 하였다. 당시 나도 그 천재 병에 걸려 한참 시인 이상(김해경) 흉내를 내고 다니던 때여서 이 어른들 앞에만 서면 뭔가 나도 보여주고 싶은 게 있었지만, 결국은 외국어 실력이 그 잣대라는 걸 알고는, 그 경쟁 대열에서 나는 일찌감치 뒤로 물러났다. 나는 국문학과 학도였으니까. 그들에게서 배운 것은 완벽주의 정신이었다. 완벽주의! 꼼꼼하고 정확하게 읽고 밝히는 자세, 그게 그들의 영혼에서 내뿜는 빛이었다. 이 시절 연세대학교에는 참 도도한 교수님들이 즐비하였다.

프랑스에 가 오래 계셨던 최석규 선생님을 만나게 된 계기 또한 나의 지극한 존경심 덕분이었다. 선생님은 가끔씩 귀국하여 시간이 나면 나를 불러 만나주셨다. 불광동 어느 다방, 혜화동 로터리 근처 다방, 홍제동 시장 이층 다방(이곳에서는 내 막내딸과 회동하기도 하였다), 그리고 만년에는 광화문 세종문화회관 뒤쪽 으슥한 자리의 유명한 설렁탕 집, 그리고 이화여고 옆 동네 선생님 하숙집, 이렇게 선생님이 나를 불러 만나는 일은 내게 두말할 것도 없는 행운이었다. 끊임없이 이어지는 독한 담배연기에다 이어지는 말씀과 말씀, 당신의 꿈이나 과거사 얘기를 나는 녹음하면서 듣기도 하였으나 그 녹음기가 어디론가 없어졌다. 나도 벌써 나이가 들어 기가 떨어지고 있었던 것이다. 나는 누구를 좋아하면, 아주 좋은 뜻으로, 집중하고 끈질긴 편이다. 외롭기 때문일 터이다. 완벽주의자로 알고 있던 그의 체취에 따뜻하고도 다정한 정이 넘친다는 걸 깨우친다는 건 스승에 대한 또 다른 시각 교정에 해당한다. 그가 문학에도 아주 큰 관심을 지니고 계셨다는 것을 안 것도 내겐 퍽 고무적인 일이었다. 철학전공에서 언어학(음운학), 그리고 당신은 마지막으로는 문학으로 학문을 정리하고 싶어한 것으로 나는 이 어른을 이해한다. 이 문집 어떤 글에는 그런 그의 꿈이 배어있다.

　마지막으로 프랑스에서 잠시 귀국하여 이화외고에서 교단에 서실 때 머물고 계시던 이화여고 옆 동네 하숙집에 있던 기물 몇 개를 이 어른이 내게 주었다. 지금도 내 방에 놓여 있는 책꽂이가 하나 있다. 5단 높이의 1미터짜리 책꽂이이다. 이 물건은 최석규 선생님이 중학교 때부터 지녔던 것이라고 했다. 이 어른 중학교 시절이면, 아마도 일제 시절이었을 터이다. 이 문제를 놓고는 아내와 가끔씩 말다툼이 벌어지곤 한다. "60년대 것이 아닐까?"라는 게 아내의 주장이고 나는 선생님으로부터 '중학교 시절에 지녔던 것'이라는 말씀을 분명하게 들었다고 주장하기 때문이다. 하지만 그것이 어느 시절 것이었든 무슨 상관이랴! 어딘가 이어져 그게 아직도 존재한다는 것이 뜻이 아니랴!

　이제 이 어른이 가신 지 거의 5년의 세월이 갔다. 우리는 그가 남긴 글들을 모아 한 시대 연세 학풍에 기여한 국제적인 학자의 말씀들을 남겨두는 게 뒤 사람들이 해야 할 일이라고 믿어, 몇 분과 함께 의논하여, 이 어른의 문집을 묶어 내기로 하였다. 2009년 10월

일 주기로 『최석규 선생 언어학 논문집』이 태학사에서 나왔고 최석규 선생님의 프랑스 국가박사학위 논문은 연세대학교 대학원 동창회의 후원으로 태학사에서 2013년 3월에 출간되었다(『공통일본어의 변별 단위와 기표의 구조』: 프랑스어 판). '기억은 곧 양심이다.' 모든 문학작품들은 바로 이런 기억을 재생시켜 양심을 되살려내고자 하는 노력으로 이루어진 역사의 상관물이다. 최석규 선생님, 그는 우리 후학들에게는 학문과 교육의 양심 잣대로 살아계신 어른이다. 다행스럽게도 최석규 선생님 사모님 윤을병 선생님이 아직도 프랑스에 계셔서 이 어른 기리는 일을 하는 데 적극적인 도움을 주셨다. 연세대학교 음악대학 교수로 계셨던 윤을병 선생님은, 아직도 건강하셔서, 최석규 선생님 생각을 이어주는 것도 내게는 또한 행운이다. 또한 이 문집을 만드는 데 여러 분들이 도와주었다. 특히 오랫동안 프랑스에 살면서 마르셀 푸르스트 소설을 전공하고 귀국하여 최석규 문집 발간에 모든 실제적인 일을 맡아 해주신 연세대학교 불어불문학과의 김영혜 박사님께 깊은 감사의 뜻을 밝혀야 하겠다. 그가 프랑스의 윤을병 선생님과 연락을 하면서 모든 자료 모으기가 가능했다. 또 연세대학교 인문학 연구원, 최석규 선생님의 여동생이신 최정현 님도 출판이 가능하도록 도움을 주셨다. 두 차례 최 선생님을 만났던 언어학자 김정수 교수가 찍은 사진이 이 문집출간에 도움이 되었고, 김 교수가 마음속에 작정한 최 선생님 한국으로 모시기 문제가 미완으로 끝난 것과 끝내 그 약속을 지키지 못한 책임이 나였는지, 아닌지도 나는 그저 가물가물할 뿐이다. 하나 깊이 생각해 보면 모든 만남이란 참으로 귀하다는 생각을 떨칠 수가 없다. 최석규 선생님에 대한 기억 되살리기에, 마음을 모아 주신, 여러 분들께 고맙다는 인사를 올린다. 그리고 최석규 선생님에 대한 기억이 생생한 분들은 아직도 이곳에 많이 계시다. 제자, 동료, 후학들이 모두 마음을 모아 주었다. 이런 고마운 분들 가운데, 정작 흔쾌하게 출판을 맡아준, 채륜의 서채윤 사장도 들어 있다. 고맙다.

2013년 5월 6일

contents

2장 최석규 선생의 사랑

1부

정신적 궤적을 더듬다

1장

예술 이야기

희곡 「역마관」

카를로 골도니 원작, 최석규 옮김

나오는 사람들

로베르또 디 리빨룽가 백작	밀라노의 기사
베아트리체	백작의 딸
레오나르도 데 휘오렐리니 후작	피에몬테의 기사
말프레스띠 무관	후작의 친구
딸리스마니 남작	밀라노의 기사
갸르쏭	

장소

뷔르첼리 역마관의 현관 홀

● **제1장** ●

무관   여보 주인 갸르쏭! 제기랄, 모두 어딜 갔어?

갸르쏭   네, 여기 있습니다. 무슨 말씀이죠?

무관   방 있소?

갸르쏭   네, 하나 있습니다.

＊ 1963년 4월 13일~5월 25일 연세대학교 교내신문 「연세춘추」에 연재된 이탈리아어 번역 작품.

무관	어떤 방인데? 좀 봅시다. (방으로 들어간다.)
갸르쏭	(후작에게) 여기서 묵으시렵니까? 곧 떠나실 겁니까?
후작	식사를 준비하쇼. 스프에 삶은 비프—그리고 곧 떠날 수 있게 말을 준비 해주쇼.
무관	(방에서 나오며) 이보다 좀 나은 방은 없소?
갸르쏭	없는데요.
무관	내 그전에도 몇 번 와 본 사람인데 왜 길 쪽으로 난 좋은 방이 있지 않소? 그 방을 여쇼, 좀 보게.
갸르쏭	그 방엔 손님이 들어 계신데요.
무관	손님이 들었다? 어떤 사람이야?
갸르쏭	밀라노의 기사 한 분과 그 따님 되시는 분입니다.
무관	예뻐?
갸르쏭	괜찮더군요.
무관	어디서 왔대?
갸르쏭	밀라노요.
무관	가는 데는?
갸르쏭	그건 잘 모르겠습니다.
무관	그런데 어떻게 이 뷔르첼리 역마관에 묵게 됐소?
갸르쏭	아까 역마차로 도착하셨어요. 지금 주무시고 계신데 저녁 식사를 주문하였으니까 아마 제일 더운 시간을 피해서 이따가 느지막이 떠나시려는가 봅니다.
무관	흠, 그래! 그럼 여보, 그분들이 좋으시다면 저녁식사나 같이 했으면 좋겠는데.

후작   여보게, 그게 무슨 소리야? 그럴 시간이 어디 있어? 식사나 간단히 마치고 빨리 떠나세.

무관   이봐 후작, 토리노에서부터 자네와 동행해 준 내 성의를 생각해 보게. 앞으로도 동행하는 데는 이의가 없지만 솔직히 말해서 이 무더위에 저 먼지 속을 달리는 것은 정말 질색이야.

후작   그래 소위 군인이 더위와 먼지쯤을 두려워한단 말인가?

무관   군인의 의무에 속하는 일이라면 그야 두려워할 일이 없지만 그렇지 않은 다음에야 불편을 피하려는 것이 인지상정 아닌가? 물론 어서 가서 약혼자의 얼굴을 보고 싶은 자네 심정은 나도 잘 알아! 그렇지만 이 사람아, 친구 생각도 좀 해 줘야지.

후작   알았네, 알았어! 어느 어여쁜 처녀와 식사할 기회가 자네에게 더위와 먼지를 겁나게 한단 말이지?

무관   원 별소릴. 네 시간쯤 일찍 닿느냐 늦게 닿느냐 할 뿐이지, 결국 내일 중에 밀라노에 닿을 텐데 뭘 그래? 이봐 갸르쏭, 식사 준비해요.

갸르쏭   네, 알았습니다.

무관   그리고 말이야, 그분들께 우리와 저녁 좀 같이 하시겠나 여쭤 보고.

갸르쏭   그 기사님은 지금 주무시는 중이니 이따 식사가 준비되거든 그때 여쭤 보도록 하죠.

후작   서둘러 주게.

갸르쏭   네, 빨리 하겠습니다.

무관   포도주는 좋은 게 있나?

갸르쏭   몬페라토를 좋아하신다면 좋은 게 있습니다만.

무관   좋아, 됐어! 그럼 몬페라토를 마시지.

갸르쏭   알았습니다.

● 제2장 ●

무관   기운을 좀 내게, 내일 모레 장가들 사람이 왜 이래?

후작   글쎄, 하긴 한참 기뻐해야 할 텐데, 아직까지 여자를 한 번도 못
      봐서 자꾸 걱정이 돼 그러네. 남들 말로는 아주 예쁘고 얌전하고
      잘났다고 그러는데, 보기 전에는 불안해서 견딜 수가 있어야지.

무관   그럼 왜 한 번도 보지 않고 약혼을 했나?

후작   그 여자의 아버지 되는 로베르또 백작은 문벌이 오랜 집안의 기
      사인데 내 약혼자는 그의 외딸이래거든. 친척들은 모두 토리노
      에 살고 고모님 한 분도 궁정에 나간대. 그리고 또 피에몬테에 큰
      영지를 가지고 있다는군. 친구 몇 사람이 나를 생각해서 이런 집
      안과 혼담을 만들어 주었는데 나도 그럴듯하게 여겨져서 그냥
      동의해 버렸지.

무관   그러다 만나 봐서 마음에 안 들면 어떡하지?

후작   할 수 있나, 이미 약혼했으니 결혼하는 수밖에.

무관   그야 결혼이란 일종의 계약이니까. 거기에 사랑까지 곁들인다면
      더욱 좋은 일이지만.

후작   제발 사랑까지 곁들였으면 좋겠어.

무관   그렇지만 자네는 너무 여자를 사랑하지 않는 것이 좋을 걸세. 이

건 자네를 위해서 하는 말이야. 자네 성질을 잘 아니까 하는 소린
데 자네는 질투가 심한 편이라 여자를 너무 사랑했다간 밤낮 근
심 걱정에 묻혀서 헤어나지를 못할 거야.

후작 　정말 아름다운 아내를 얻어서 질투하며 사는 것이 좋은지 못생
　　　긴 여자를 얻어 맘 편히 사는 것이 좋은지 나도 모르겠네.

무관 　그럼 내가 가르쳐 줄까? 제일 좋은 건 아예 결혼을 안 하는 거야.
　　　만일 예쁘면 자네 마음에 들 뿐 아니라 모든 사내들의 마음에도
　　　들 것이고 또 못생겼으면 남의 마음에도 안 들 뿐 아니라 자네
　　　마음에도 안 들 것이 아닌가. 그러니 못생긴 여자를 아내로 삼으
　　　면 집 안에 악마를 하나 기르는 셈이요, 예쁘장한 아내를 얻으면
　　　집 안과 집 밖에 무수한 악마를 갖게 되는 거란 말일세.

후작 　그럼 결국 자네처럼 군대 생활이나 하는 게 제일이란 말인가?

무관 　그렇지, 세상에 이 이상의 인생이 또 어디 있겠나. 오늘은 여기,
　　　내일은 저기-오늘은 이 여자, 내일은 저 여자-사랑하고 좋아지
　　　내고 하다 나팔 소리가 나면 떠나는 거지.

후작 　그리고 또 새 고장에 닿자마자 첫눈에 사랑에 빠진단 말이지?

무관 　그럼, 눈 깜짝할 사이에. 보게, 지금 저 방에 들어 있는 저 여자도
　　　단 두 마디로 녹여 놓을 테니.

후작 　우선 그 아버지 비위부터 맞춰야 할 걸.

무관 　그야 내가 자기소개를 하고 말을 건네면 사귀는 거야 잠깐이지.

후작 　그러나 이보게, 그렇게 여러 시간 지체할 수는 없어!

무관 　아따, 그 친구 급하긴. 자네 약혼자와 밀라노에서 정식으로 만나
　　　기로 한 건 한 달 후라고 그랬지 않았나. 그러니까 오늘 밤 열 시

쯤 떠나서 우리 밤길을 가세. 그렇게 해도 결국 그 여자를 불시에 찾아가게 되는 게 아닌가. 좀 쉬고 싶거든 방에 들어가서 눕게나. 난 그동안에 주방에 가서 저녁 요리가 뭔가도 보고 몬페라토의 포도주 맛도 볼 테니. 대접을 하려면 진짜로 해야지.

● 제3장 ●

후작   재밌는 친구야, 보는 여자마다 열중하고 나서거든. 본래 타고난 성질이 그런지 군인이 돼서 그런지. 나도 군대 생활을 해보고 싶은 생각은 많지만 집안의 외아들이고 보니 이렇게 약혼할 수밖엔 없었지. 부모님이 내가 자유롭게 사는 것을 원치 않으시니 내 자신을 희생하는 수밖엔 없단 말이야. 제발 내 약혼자가 아름답고 마음에 맞아서 내 운명의 사슬을 가볍게 느끼도록 해 주었으면……. (방으로 들어간다.)

● 제4장 ●

백작 딸   (방문을 열고 나오며) 쩨끼노! (더 큰 소리로) 쩨끼노—!
        아이 참, 부르면 밤낮 없으니 무슨 하인이 이 모양이람! 이봐요, 그 누구요? 거기 아무도 없어요?
갸르쏭   부르셨습니까?
백작 딸   우리 하인 못 봤우?
갸르쏭   아래층 의자에 누워서 잘 자던데요.

백작딸 물 한 그릇 부탁해요.

갸르쏭 네, 그러죠. 백작님께서는 아직 주무시나요?

백작딸 아직 주무셔요.

갸르쏭 어떤 기사님 두 분께서 같이 식사를 하자고 그러시는데요.

백작딸 글쎄, 이따 아버지가 일어나시거든 직접 여쭤 보세요.

갸르쏭 네, 그렇게 하죠. (퇴장)

● 제5장 ●

백작딸 그전 같으면 점잖은 사람들과 사귀는 것이 즐거웠지만 지금은
       어찌나 마음이 초조하고 걱정스러운지 아무도 만나고 싶지 않
       아.

후작   (등장하며) 아가씨, 경의를 올립니다.

백작딸 당신의 종이에요.

후작   어디 여행하시는 중입니까?

백작딸 네.

후작   실례지만 어딜 가시죠?

백작딸 토리노에요.

후작   저는 친구 한 사람과 밀라노로 가는 길입니다.

백작딸 어마, 그럼 우리 고장으로 가시는군요.

후작   아, 밀라노에 사십니까?

백작딸 네, (떠나면서) 그럼 실례합니다.

후작   잠깐, 실례지만 한 가지 여쭤 보고 싶은데…….

백작딸	용서하세요. 아버지가 깨시면 안돼요. 이렇게 남자분과 얘기하는 것을 보시면 꾸중 들어요.
후작	저, 부친 성함이……?
백작딸	로베르또 디 리빨룽가 백작입니다.
후작	(아니 뭐라고? 내 약혼자를 여기서 만날 술이야……. 도내체 무슨 일로 여행을 떠났을까? 어째서 밀라노에 있지 않고.)
백작딸	아니, 왜 그러세요? 저의 아버지를 아시나요?
후작	말씀 많이 들어서 압니다. 그러면 댁이 바로 베아트리체 아가씨인가요?
백작딸	네, 바로 저예요. 그런데 어떻게 절 아세요?
후작	아, 그러면 저 레오나르도 데 휘오렐리니 후작과 약혼하시지 않았습니까?
백작딸	어마, 그런 걸 다 어떻게 아세요?
후작	알고말고요. 후작은 제 절친한 친굽니다. 그래서 그가 결혼식 때문에 곧 밀라노로 간다는 것도 알고 있죠. (이 여자가 왜 밀라노를 떠났는지 알게 될 때까지 내 신분을 밝히지 말아야지.)
백작딸	저 실례지만 댁께선 누구시죠?
후작	전 왕실 무관 아루스삐치 백작입니다.
백작딸	레오나르도 후작의 친구시라고요?
후작	네, 아주 절친한 친굽니다.
백작딸	아, 그럼 좀 여쭤 봐도 될까요?
후작	그럼요, 무슨 말씀이든지 복종하겠습니다.

(갸르쏭, 물을 가지고 와서 백작 딸에게 준다.)

백작딸 (후작에게) 실례합니다.

후작 거기 좀, 앉으시죠.

(그녀에게 의자를 내준다. 그녀는 의자에 앉아 물을 마신다.)

(흠, 그의 하는 거동이 마음에 드는군. 무엇보다도 부드러움이 참 좋단 말이야.)

(앉는다.)

(내 본심은 베일을 벗고 내가 누구라는 것을 말하고 싶어 하지만 호기심이 그것을 말리거든.)

(갸르쏭 퇴장)

백작딸 제 약혼자 되는 그 후작의 성격에 대해서 솔직하게 좀 말씀해 주셨으면 좋겠어요.

후작 네, 제가 아는 그대로 전부 말씀드릴 것을 약속하죠. 그런데 그 전에 한 가지 꼭 여쭤 보고 싶은 말씀이 있습니다. 왜 레오나르도 후작이 이제 곧 결혼식 하러 밀라노로 갈 텐데 이렇게 여행을 떠나셨습니까?

백작딸 솔직히 말씀드리지요. 그런데 암만 해도 아버지가 깨실 것 같아서 두려워요. 이렇게 모르는 남자분과 얘기하는 것을 보신다면⋯⋯.

후작 그야 정당한 이유를 말씀드릴 수 있지 않습니까? 약혼자의 친구와 얘기하는 것이니.

백작딸 참, 그렇군요. 하긴 정말 그래요.

후작 자, 어서 말씀해 주세요.

백작딸 네, 말하죠. 저는 솔직해서 무엇이든 숨기지 않고 말해요. 실은 아버지께서 제 의사도 묻지 않고 잘 알지도 못하는 기사와 약혼 시켜 놓으셨어요. 전 그분을 한 번도 본 일이 없기 때문에 도대체 제가 그분과 더불어 행복할 수 있을는지 알 수가 없어요. 외모가 잘생기고 못생기고는 그리 문제가 아니지만 세일 일고 싶은 것은 성격이에요. 점잖고 믿을 만한 분인시…… . 제가 반대를 했어도 아버지께선 그대로 혼약을 해놓으셨으니 이것이 내 일생을 희생시킬는지도 모르잖아요. 밀라노에는 제 입장을 동정하는 친척들이 많아요. 그래서 아버지는 제가 그들의 뒷받침을 받지 못하도록 저를 토리노로 데리고 가서 고모님 댁에 두었다가 약혼자가 마음에 들든 안 들든 혼인시키려는 거예요. 전 할 수 없이 토리노로 따라가기는 하지만 만일 그분이 제 마음에 들지 않을 때에는 무슨 일이 있어도 반대하려고 굳게 결심했어요.

후작   아가씨, 아가씨의 그 두려움이나 그 결심이나 조금도 탓할 것이 없습니다. 오히려 저는 진심으로 아가씨와 동감하며 그만큼 아가씨의 마음이 훌륭하다고 느낄 뿐입니다. 만약에 제가 당신의 약혼자라면 당신의 마음에 들지 못할 경우 완전한 자유를 드리겠습니다.

백작딸   저는 제 심정을 솔직하게 말씀드린 것뿐이에요. 그럼 이번에는 친구분의 성격에 대해서 말씀해 주세요.

후작   그의 외양으로 말할 것 같으면 그렇게 미남이라고는 할 수 없습니다. 그러나 그 고장에서는 그리 못생긴 것으로 통하고 있지는 않습니다.

백작딸   좋아요. 남편으로서 그만하면 됐죠.

후작　그 사람의 나이는 아시겠죠?

백작딸　네, 제가 아는 것이라곤 그것뿐이에요. 어서 또 말씀하세요.

후작　키는 좀 큰 편인데 그리 뚱뚱하지는 않습니다.

백작딸　그런 건 아무래도 좋아요. 그런 것보다는 그분의 성격과 습성에 대해서 알고 싶어요. 제가 들은 말로는 좀 신경질이 있다던데.

후작　그건 사실입니다. 그러나 그만한 이유가 있을 때 화를 내는 거죠.

백작딸　질투심이 많은 편인가요?

후작　솔직히 말씀드리면 그렇습니다.

백작딸　아이, 그건 제가 제일 싫어하는 건데……. 그러면 그분의 취미는 대개 어떤 거예요?

후작　독서, 사교, 연극입니다.

백작딸　어마, 정말 마땅찮은 소식뿐이군요. 책만 파는 남편이란 아내를 등한히 하는 법이에요. 또 너무 사교를 좋아하는 사람은 가정에 정이 안 붙어요. 또 연극을 좋아하는 사람은 가정 밖에서 다른 여자와 사랑을 꾸밀 좋은 기회를 늘 발견하게 될 거예요.

후작　용서 하십시오. 아가씨, 제가 보기엔 그건 전혀 터무니없는 생각입니다. 독서란 정신의 수양으로써 다시 없이 섬세한 마음씨를 가르쳐 주고 사랑하는 사람의 가치를 알아주게 하는 것입니다. 또 사교의 취미에 대해서 말씀드린다면 사회를 싫어하는 사람들이야말로 불행한 남자라고 해야 할 것입니다. 이것이야말로 그를 신중하고 부드럽게 만들고 동물과 같은 야성을 깨끗이 없어지게 해줍니다. 사람을 싫어하고 남을 사귀지 못하는 인간이란 가정을 위해서도 좋지 못하고 아내에게는 다시 없이 거칠 것입니다. 또 연극 취미로 말하자면 모든 취미 중에 가장 고상한 것이지요. 가장 유용하고 필요한 것입니다. 좋은 희극이란 사람을 즐겁게 해주는 동시에 가르치는 것이며, 비극은 우리의 열정을 올바르게 쓰도록 가르쳐 주는 것입니다.

요컨대 아가씨, 성말 점잖고 다정하고 올바른 남편을 원하신다면 후작이야말로 바로 그런 사람입니다. 그의 인품이 이렇다는 것을 저는 감히 장담합니다. 그러나 만일 거칠고 남자답지 못한 사람을 원하신다면 일찌감치 후작은 단념하시는 게 좋겠지요. 그리고 한 가지 말씀드리지만 후작이 당신의 이러한 생각을 알게 된다면 약혼을 취소할 모든 자유를 당신께 돌려드릴 것입니다.

백작딸   그 말씀을 듣고 나니 이제는 마음 놓고 토리노로 갈 수 있겠어요.

후작   그만하면 레오나르도 후작의 성품을 잘 아셨죠? 그에 대해서 제가 솔직히 말씀드린 것에 이젠 만족하시겠지요.

백작딸   네, 방금 하신 말씀을 듣고 크게 안심이 되었어요. 그러니까 만일 후작이 제 마음에 들지 않을 때엔 저에게 완전한 자유를 돌려줄 거라고 그러셨죠?

후작   아가씨, 실례의 말씀이지만 혹시 마음속에 다른 임자가 있는 것이 아닙니까?

백작딸   아녜요. 만일 다른 남자를 사랑한다면 왜 그렇다고 솔직히 말씀드리지 않았겠어요.

후작   당신의 아름다움이 아직까지 어느 남자의 마음에 상처를 주지 않았다는 것은 믿을 수 없는 일인데요.

백작딸   절 사랑하는 남자가 없다고는 말하지 않았어요. 단지 제 마음에

드는 임자가 아직 없다고 말씀드린 거죠.

후작　실례지만 당신 때문에 한숨 쉬는 그 남자는 누굽니까?

백작딸　지나치게 알려고 드시는군요, 후작님.

후작　아가씨의 모든 말씀이 하도 진실해서, 아예 이 비밀까지도 숨김 없이 말해 주셨으면 합니다.

백작딸　비밀은 무슨 비밀이겠어요. 아버지도 아시고 집안 식구들도 다 알고 우리 고장에선 누구나 다 알고 있는 일인데, 솔직히 말씀드리죠. 딸리스마니 남작이에요.

후작　모르는 사람인데…… 젊은 사람입니까?

백작딸　젊은 편이죠.

후작　잘생겼습니까?

백작딸　못생기진 않은 축이죠.

후작　그럼 그를 사랑하십니까?

백작딸　사랑하진 않지만 싫지도 않아요.

후작　그럼 그와 결혼하실 작정입니까?

백작딸　생판 모르는 사람과 하는 것보다는 차라리 그쪽이 낫겠죠.

후작　실례의 말씀이지만 암만해도 그를 사랑하시는 것 같습니다.

백작딸　저를 모르시는 말씀, 전 거짓말은 못하는 성질이에요.

후작　레오나르도 후작에 대해서 감정이 이토록 나쁘다는 건 벌써 어떤 깊은 사랑이 따로 스며있다는 증거가 아닙니까?

백작딸　아니 제가 언제 그분에 대해서 감정이 나쁘다고 그랬어요? 걱정되고 궁금하고 알고 싶다고 그랬죠. 제 마음이 그리 잘못된 마음일까요?

후작   어찌 잘못이겠습니까. 아름다운 백작 따님, 당신은 행복을 누릴
       자격이 있는 분이고 저는 충심으로 그것을 빌 따름입니다. 이렇
       게도 귀여운 아내를 갖게 될 사람은 얼마나 행복한 남자일까! 아
       가씨의 아리따운 그 마음, 세상에 보기 드문 아름다운 얼굴, 그
       생기 넘치는 아가씨의 아름나운 눈……. (애무하듯이)

백작딸 아니 왜 이러세요? 너무 지나치잖아요? (벌떡 일어난다.)

후작   다시 없이 친구를 아끼는 마음이 저를 이렇게 만드는 겁니다.

백작딸 그럼 좀 더 절도를 지키셔야죠.

후작   (오, 하늘이여! 솔직하게 물어볼까……? 차마 용기가 안 난다.)

백작딸 실례합니다. 아버지가 깨실 때가 되었어요. (떠나려고 한다.)

후작   저 잠깐만.

백작딸 왜 그러세요?

후작   지금까지 모든 것을 말씀해 주셨듯이 솔직히 말씀해 주세요. 저
       만약에 제가 바로 당신의 약혼자라고 한다면 저를 받아 주실 것
       으로 기대할 수 있을까요?

백작딸 솔직한 대답을 원하신다니 솔직히 말씀드리죠. 저는 거절할 거
       예요.

후작   아니 아가씨의 눈에 제가 그렇게도 끔찍합니까?

백작딸 당신의 외모가 마음에 든다고도 안 든다고도 말하지 않겠어요.
       다만 당신이 지금 하신 그 말씀은 너무나 지나친 무례가 아니겠
       어요? 전 그렇게 무디고 거친 남편은 원치 않아요. 어디까지나 부
       드럽고 점잖고 깊이 있는 남자를 원해요.

제6장

후작 오, 하늘이여, 이 무슨 혼란이뇨! 저렇게도 순수하고 솔직한 백
작 딸의 마음씨, 그 아름다운 성격, 그러나 이제 나는 거절당한
처지가 되었으니 어찌할꼬. 그의 재치와 아름다운 마음을 알고
난 지금 그를 잃는 것은 너무나 마음이 아프구나. 내가 만일 그
의 약혼자라면 거절하겠다고 거리낌 없이 말하였으니……. 이
일을 어찌한담? 내가 누구라는 것을 솔직히 말해 버릴까? 그렇
지 않으면 더 만날 필요도 없이 토리노로 돌아갈까……? 아, 생
각할수록 어지러워져. 아, 저 친구가 온다. 그의 의견을 좀 물어
볼까? 그러나 저 친구는 좀 침착하지가 못해. 얼마나 그의 말을
믿을 수 있을는지…….

● 제7장 ●

무관 여보게, 오늘 저녁 식사는 큰 잔칠세. 몬페라토 포도주 맛이란
정말 기가 막혀! 그런데 우리 식탁에 손님이 또 하나 생겼네. 내
친구 되는 기사 한 사람인데 이제 막 나타났구먼. 지금 저기서 주
인하고 얘기하고 있는데 곧 들어 올 걸세.

후작 도대체 누군데?

무관 딸리스마니 남작이란 친구야.

후작 뭐라고? (깜짝 놀라서) 딸리스마니 남작?

무관 아니 자네도 아나?

후작   만난 일은 없지만 누군지는 알아.

무관   정말 멋있는 친구지.

후작   그래? 그렇겠지. 그래 그 친구에게 나와 같이 있다는 말은 했나?

무관   아직 그런 말 할 새도 없었네.

후작   잘 됐어. 그러면 제발 내가 누구라는 말은 말아주게.

무관   아니 그건 또 무슨 곡절이야? 자네 둘 사이에 무슨 척^隻진 일이라
        도 있나?

후작   우리 방으로 들어가세, 내 기구한 처지를 얘기하지.

무관   그런데 도대체 그 아가씨 하고는 저녁을 같이 하게 되는 셈인가,
        안 되는 셈인가?

후작   글쎄 들어가. 그 아가씨에 대해서 정말 딱한 얘기를 듣게 될 테니.

무관   아니 그럼 자네가 벌써 만났단 말인가?

후작   들어가재도. 만일 남작이 나타났다가는 상스럽지 못한 사태가
        벌어질 테니. 그자가 갑자기 이곳에 나타난 까닭은 하나도 신기
        한 일이 아니란 말이야. 들어가서 내 얘기를 들어 보게. 그리고
        자네가 내 친구라면 제발 좀 도와주게나. (아, 저 둘이 혹시 서로
        사랑하는 사이나 아닌지, 그리고 백작 딸이 솔직한 척하고 내게
        거짓말을 한 것이나 아닌지⋯⋯. 오, 내 마음 경멸에 불타고 질투
        에 떨려라!)

(방으로 들어간다.)

무관   저 친구가 별안간 왜 그럴까? 정말 모르겠는걸. 친구가 저렇게 고
        민하는 것을 보니 안됐긴 하지만 오늘 저녁 근사한 식탁에서 아
        름다운 아가씨와 즐겨 볼 기회를 놓쳐서는 안 되겠는데.

(역시 방으로 들어간다.)

● 제8장 ●

갸르쏭   이리 오세요. 방이 이것밖에는 빈 것이 없어서요. 혹시 이층 방
                을 쓰시겠습니까?

남작   무관은 어디 계신가?

갸르쏭   글쎄요, 아까 오신 두 분 가운데 어느 분이 무관이신지, 잘 모르
                겠는데요.

남작   금방 마당에서 나와 얘기하던 그분 말이야.

갸르쏭   아, 지금 친구 되시는 분과 저 방에 계실 겁니다.

남작   친구라니 누군데?

갸르쏭   모르겠는데요.

남작   아까 주인이 그 노 기사와 따님이 함께 드셨다고 하던 방은 어떤
                거지?

갸르쏭   저기예요, 저 방요.

남작   좋아, 그럼 됐어.

갸르쏭   방은 어떻게 하시겠어요? 이층에 조그만 방에 드시겠습니까?

남작   저녁 식사는 어디서 하지?

갸르쏭   식사는 여기에서 합니다.

남작   그럼 됐어, 여기 앉아 있지. 방은 필요 없으니까.

갸르쏭   아, 그러세요.

(퇴장)

• 제9장 •

남작 어떻게 해서든지 똑똑히 알아봐야지. 나에 대한 이 모욕적인 행동이 노 백작에서 나온 것인지, 어사 자신에게서 나온 것인지. 내게 말 한마디 없이 떠나오다니! 그린 줄도 모르고 찾아갔다가 하인에게 '여행 떠나셨어요.' 소리를 듣다니 이게 무슨 창피람. 바로 그 전날 밤에도 만나서 얘기를 했는데 내일 아침 여행 떠난다는 말은 비치지도 않았거든. 이 무슨 모욕, 이 얼마나 참을 수 없는 무례인가!

• 제10장 •

백작 (방문턱에 나타나며) 아니 이게 누구야? 딸리스마니 남작아닌가? (어떻게 여길 나타났을까?)
남작 (나를 사랑하고 있는 것인지 조롱하고 있는 것인지 정말 알 수가 없어)
백작 남작, 경의를 표하오. (의식적으로)
남작 당신의 종입니다. 백작님 (의식적으로)
백작 어째 여길 오셨소?
남작 제 의무를 따라 왔죠. 떠나시는 길을 전송해 드리고 저에게 베풀기를 잊으신 예의를 바치러 왔습니다.
백작 그러한 수고는 안 하시는 편이 좋았을 터인데. 나를 위해서 하는 수고는 아니실 터이니.

남작   천만에, 당신을 위해서 찾아온 거죠.

백작   그럼 어디 무슨 말씀이오?

남작   한 가지 솔직하게 말씀해 주십시오. 무슨 까닭으로 저에게 알리는 영광을 베풀지 않고 밀라노를 떠나 오셨습니까?

백작   우리 사이에 별스런 관계가 있을 바 아니니 내 출발을 당신께 알릴 필요를 느끼지 않았던 거요.

남작   글쎄요, 예절과 우정과 의리를 아신다면 그건 하나의 의무가 아닐까요?

백작   예절에 관한 것이라면 나는 당신에게 배울 것이 없는 줄 아오. 또 우정을 말하신다면 나는 그것을 쓸 자리에만 쓴다는 것을 말해두겠소. 또 의리로 말한다면 할 말이 태산 같지만 당신 일문에 대한 나의 경의로 말미암아 말하지 않고 두겠소.

남작   당신께서 말하지 않는 것은 말하는 것보다도 더 사람을 불쾌하게 합니다.

백작   정 그렇다면 당신을 조금이라도 덜 불쾌하게 하기 위해서 말하리다. 도대체 여보, 당신은 내 딸이 피에몬테의 기사와 약혼되어 있는 것을 아실 게 아니오?

남작   알고도 남죠. 그러나 나는 댁의 따님이 생판 알지도 못하는 사람과의 그런 결혼에 동의하지 않으리라는 것도 알고 있습니다.

백작   여보 남작, 애비가 약혼을 맺어 놓았는데 그래 당신은 딸이 그런 말을 할 수 있는 처지라고 생각하오?

남작   글쎄 아무리 아버지라고 딸을 희생시킬 권리가 있을까요?

백작   희생이라니? 이 결혼이 그 아이를 희생시킨다고 어찌 감히 그런 말을 할 수 있소?

남작 그럼 당신은 따님이 그 약혼에 만족해 있다고 어떻게 자신하십니까?

백작 바로 그 점을 확실히 하고자 그 애를 토리노로 네리고 가는 거요.

남작 좋습니다. 그 일에 대해서는 당신을 나쁘다고 하지 않겠습니다. 그러나 그것을 친구에게 일부러 알리지 않은 것은 무슨 까닭입니까?

백작 모든 친구에게 다 알렸소. 왜 그러시오?

남작 하하, 그러면 저는 당신의 친구 되는 영광을 갖지 못했단 말씀이군요.

백작 남작, 우리 서로 명백하게 얘기합시다. 도대체 당신의 우정이란 나에 대한 참다운 정에서 나온 것이 아니라 내 딸에 대한 사랑에서 나온 것이 아니오? 설마 그 애가 과히 못살지 않는 집안의 상속자가 될 외딸이란 조건이 동기가 되지는 않았기를 바라오. 어쨌든 당신 심중이야 여하튼 간에 애비의 권리를 함부로 무시하고 명예 있는 기사의 집안을 우습게 대하는 것은 귀족으로서 너무나 비열한 일이오. 그 애가 이 결혼에 선뜻 나서지 않는 것은 무엇보다도 아직 세상 물정을 잘 모르기 때문이지만 한편, 그 애 자존심을 자꾸 다른 방향으로 북돋아 주는 어떤 남자가 곁에 있기 때문이오. 베아트리체는 본래 착하고 버릇이 좋은 아이니 마음속 깊이 어떤 사람을 사랑하지 않고서는 이렇게 감히 내 뜻을 거역하고 나설 리가 없소. 솔직히 말해서 내 의심이 닿는 곳은 당신밖에 없으니 그 애를 토리노로 데리고 가려는 것을 당신에게 알렸다간 이것조차도 말을 안 듣도록 그 애를 충동일 테고 그렇게 되면 나는 강제적인 수단을 쓸 수밖에 없지 않겠소. 내가 이번 출발을 숨긴 이유란 바로 이것이니 결코 당신과 당신 집안에 불경 되게 하려는 뜻이 아님을 알아주시오. 이것이 당신을 모욕하는 것처럼 느껴졌다면 용서 하시오. 첫째 딸의 혼약을 맺은 애비의 입장을 이해하시고 자신의 마음을 돌이켜 생각해 보시오, 그러면 내가 한 모든 말에 대해서 내 마음의 동기가 얼마나 불가피 하고 당연한 것인지 이해하실 거요.

남작   알겠습니다. 백작님 지금 그 정중하신 해명의 말씀을 듣고 나니 저도 마음이 후련합니다. 솔직히 말씀드리면 저는 댁의 따님에 대해 한없는 존경과 사랑을 품고 있습니다. 그리고 제가 그토록 따님을 바라는 것은 결코 그 지참금에 대한 더러운 욕심에서가 아니라 오직 따님의 그 아름다운 모습과 마음씨 때문이란 것을 하나님께 맹서합니다. 또 아버님의 뜻을 거역하도록 제가 뒤에서 충동거린 적도 결코 없습니다. 지금까지 제 말이 너무 지나쳤던 것을 널리 헤아려 주십시오. 제 마음속에 간직한 지극히 순결한 사랑의 열정을 용서하시고 변함없는 저의 존경을 믿어 주십시오. 언제까지나 당신의 우정을 누리고 싶습니다.

백작   아 남작, 당신이 그렇게 말하니 내 마음은 기쁨에 넘치는구려. 나도 당신을 사랑하고 존경하오. 자, 이 포옹—이것이 내 사랑의 진실한 표현이오.

남작	백작님, 그럼 한 가지 청을 드려도 좋겠습니까?
백작	암 좋고말고. 어서 말해 보시오.
남작	저도 토리노에 동행하도록 허락해 주시겠습니까?
백작	아니 될 말. 미안하지만 그건 할 수 없소.
남작	무슨 이유죠?
백작	무슨 이윤지 그걸 몰라서 묻는 거요? 원 세상에 어느 점잖은 아버지가 그래 딸을 약혼자에게 데려다 주면서 애인까지 껴서 데려다 준단 말이오?
남작	동행하는 것을 정 금하신다면 저는 멀리 떨어져서라도 따라갈 테니 설마 그것을 막을 수는 없을 겁니다.
백작	그땐 조치를 취해야지.
남작	아니 어떻게?
백작	그 절도 없이 위험스럽고 고집스런 행동을 조정에 알리겠소.
남작	그럼 당신은 나의 적이오.
백작	당신네 가문에서는 자신이 지켜야 할 예의와 도리라는 것을 좀 더 배워야 하겠소.
남작	내 도리는 내가 잘 아니 오히려 당신에게 도리를 가르쳐야겠소.
백작	무례 막심한 말버릇, 그것이 바로 그대의 더러운 마음을 명백히 증명하는 거요.
남작	참지 못할 모욕! 그 말에 대해 행동으로써 책임지시오.
백작	암, 이곳을 떠나지 마오. 내 칼로써 증명할 것이니. (방으로 뛰어 들어가려한다.)

제11장

백작딸   (백작에게) 아, 아버지 제발 좀 참아 주세요.

백작   이 천하에 불효막심한 것, 네가 왜 내 말을 듣지 않는지 이제야 알겠다. 네가 나한테 대들도록 하는 자가 바로 이 사람이지? 네 사랑의 대상이요, 모든 다른 사나이의 생각조차 못하게 하는 자가 바로 이 사나이지?

남작   (아, 저 말이 모두 사실이었으면)

백작딸   아니에요. 아버지, 그건 오해세요. 저에게 그런 충동을 준 사람은 아무도 없어요. 또 그런 충동을 그대로 받을 저도 아니고요. 제 마음은 완전히 비어 있고 자유로워요. 저에게는 이 자유가 너무나 소중하기 때문에 감히 제게 생명을 주신 아버님 말씀에도 거역하는 거예요. 아버지, 세상에 아버님을 제쳐놓고 저에게 명령할 수 있는 사람이 누가 또 있겠어요? 만일 이렇게도 중대하고 위험스런 희생을 의미하는 일만 아니라면 전 무슨 일에든지 아버지 말씀을 좇았을 거예요.

남작   (그가 나를 사랑한다는 최후의 희망은 아직은 있을는지)

백작   (저 말이 정말인지 내 앞에서 연극으로 하는 말인지 좀 알아봐야겠다.) 결국 네가 두려워하는 것은 후작을 만나 봐서 혹시 마음에 안 들까봐 그런단 말이냐?

백작딸   제 두려움이 그렇게도 당치 않을 것일까요?

백작   그래 그가 마음에 안 들 때엔 결혼 안 할 결심이지?

백작딸   용서하세요, 아버지.

백작	정말 그렇다면 얘, 아버지를 그렇게 폭군처럼 생각하진 말아라. 네 뜻을 억지로 꺾어서 불행하게 만들려는 아버지가 아니다. 네 마음이 정 그렇다면 밀라노로 돌아가자. 내가 어떻게 해서든지 적당히 레오나르도 후작과의 약혼을 취소하도록 하고 너를 완선히 사유롭게 해줄 터이니. 다민 한 가지 생각해야 할 것은 남들의 비평과 군소리가 그치지 않을 것이니 네 마음에 흡족한 혼처를 빨리 정하도록 하자. 가령, 여기 있는 딸리스마니 남작을 네가 좋아 한다면 그도 허락하겠다. 그도 점잖은 기사의 집안이요, 나는 아직까지 그와 너 사이에 무슨 비밀이나 있는 줄만 알고 공연히 오해를 하고 있었다. 이제 그런 의심은 잘못이었고 그에게 별 죄가 없는 것을 알고 보니 지나치게 그를 모욕한 것이 후회되는구나. 그러니 그가 너를 아내로 원하듯이 너도 그의 아내 되는 것에 동의한다면, 나는 쾌히 이 결혼을 승낙하겠다.
남작	아, 백작님 이렇게도 고마운 말씀이 나올 줄은 몰랐습니다. 고맙습니다! 이렇게도 사랑스러운 아내와 이렇게도 근엄하고 너그러우신 장인님을 위해서라면 여태까지 제가 받은 모든 불쾌와 모욕은 깨끗이 잊어버리겠습니다.
백작딸	여보세요, 실례지만 아내니 장인이니 하는 말은 빼놓고 말씀하세요. 저는 아버님의 저렇게도 고마우신 말씀에는 깊이 감사를 느끼지만 이렇게 함부로 된 결정을 그대로 받아들일 수는 없어요.
남작	오, 하늘이여. 당신은 내 청혼을 거절하시는 겁니까?
백작딸	청혼하신 시기와 기회로 보아 그것을 진지하게 고려할 가치는 없다고 봐요. 보시다시피 저는 아버지가 정해주신 약혼자를 보

러 길을 떠나온 사람이에요. 만일 제가 그 약혼을 받아들이지 않는다면 아버지의 마음을 불쾌하게 할 것이고, 아버지의 입장이 심히 곤란해지실 거예요. 하필이면 이런 때 나타나서 불화와 분열의 원인을 만드는 것이 온당한 일일까요?

남작 아가씨, 실례지만 당신은 매우 모순된 마음을 가지고 계시는군요.

백작 내 딸에 대한 말씨를 삼가시오. 당신보다는 그 애의 말이 훨씬 더 타당하고 철이 든 말이오.

남작 아직도 시원찮아 또 모욕입니까?

백작 (남작에게) 잠깐 진정하시오. (딸에게) 그래 네 속에 있는 생각은 어떠냐? 좀 명백히 말해봐라.

백작딸 그대로 토리노로 가요. 그분을 만나서 그의 성격과 습성을 알아보겠어요. 만일 조금이라도 제 마음에 들고, 점잖고 속 깊은 사람이면 저는 누구보다도 아버님이 택해주신 사람을 원하겠어요. 그러나 어쩔 수 없이 싫은 때에는 제가 직접 본인에게 거절하는 것으로 아버지의 입장과 제 행복을 살릴 뿐 아니라 아버지의 명예와 마음의 평안을 손상시키지 않도록 하겠어요.

백작 그럼 네 생각대로 해라. 네 생각이 제법 총명하구나. 제발 그렇게 해서 정말 네가 원하는 남자를 찾게 되기를 바란다.

남작 어떤 결과가 벌어지든지 저도 토리노에 가서 보겠습니다.

백작 감히 그런 짓을!

남작 당신에게 그것을 금할 권리가 어디 있습니까?

백작 미친 짓을 하는 자는 어디 가서나 벌을 받고 말지.

남작 미친 짓이라고? 어디 그것을 칼로 증명해 보시오.

백작   이 무슨 무례한 말버릇인가!

● 제12장 ●

무관   아, 잠깐 참으시오. 잠아요, *여러분 서진 언사는* 제발 *심가십시오.* 아까부터 주고받으시는 말씀을 듣고 있자니 점점 사태가 위험해지는 것 같아서 감히 중재하러 나왔습니다.

백작   실례지만 누구신지? 아직 인사드릴 영광을 못 가진 것 같은데!

무관   저는 폐하의 시종 무관으로 있는 말프레스띠란 사람이올시다. 모든 명령에 복종하겠나이다.

백작딸   아니, 그러면 아까 뵌 왕실 무관님의 동행이신가요?

무관   네, 아가씨. (웃으면서) 그 무관의 친굽니다.

백작   네가 어떻게 그분을 아니?

백작딸   아까 여기서 만나 얘기한 일이 있어요. 레오나르도 후작의 절친한 친구가 되신대요. 그분이 후작에 대해서 여러 가지 좋은 말을 해주셨지만 솔직히 말해서 후작에 대한 제 인상이 그리 좋지는 못해요.

무관   제 친구가 한 말은 과히 대중하지 마십시오. 그 친구는 굉장히 감정도 풍부하고 레오나르도 후작에 대한 우정이 지극한 사람입니다. 평소에 자기 자신에 대해서 너무나 겸손한 사람이기 때문에 친한 친구에 대해서도 자연히 그렇게 말할 줄 밖에 모릅니다. 저도 레오나르도 후작과는 절친한 사이지만 그 친구처럼 그렇게 말할 줄은 모르는 사람이니 제 말을 믿어 주십시오. 레오나르도 후작은 세상에 보기 드문 훌륭하고 점잖은 기사입니다.

남작   여보 무관, 당신이 그런 말 할 필요는 없잖소.

● 제13장 ●

후작   아닙니다. 아가씨, 무관의 하는 말을 곧이듣지 마십시오. 그도 나와 마찬가지로 레오나르도 후작의 친구지만 너무나 애정이 깊어서 진실을 말하지 못합니다.

무관   (후작에게) 그럼 자네는 나를 거짓말쟁이로 만들 셈인가?

후작   진실을 말하려니 할 수 없네.

무관   아가씨, 그런 말을 곧이듣지 마십시오. 저는 레오나르도 후작을 속속들이 알고 있습니다.

후작   아가씨, 제 말을 믿으십시오. 저는 이 사람보다도 더 깊이 후작을 압니다.

남작   용서하십시오, 아가씨. 당신 때문에 또 격투가 벌어지려 하지 않습니까?

후작   염려 마십시오. 이 일로 격투는 하지 않을 테니. 무관이 뭐라고 하든지 나는 진실을 말하렵니다. 후작은 물론 점잖고 명예 있는 기사인 것은 나도 알지만 가끔 분노와 질투에 사로잡힐 때가 있다는 것을 아가씨에게 미리 말해 두려는 겁니다. 아가씨께서 이러한 결점을 참을 수 없으시다면 이 길로 밀라노로 돌아가는 것이 좋을 것입니다. 그리고 후작은 아가씨에게 모든 행동의 자유를 돌려드리리라는 것을 저는 후작을 대신해서 말씀드리는 바입니다.

백작딸   잠깐 실례하겠어요. 무관님, 당신 말씀의 진실성을 의심할 이유

가 있는 것 같군요.

남작   아니 아가씨, 명예 있는 무관의 말을 그렇게 불신할 수 있습니

까? 지금 이분은 레오나르도 후작이 당신의 인연은 못 된다고

말합니다.

후작   여보 남작, 나는 아가씨 앞에 또 한 가지 다짐을 드리려 하오. 레

오나르도 후작은 이번 일로 아가씨와 백작님을 책망할 생각은

없지만 당신에 대해서는 그 못된 심보에 마땅한 벌을 주고 말 것

이오.

남작   설마 레오나르도 후작이 당신처럼 덜된 생각은 안 하겠죠.

백작딸   쓸데없는 시비는 그쳐 주세요. 아버지, 우리 어서 떠나요. 어서

토리노로 가 봐요.

후작   그런 수고를 더시는 것이 좋을 것입니다. 저는 구태여 가시라고

권하지는 않겠습니다.

백작딸   무슨 이유로요?

후작   레오나르도 후작은 당신 마음에 들지 않을 겁니다.

백작딸   마음에 들지 안 들지 어떻게 아세요?

후작   확실히 알고 있죠.

백작딸   무슨 근거로?

후작   아가씨께서 하신 말씀으로.

백작딸   글쎄 그래도 막상 만나 보면 당신 말씀으로 들은 것 보다 더 호

감이 가는 사람일는지도 모르죠.

무관   (영양에게) 제 말을 믿으세요. 만나 보면 꼭 좋아하실 겁니다.

후작   있을 수 없는 일.

백작   여보시오. 나는 차차 당신에게 의심이 가오. 당신은 내 딸에게
      무슨 마음을 품고 그 약혼자로부터 떼어 놓으려는 게 아니오?

남작   허긴 무슨 딴 속이 있는 속임수를 쓰는 건지도 모르지.

후작   그렇게 나오신다면 뭐라고 할 말이 없습니다. 그러나 저는 명예
      있는 사람. 여러분께 똑똑히 알리기 위해 그럼 이 마스크를 벗겠
      소. 제가 바로 레오나르도 후작입니다.

백작딸 (오, 하늘이여. 이 무슨 질겁할 일)

남작   (오, 내 희망은 이젠 영원히 사라져 버리는 구나.)

백작   아니, 여보게 도대체 무슨 까닭에 얼굴을 숨기고 있다가 이렇게
      이상스럽게 나타난단 말인가?

후작   보지 못한 약혼자의 모습이 하도 궁금해서 밀라노 방문을 훨씬
      앞당겨 떠났더니 기구하게도 이곳에서 따님을 뵙게 되었습니다.
      베아트리체 아가씨의 솔직한 말씀으로 그의 갸륵한 마음씨는
      잘 알았습니다. 저도 본래 솔직해서 제 성격의 모든 점을 솔직히
      말씀드렸습니다. 그러나 저의 많은 결점이 아가씨에게는 견딜 수
      없으리라는 것, 저의 모습은 아가씨 눈에 조금도 탐탁지 않으리
      라는 것을 저는 잘 알았습니다.
      우리가 약혼했다는 것만을 믿고 아가씨 마음에 무리를 가하는
      것은 자신에 대한 배반입니다. 아가씨는 참으로 사랑스럽고 정
      숙하신 분, 그러나 도저히 제 인연이 될 수는 없다는 것을 알게
      되었습니다.

백작딸   아 후작님, 이렇게 솔직히 말씀드리는 것을 용서해 주세요. 당신의 모습은 조금도 싫지 않아요. 저는 당신의 아름다운 마음에 너무나 감격했어요. 어쩜 세상에 진실을 위하는 나머지 사랑하는 여자 앞에서 자기 자신을 나쁘게 말하도록 그렇게도 넓은 마음이 있을까? 당신은 그렇게도 훌륭한 마음씨, 그렇게도 완전한 진실을 가지고 계시면서 제가 당신을 존경하지도 않고 좋아하지도 않고 사랑하지도 않으리라고 염려하시는군요. 화나실 때엔 얼마든지 화를 내세요. 그렇게도 어진 원칙으로 사시는 당신께서 이유 없이 화내지는 않을 거예요. 질투 나시는 대로 얼마든지 질투해 주세요. 그럴만한 까닭 없이는 질투하시지 않을 거예요. 얼마든지 친구와 사귀시고 공부도 해주세요. 당신의 지식과 당신의 교제는 언제나 아름다운 일일 거예요. 저야말로 당신의 의심과 걱정의 원인을 없애도록 노력하겠어요. 그동안 공연히 불안해하던 제 심정을 이해해 주시고 제 생각의 지나친 고집을 용서해 주세요. 제발 믿어 주세요. 당신은 저에게 다시없이 귀한 분, 평생 당신을 섬기고 사랑하겠어요. 당신이야말로 하늘이 정해주신 연분이세요.

후작   아, 그 말씀이 모두 정말이라면 저는 이 땅 위에서 가장 행복한 사람이 되겠지요.

백작   여보게, 자네는 이 일로 해서 내 딸의 성격을 잘 알았을 줄 믿네. 저 애는 거짓말을 못 하고 일시의 감정으로 자기 자신을 속이지 못 하는 성격일세. 모두를 이의가 없으면 이 길로 함께 밀라노로 돌아갑시다. 가서 예정대로 식을 올리도록 하겠소.

후작   사랑스런 아가씨께서 좋다고 하신다면 가십시다.

백작딸 어디든지 원하시는 대로 저를 데려가 주세요. 사랑하는 아버님
      을 모시고 사랑하는 남편과 함께 있는 제 마음, 이보다 더 행복
      할 수가 없겠어요.

무관   좋습니다. 여러분, 떠나십시다. 그러나 허락하신다면 먼저 저녁
      식사를 하십시다. 진귀한 몬페라토 포도주에 경의를 표해야죠.

남작   저는 그 자리에 참석할 자격이 없는 사람인 것 같습니다. 그러나
      저는 여러분께 불화의 원인이 되었던 것을 깊이 후회하며 앞으
      로 두 분의 진실한 친구로서 남고 싶습니다. 믿어 주시겠습니까?
      후작.

후작   원 천만의 말씀을 다 하십니다. 당신의 말씀을 그대로 진실로서
      받고말고요. 뿐만 아니라 저는 제 사랑하는 아내에게 그토록 성
      만 내고 질투만 하는 남편이 아니라는 것을 보여 주기 위해서 제
      발 당신도 남아 저녁을 같이 하고 우리와 함께 여행을 떠나 주시
      도록 빌겠습니다. 오, 너무나 행복한 이 여행이여! 오, 행운에 넘
      친 우리의 단막극이여 저희들에게 동정과 공감을 아끼지 않아
      주신 관객 여러분 감사합니다.

코스모스와 나

농성교수籠城教授의 기記

　훌륭한 정원을 창 밖으로 내다보며, 성랑城廊 같은 석조 건물에 기거하는 몸이 되었다. 추석도 앞으로 사흘—달맞이에는 시원한 노천극장이 있고, 성묘에는 후원의 숲을 지난 곳에, '죽음의 도시' 연희延禧 공동묘지가 있을 것이다. 벌써 어두운 정원에는 밤의 적막이 내리고 수목樹木 사이엔 하얀 코스모스가 바람에 불려 이리저리 쓰러지고 있다. 내가 이 학교의 강단에 선 것이 8년이 되었지만, 야반夜半의 이 정원을 바라보는 것은 이번이 처음이다. 교사가 갑자기 무서운 '고택孤宅'으로 화할 줄은 꿈에도 생각 못했으니! 다만, 잠자리가 좀 고통스럽다. 새벽녘에 습기가 스며들어 담요 속에서 떨다가 잠을 깨는 것만은 아무리 나의 타고난 몽상으로서도 덮어버릴 수가 없다. 생각하면 너무나 산문적이고 서글픈 현실이다. '교수'라는 점잖은(?) 이름을 가진 사람들이—노동자라고 하기엔 너무나 높고 '신성'하다는 사람들이 오히려 노동자의 처지도 못 되어 겨우 그 기본권을 찾자고 농성 투쟁을 하고 있다니!

　그러나 분노의 시간은 지났다. 이제 어둠은 모든 산문적인 현실을 덮어버리고 나는 한 폭幅의 검은 풍경화 속에 나 자신을 바라보며 '말레이'의 팔에 안긴 '스크루지'처럼 가볍게 사뿟이 이곳을 떠

✻ 1960년 11월 『사상계』에 발표된 글.

나갈 수 있다. 밤은 나의 아틀리에─나는 대부분 그 속에서 꿈꾸고, 사랑하고, 생각하며 살아왔다. 요정의 세계처럼 못 견디게 행복하던 밤, 지옥과 같이 숨 막히고 괴롭던 밤……. 밤은 나의 해방인 동시에 나의 두려움이 아닐 수 없다. 물결같이 치밀어 오던 심야의 상념을, 아침 햇발 속에 다시 읽어 볼 때의 실망과 환멸─그 무참한 패퇴敗退, 살의殺意, 멸망이여! 나는 마치 미우면서도 사랑하지 않을 수 없는 운명의 여인을 그리듯, 나의 잠 못 이루는 밤을 사랑하고 있다.

  어둠 속에 하얀 코스모스가 춤추는 것이 눈에 든다. 깨끗하고 가냘픈 소녀의 감촉……. 밤하늘 밑엔 어딘지 애처로워도 보인다. 몇 해 전, 오페라의 휘황輝煌한 무대 위에 크리스챤느·보싸아트의 발레를 볼 때 그의 시원스러우면서도 섬세한 체격의 율동을 좇으면서 언뜻 바람 속에 춤추는 코스모스를 연상하던 일이 생각난다. 하얀 드레스와 하얀 구두, '들리브'의 곡에서 뛰어나온 듯한 깨끗한 몸……. 너무나 아름다운 것을 볼 때엔 가슴이 막히는 듯 괴로워진다. 이런 생각의 뒤를 이어 자꾸 다른 이미지가 아득한 과거로부터 되살아 나온다. 옛날에 평양에서 유치원 다닐 때, 지금은 이름도 잊어버렸지만, 키가 날씬하고 유난히 예쁘던 나의 짝─어느 날 할아버지께 동전 한 푼을 타서, 빨간 반지를 사다가 그 손가락에 끼워주던 생각……. 또는 수년 전 동경의 밤거리에서 꽃을 사달라고 조르던 세라복의 여학생─돈을 주고 꽃은 필요 없다고 했더니, 내 팔에 매달려 기어코 손에 꽃을 쥐여 주고 달아나던 모습……. 그리고 도미니크─또내애트에서 한여름을 보낼 때, 정원이

나 길에서 나를 보기만 하면 동무들을 두고 달려와서 긴 밤색 머리가 땅에 닿도록 거꾸로 매달리면서 놓지 않던 소녀의 귀여움—그러나 어느 봄날 파리의 지하철 속에서 어머니와 함께 만났을 때엔 몰라볼 만큼 어른스럽고 여학생남년 ㄱ 성장의 놀라움……. 나의 고칠 수 없는 공상벽空想癖은 끝없이 내 작은 회상을 더듬이 아름답고, 깨끗하고, 연약한 생명을 찾아, 한없는 공감과 그리움에 잠기려고 한다.

그러나 나 자신은 연약하고 아름다운 생명이 될 수 없었다. 사회는 너무나 허위와 악으로 가득 차 있다. 이러한 사회에서 철이 든다함은, 곧 어렸을 때부터 지녀온 성인 사회에 대한 막연한 신뢰의 상실을 의미해야 한다. 그때부터 우리가 취할 수 있는 길은 허위와 악을 받아들이든가, 그렇지 않으면 정면의 적으로 싸우든가 하는 것이다. 이 두 갈래의 인간들, 더 정확히 말하면 이 두 갈래의 마음가짐이 (동일인에 있어 교착될 수도 있으므로) 뒤섞여서 된 것이 현실의 사회일 것이다. 그 속에서는 코스모스와 같이 연약한 생명이 그 순백을 지켜낼 수가 없다. 싸우는 사람은 어느덧 좀 더 거칠고 무서워질 수밖에 없다. 간사하고 잔인하고 이 세상 어느 한구석, 그 더러운 속끝이 미치지 않는 곳 없는, 거대한 풍파에 시달려 왔으니! 우리의 성난 표정은 약자의 힘을 다한 '거부'의 표현에 지나지 않는다. 그러기에 나는 이렇게도 코스모스의 세계를 동경하고 있지 않은가.

초등학교 초년 때 어느 '국어(일본어)' 시간에 우리는 모두 일본인이라는 놀라운 말을 들었다. 그때 K라고 하는 아이가 격분한 듯이 일어서서 말했다. "선생님, 저는 조선 사람입니다!" 불의의 반항을 받은 선생은 K를 불러내어, 우리들 보는 앞에서 마구 때렸다. 그때에 받은 충격과 어린 마음의 상처……. 그때부터 나는 한국인이면서도 그렇게 행동할 수 있는 어른들의 세계를 불신하게 되었다. 한번은 이과 시간에 일본인 담임선생으로부터 인간은 모두 원숭이로부터 변해왔다는 것을 배웠다. 며칠 후 '국사(일본 역사)' 시간에 같은 선생이 같은 자리에 서서 일본인은 신이 낳은 자손이라고 가르치지 않는가. 내선일체內鮮一體, 일시동인一視同仁, 황은에 대한 보답, 천황육하天皇陛下를 위하여 목숨을 버리는 기쁨, 성전聖戰, 대동아공영권大東亞共榮圈……. 이 질식할 것 같은 기만의 천지 속에서 우리들은 도살장에 끌려가는 소와 같이 먼 이역異域에 나가 뜻 없이, 목적 없이 죽어갔다. 거짓말도 백 번 들으면 믿어지는 것—우리의 괴로운 레지스탕스는 백 번이면 백 번 마음속으로 "거짓말! 거짓말!"하고 외치며 누구에게도 말할 수 없는 나의 불신을 지키는 것이었다. 해방이 되기까지 그래도 우리말, 우리의 마음, 우리의 자부심이 이만큼 살아남았던 것은 실로 말 없는 백성들의 의로운 레지스탕스의 힘이었다.

그러나 해방 후 이 반쪽밖에 안 되는 독립은 과연 무엇을 가져왔는가. 일인日人이 뿌리박아 놓은 우민정책愚民政策을 답습함으로써 자신의 독재정치를 꾀하던 이승만 정권은 아무런 가치의 전도顚倒, 아무런 새 질서도 가져오지 못하고 일인日人 밑에서와 똑같은 아부족과 매국노들로 하여금 착취에서 소생하지 못한 우리나라를 마음대로 노략질하게 하였다. 일제의 기만欺瞞보다도 더한 국민에 대한 우롱이 대낮의 도적처럼 자행되고, 마침내는 국가의 '내일'을 마련하는 교육마저 그 부패한 세력의 판도版圖에 들어가 버리고 말았다.

4·19는 무엇을 가져왔는가. 그것이 '혁명'이냐 '정변'이냐를 결과로 결정한다면 이미 '혁명'은 간 곳도 없다. 학생들의 피는 배반당하였고 새 권력은 혁명의 부정 위에 합법적 질서를 세우려 하고 있다.

그러나 나는 끝날 수 없는 혁명, 무한 혁명을 믿는다. 왜냐하면 나는 눈에 보이지 않는 정의의 질서를 바라보며 살기 때문이다. 일제하이든 해방 후이든 또 4·19 이후이든 나는 영원히 현실의 질서를 인정하지 않을 것이다.

어렸을 때, 양복 입은 사람을 보면 곧 '신사'라고 부르던 것이 생각난다. 또 그 어려운 환경 속에서 제국 대학이나 외국의 대학을 나온 사람들을 볼 때 얼마나 그들을 동경하고 존경하였는지! 그러나 그러한 신뢰가 무참히도 깨어진 것이 바로 우리의 슬픈 경험이었다. 일제 말에 매국 문학으로 부끄러운 이름을 남긴 사람, 또 부패 정치의 주인공으로 민족 앞에 가진 죄악을 범한 '원흉元兇'들 가운데에도 얼마나 그들의 이름이 많이 끼어 있는가. 높은 교육의 결과가 이처럼 악한 곳에 쓰인 것은 외국에선 볼 수 없는 우리나라의 특이한 병상이다. 지식은 옳은 일을 위하여 쓰여야 하며, 거기에 교육의 의의는 있다.

나는 내가 가르치는 지식이 앞으로 우리 민족의 힘이 되고 우리 사회의 희망이 될 것을 바라며, 나의 정성을 대학에 바치고 싶다. 그러나 부정이 자행되는 가운데 옳은 '인간'을 찾아 주지 못하고 오히려 장래의 지능범을 만들어 내는 결과밖에 안 된다면 교육의 의의는 이미 없다.

나는 먼 외국에 나가 있으면서 어느 때보다도 절실히 조국의 현실을 슬퍼하며 그 앞날을 위해 우리가 져야 할 책임을 생각해 보았다. 정직과 근면과 창의로써 국민이 잘살 수 있는 나라—언젠가 우리의 조국도 그와 같이 깨끗하고 신뢰할 수 있는 아름다운 나라가 될 것이다. 우리의 마음속에 무한한 혁명이 살아 있는 한…….

　어느덧 구름이 가렸는지 달빛도 사라지고 정원은 짙은 어둠 속에 잠겨 버렸다. 남은 것은 오직 밤뿐—그리고 밝은 전등불 아래 찬 바닥에는 담요 한 장에 몸을 덮은 교수님들의 얼굴과 함께 또 하루의 가을밤이 소리도 없이 짙어가고 있다.

우리 예술의 반성 1

유랑流浪의 예술藝術

오늘날 우리의 예술이 겪고 있는 가장 근본적인 시련은 무엇이 오늘의 우리 예술이냐 하는 문제이다. 다시 말하면 가야금이 우리 예술이냐 바이올린이 우리 예술이냐 하는 기묘한 고민이다. 이것은 사실상 우리 예술이 앞으로 새로운 생명을 갖느냐 못 갖느냐를 결정짓는 아주 근본적인 문제이면서도 아직껏 우리의 예술을 끝없는 모순으로부터 벗어날 수 없게 하고 있는 어려운 문제이다. 무엇이 이 문제를 그토록 어렵게 하는가? 묵은 것과 새것의 대립이라면 어느 나라에나 있다. 또 자기의 것과 남의 것의 뒤섞임도 어느 사회에나 있다. 만일 없다면 그것은 모든 발전이 정지된 사회이거나 쇄국 상태에 있는 사회뿐일 것이다. 그러므로 우리에게 특이한 점은 그러한 대립 자체가 아니라 전통이라는 이름으로 동양의 것, 현대라는 이름으로 서양의 것이 우리에게 일종의 인격 분열을 일으키고 있다는 사실이다. 다시 말하면 동양 즉 고대요, 서양 즉 현대라는 의식 밑에 우리 자신이 창작할 수 있는 땅을 완전히 잃어버렸다는 말이다. 우리는 마치 과거의 역사를 가졌을 뿐 지금은 나라도 없이 떠돌아다니는 예술 세계의 유랑 민족과도 같다. 유럽에도 이질적인 문화의 수입은 여러 번 있었지만, 그들은 언제나 그 소화를 두

---

* 1961년 9월 『사상계』에 발표된 글(「우리 예술의 반성」 2, 3 동일).

려워하지 않고 대담하게 받아들이면서 현대의 주체化된 의식을 잃지 않고 살아왔다. 그러나 우리는 지금 이상한 모순 속에 빠져 있다. 현대로 가기 위해 동양을 버릴 것인가? 동양을 찾기 위해 현대를 버릴 것인가? 이러한 모순된 두 길 사이에 우리의 마음은 괴로운 딜레마에 빠져 있다.

그러나 사실은 그러한 딜레마란 존재하지 않는 것이다. 그 이유는 서양에도 고대와 현대가 있고, 동양에도 고대와 현대가 있다는 단순한 사실에 있다. 동양에서나 서양에서나 예술은 언제나 거센 대립 속에 스스로 가치를 창조해 왔다. 이집트가 그리스에 준 영향, 그리스가 르네상스 이탈리아에 준 영향, 르네상스 이탈리아가 근대 프랑스 미술에 준 영향—그 어느 경우에도 묵은 것과 새것의 대립, 남의 것과 내 것의 대립은 이들의 예술을 죽이지 않고 오히려 놀라운 창조를 자극하였다. 그러면 우리의 딜레마란 무엇인가? 그것은 우리의 의식이 낳은 유령과도 같은 것—다시 말하면 우리의 현대를 살지 못하는 주체성 없는 의식의 자기표현일 뿐이다.

우리의 현대 앞에는 외국의 문화뿐 아니라 우리의 옛 문화까지도 남의 것이다. 외국의 작품을 내 것이라고 내놓을 수 없듯이, 우리의 고전 또한 현재의 내 것이라고는 할 수 없다. 내가 유럽에서 사귄 한 독일 친구는 자기 나라에는 옛날에 이런 음악가가 있었다고 하며 열심히 베토벤, 브람스, 슈베르트를 소개해 주었다. 그리고는 내가 가장 좋아하는 슈베르트의 노래를 불러주기에 나도 같이 따라서 불렀더니, 그는 네가 어떻게 그것을 아느냐고 눈을 둥그렇게 뜨며 깜짝 놀랐다. 이것은 도대체 어찌 된 일인가? 내가 아는 노래란 오히려 이런 노래뿐인데! 우리가 어려서부터 학교에서 배운 음악이란 무엇이며 우리나라에서 음악회니 음악가니 하면 어떤 음악을 말하는가! 나는 사실 슈베르트나 슈만의 노래는 알아도 우리 시조를 부를 줄 모르는 오늘의 젊은 한국인이있지만—그렇다고 그에게 슈베르트의 음악이 우리의 것이라고 우길 수는 없었다. 그러면 이때에 나는 우리의 시조와 옛 음악을 그에게 들려주었어야 할 것인가? 그것이 그에게 좀 더 신기하고 일단 흥미로웠을 것은 물론 명백하다. 그러나 불행히도 우리는 이것을 우리의 옛 음악으로 소개할 수는 있어도 오늘의 우리 음악으로 소개할 수는 없는 것이 사실이다.

창조創造와 회고回顧

작품을 대하는 우리의 마음에는 상반된 두 가지 경향이 작용하고 있다. 하나는 이미 아는 것, 익숙한 것을 즐기는 경향이요, 또 하나는 오히려 아직껏 모르던 것, 새로운 것을 찾는 마음이다. 대체로 미지未知의 것은 새로운 적응의 노력을 요구하기 때문에 심리적인 긴장과 피로를 느끼게 한다. 그러나 기지旣知의 것은 그 감수感受의 방식이 이미 길들어 있기 때문에 정신에 휴식과 안정을 준다. 따라서 미지의 것은 새로운 것에 대한 강렬한 욕구를 전제로 하는 것임에 반하여 기지의 경험 속에 휴식과 위로를 찾는 것은 대체로 대중의 일반적인 경향을 대표하는 것이라고 할 수 있다.

그러나 기지의 것을 찾는 통속적인 경향도 그것대로 훌륭한 예술을 이루는 수가 있다. 같은 경험이 오랜 세월을 두고 되풀이되는 동안 뜰 것이 뜨고 가라앉을 것이 다 가라앉으면, 어느덧 미련하지 않고 세련된 예술이 남게 된다. 좋은 민속 예술이란 이렇게 해서 형성되는 것이며, 그런 뜻에서 민속 예술은 통속 예술의 극치라고도 할 수 있다.

우리는 예술에서 기지의 것을 즐기는 경향과 미지의 것을 찾는 경향을 각각 '회고의 예술', '창조의 예술'이라고 부르기로 한다. 회고의 예술과 창조의 예술이 순수한 형태로 현실에 있는 것은 물론 아니지만, 회고의 예술이 과거로부터 그리고 사회로부터 주어진 것임에 반해 창조의 예술은 현재에 개인이 만들어 내는 것임을 알 수 있다. 그 속에는 과거와 현재, 사회와 개인, 전통과 창조라는 몇 개의 근본적인 대립이 내포된 것이다.

이러한 개념을 가지고 동양 예술과 서양 예술을 생각해 볼 때 역시 비슷한 차이를 발견한다. 서양 예술 하면 누구나 개인의 창조를 생각하지만, 우리의 고유한 예술로 외국에 내놓은 것 중에는 민속 예술이 무시 못 할 부분을 차지하고 있지 않은가? 이것은 서양 예술을 지배해 온 것이 창조의 예술임에 반하여 우리의 예술은 회고의 예술을 주조主調로 해왔음을 말한다.

이런 의미에서 서양 문화의 도입이란 회고의 예술이 창조의 예술로 뒤바뀌는 데에 본질적인 뜻이 있다. 그것은 표면적인 데서 끝날 수 있는 문제가 아니라 새로운 방향의 예술을 갖는 일이다. 오늘의 딜레마는 아직도 그러한 전환을 이루지 못한 데서 비롯하는 것 —우리는 창조의 예술을 지향하면서도 오랜 회고 예술의 습성에서 우리 예술의 형식, 기법, 그 외의 모든 것을 서양으로부터 혹은 우리의 고전으로부터 주어지는 것으로 느끼며 우리의 현재 속에 직접 창조할 것을 잊고 있는 것이다.

우리 예술의 반성 2

참다운 대중大衆

우리 예술의 세계화를 곧 해외 선전의 문제라고 생각하는 것은 예술가의 관점이 아니다. 우리 작품의 해외 소개가 매우 균실하고 중요한 것은 사실이지만 어떤 작품이든 소개만 하면 곧 세계적 작품이 되는 것은 아니니, 우리 예술의 세계화란 소개 행동에 앞서 오히려 작가의 내면적 세계의 문제로 귀착된다. 또 우리 작품을 대하는 외국 사람에 관해서도 생각해야 할 문제가 있다. 외국인이 칭찬한다고 그만큼 우리의 예술이 훌륭한 예술이라고 할 수는 없다. 그들의 흥미에는 다분히 먼 나라의 색다른 것에 대한 흥미가 섞이는 것이 보통이다. 이것은 보는 사람 자신에 속하는 상대적인 감정이며, 어느 때엔가 사라질 물건에 지나지 않는다. 가령 우리나라의 짚신이나 담뱃대를 사가는 외국인의 이국취미―그런 요소를 우리의 작품에까지 찾는다면, 그것은 예술적인 것이 될 수 없으며, 우리 예술이 그런 것을 위해 존재하는 것도 아니다. 왜냐하면, 오늘 우리가 창작하는 예술을 참으로 평가하고 남겨 줄 대중이란 이들이 아니기 때문이다. 그러면 앞으로 어느 날 우리 예술의 많은 작품이 세계의 고전이 되었다고 할 때, 참다운 공감으로써 그들을 고전으로 남겨준 대중이란 누구인가? 여기서 우리는 작가와 대중의 관계를 잠깐 생각해보지 않으면 안 된다.

원래 작가가 작품을 쓸 때는 어떤 형태로든지 청중 혹은 독자라는 것을 의식하며 쓰게 된다. 물론 일기와 같이 그것이 바로 자기 자신일 때도 있지만, 그런 경우까지 포함해서 일반적으로 발표 행동은 반드시 대상자를 예상한다고 해도 좋을 것이다. 그러나 이 대상자에는 두 가지가 있다. 첫째 그 작품은 누구를 위해 쓴 것인가? 다음엔 그 작품이 누구에게 읽히고 있는가?—이런 두 가지 물음으로 대표될 수 있는 두 가지 대상이다. 가령 슈만이 클라라에게 한 편지가 출판되었을 때, 그것은 클라라를 위해 쓴 것이지만, 현재 읽고 있는 것은 우리들이다. 또 페로의 동화는 애초에 자기 아이들에게 들려주려고 쓴 이야기였지만, 마침내 프랑스의 고전이 됨은 물론 이제는 세계의 동화가 되어 우리나라에서도 모르는 사람이 없게 되었다. 그러나 이러한 특수한 경우를 떠나서 처음부터 막연히 '모든 사람'을 독자로서 의식하며 쓴 글일지라도 그것이 다른 시대 그리고 다른 나라의 독자에게까지 읽히는 것은 역시 이 두 가지 대상이 일치하지 않는 경우라고 할 수 있다. 작품을 쓸 때 작가가 염두에 두는 대상은 흔히 한 개인이나 몇 사람의 특정인일 수도 있지만, 한편 처음부터 막연히 '모든 사람'을 염두에 둔 경우일지라도 어느덧 작품이 한 시대, 한 나라를 떠나 다른 시대, 다른 나라로 확대될 때에는 역시 대상의 전환이 되는 것이다. 이리하며 작가 자신을 위해 쓴 일기 혹은 어느 두 사람 사이의 가장 은밀한 대화까지도 어느덧 작가가 알지도 못하는 얼굴 없고 이름 없는 대중을 향해 대상의 전환을 겪게 된다. 바흐의 곡이 우리나라에서 연주되는 것도 아미엘의 일기가 훌륭한 고전이 된 것도 모두 이러한 절차의 결과이며, 특히 한 나라 예술이 세계화된다는 것은 결국 몇몇 개인의

작품들이 이러한 대중의 전환을 훌륭히 이룩했다는 말에 불외주싸
하다.

위에 말한 대상의 구별에서, 소위 '대중'이란 그 둘째 대상에 해
당함을 인식할 때, 우리는 그것을 좀 더 뚜렷이 규정할 수도 있게
된다. 첫째로 그들은 작가가 알지도 못하고 예상하지도 못한 사람
이지만 그가 작품을 쓸 때 전부를 엿보고 있는 사람이다. 슈만이
아무도 모르는 가운데 클라라에게 쓴 편지를 우리는 읽고 있으니!
둘째로 그들은 작가와는 흔히 시대도 사회도 다를 뿐 아니라, 그
경험과 의식도 매우 다른 사람들임에도 작품 전체를 통해 그 무엇
으로인지 작가에게 깊은 공감을 느끼고 있는 사람들이다. 가령 셰
익스피어의 극에 나오는 유령이나 요술사에 대해, 이미 자연과학
의 세례를 받은 현대의 독자들은 셰익스피어나 그 시대 사람들과
전연 다른 태도를 보이고 있고, 또 그의 영어 예컨대 'humour'와 같
은 낱말을 그 당시와 매우 다른 뜻으로 해석하고는 있을지라도, 그
런대로 우리는 그 바탕을 통해서 극이 내포한 의미를 이해하며 공
감하고 있지 않은가? 셋째로 이들은 작가를 평가함에서 놀라운 정
당성을 가지고 있다. 한때 성공을 가능하게 했을지도 모를 어떠한
정치성도 상업성도 유행심리도 그들에겐 무력하다. 그들의 평가
에는 그들 자신의 상대적인 감정이란 것이 없고 따라서 이해관계
도 이국취미도 없다. 오늘날 우리가 미켈란젤로, 베토벤을 이국적
인 그림, 이국적인 음악으로 느끼기란 오히려 힘든 것이다. 넷째로
그들은 상냥하고 아름다운 시녀들처럼 작가를 보고 웃으며 달려
올 줄을 모른다. 그래서 장 콕토는 그들을 '기다리는 여신女神들'로

생각하였다. "기다림은 그들의 천직─말없이, 움직이지 않고, 나란히 서서, 여신들은 먼 곳에서 기다리고만 있다." 얼마나 많은 사람들이 불우한 생애 속에 그 여신들(대중)을 보지도 못하고 죽어 갔는가. 가엾은 슈베르트! 가엾은 페르메이르! 가엾은 고흐! 가엾은 고갱! 그들은 이제야 그 불우한 생애에 상당하는 영화를 받고 있다. 이러한 예술가를 콕토는 '아름다운 망령들les beaux fantômes'이라 불렀고, 그들의 운명을 이러한 말로 표현해 보았다. "내가 죽은 지 백년 후에는, 돈 벌어 놓고, 편히 좀 살아보리라Cent ans après ma mort, je me reposerai fortune faite." 그러나 그는 죽어서 '아름다운 망령'이 될 것을 생각하는 사람은 오히려 그것이 될 수 없다고도 하였다. '지는 편이 됨으로써 이기게 되는 높은 삶le noble jeu de qui perd gagne'이란, '이긴 쪽이 됨으로써 죽고 마는 미련한 삶le jeu de dupe de qui gagne perd'과는 너무나 질서가 다른 세계이기 때문에 어떠한 수학으로도 그 미래를 산출할 수가 없고 모든 계산은 필연적으로 오산이 될 수밖에 없다. 사람을 상대로 하지 말고 하늘을 상대로 하라는 말이 있듯이 '미련한 삶'의 작은 지혜를 떠나 '높은 삶'을 위해서 지는 편이 되고, 자신의 산 현재 속에 스스로 창조할 줄 아는 사람만이 언젠가 '아름다운 망령'이 되어 참다운 대중을 가지게 되는 것이다.

우리 예술의 반성 3

오늘의 우리 예술

흔히 예술은 미를 표현하는 것이라고 한다. 그러나 일반적인 미란 어디에 존재하는 것인가? 가령 이집트나 잉카의 그림이나 조각을 보면 별로 아름답지도 않고 실물과 비슷하지도 않다. 그래서 인간이 고대 그리스 혹은 근세 서양미술에서처럼 자연을 모방하는 기술을 갖추고 마음대로 미를 표현할 수 있게 되기까지는 10세기나 걸렸다고 생각했던 시대도 있었다. 그러나 그 후 이러한 이문명異文明의 예술에 대한 연구가 깊어짐으로써 그들이 자연의 모방을 의도한 것이 아니라 각각 전혀 다른 것을 추구했다는 것이 명백하게 되자, 유럽의 예술은 세계 예술의 여러 가지 양식 중의 하나로서 새로운 위치를 지각하게 되고, 그 위에 현대의 새로운 예술관이 성립하게 되었다.

예술이 추구하는 것은 너무나 다양하고 넓어서 어느 한 가지 내용을 가지고 정의하기란 불가능하다. 이처럼 서로 다른 여러 가지 양식을 보고 있음에도 그것을 통틀어서 예술이라고 한다면 예술이란 도대체 무엇인가? 우선 유럽의 예술만을 보더라도 자연을 모방하는 예술이 있는가 하면 오히려 자연을 파괴하는 예술이 있고, 감정을 표현하는 예술이 있는 반면에 모든 감정적 요소를 배제하는 예술이 있고, 또 균형과 조화를 찾는 예술이 있는가 하면 오히려 파격적인 충격을 찾는 예술도 있다. 그러면 이러한 모든 예술의 최대공약수로 남는 것은 무엇인가? 그것은 오직 하나, 예술의 형식뿐이다.

초자연에 대한 공포, 민족의 정서, 자연의 모방, 종교적 감정—예술은 무엇을 표현해도 좋지만, 작품은 오식 형식 속에 실현될 수 있을 뿐이다. 가령 다빈치의 「최후의 만찬」을 보아도 그것은 어디까지나 형식의 탐구에서 이루어진 것인지 종교적인 명상 자체에서 나온 것은 아니다. 이런 뜻에서 포시용은, "형식이 작품을 표현하는 것이 아니라 형식이 곧 작품"이라고 하였다.

오늘의 우리 예술이란 오늘의 우리 형식을 창조하는 것이다. 우리의 민족적인 정서를 표현해도 좋고 우리의 고유성을 힘껏 실현해도 좋으나 그것은 오직 형식의 창조를 통해서만 작품이 될 수 있다. 우리는 가장 요란스럽게 민족의 고유 예술을 부르짖고 있다. 마치 예술의 첫째 의의가 민족 감정에 있는 듯이! 그러면서도 가장 주체성이 없고 창조성이 없는 것이 또한 우리들이다. 마치 남의 눈치를 보아야 우리의 예술도 결정할 수 있는 것처럼! 이러한 모순은 우연한 사실일까? 서양을 모방하거나 우리의 옛날 것을 모방하거나 창조가 아닌 점으로는 마찬가지이다. 외국 풍을 쫓는 자와 쇼비니스트는 결국 같은 인간의 두 표정이다. 어느 외국 기자가 장 콕토에게 당신은 프랑스의 대표적인 예술가로 누구를 생각하느냐고 물었을 때, 콕토는 "피카소, 스트라빈스키, 모딜리아니"라고 대답하였다. 그러나 피카소는 스페인인, 스트라빈스키는 러시아인, 모딜리아니는 이탈리아인이다. 이것은 예술이라는 것이 프랑스인에 있어서 어떻게 인식되고 있는가를 볼 수 있는 좋은 예이다. 현재의 창조가 살아있고 새로운 형식을 만들어 낼 수 있는 그들에게는 모든 것이 그들의 것이며, 그러한 창조의 결과가 곧 프랑스 예술이요, 프랑스 민족의 고유성이다. 마치 이탈리아인이 노도怒濤와 같은 그리스의 영향을 받으면서도 르네상스 이탈리아 예술을 이루었듯이.

한 민족의 예술이란 결국 개인에 의해서 이루어지는 것이고, 개인의 예술이란 오직 형식의 창조를 통해서만 이루어지는 것—따라서 새로운 형식이야말로 민족 예술을 이루는 오직 하나의 길이다. 왜냐하면, 예술은 사회가 개인에게 주는 것이 아니라 개인이 사회에 주는 것이기 때문이다. 창조가 있을 때 모든 딜레마는 없어진다. 그러나 창조가 없을 때 우리의 예술은 서양의 모방과 전통의 모방에 끝일 수밖에 없는 것이다. 그러나 베토벤과 똑같은 음악을 쓰고 고려자기와 똑같은 그릇을 만든다 해도 그것은 창조가 아닌 까닭에 예술이 될 수 없다. 앙드레 말로의 말과도 같이 "창조란 생명을 가진 새로운 형식이 모방한 형식을 이겨 나가는 데 있다." 따라서 우리의 창조가 참으로 생명을 가질 때 그것은 언제라도 오늘의 우리 예술이다.

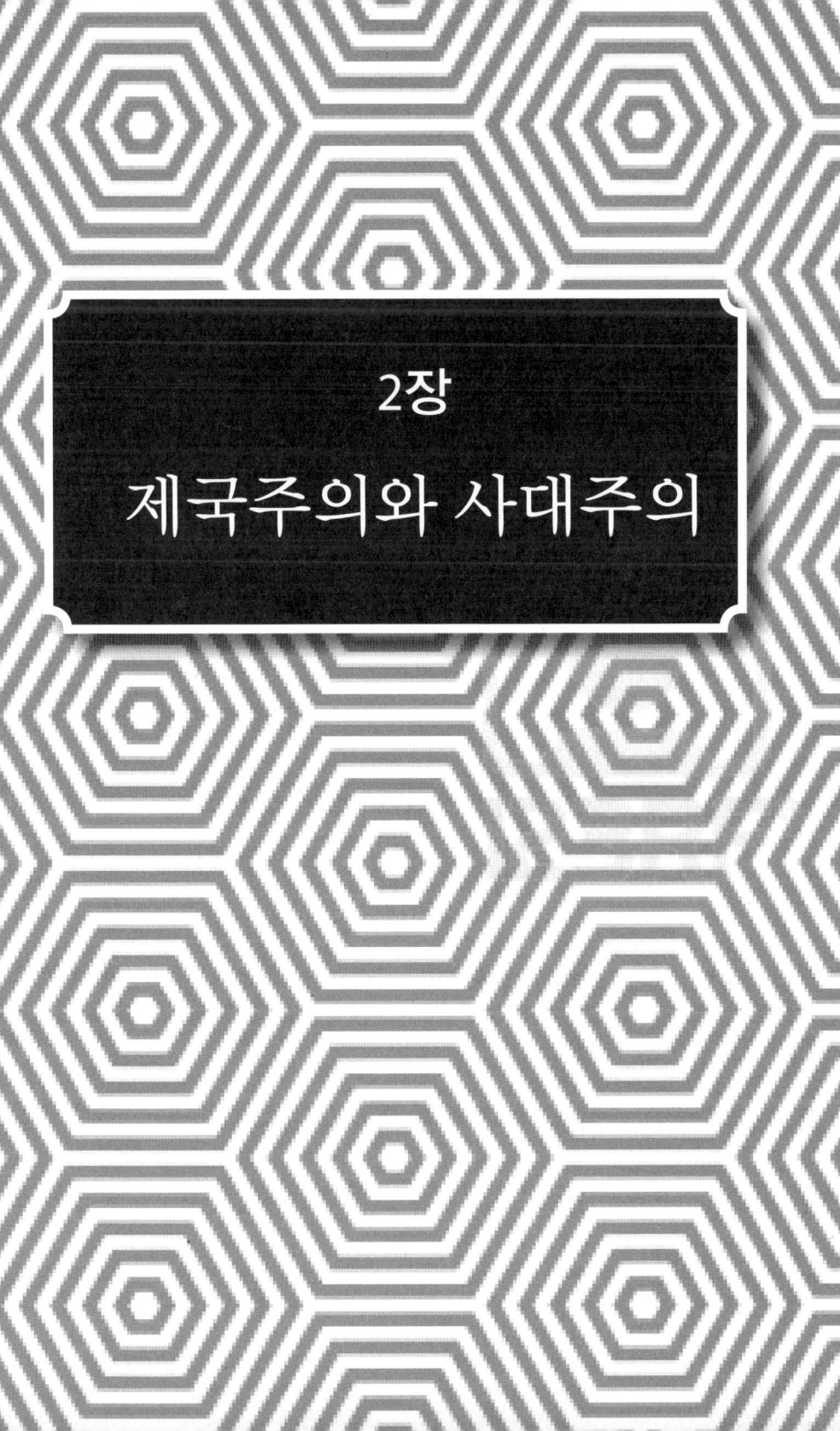

2장
제국주의와 사대주의

사대주의와 새로운 국제사회

국제사회의 민주주의 확립을 위하여

사대주의를 서양말로 번역한다면 뭐라고 할 것인가? 결국, 설명으로 풀어서 번역할 수밖에는 없는 것을 보면(일본 백수사白水社 간刊 화영사전和英辭典에도 사대주의는 principe de ceux qui préconisent la soumission à un plus fort que soi, "저보다 더 강한 세력에 붙기를 좋아하는 사람들의 노선"이라고 나와 있다), 그만큼 이것은 동양사람, 특히 한국인에게 특유한 심성이 아닌가 생각된다. 사대事大 의 글자 뜻은 '큰 것을 섬긴다'는 것으로, 정치, 경제, 문화 전반에 걸쳐 의타적이고 예속적인 태도를 가리키는 말이니, 여기서는 차라리 이것을 일종의 '노예적인 심성'으로 보아, 좀 더 일반적인 관점에서 다루는 것이 좋을 것 같다.

노예가 있을 때에는 반드시 그 주인이 있듯이, 노예적인 심성이 존재하려면 반드시 한쪽에는 지배자의 심성이 있어야 할 것이다. 이 둘은 어디까지나 상대적인 개념인 만큼 한쪽이 없이는 다른 한쪽도 성립할 수가 없는 것이다.

지배자의 심성이란 나의 관점을 힘으로 남에게 강요하는 심성이며, 남을 나와 대등한 사람으로 보지 않고, 오직 나의 필요를 충족시키기 위한 도구로만 보는 것이다. 이때에 남은 이미 사람이 아

---

* 1962년 12월의 글.

니라 물건이요, 그의 존재는 오직 나의 필요에 따라서 규정될 뿐이다. 이러한 심성의 대표적인 예로, 18세기 프랑스인의 아프리카 흑인에 대한 솔직한 견해를 들어 보기로 하자.

흑인을 노예로 삼을 수 있는 우리의 권리에 대해서 나의 생각을 말한다면 이렇다.

유럽 사람들은 아메리카의 흑인들(아메리칸 인디언을 말함)을 모조리 죽여 버렸으므로, 그 넓은 땅을 개척하기 위해서는 할 수 없이 아프리카의 흑인노예를 쓰지 않을 수 없었다. 만일에 설탕나무 재배에 노예를 사용하지 않았던들 오늘날 설탕 값은 얼마나 비쌌을 것인가?

그들의 몸은 머리에서 발끝까지 새까맣고, 게다가 코는 어찌나 납작한지 도저히 동정의 대상으로 삼을 수도 없다. 지혜로우신 하나님이 인간의 영혼을, 하물며 훌륭한 인간의 영혼을, 이렇게 새까만 몸속에 담았을 리는 만무하다. 흑인에게 인간의 지각이 없다는 증거로는 흑인들이 금목걸이보다도 유리목걸이를 더 귀하게 여기는 것만 보아도 알 수 있다. 모든 문명국에 있어서 금이란 얼마나 중대한 재물인가?

흑인을 인간으로 생각하기란 도저히 불가능한 일이다. 만일에 그들을 사람으로 생각한다면 우리는 결국 기독교인이 아니라는 논리가 되고 말 것이다.

이것은 몽테스키외의 『법의 정신』에서 인용한 한 구절이다

(Montesquieu, 『De l'esprit des lois』, XV, V., De l'esclavage des nègres "우리가 기독교인이라면 흑인을 인간으로 볼 수 없다"함은, 물론 유머를 의도한 역逆논리일 것이다). 민주주의적인 입헌군주제立憲君主制를 구상했고 결과적으로는 프랑스 공화혁명共和革命의 정신적인 지도자가 된 몽테스키외가 흑인을 이렇게 보았다는 것은 프랑스혁명과 서양 근대사를 이해하는 것에서 매우 중대한 사실을 상징해 주는 것 같다. 프랑스혁명의 이상은 사실 국민의 자유, 평등, 박애였지 인류의 자유, 평등, 박애는 아니었다. 따라서 프랑스혁명은 세계 각국이 저마다 국내적인 민주주의를 실현하는 데에는 큰 영향을 끼쳤지만, 국제사회의 정의를 실현하는 데에는 거의 공헌한 바가 없었다. 그 당시 프랑스인들은 자기들의 민권을 찾기 위해 역사적인 혁명을 수행하고는 있었지만, 한편으로는 미국 남부에 식민 하면서(본국의 마르세이유 항을 중심으로) 대대적인 아프리카 노예무역에 종사하고 있었던 것이다. 생각건대, 국내의 민주주의와 다른 민족에 대한 제국주의란 너무나 상반되는 두 개의 철학이다. 이처럼 서로 양립할 수 없는 두 철학을 동시에 신봉해 왔다는 것은, 근대 서양사의 근본적인 모순이 아닐 수 없다. 결국, 근대 유럽의 여러 나라는 그 훌륭한 민주정치의 건설에도 불구하고 국제사회에 있어서는 자유, 평등, 박애가 아니라 정복, 차별, 잔인함으로 많은 약소민족을 착취하는 가운데 어느덧 뿌리 깊은 지배자의 심성을 길러 왔던 것이다.

이에 반하여 노예적인 심성이란 자기 보존을 위한 약자의 본능으로, 강자의 관점을 그대로 받아들여 그것을 통해 자신의 존재를 의식하는 입장이라고 할 수 있다. 아메리칸 인디언들은 백인의 관점을 받아들이려 하지 않았기 때문에 끝내 그들의 노예는 안 되었지만, 오늘날 거의 멸종에 가까운 소수민족이 되어 버렸다. 그러나 아프리카의 흑인들은 일찍이 백인의 힘에 굴복하고 그들의 노예가 되었기 때문에, 아메리카의 땅에 대량으로 반입되어 신대륙 개발의 트랙터 노릇을 했고 그런대로 생명은 보존하여 노예제도가 폐지된 오늘에 와서는 미국 사회의 심각한 인종 분규의 원인이 되고 있다. 노예적인 심성이란 남에게 눌려 있다는 상태를 가리키는 말이 아니라 남의 관점을 자기 것으로 받아들이고 남을 섬기는 타율적인 정신 상태를 말하는 것이다. 따라서 세상에는 한때 남의 지배를 받았으면서도 조금도 자기의 주체성을 잃지 않는 민족이 있는가 하면, 아무리 남의 지배로부터 해방되었어도 언제까지나 의타적이고 예속적인 심성을 떠나지 못하는 민족도 있는 것이다. 싸움에 패하고 적에게 눌려 있더라도 반항의 의식이 살아있는 한, 노예의 심성은 없다. 그러나 모든 주체적 의식이 사라지고 노예적 의식이 자리 잡게 되면 지배자에게 봉사하는 것이 오히려 가치 있는 일처럼 생각되고, 이것이 오랜 세월을 지나면 하나의 도덕 체계까지 이루게 된다. 가령 내가 폭력으로 남을 굴복시켜 노예로 만들었다고 하자. 그에게 반항의 의식이 살아있는 동안 나는 언제 그와의 관계가 뒤집힐지 몰라 한시도 마음을 놓을 수 없을 것이다. 그러나 일단 그에게 노예적인 심성이 형성된 후로는, 차차 힘의 지배는 일종의 정신적인 지배로 변질되어 갈 것이다. 이것이 완성될 때 나의 지배는 이미 움직일 수 없는 것이 되고, 이제는 비록 내 실력이 약화된다 할지라도 그는 복종할 것이요, 주종의 질서는 유지될 것이다. 이러한 심성에 도달한 노예들에게는 해방도 소용이 없다. 아무리 속박을 풀어 주어도, 그들은 이내 정신적인 자립을 찾지 못하고, 오히려 과거의 의존 상태를 그리워하는 나머지 옛 주인을 찾아오든가 새로운 주인을 섬기게 될 것이다. 포스터의 노래에는 흑인 노예가 죽은 주인을 그리워하는 감정을 부른 것이 있고, 이리야 엘렌부르그의 소설에는 해방된 노예가 다시 옛 주인을 찾아오는 이야기가 있지만, 이러한 현상은 오늘날 우리 사회에도 끊임없이 나타나고 있다. 일찍이 일본에게 나라까지 빼앗기고 40년 동안 수없는 학살과 모진 착취를 당해 온 끝에, 마침내 해방이 되었지만 오히려 일본을 못 잊고 해마다 밀항자가 불어갈 뿐 아니라, 일본에 가서는 자기의 성명까지 고쳐 일인 행세를 하려는 것은 도대체 무슨 까닭인가?

버트런드 러셀은 이와 같이 폭력의 지배에 뒤따라 일어나는 피지배자의 정신 상태의 변화를 가지고, 군주제, 귀족계급, 노예제도의 성립, 그리고 거기서 나오는 충성심, 신분 관념, 노예근성 등을 설명하였다.

호전적인 소수자가 평화적인 다수자를 정복하였을 때, 처음에는 오직 우월한 힘으로써 지배할 뿐이지만 차차 이것이 세습적인 지배계급으로 성립되면, 그들의 우월성을 영구화하기 위해 반드시 어떠한 신화를 꾸며내는 법이다. 그런데 무엇보다도 놀라운 것은, 피지배계급이 정복자의 신화를 참으로 쉽게 받아들인다는 사실이다.

이러한 방법으로 가장 성공한 사람들이 바로 임금이다. 임금은 본래 신권에 의해서 나라의 다스림을 맡게 되었고, 현재의 왕은 그러한 선왕의 자손인 까닭에 언제나 신권을 지니고 있다고 한다. 그러나 실제로 그들의 조상을 따져 올라가 본다면, 거기에는 오직 힘의 권리가 있었을 뿐이니, 현재의 왕이란 결국 폭력에 의하여 왕위를 강탈한 어떤 조상의 후예일 뿐이다. 힘의 권리가 어느덧 신권으로 변하는 데에 얼마나 짧은 시일로 충분한가, 참으로 놀라울 지경이다. 찰스 1세가 신권에 의하여 영국을 다스린 것도, 사실은 헨리 7세가 보스워스의 싸움에 이겼기 때문이 아닌가?

사회적 신분의 기원이 폭력에 있다는 것은, 현재 사회적인 불평등의 혜택을 누리고 있는 계급의 사람들은 잘 인정하려 하지 않는 사실이다. 누구나 아는 바와 같이, 영국이 인도를 다스리게 된 것은 최초의 군사적인 승리로 말미암은 것이며, 그 후 인도인이 영국인의 횡포에 대해서 줄기차게 항쟁해 온 것은 너무나 당연한 일이다. 그러나 인도인들은 그들 사회 내부의 귀족(브라만)에 대해서는 아무런 투쟁도 하지 않았다. 따지고 보면, 브라만이란 본래 다른 민족으로 아득한 옛날에 (영국인과 같이) 힘으로써 인도를 정복했던 아리안족의 후손이다. 이처럼 오랜 세월을 지나온 불평등은 어느덧 종교의 손길이 닿아 신성불가침의 것이 됨을 볼 때, 영국인이 인도인의 투쟁 대상이 된 것은, 결국 그만큼 오랜 세월을 인도에 머물지 못했기 때문이라고 할 수 있을 것이다.

노예제도란 언제나 무력 전쟁의 산물이다. 다시 말하면 노예는 전쟁에서 사로잡힌 포로이든지 그 후손이란 말이다. 가령 미국에 흑인 노예가 존재했던 것도, 결국은 백인들이 무기사용에 있어서 아프리카인보다도 훨씬 우수했다는 사실밖에는 다른 아무 이유도 없다. 모든 사회적인 불평등이 그렇듯이, 노예제도도 오래 존속하는 동안에는 어느덧 종교적인 설명이 붙기 마련이다. (가령, 흑인의 운명은 햄Ham의 저주의 결과라고 하는 따위와 같이) 오늘날 미국의 흑인들은 명목상으로는 자유로운 신분이 되었다고 하지만, 모든 사회적인 불의는 그대로 남아 있다. 그러면 흑인이 백인 여자를 범하는 것은 중죄가 되고, 백인이 흑인 여자를 범하는 것은 경죄가 되는 것은 무슨 까닭인가? 그 이유는 백인들이 싸움에 있어서 아직도 흑인들보다 훨씬 강하다는 사실밖에 아무 것도 없다.

-Bertrand Russel, 『New Hopes for a Changing World』, pp.74~75.

러셀은 이와 같은 '힘'의 질서를 결코 이상적인 것이라고는 볼 수 없지만, 현실적으로 가장 유용한 질서라고 생각하고 있다. 가령, 중세기의 많은 영후국을 합쳐서, 내용이야 어찌 되었든 그래도 근대적인 통일국가를 만들어 놓은 것은, 역시 군주의 큰 공적이라고 할 수 있다. 이렇게 해서 일단 실효성 있는 통일국가가 성립된 다음에는 그 내용을 바꾸기란 (예컨대 군주정치에서 민주정치로) 훨씬 쉬운 일이니, 앞으로 국제사회가 가져야 할 세계국가도, 결국은 하나 혹은 몇 나라의 강대국의 '힘'을 통해서 이루어질 수밖엔 없다는 것이다. 세계국가의 민주화는 그다음에 올 문제이며, 옛날에 군주의 힘으로 이루어진 군주국가가 어느덧 민주정치로 넘어왔듯이, 강국의 '힘'으로 이루어질 세계국가도 일단 성립만 된다면, 그 후의 체제 변화는 그리 어려운 일이 아니라는 것이다.

이러한 견해는 그 바탕에 영국의 제국주의적인 사고방식이 잠재해 있는 것으로, 결국은 '지배자의 심성'에서 아직도 벗어나지 못한 견해이다. 그것은 실제로 제국주의적인 세계정복을 긍정하는 것이며, 앞으로 몇 차례의 세계대전을 불가피하게 하는 것이니, 인류의 전멸을 의미하는 3차전의 위협에 직면한 오늘의 세계는 바로 그러한 구상의 모순성을 증명하는 것이 아닌가? 이러한 세계국가론은 그대로 태평양전쟁을 일으킨 일본의 제국주의자들이 말하던 세계정부론과 근본적으로 다름이 없는 것이다.

국가도 이제는 제국주의를 통해서 차차 한 민족의 범위를 넘어 여러 민족의 블록을 형성해 가고 있다. 미주는 미주대로, 남북이 하나가 되고, 유럽은 유럽대로 하나가 되려고 진통을 겪는 중이며, 아시아는 일본을 맹주로 하여 한 덩어리가 되어 가고 있으니, 세계적으로 일종의 지역적 국제주의가 실현될 형세에 있는 것이다. 국제연맹은 실패로 돌아갔지만, 앞으로 제2, 제3의 세계대전을 통해, 한층 더 강력한 국제연맹이 나타나, 그 중심세력이 될 강대 민족의 무력에 의해서, 강제적인 세계연방이 실현될 수도 있을 것이다. 다만 거기에 이르기까지에는 전쟁과 무력적인 수단이 불가피하겠지만, 그렇다고 그 성립이 불가능하다고 할수는 없을 것이다.

- 三木清 編, 『현대철학사전』, p.544, 民族論(中島重)

그러나 러셀과 일본 제국주의자의 세계국가론과는 달리, 2차 대전 후 우리의 세계에는 전혀 새로운 역사가 시작되고 있다. 유엔의 성립은 애초에 강대국의 뒷받침으로 성립된 만큼 어느 정도 러셀의 생각이 맞는 점도 있는 것 같지만, 이제는 모든 약소국이 똑같은 발언권을 갖게 되었고, 서로 단결해서 큰 영향력을 발휘할 수도 있게 되었으니, 국제적인 민주주의의 싹은 이미 튼 셈이다. 새로운 국제사회에서, 소위 강대국의 거부권이란 지난날의 제국주의 사회의 유물과도 같은 것이다. 이것은 겨우 민주주의 첫 단계에 들어선 오늘의 국제사회로서는 불가피한 일이라 하겠으나, 프랑스혁명 이래 국내사회 문제에만 국한되었던 민주주의가 필경 국제사회에까지 적용되어야 한다는 것은, 하나의 논리적인 필연이다. 한편 강대국은 다수의 지지를 잃거나 고립적인 처지가 되는 것을 피해야 하므로, 실제로 거부권을 행사하기가 매우 어려워졌고, 앞으로의 추세에 따라서는 거부권이라는 것이 차차 무용지물로 화할 가능성도 없지 않다.

2차 대전 후 약소민족들은, 정치적으로 독립을 얻는 동시에, 강대국의 관점이라는 것을 깨끗이 벗어나기 시작하였다. 이것은 약소민족이 강대국을 위해 존재하기를 그치고, 모든 나라가 저마다의 권리를 지키며 공존한다는 민주적인 새 질서를 위해, 가장 근본적인 사실이 아닐 수 없다. 여태껏 이 세계를 주름잡아 온 모든 원칙은 사실상 강대국의 관점에서 나온 일방적인 시야에 지나지 않는 것이었다. 가령 강대국이 어떤 약소국의 영도를 병합할 때에는, 그것이 자신의 군사적 안전을 위해 절대 불가결하다는 것을 입증함으로써 충분히 정당화될 수 있었다. 이러한 논리에 의하여, 프랑스는 얼마 전까지도, 알제리만은 프랑스의 생존을 위해 절대 불가결하므로 독립시킬 수 없다 하였고, 일본도 과거에 그런 식의 명분으로 한국을 병합하였다. 마찬가지로 미국이 아프리카 흑인을 노예로 사용한 것도, 광대한 아메리카의 신대륙을 개발하기 위한 '불가피'한 조치였던 것이다. 그러나 이러한 지배자의 의식을 떠나서 생각할 때, 알제리는 프랑스인의 생존을 위해서 존재하는 땅이 아니라, 알제리인 자신의 생존을 위해 있는 나라이며, 흑인은 미국인의 노예가 되기 위해 있는 사람이 아니라, 어디까지나 그들 자신의 행복을 위해 존재하는 사람이 될 것이다. 마찬가지로 한국은 일본이나 다른 나라의 군사적 안전을 위해 존재하는 나라가 아니라, 어디까지나 한국인 자신의 생존과 행복을 위해 존재할 뿐이다. 입장을 바꿔서 말한다면, 우리도 우리의 안전을 위해서는 일본과 만주의 영토가 필요하고, 공업국으로서의 발전을 위해서는 멀리 중동의 석유와 중국의 지하자원까지 필요한 형편이다. 다만 우리에게는 그러한 주장을 내세울 '힘'이 없었고, 따라서 그러한 생각을 일으킬만한 '지배자의 의식'도 가질 수 없었을 뿐이다.

오늘날 모든 신생국가가 '강자의 관점'을 벗어나 새로운 눈으로 세계를 바라보고, '공존의 권리'를 위해 새로운 세력을 이루게 된 것은, 앞으로 국제사회의 민주주의를 현실화함에서 가장 근본적 동력이 될 것이다. 이러한 시야는 차차 '강자의 관점'을 성립할 수 없게 만들 것이고, 모든 '지배자의 심성'을 국제사회에서 몰아내고 말 것이니, 근대에 비롯한 인권 사상은 비로소 논리적인 일관성을 얻게 될 것이다. 만일 이러한 세계의 어느 한구석에, 아직도 '강자의 관점'에 사로잡힌 채, 끝내 전시대적인 사대 의식을 벗어나지 못하는 민족이 있다면, 그는 새로운 국제사회의 낙오자가 되어 언제까지나 그 후진적인 역사를 끝맺지 못할 것이다.

비단 리봉의 노래

Bonjour, Philippine

파리에서 다정히 지내던 C의 집에서 어느 날 저녁—모두 테이블에 둘러앉아 엄마가 떠 주시는 수프를 기다리고 있는데 갑자기 무슨 생각을 하셨는지 아빠가 옆에 앉은 C를 끌어당기며 이렇게 말씀하셨다.

"Bonjour, Philippine!(잘 있었니, 필리핀!)"

그 소리에 C의 동생들은 발을 굴리며 탄성을 올렸다.

"야아, 아빠가 선물 받게 됐다!"

무슨 일인가 이야기를 들어 보았더니 그날 아침 디저트에 아빠가 잡수시던 밤 가운데서 쌍동밤이 나왔다고 한다. 쌍동밤이란 어디서나 나누어 먹는 것—그래서 아빠는 하나를 C에게 주셨다. 그런데 쌍동밤을 나누어 먹었으면 다음에 만났을 때 "Bonjour, Philippine."하고 인사하는 것을 잊어서는 안 된다. 인사를 먼저 못한 사람은 상대편에게 좋은 선물을 해야 하니까.

"그런데 Philippine이 뭐니?"

나는 프랑스에서 들어 보지도 못한 여자 이름이 이상해서 이렇게 물었다. 그랬더니 모두 이상한 얼굴로 어깨만 으쓱하고는 꿀 먹은 벙어리가 되어 버렸다.

---

* 1962년 11월 『신사조』에 발표된 글.

얼마 후, 센 강江가의 헌책방을 뒤지다가 『소몽집小蒙集, Petites ignorances』이라는 이상스런 책을 발견했다. 집에 와서 읽어 보니 뜻밖에도 그 속에 '필리핀'의 이야기가 나오지 않는가?

다음번 C에게 편지할 때, 나는 이렇게 덧붙이는 것을 잊지 않았다.

"'Bonjour, Philippine'이 어떻게 생긴 말인지 아니? 알거든 다음에 만났을 때 잘 좀 설명해봐. 만일 모른다면 할 수 없지! 커피 한 잔 사야 하겠어. 배우는 데 거저는 없으니까."

내가 책에서 읽은 이야기란 이러한 것이었다. 쌍동밤이 생긴 것도 하나님의 뜻—한 개는 내가 먹고 다른 한 개는 옆의 여자에게 주어야 한다. 운명의 여신이 뜻 없는 짓은 하실 리 없으니 내가 이렇게 귀여운 여자와 앉게 된 것도 전생의 인연임이 틀림없다. 그러면 다음에 그와 만났을 때엔 어떻게 할까? 만일 저쪽에서 먼저 "Bonjour, Philippine."하고 인사를 하는 날엔 나는 변명할 여지도 없어진다. 나의 정성이 그만 못했다면 나는 그 값을 치러야 할 것이다. 물론 이제는 밤이 아니라 뜻깊은 선물로써! 어쩌면 이것이 참다운 사랑의 시작이 될는지도 모를 것이니……. 이러한 장난은 원래 프랑스가 아니라 독일에서 생겨난 풍습이다. 따라서 그 뜻을 알려면 독일로 건너가 보아야 한다. 독일어로 Philippine과 발음이 비슷한 말로는 Vielliebchen이 있다. 이것은 영어로 말하면 beloved, darling과 같은 말로서 여기서는 한 껍질 안에 생겨난 두 쌍동밤을 가리킨다. 서로 한 개의 반쪽이니 처음부터 결합이 되었던 사이, 따라서 비록 떨어져 있더라도 서로의 깊은 정情은 한시도 변할 수가 없는 것이다. 그래서 쌍동밤들은 "Guten Morgen, Vielliebchen!"

하며 자기의 깊은 정을 상대방에게 알린다. 만일 좀 나무라는 듯한 억양으로 말한다면, "나쁜 사람! 어쩌면 이럴 수가 있담. 이렇게도 나를 잊고 있다니!"—이런 뜻도 된다.

Vielliebchen은 그 빌음이 똑같은 데서 이느덧 Philipchen(Philip의 애칭)이 되어버렸으니, 혼동은 에초에 독일서부터 시작되었음을 알 수가 있다. "Guten Morgen, Philipchen!"이 국경을 넘어 들어오자 프랑스에서는 본래의 뜻도 아랑곳없이 "Bonjour, Philippine!"으로 굳어버리고 만 것이다.

다음번에 나로부터 이런 이야기를 들은 C는 나의 놀라운(?) 지식에 감탄할 뿐이었다. 그리고는 약속대로 커피도 사주었다. 나는 기분 좋은 김에 그만 내 지식의 출처까지 가르쳐 주었다. 그 결과 어떻게 되었는가? C는 그 책을 빌려 달라고 맹렬히 조르기 시작했다. 나의 착한 마음이 귀여운 C의 요구를 끝내 거절할 수 있었을까? 내 약점을 너무나 잘 아는 C는 그만 야무지게 달려들어 나의 요술 단지를 송두리째 가져가 버렸다.

Bambino

며칠 후의 어느 날 아침 아득히 들려오는 아코디언 소리에 잠이 깼다. 눈을 비비며 일어나 커튼과 창문을 활짝 열었더니, 아침 햇살과 함께 때아닌 노랫소리가 내 방을 가득 채웠다. 창 밑을 내려다보니 골목 안에 머리가 하얀 노인이 서서 이쪽을 쳐다보며 노래를 부르고 있었다. 사람이란 높은 데서 내려다보면 어딘지 우습고 재미가 있다. 납작해진 몸 한가운데 머리가 있고 그 양쪽으로 가끔 작은 팔이 솟아나고 있으니……. 그러나 그 목소리만은 온 동네를 휩쓸어 갈 듯이 우렁찼다. 늙은이 몸에서 어쩌면 저렇게도 힘차고 맑은 소리가 나올까? 또 저만한 소리에 왜 무대에 서지 못하고 골목의 가수가 되었을까? 어쩌면 저 사람도 한때는 무대에서 날리던 사람이 아니었을까? 그의 뒤에서 반주해 주는 아코디어니스트, 둘러서서 구경하는 동네 꼬마들, 그리고 들창마다 비둘기장처럼 고개를 내밀고 있는 이웃 사람들의 얼굴, 어느덧 우리 골목 안에는 작은 음악회가 벌어지고 있었다.

노래가 끝나자 사람들은 저마다 듣고 싶은 노래를 청했다.

"Bambino!"

"Julie la Rousse!"

"Bambino! Bambino!"

아코디언이 벌써 전주를 시작하자 소란은 가라앉았다. 노인은 두 손을 볼에 대고 고개를 흔들며 Bambino의 첫머리를 시작했다. 그리고는 노래와 함께 두 손을 따로따로 큼직한 몸짓을 하면서…….

> 푹 꺼진 두 눈,
> 쓸쓸한 얼굴에 여윈 두 볼……
> 잠 못 잔 네 형상이
> 그림자와도 같이 수척하다.
> 홀로 거리를

고민하는 사람처럼 방황하며

밤마다

그 여자의 창 밑에 나타나는 네 모습……

나는 잘 안다. 네가 얼마나 그를 좋아하는지

그리고 그의 두 눈이 얼마나 고운지도…….

그러나 아직 어린 네 나이에

그 여자의 애인이 될 수 있겠니?

만돌린을 켜라.

귀여운 아이야,

네 음악 소리는

온 이탈리아의 하늘보다도 곱구나.

네 부드러운 소리로 노래를 불러라.

귀여운 아이야,

그러나 네 아무리 노래를 불러도

그 여자가 정말로 널 상대해 줄 수 있겠니?

금빛 나는 네 머리

천사와도 같다.

차라리 가서 공이나 차고 놀렴.

다른 아이들처럼…….

네 아무리 어른처럼

담배를 입에 물고

어깨를 흔들며

여자를 찾아 길을 헤매어도

또 아무리 모자를

귀밑까지 내려 덮어 보아도

그것이 여자의 마음속에 너를 늙게 하겠니?

사랑과 질투란

아이들의 장난은 아니다.

너도 이제 어른 되면 평생토록

그 괴로움은 싫어지도록 맛보게 될 것을…….

만돌린을 켜라.

귀여운 아이야,

네 음악 소리는

온 이탈리아의 하늘보다 곱구나.

네 부드러운 소리로 노래를 불러라.

귀여운 아이야,

그러나 네 아무리 노래를 불러도

그 여자가 정말로 널 상대해 줄 수 있겠니?

정 괴로워 참을 수 없거든

혼자서만 그렇게 괴로워 말고

엄마한테 가서 모두 말하렴.

엄마란 그래서 있는 거란다.

엄마의 팔, 따뜻한 그늘에 묻혀

실컷 한번 울어나 보렴.

그러면 너의 슬픔도

멀리 머얼리 날아가리라.

'날아가리라'의 마지막 모음이 성발 하늘 높이 솟아 올라가듯이 노래가 끝나자 환성과 함께 여기저기서 10프랑, 20프랑짜리 동전이 빗발처럼 떨어졌다. 미처 줍지 못하는 두 사람을 도와 꼬마들도 돈을 주워 주머니에 넣어 주었다. 노인은 모자를 벗어 들고 사방에 인사를 보내고는 감사의 뜻으로 Julie la Rousse를 한 곡 더 부르고 박수를 받으며 떠나갔다. 걸어가는 뒷모습을 보니 그는 몹시 다리를 절고 있었다.

File la laine

그날 오후 C가 찾아왔다. 어둡고 싸늘하던 내 방이 갑자기 포근해지고 생기가 도는 것 같은 기쁨으로 나는 그를 맞았다. 그날 아침에 들은 노래의 여운이 가시지 않았는지 나는 공연히 흥겹고 노래가 그리웠다. C는 늘 노래를 좋아했고 우리는 만날 때마다 같이 노래를 부르고 지내던 터라 나는 책장에서 노래책을 있는 대로 꺼내 놓으면서 말했다.

"얘 노래하나 불러 봐!"

처음부터 노래를 부르라는 내 생각이 당돌하긴 했지만, C는 공연히 못 한다고 빼거나 여러 번 조르게 하는 법이 없었다.

"무슨 노래?"

"내가 아직 못 들어 본 것!"

창가에 앉아서 한참 생각하더니 그는 이런 노래를 들려주었다.

Dans la chanson de nos pères

Monsieur de Malborough est mort

Si c'était un pauvre hère

On n'en dirait rien encor

Mais la dame à sa fenêtre

Pleurant sur son triste sort

Dans mille ans, deux mille peut-être

Se désolera encor

File la laine, file les jours

Garde ma peine et mon amour

Livre d'images des rêves lourds

Ouvre la page à l'éternel retour

Ménins aux rubans de soie

Chanson bleue des troubadours

Regrets des festins de joie

Ou fleur du joli tambour

Dans la grande cheminée

S'éteint le feu du bonheur

Car la dame abandonée

Ne retrouvera son coeur

File la laine…

Croisés des grandes batailles

Sachez vos lances manier

Ajustez cottes de mailles

Armures et boucliers

Si l'ennemi vous assaille

Gardez-vous de trépasser

Car derrière vos murailles

On attend sans se lasser

File la laine…

조상 때부터 전하는 옛 노래에—
드 말보로 공이 싸움에 나가 죽었대요.
보잘것없는 평민이 죽더라도
죽음은 얼마나 슬픈 일인데……
아내는 창가에서 눈물로
사나운 신세를 한탄하며 지냈대요.
천 년이 가고 이천 년이 가도

가실 수 없는 설움 속에……

물레야 돌아라, 세월아 흘러라.

내 괴로움과 사랑을 간직하고……

무거운 내 악몽의 그림책

어서 내 죽음의 페이지를 열어라.

비단 리봉의 도련님들

음유시인의 푸른 노래

즐겁던 술잔치와

예쁘게 수놓은 그 꽃무늬……

그러나 이제 차디찬 벽난로에

행복의 불은 꺼지고

홀로 남은 아내는

잃어버린 사랑을 다시는 못 찾으리.

물레야 돌아라…….

싸움에 나선 십자군의 사나이들

창槍 쓰는 법에 명수가 되어 줘요.

전복을 단단히 입고 한시도

갑옷과 방패는 몸에서 떼지 말아요.

그리고 적군이 쳐들어와도

제발 죽지는 말아줘요!

그대들이 지키는 성벽 안에서는

여자들이 눈이 빠지도록 기다리고 있으니!

물레야 돌아라…….

예전에 서양사에서 십자군 이야기는 배웠지만, 그 뒤에 남은 프랑스 여자들은 생각해 본 일이 없었다. "살아서는 돌아오지 마라.", "훌륭하게 죽어라!"—이런 비장한 동양의 격려激勵보다도, 제발 죽지는 말아 달라는 이들의 애원은 너무나 어처구니없이 솔직해서 나는 이상스런 감격을 느꼈다. 어딘지 우리에게 가까이 느껴지는 자연단음계自然短音階의 멜로디와 함께 그때의 정경이 눈에 선해지면서 창가에 앉아 구슬픈 소리로 노래 부르는 C의 모습이 마치 그 옛날의 프랑스 여자처럼 생각되었다.

Évasion

"뭐 Bambino를 모른다고?"

나는 C의 뜻밖의 대답에 깜짝 놀랐다. 파리에서 낳았고 파리에서 자란 사람이 Bambino를 모른다니 도무지 말이 안 된다. 2년이나 파리를 휩쓸었고 뮤직홀, 카페 콩세르, 주크박스, 텔레비전과 라디오에서 매일 같이 듣게 되는 이 노래, 심지어 거리에서 어린애들까지도 휘파람 불고 지나가는 노래를 모른다니! 그때까지 C의 노래를 많이 들어봤지만 모두 독특한 프랑스의 고요(古謠)뿐—그래서 Bambino를 한번 불러 달라고 한 것인데, 뜻밖의 대답이었다.

"Bambino가 뭐예요?"

걱정스럽고 부끄러운 듯이 눈치만 살피고 있는 C에게 나는 또 한 번 물었다.

"그래 라디오에서라도 그런 노래 한 번도 못 들었어?

"집엔 라디오가 없잖아요."

그리고 보니 정말 그의 집에 갔을 때 라디오 소리를 들은 적이 없었다.

"아니, 너의 집에 어째서 텔레비전하고 라디오가 없니?"

"엄마가 그런 것 집에 안 두신대요."

(얼마 후의 일이지만, C의 집에 놀러 갔을 때 어머님께 직접 이유를 물어보 았더니 어머님의 대답이 내 귀한 자식의 교육을 무책임한 텔레비전과 라디오 에 맡길 수 없다는 것이었다)

그래서 C는 소르본느의 대학생이 된 지금까지 뮤직홀이나 카페 콩세르에도 가본 일이 없고 더구나 몽마르트르, 피갈 쪽에는 발을 들여 본 일이 없다는 것이다. 나는 그런 줄 몰랐던 뜻밖의 사실을 발견하고 혼자 웃음을 참을 수가 없었다.

"얘 너 나하고 뮤직홀에 한번 가보겠니?"

문득 이런 생각이 나면서 갑자기 참을 수 없게 되어 나는 이렇 게 물었다. 외로운 섬에 갇힌 여자를 용감하게 구해내려는 의인의 마음인지, 세상 물정 모르는 소녀를 보고 교묘하게 유혹해 내려는 악동의 마음인지 나 자신도 알 수가 없었다. C는 나의 제안에 깜짝 놀랐지만, 이상하게 눈을 반짝였다.

"그 대신 집에 가서 오늘 어디 갔다는 말은 절대 하지 않기로 해. 알았지?"

그는 무섭게 스릴을 느끼는 듯 소리도 못 내고 고개만 끄덕였다.

그러나 정말 밖에 나와서 지하철을 타고 어딘지 모를 곳에 내려놓으니까 C의 마음도 조금씩 가벼워지기 시작했다. 우리는 사람 많지 않은 뒷길을 아이스크림을 먹으면서 걷기도 하고 큰길에서 작은 소리로 노래도 불러봤다.

그러나 무엇보다도 즐거웠던 것은 어떤 골목에 들어섰을 때 길모퉁이의 카페를 가리키면서 C가 나를 막 잡아끌었을 때였다.

"나 배고파, 배고파. 뭣 좀 사줘!"

아직껏 보지 못한 C의 새로운 모습에 나는 마음속으로 미소하지 않을 수 없었다. 그래서 우리는 카페의 카운터에 선 채 간단한 식사를 마친 다음 주크박스의 노래도 듣고 틸트의 구슬을 튀기고 놀다가 다른 한 쌍과 어울리게 되어 시합도 했다. 그러다가 그만 뮤직홀의 시간을 놓쳐버려 우리는 할 수 없이 몽마르트르의 어느 카페 콩세르를 찾아가서 재미있는 노래와 이야기를 들으며 즐거운 시간을 보냈다.

몽마르트르의 한나절은 C에게는 잊을 수 없는 대사건이었지만, 다시 반복되지는 않았다. 그 후 그의 집에 놀러 갔을 때 그는 다시 그전과 똑같은 C가 되었다. 그는 여전히 고요古謠를 즐겨 불렀고, 내가 떠나올 때 C가 준 선물도 그가 늘 부르던 노래를 한데 모은 레코드와 그의 글씨로 얌전하게 베껴놓은 열두 편의 시(가사)였다.

자크 두에의 맑고 고운 소리로 C의 옛 노래를 들으며 그의 독특한 글씨를 읽고 있으면 조용하고 부드러운 그의 모습을 눈앞에 보는 것 같지만, 그 속에서는 반드시 그날 오후 "나 배고파, 배고파!" 하고 조르던 그의 색다른 이미지가 연못 속의 물방울처럼 솟아오르곤 하였다.

Adieu

귀국 후 반년이 넘은 어느 날 문득 옛 생각이 나서 오랜만에 『소몽집小蒙集』을 꺼내 보았다. 책을 손에 들자 하얀 봉투 하나가 책 속에서 뚝 떨어졌다. 무심히 집어 보았더니 아직 뜯어보지도 않은 새 편지―겉봉엔 C의 필적으로 내 이름만이 적혀 있었다. 나는 놀라움과 반가움에 뒤섞인 마음으로 봉투를 뜯어보았다. 59년 2월 16일! 그것은 내가 귀국을 두어 주일 앞두고 잠깐 영국에 다녀오려고 하던 때였다. 어느 날 저녁 학교에서 돌아와 보니, 책상 위에 『소몽집』이 얌전하게 놓여 있었다. C의 동생 부랑딘이 낮에 와서 놓고 갔다는 주인의 말―여행 준비에 바빴던 나는 그 속에 편지가 들은 것도 보지 못하고 그대로 책장에 꽂아 두었던 것이다. 나는 그 뒤에 만났을 때의 C의 모습을 돌이켜 생각해 보며 너무나 무심하게 된 나의 부주의를 얼마나 후회하였는지 모른다.

> 빌려주신 책을 부랑딘 편에 보내 드립니다. 책을 돌려
> 드리기 전에 마지막 장의 글을 다시 한 번 읽어 보았어요.

S도 한번 찾아서 읽어 보세요. 우리의 경우에 꼭 맞는 말! (다만 라마르틴의 말은 곧이듣지 마세요. 그는 너무나 비관론자─나는 도저히 동감할 수가 없어요.)

부디 즐거운 여행을 하고 오세요. 넝국에 가서 많은 사람과 사귀어 보시면 영국 사람에 내한 S의 의견도 좀 달라지겠지요. 모든 규칙에 열외가 있는데 S의 규칙엔들 열외가 없겠어요? 만일 모든 영국인, 모든 프랑스인, 모든 한국인이 다 똑같다면 너무 싱겁고 오히려 아무 재미도 없을 거예요.

그리고 런던 가시면 잊지 말고 양복점에 들려 새 양복을 맞춰 입고 오세요. 어머님 말씀을 잘 들어야 좋아하실 테니까요.

카트린은 모처럼 선물로 주신 달력을 잃어버렸대요. 혹시 그때 화집畫集 담았던 큰 봉투 속에 도로 끼어 가지나 않았는지요? 저는 그동안 '봉선화' 노래를 배우고 있습니다. 벌써 여간 마음에 들지 않아요.

요전날 밤에 재미있게 놀다 온 후 벌써 여러 날이 되었군요. 이것이 앞으로 한참 동안 이별해야 하는 마지막 외출만 아니었다면 정말 완전한 저녁이었을 것을! 그렇게 즐거운 시간이었으면서도 그 생각에 마음 한쪽이 슬펐어요.

빨리 이 책 보퉁이를 부랑딘에게 주어야겠어요. 한 시 반 강의에 나가거든요.

그러면 다시 한 번 즐거운 여행을 빕니다. 런던 가시면 편지해 주세요.

잘 갔다 와. 오빠!

편지를 읽고 난 뒤, 나는 C가 말한 그 구절을 찾아서 읽어 보았다. 'Adieu'란 제목으로 된 그 종장終章에는 다음과 같은 글이 실려 있었다.

Adieu란, 사람의 감정이 만들어 낸 너무나 절실한 뜻을 담은 낱말의 하나이다. 이 순간이 가면 나는 이미 너와 기쁨도 괴로움도 같이 해 줄 수 없고 너를 보살펴 줄 수도 없으리라. 우리가 헤어져 지내는 동안 나는 신께 너를 부탁해 맡기련다. 부디 늘 너를 보호해 주시고 너를 위하는 사람에게만 너를 내어 주시도록……. 그러나 Adieu엔 또한 이런 뜻도 담겨 있다. 비록 헤어져 있어도 우리는 언제까지나 서로 사랑하리라. 아마 다시 만나 보지는 못하겠지만……. 그리하여 이 낱말은 애정이 가득 담긴 따뜻한 말이면서도 어딘지 절실하고 슬픈 말이 아닐 수 없다.

Adieu! mot qu'une larme humecte sur la lèvre:

Mot qui finit la joie et qui tranche l'amour;

Mot par qui le départ de délices nous sèvre;

Mot que l'éternité doit effacer un jour

Adieu! ··· Je t'ai souvent prononcé dans ma vie,

Sans comprendre, en quittant les êtres que j'aimais,

Ce que tu contenais de tristesse et de lie···

Quand l'homme dit: Retour! et que Dieu dit: Jamais!

- Lamartine

Adieu! 눈물이 입술 위에 축여 주는 이 말

기쁨에 끝을 맺고 사랑을 끊어 주는 이 말

행복이 떠나감을 우리의 가슴 속에 새겨주고

언젠가 '영원永遠'에게 지워버리울 이 말······.

Adieu! 나는 살아오며 몇 번인가 너를 입에 담았지만

내 사랑하는 이를 떠나면서도

네가 품고 있는 그 슬프고 쓰린 뜻을 미처 몰랐으니!

사람이 "다시 오리라"고 말할 때, 신은 말할 것을······

"다시 못 오리라"고

- 라마르틴

프랑스 샹보르 성 앞에서(1965년 무렵)

괴로운 박수拍手

이오네스코의 경우境遇

어느 날 백화점에서 물건을 사다가 능란한 점원의 말솜씨에 넘어가 그만 비싼 물건을 사서 온 일이 있다.

"싼 게 좋은 줄 아세요? 사실 싼 게 싼 것이 아녜요……."

나는 그 말이 머리에 박혀 돌아오는 길에 줄곧 그 소리를 외우고 있었다.

"사실 싼 게 싼 것이 아니고 비싼 게 비싼 것이 아녜요. 싸다고 며칠 안 가서 고장이 나면 뭘 합니까? 그래도 비싼 것은 그만큼 값이 들었거든요. 결국은 싼 게 비싼 것이고 비싼 게 싼 것이에요. 괜히 싼 맛에 샀다가 이내 못 쓰게 돼서 버리는 것보다는 아주 사시는 김에 비싼 것을 잘해서 쓰시는 게 정말 싸게 사시는 거죠. 싸기만 하면 뭘 합니까? 결국은……."

말이 서로 꼬리를 물고 끝없이 나가니까 나중에는 말의 뜻도 다 없어지고, 마치 말이 말을 낳는 식의 장난이 되어 집에 올 때까지 계속하였다.

외젠 이오네스코Eugène Ionesco의 극劇에는 이런 종류의 말이 굉장히 많이 나온다. 우선 그의 대표작이라고 하는 「대머리 여가수」만 보아도 막이 오르자마자 흘러나오는 것은 다음과 같은 대화(?)이다.

---

* 1963년 2월 『사상계』에 발표된 글.

스미스 부인   오늘 저녁 쌀라다의 기름은 냄새가 그렇게 나쁘지
　　　　　　않더군요. 확실히 저 모퉁이 반찬 가게 기름이 우
　　　　　　리 집 앞집 반찬 가게 기름보다 더 좋은가 봐요. 아
　　　　　　마 저 아랫집 반찬 가게 기름보다도 더 좋을 거예
　　　　　　요. 물론 그 두 집 기름도 맛이 나쁘다는 건 아니지
　　　　　　만…….

스미스 씨   (신문을 읽으면서 혀를 찬다)

스미스 부인   하여튼 제일 좋은 건 역시 저 모퉁이 반찬 가게 기
　　　　　　름이에요.

스미스 씨   (신문을 읽으면서 혀를 찬다)

스미스 부인   메아리가 그래도 이번에는 감자를 제법 잘 지졌어
　　　　　　요. 지난번엔 도무지 잘못 지지더니……. 정말 감
　　　　　　자는 여간 잘 지져 놓지 않으면 통 못 먹겠어요.

스미스 씨   (신문을 읽으면서 혀를 찬다)

스미스 부인   참, 그리고 생선도 맛이 있던데요. 글쎄 입에 침이
　　　　　　넘어오더라니까요. 그래서 두 토막이나 먹었죠. 아
　　　　　　니 세 토막이던가? 하여간 배가 불러서 혼났어요.
　　　　　　참, 당신도 세 토막 잡수셨죠? 세 번째에는 먼젓번
　　　　　　보단 좀 작은 걸 잡수시더군요. 그렇지만 저는 더
　　　　　　큰 것을 먹었어요. 그러니까 오늘 저녁에는 제가
　　　　　　당신보다 더 잘 먹었나 보죠? 정말 이상하군요. 여
　　　　　　느 때 같으면 당신이 훨씬 더 잡수시는데! 식욕은
　　　　　　늘 대단하시니까…….

스미스 씨 (신문을 읽으면서 혀를 찬다)

내가 처음으로 이오네스코의 이름을 안 것은 파리의 신문에서 보고 우선 그 이름이 재미있어서 기억했고, 극을 처음으로 본 것은 친구들이 '이오네스코를 어떻게 생각하느냐'고 묻는데 밤낮 '못 봤다'고만 대답하기가 미안해서 한번 용기를 내어 쎙-미셸의 뒷골목에 있는 라 위세트La Huchette 극장을 찾아가 본 것이다. 작품은 「대머리 여가수La cantatrice chauve」였는데 극장은 시종 웃음으로 들끓었다. 보고 나서 생각하니 별로 사상적 내용은 있는 것 같지 않았다. 도대체 이렇게 사람을 웃기는 극의 중심 사상이란 따지고 보면 극히 상식적이고 통속적인 진리밖에는 안 되는 것이 보통이다. 그러나 그렇다고 해서 그를 단순히 상업적인 작가로 생각할 수는 없었다. 이 점에 대해서 마침 생각나는 것은 그 당시 신문에서 파리 굴지의 프로듀서인 라르-슈미트Lars Schmidt가,

> 극작가는 좀 더 현실적이 되어야 한다. 극장과 대중을
> 떠난 극이란 있을 수 없으니 극작가는 현실의 리듬과 일치
> 하는 극의 리듬, 생활의 언어를 되찾아야 한다.

라고 호령했을 때 이오네스코가 그를 반박한 글이 너무나 격렬하고 가혹한 데에 깜짝 놀랐다. 그 한 구절,

> 극작가에게 충고를 줄 수 있는 사람은 슈미트와 같은

상인이 아니라 예술가, 작가, 비평가뿐이다. 이러한 프로듀서는 협력의 대상이 아니라 투쟁의 대상이요, 없애버려야 할 악의 세력이다. 만일 그 악이 아무리 죽여도 자꾸 되살아나는 괴물이라면 우리는 몇 번이고 그것을 단두대에 올려 깨끗이 없애버리지 않으면 안 된다

이오네스코의 작품에서 구태여 사상적인 내용을 끌어낸다면 결국 '세상일은 하나도 이치대로 되지 않는다.'는 정도의 것이 될는지도 모른다. 이것으로 프랑스 주지주의主知主義에 대한 비판이라고 한 사람도 있었지만, 이오네스코의 경우, 그 작품과 그 밖의 어느 글을 보아도 실존주의나 현상학과 같은 철학적 태도는 약에 쓸 만큼도 찾아볼 수 없을 것이다. 따라서 이오네스코의 작품에서 어떠한 사상적 내용을 찾는 것은 도대체 무익한 일인 것 같다.

이오네스코의 극이 우리에게 감명을 주는 것은 첫째 웃기는 수법이 너무나 색다르고 극이라는 장르의 주춧돌을, 보기에도 시원하게 부숴 놓았기 때문이다. 그 결과 그의 극에는 어딘지 음악의 세계와도 통하는 점이 있다. 이오네스코와 비슷한 수법, 비슷한 경향으로 알려진 작가로 장 타르디외Jean Tardieu 같은 이의 작품에는 실제로 '소나타', '소나티네' 같은 이름이 붙은 것이 있고, 그것을 모은 것의 제목이 또한 『실내악室內樂』이 아닌 『실내극室內劇, Théâtre de chambre』이다. 이오네스코 자신은 『연극의 실험』이라는 책에서 연극도 다른 예술과 같이 상상의 완전한 자유를 가져야 하며 그것이 바로 그의 연극의 출발점이라고 하였다. 그에 의하면 연극도 예술인

이상 마땅히 상상력에 호소하는 것이지만 그 소재 자체가 너무나 현실적이기 때문에 다른 예술처럼 순수한 허구의 세계에 도달할 수가 없다는 것이다.

우선 연극은 언어를 사용해야 하기 때문에 거기에는 반드시 명백한 뜻이 담겨 있어야 하고 앞뒤가 서로 통하는 것이어야 한다. 또 연극은 인물이 없이는 될 수 없으니 인물의 진실성이라는 것이 연극을 현실에 붙들어 매어두는 또 하나의 조건이 된다. 그래서 인물은(비록 성격 같은 것을 배제하는 경우라 할지라도) 언제나 그의 자기동일성을 피할 수가 없을 뿐 아니라 모든 행동에 반드시 그럴만한 동기가 있지 않으면 안 된다. 또 그가 사는 세계는 한 막幕의 테두리 안에 풍경화처럼 고정된 일정한 공간이어야 하며 그 속에 흐르는 시간은 똑같은 방향으로 똑같은 속도 밖에는 가질 수가 없다. 이러한 사실은 어떠한 경향의 작품임을 막론하고 연극 자체가 지니고 있는 기본적인 제약이요, 그 세계였던 것이다. 이오네스코의 극은 이러한 제약을 벗어나기 위해 공간과 시간의 구조 그리고 인간의 존재와 언어를 산산이 깨트려 버린 다음 그 하나하나의 조각을 소재로 삼아 '바로크' 음악처럼 순수하고 자유로운 세계를 터보려고 한 것이다.

그래서 시간의 흐름은 앞을 향하기도 하고 멈추기도 하고 거꾸로 흐르기도 하며 때로는 서로 다른 시간이 중첩되기도 한다. 시간의 중첩은 동시에 공간의 중첩도 될 것은 물론이다. 또 인물은 자기동일성을 잃기도 하며 때로는 모든 사람이 똑같은 이름을 갖기 때문에 결국 서로 이름이 없는 것과 같을 때도 있다. 그의 행동에는 아무런 동기도 없든가 혹은 일정한 동기에서 우리의 예상과는 전연 반대의 반응이 나오기도 한다. 그의 언어는 마음대로 '뜻'을 떠나 제 나름대로 재주를 부리고, 논리가 없으므로 앞뒤가 맞을 필요도 없다. 이러한 극을 보고 있으면 마치 우리의 존재와 언어를 완전히 파괴해 버리고 그 파편을 악기로 삼아 자유로이 연주하는 하나의 음악을 듣는 것과도 같다. 마침 삐꽁의 '현대 불문학 개관'과 빵고의 '현대 작가 사전'에 약간의 텍스트가 나와 있으므로 먼저 깨어진 존재'의 음악을 한 토막 들어보기로 한다.

스미스 씨　　(여전히 신문을 읽으면서) 한 가지 아무리 생각해도 모를 일이 있는데! 도대체 '인사란人事欄'에는 왜 죽은 사람의 나이는 내면서 새로 난 아이의 나이는 안 낼까? 정말 난센스야!

스미스 부인　정말 그렇군요! (잠시 침묵, 벽에 걸린 시계가 일곱 시를 친다. 한참, 시계가 세 시를 친다. 또 한참, 이번엔 시계가 한 번도 안친다)

스미스 씨　　(여전히 신문을 읽으면서) 아니, 보비-왈슨이 죽었군.

스미스 부인　아이, 저걸 어째! 그래 언제 죽었대요?

스미스 씨　　도대체 당신은 뭘 그리 새삼스럽게 놀라는 거요? 다 알고 있을 텐데……. 그가 죽은 지가 벌써 2년 아니오? 그리고 그때 장례식에도 같이 가지 않았고? 그러니깐 한 1년 반 되었을까?

스미스 부인　누가 모른대요? 나는 곧 생각이 났지만, 당신이 그걸 신문에서 보고 놀라시는 게 이상했던 것이죠.

스미스 씨　　그게 언제 신문에 났댔어? 그가 죽었다는 소식을 들은 건 벌써 사흘이나 되지만 이제 갑자기 관념연합觀念聯合에 의해서 생각이 떠올랐단 말이지!

스미스 부인 참 안됐어요. 시체를 잘 보존했다니.

스미스 씨 아마 우리 영국에서 가장 아름다운 송장일 거야. 도저히 그
나이로는 안 보이더군! 정말 가엾어! 그가 죽은 시 4년이 되
어도 아직 몸이 뜨겁다니까. 그야말로 산송장이지! 그리고
어찌나 명랑한지!

스미스 부인 아이 가엾어라. 시집온 지 얼마 안 돼 죽었다니!

스미스 씨 장가를 왔지, 왜 시집을 와?

스미스 부인 아니 그 부인 생각을 한 거예요. 부인도 이름이 보비거든요.
보비-왓슨……. 둘 다 이름이 똑같으니까 둘이 같이 있으면
누가 누군지 전연 알 수 없었대요. 이제 그가 죽으니까 비
로소 누가 누군지 알게 됐지요. 그러나 지금도 가끔 그 부인
을 죽은 남편으로 잘못 알고 애도를 표하는 사람들이 있다
던데요. 참, 그 부인 아세요?

스미스 씨 그저 우연히 한번 봤지. 보비의 장례식 때 말이야.

스미스 부인 난 아직 한 번도 못 봤어요. 그래 어때요? 예쁘게 생겼어요?

스미스 씨 반듯하겐 생겼는데 예쁘진 않아. 너무 키가 크고 뚱뚱하거
든! 그래서 얼굴이 별로 반듯하질 못한데 상당히 예쁘다곤
할 수 있어. 도대체 너무 키가 작고 빼짝 말랐거든! 그래도 성
악선생이라던데.

(벽시계가 5시를 친다. 한참)

- 「대머리 여가수」에서

다음은 '뜻을 떠난 말'—이것은 프랑스어의 말장난이니 그대로
는 옮길 수 없고 낱말을 마음대로 바꿔 가면서 옮겨 본다.

로베르뜨2   어서 편히 앉으세요. 그리고 머리에 쓰신 그것도…(모자를
          가리키며) 아이, 그것이 무엇이더라? 그게 무어죠?

쟈끄   모르시겠습니까?

로베르뜨2   뭐예요. 머리에 쓰신 그것…….

쟈끄   어디, 알아맞혀 보세요. '모'선생이랍니다. 전 그걸 아침부터
          쓰고 다녀요.

로베르뜨2   모략? 아침부터 모략을 쓰고 다니세요?

쟈끄   온종일 안 벗는단 말이에요. 밥 먹을 때나 방에서나……. 참
          인사할 때는 필요 없지만…….

로베르뜨2   못난이군요. 모난 소예요?

쟈끄   글쎄 가끔 들이받기도 하지만 얌전할 때도 있죠.

로베르뜨2   그럼 모던 걸이군요?

쟈끄   가끔 홀딱 젖을 때도 있습니다.

로베르뜨2   모시 적삼?

쟈끄   물속에도 곧잘 들어갔죠.

로베르뜨2   목욕 비누요?

쟈끄   물 위에 뜨기도 합니다.

로베르뜨2   모터보트?

쟈끄   천만에!

로베르뜨2   그럼 목선木船?

쟈끄	가끔 산에도 잘 갑니다. 꼴은 좀 사나워지지만…….
로베르뜨 2	모, 모, 모르겠어요.
쟈끄	모잡니다.
로베르뜨 2	아참! 그럼 모자를 벗으세요. 어서 벗으세요. 쟈끄 씨, 나의 쟈끄 씨! 우리 집에 오셔서는 남의 집에 오신 것처럼 하시 마시고 그저 댁에 계신 것처럼 하세요.

-『쟈끄』에서

이렇게 볼 때 이오네스코를 반연극反演劇의 작가라고 부르는 것은 그대로 받아들이기 어려운 말이다. 그것은 도대체 '반연극'이라는 것 자체가 사실은 아주 급진적인 '연극 운동'이기 때문이다. 이들은 주어진 연극의 세계 안에서 자기들이 가진 사상을 표현하는 사람들이 아니라, '연극이라는 것(장르)'을 앞에 놓고 이를 개조해보려는 사람들이니 마치 주어진 사회 안에 안주하며 정상적인 생활을 하는 사람과 그 사회 자체를 바꿔보려는 혁명가의 차이와도 같은 것이다.

그러나 혁명은 그 자체가 목적일 수는 없고 목적 달성과 동시에 끝나는 것이니, 연극도 이를 본래의 관점에 돌아와서 볼 때에는 자연히 문제가 달라질 수밖엔 없다. 눈부신 장르의 탐구로 정당화되던 작품의 무내용無內容(이를 이오네스코는 '순수성'이라고 부른다)이 언제까지나 그대로 정당화될 수는 없는 노릇이다. 왜냐하면, 예술의 모든 부분 가운데서도 문학과 연극은 상상력과 감성만을 가지고는 설 수 없는 세계이기 때문이다.

이오네스코의 작품도 이제는 각 장면에서 그 효과가 끝나는 비구성적 수법을 떠나 차차 전체적인 구조를 찾게 되었고 그에 따라서 이제는 내용 없는 언어의 '순수성'을 떠나 차차 사회의 현실에 기원을 둔 극적 내용을 담게 되었다. 그러나 「아메데Amédée」, 「코뿔소Le Rhinocéros」와 같은 그 후의 작품은 그의 명성 확립과 대무대진출大舞臺進出에도 불구하고 공연히 범용凡庸한 사상(이데올로기나 철학사상일 필요는 없다)이 들어오면서 예전의 날카로운 기법의 매력만 없애버린 결과가 되었다. 그래서 지금도 사람들의 박수는 그의 새로운 작품보다도 오히려 옛날 「대머리 여가수」에 향하고 있다니 박수 치고는 어딘지 그에게 괴로운 박수가 되었을 것이다. 왜냐하면, 그것은 혁명가 이오네스코가 좀 더 나은 사회를 마련하기는 했지만, 막상 자기 자신이 정치 생활에 들어와서는 국민에게서 실망을 주고 있다는 말과 같기 때문이다. 혁명과 정치는 역시 다르다. 이제부터 이오네스코는 참다운 정치를 하든가 그렇지 못하면 다시 옛 자리에 돌아가서 혁명 활동을 계속해야 할 것이다.

4·19 정신론

'나랏사람'이란?

사람이 하는 모든 일 가운데 정치처럼 고귀하고 아름다운 일은 없다고 나는 생각한다. 개인은 모두 저마다의 욕망을 좇아 사는 것이 보통이지만, 정치인은 개인의 삶을 떠나, 오로지 '나라'가 되어 모든 일을 생각하고 행동하는 사람이기 때문이다. 이것은 우리 정치인을 내가 찬양하는 말이 아니라, 정치란 본질적으로 그런 것이요, 개인으로서는 자신의 이익을 지키며 살던 사람일지라도, 일단 정치에 들어와서는 그렇게 될 수밖엔 없다는 말이다.

우리나라에서는 오히려 정치란 매우 추잡하고 불순한 것처럼 생각되고 있다. 가령, '정치적'이란 말이 불순하다는 뜻으로 쓰인다든지 정치인이 자기의 깨끗함을 말하고자 할 때, "정치에서 깨끗이 손을 떼고 시골에 가서 농사나 짓고 싶다."라는 말을 흔히 하는데, 도대체 이들은 정치를 무엇으로 알고 있는 것인지, 새삼 의심스러워진다. 추측하건대 이들이 말하는 것은 정치가 아니라, 어떤 이권을 둘러싼 일종의 패싸움일 것이다. 그렇지 않고서는, '정치'가 추잡하다는 것은 도저히 말이 되지 않는다.

유럽에서는 정치란 말이 그런 뜻으로 타락되지는 않았다. 정치가는 개인의 삶을 나라에 바친 사람인만큼 언제나 깊은 존경의 대

＊ 연도, 출처 미상의 글

상이 되고 있으며, 어중이떠중이 함부로 정치에 뛰어드는 일도 없으려니와, 적어도 정치에 나선 사람이면 그만큼 나랏일에 특출한 지식과 신념을 지닌 사람이라 생각되고 있다. 프랑스 국민이 그토록 높은 지식수준을 가졌으면서 일반적으로 정치에 대해 관심이 적은 것처럼 보이는 것도 사실은 정치에 대한 무관심이 아니라, 정치가에 대한 국민의 신뢰를 보이는 현상이라고 할 수 있다. 가령, 대전 중의 처칠이나 현재의 드골은 물론, 그 밑의 어떠한 정치인도 혹시 그 권력을 이용해서 개인(혹은 그 일당)의 이익을 꾀하는 것이 아닌가 의심하는 사람은 국민 중에 거의 없다. 나는 프랑스에서 장관, 국회의원의 아들을 몇 사귀었지만, 그들의 사회생활(취직의 기회, 병역, 학사 등)은 부친의 공적이나 지위와 별스런 관계가 없음을 보았다. 나는 이런 것을 통해 그들이 정치가를 '나랏사람佛-homme d'Etat, 英-statesman'이라고 부르는 뜻도 잘 알 수 있었고, 정치를 다시없이 고귀하고 아름다운 일로 생각하게 되었다.

이러한 현대정치(민주정치)의 양상은, 물론 유럽이라고 애당초부터 그랬던 것은 아니다. 옛날에는 그곳에서도 임금은 곧 '나라님'이었고, 나라님 속엔 그의 개인적인 욕망과 '정치'가 명확히 구별되어 있지도 않았다. 그래서 다행히 임금이 어질고 착하면 좋은 정치도 베풀어졌지만, 만일에 그렇지 못할 때엔 나랏일이 그의 개인적인 욕망에 따라 함부로 처리되기도 하였고, 나라 안의 모든 재물, 땅, 그리고 목숨이 공사의 구별 없는 임금의 의사에 따라 참으로 간단히 처리될 수도 있었다. 그러니 백성은 제 목숨을 초로草露와 같이 생각할 수밖에 없었고, 살아있다는 사실마저 밤낮 황은皇恩에 감사드리지 않으면 안 되었다.

이렇듯 불안하고 무섭던 옛날의 정치가 마침내 오늘과 같은 민주정치로 변하기까지엔, 실로 수세기라는 세월과 숱한 사람의 피를 흘리게 한 혁명이 필요했다. 그래서 프랑스나 영국 사람들에게는, 사유, 민권, 민주주의란 단순한 낱말이 아니라, 그들의 혈관 속에 살아있는 생명과도 같은 것이며, 그러한 사람들 가운데 오늘의 정치는 하나의 필연과도 같이 발전하고 있다.

이렇게 볼 때, 민주주의는 주권이 임금으로부터 백성으로 옮겨졌음은 물론이지만, 모든 권력은 집권자 자신의 것이 아니라, 국민으로부터 위임받고 대행하는 것인 만큼, 정치가에게는 언제나 '나라'로서의 입장밖에는 있을 수 없다는 것이 또한 본질적인 사실이다.

다음에 정치가가 국민으로부터 깊은 존경을 받는 또 하나의 이유는 그들의 깨인 의식에 있다. 오늘날 우리 국민은 나라를 다스리는 데 기초가 되는 모든 사실에 대해서 매우 한심한 정도의 지식밖엔 가지고 있지 않다. 그러나 민주주의는 원래 국민의 의식이 완전히 깨어있음을 전제로 하는 정치체제이기 때문에, 일정한 높이의 교육 수준, 자주적인 의식, 편견을 벗어난 사고, 그리고 완전한 사상의 자유가 확보되지 않고서는 결코 참다운 것이 될 수 없다. 만일에 국민이 모두 무식하다면 민주주의는 어느덧 독재정치가 되고 말 것이요, 자주적 의식이 없다면 사실상 남의 식민지가 될 것이며, 짙은 편견에 사로잡혀 있다면 평화를 위협하거나 자멸하고 말 것이요, 사상의 자유가 없다면 그만큼 전체주의에 가까워질 수밖엔 없을 것이다.

그런데 우리나라의 현실로 보면, 아직도 선거에 작대기를 사용할 만큼 교육 수준이 낮고, 예부터 사대주의 근성이 중외에 유명하리만큼 민족적 자주성이 없고, 우리 생활이 아직도 사주, 무당, 운명론, 화수회花樹會, 지방벌, 신흥종교 따위에 지배될 만큼 편견이 극심하고, 내가 지금 이런 글을 쓰면서도 혹시 걸릴 말은 없을까 근심이 되도록 사상의 자유가 없다.

이러한 현실에서 우리와 같은 우민愚民의 다수결로 나랏일이 결정된다면, 그처럼 위험한 일은 없을 것이다. 따라서 우리는 엄밀히 말하면 아직 민주국가의 시민 될 자격을 못 갖춘 셈이지만, 앞으로 완전한 자격을 가지게 되는 날까지 우선 의지해야 할 유일한 곳은 정치인들이다. 그들은 정치를 하겠다고 나선 이상, 모든 정치적 사실에 대해 진정한 시야를 갖고, 우리 사회의 편견을 벗어난 진정한 사고를 하는 사람일 것이니, 나라의 다스림을 그들에게 맡겨서 결국 틀림없는 정치만 된다면, 민주주의는 그들을 통해 정당화될 수 있을 것이다.

그러나 사실 우리 정치인들은 우리와 똑같은 시야밖엔 가지고 있지 않을뿐더러, 권력은 좋아하지만 '정치'에 대해서는 우리보다도 관심이 적다. 그들의 사상이란 그때그때 정부가 내세우는 구호를 벗어난 일이 없고, 그들의 사고는 결국, 이것은 좋은 것이니까 좋고 저것은 나쁜 것이니까 나쁘다는 추종의 논리밖엔 없다. 이러한 정치인 중 심한 자는 일제, 미 군정, 이 정권李政權, 공산군 점령, 다시 자유낭, 장 정권張政權, 군사 정권하에서 그때그때 재빨리 사상의 변색을 거듭했겠지만, 비록 사람에 따라 정도의 차이는 있어도,

신념 없는 정치인이란 언제나 그렇게 될 수밖엔 없을 것이다.

우리나라 정치인에게 '나라'의 입장이 없고 진정한 시야가 없다는 것은, 곧 우리나라에는 '정치'가 없다는 말이다. 개인과 한 도당의 이익을 위해 권력을 탐내는 어두운 인간들은 있어도, 참다운 '나랏사람'이 없다는 말이다. 이러한 사회에서 정치라는 것이 의로운 일이 못 되고 다시없이 추잡하고 불순한 일로 생각되는 것은 오히려 당연한 일이 아닌가?

4·19는 혁명이다

4·19는 불의에 항거하여, 다시 말하면 정의를 실현하기 위해 일어났다고 한다. 여기서 정의란 무엇이냐를 따지기로 한다면 매우 어려운 문제가 되지만, 4·19의 정의가 구체적으로 요구한 것이 무엇인가 하고 묻는다면, 한마디로, '나라의 입장'과 '높은 시야'를 갖춘 참다운 정치라고 대답할 수 있을 것이다. 학생들은 이러한 요구를 내걸고 마침내 부패한 정부를 타도했지만, 스스로 정권을 잡을 생각, 그런 주체 세력을 마련할 생각은 하지도 않았고, 모든 것을 기성 정치인에게 맡기고는 학교로 돌아왔으니, 이러한 사실이 오히려 4·19의 성격을 매우 모호하게 만든 것도 사실이다. 그래서 우리 중에는 4·19를 '혁명'이라고 하는 것은 일종의 국민적인 찬사요, 엄밀히 말해서 4·19는 혁명이 아니라고 생각하는 사람도 많이 있다.

그러나 4·19는 당장에 나타나는 정치적인 결과보다도, 어디까지나 그 정신적인 새 자세에 참다운 뜻이 있다. 역사상 처음으로 민권의 존엄성을 드높이 외치며, 행동으로써 압제자를 몰아내기에 성공했다는 것은, 예부터 우리 민족의 앞길을 가로막고 있던 높은 장벽을 무너뜨리고 훤히 트인 새 전망을 열어 준 것과도 같고, 수백 년 고였던 연못에 사상의 돌을 던져 잠들었던 모든 생명을 일깨워 놓은 것과도 같다. 그들이 정권에 무심했던 것은 결코 4·19를 무력하게 만드는 일이 아니라, 오히려 그 순수성과 정신성을 결정적으로 부각시킨 사실이다. 따라서 4·19는 그것이 혁명이 되느냐 못 되느냐는 것까지도, 일체를 국민과 앞날의 역사에 맡기고 있다는 데에 중요한 뜻이 있다. 단순히 정권 장악을 목적으로 하는 정변政變이라면 일시에 그 성패와 성격이 결정될 수도 있지만, 4·19는 사회의 병든 생리를 뜯어고치는 싸움의 시작인만큼, 오랜 세월과 모진 파란을 거쳐야 할 역사적인 투쟁이요, 그런 뜻에서 어디까지나 하나의 혁명이다.

4·19에 뒤이어 혁명완수를 공약하고 나선 예전의 야당에 얼마나 큰 국민의 기대가 쏠렸던가는 그들이 새 국회 의석의 3분의 2를 차지하게 된 것만을 보아도 알 수 있는 일이다. 그러나 이조李朝 이래의 사색당쟁四色黨爭을 정치로 알고 있는 사람에게서 갑자기 정치를 기대한다는 것은, 마치 옻나무에 대추 열리기를 기다리는 것과도 같은 일이다. 이미 4·19 전에 국민의 막중한 기대를 저버리고 오직 당내 파쟁에 여념 없던 일만으로도 충분히 증명되듯이, 그들은 그 성분과 생리에서 과거의 집권당과 본질적으로 다르다고 볼 아무런 이유도 없다. 만일 다른 점이 있었다면, 한쪽은 이미 정권을 잡았고 한쪽은 아직 못 잡았다는 것, 한쪽은 피둥피둥 살이 쪘지

만, 한쪽은 볼품없이 말랐다는 것, 그래서 한쪽은 증오의 대상이 되었지만, 한쪽은 동정의 대상이 되었다는 것뿐이다. 그들이 결국 하나의 붕당이요, '나랏사람'들의 신념을 합친 '정당'이 아니었다는 것은, 본래 하나이던 당이 아무런 정책政策상의 필연적인 이유도 없이 신·구의 두 쪽으로 다시 저마다 노·소의 두 갈래로 갈라졌던 것을 보아도 알 수 있으니, 이것은 바로 옛날의 남북, 노소의 사색四色 싸움이요, '정치'와는 아랑곳도 없는 일이다. 이것만으로도 이미 그들은 공약을 위배하였고, 학생들과 국민을 배신한 것이다.

5·16은 그 자체만으로는 어디까지나 군부에 의한 쿠데타였지 4·19와 같은 국민적인 혁명은 아니었다. 만일 5·16이 혁명으로서 정당화될 수 있다면, 그것은 오직 4·19의 긍정과 완수를 통해서뿐이다. 다시 말하면 5·16은 4·19를 긍정하는 만큼 혁명이 될 수 있고, 그와 어긋나는 만큼 혁명이 될 수 없다는 말이다. 앞서 4·19의 목표는 정치의 확립에 있고, 정치란 '나라의 입장'과 '높은 시야'를 찾는 일이라고 말한 바 있지만, 5·16 군사정부는 '나라의 입장'을 찾음에서, 처음으로 '정치'에 가까운 것을 보여준 듯하였다. 우리에게 무엇보다도 절실하고 아쉬운 것은 언제나 사심 없는 정치였던 만큼, 잘하려고 한 일이 결과적으로 잘못된 것, 즉 식견의 부족에서 나온 잘못은(외국에서는 그것부터도 정치가 될 자격의 부족이라 하여 문제가 되지만), 우리나라에서는 아직 그것을 책망할 단계는 아니다. 그것은 중대한 실정, 실책일는지는 모르지만, 부정은 아니기 때문이다. 그런 의미에서 그동안의 몇몇 중대한 실책은 굳이 문제 삼지 않는다 하더라도—최근에 표면화된 정부 내의 부정 혐의 사건

과 군사정부 내의 파벌적인 분열은, 5·16 정권이 정당화될 수 있던 유일한 이유를 스스로 깨뜨리는 결과가 되었다. 민주주의를 일단 정지시키고, 군인이 직접 집중된 권력을 장악함으로써 모든 구악의 뿌리를 뽑겠다는 군정 자체가, 결국 이러한 구악을 재현시킨다면, 그것은 5·16의 혁명성을 스스로 부정하는 일이 아닐 수 없다. 다음으로 정치의 '높은 시야'에 있어서는, (대중립국수교對中立國修交와 같이 약간의 전진을 보인 면도 있었지만) 전체적으로 볼 때에는 정치적이나 도덕적으로 고식적姑息的인 복고復古를 거듭함으로써 많은 후퇴를 해버렸다. 그 결과 우리의 시야는 전보다도 더 좁아졌고, 어느덧 4·19 이전의 시점에 되돌아온 것 같은 인상을 주고 있다. 심지어 옛날의 자유당원들은 이를 4·19의 부정, 자유당 시대의 재래로 믿고, '반공 애국자 이 박사 노선'을 소리 높이 부르짖게까지 되었다. 5·16 이전이라면, 이 어찌 생각할 수나 있는 일이며, 국민이 그런 말을 묵과했을 것인가? 그러나 지금은 우리 눈앞에 4·19가 옛 자유당원에 짓밟히고, 학생의 피가 오물처럼 모독당하는 것을 보면서도, 무거운 침묵만이 침통하게 흐르고 있다.

이제 민정 이양民政移讓을 앞두고 정치인들의 활동은 일제히 시작되었다. 오랫동안 볼 수 없던 이름들이 다시 쏟아져 나왔고, 그들의 동정動靜과 발언이 끊임없이 보도되고 있다. 그동안 국민이 민정 이양을 초조하게 기다린 것은, 물론 옛날과 같은 파쟁의 재개가 아니라, 4·19, 5·16의 체험과 반성을 통해 참다운 나랏사람이 되어, 이제는 '정치'로써 나라를 다스려 주기를 바랐던 것이다. 그러나 정치 활동이 재개된 후 국민이 맛보게 된 것은 암담한 환멸과 호소할 곳 없는 절망뿐이다. 그들이 몰려나온 이래 현재까지의 모든 움직임은 결국 누구를 모시느냐, 누가 누구의 계系냐 따위의 인적·파벌적인 문제에 그칠 뿐 아직 나라의 정책에 대한 말은 단 한 번 나와본 일이 없다. 이리한 정치인들에게 맡길 디음 정부린, 결국 혁명 이전의 상태로 돌아가는 것뿐이니, 그들의 활동이 활발해질수록 국민의 절망은 더욱 깊어가고만 있다. 이것은 곧 4·19의 죽음이요, 정의가 존재하지 않음이요, 구악舊惡의 승리와도 같이 보인다.

그러나 이 모든 것은 하나의 '외양外樣'일 뿐, 4·19가 일깨워 놓은 국민의 의식이 다시 죽을 수는 없는 일이다. 비록 지금 혁명의 반동이 마치 혁명 이전과 같은 현실을 우리 눈앞에 재현시키고 있다 할지라도, 그것이 어디까지나 '반동'으로 의식되면서 우리 가운데 더욱 뿌리 깊은 사명감을 발전시키고 있는 한 4·19는 여전히 살아있는 것이다. 혁명이란 언제나 깊은 정신성을 내포하는 것이며 현실의 질서와 양립될 수 없는 새 질서를 실현하려는 것이기 때문에, 단순한 정변처럼 일시에 결말지어질 수 있는 것이 아니라, 장구한 시일을 통해 역사적으로 실현될 수밖에 없다. 따라서 참다운 혁명은 비록 시작은 있어도 끝은 없는 것이 보통이다. 가령 프랑스혁명은 언제 시작해서 언제 끝이 났는가? 물론 정확히 선을 긋기란 불가능하지만, 그 시작만은 (예컨대 국민의회의 성립과 같이) 인공적인 선이라도 그을 수 있음에 반하여, 그 끝은 엄밀히 말해서 존재하지 않는 것이 사실이다. 왜냐하면, 프랑스혁명은 제1공화국의 수립으로써 완성된 것도 아니요, 나폴레옹 제정의 출현으로 죽어버린 것도 아니기 때문이다. 그것은 그 후의 제2, 제3공화국을 통해 마침내 오늘의 제5공화국에 이르기까지 그대로 살아서 역사를 움직이고 있으니 혁명은 오히려 현재에도 진행되고 있는 것이다. 우리의 4·19 혁명도 그 시작을 4·19 데모로 삼든, 4·19 고대생 데모로 보든, 혹은 그 이전의 대구 학생 데모나 3·15 마산 데모로 치든—앞으로 이 나라에 정의의 질서를 세우고 참다운 근대사회를 이룰 때까지 불사조처럼 살아서 역사를 밀고 나갈 것이다. 우리의 시야를 깜깜하게 가로막던 의식의 장벽을 깨끗이 허물어뜨린 지금, 다시 그 장벽을 쌓아올릴 자는 아무도 없을 것이니, 참다운 혁명에는 결코 죽음이 없다. 이렇게 볼 때 4·19는 현재의 절망적인 현실에도 끝난 것이 아니라 오히려 시작되는 것임을 알 수 있다. 마치 프랑스 국민이 제1공화국 말기에 지롱드당黨과 자코뱅당黨의 싸움에 시달리고 있을 때, 혹은 마침내 나폴레옹의 제정을 맞이했을 때에 혁명은 이미 사멸한 것으로 느꼈던 것처럼, 우리도 지금 4·19가 무無로 돌아갔음을 슬퍼하고는 있지만, 프랑스혁명이 오늘날까지 프랑스 역사에 그대로 살아있듯이, 우리의 4·19와 학생의 피도 앞으로의 역사를 통해 참다운 평가를 받을 것이오, 가지가지 기만적인 명분을 내세우며 혁명 수행에 반역하는 모든 세력은, 그들대로 엄정한 역사의 심판을 받을 것이다.

아메리카니즘에 대하여

아메리카니즘은 오늘날 우리의 중요한 일상용어가 되었지만, 그것이 정확히 무엇을 뜻하느냐에 대해서는 명확하게 말한 사람이 없다. 혹은 개척자 정신이라 하여 미 국민이 가진 용기, 지구력, 근면, 능률 등을 드는 사람도 있고, 혹은 미국에서만 볼 수 있는 풍물로서 껌, 코카콜라, 책상 위에 발 올려놓기, 지프, 다이제스트 등 자잘한 것들을 늘어놓는 사람도 있고, 혹은 아주 심각한 문제로 미국에서 볼 수 있는 매스컴의 위력, 모든 것의 산업화, 오토메이션에 관련된 사회문제 등을 들어 이것이 아메리카니즘이라고 하는 사람도 있다. 그러나 용기, 지구력, 근면, 능률 등은 독일인이나 영국인에게서도 똑같이 발견되는 것이니, 이것으로 아메리카니즘이라고 하는 것은 매우 부자연스러운 일이다. 그뿐만 아니라 이 낱말들은 결국 '겁 없이 한다', '끈기 있게 한다', '부지런히 한다', '빨리 한다'는 뜻인데, 도대체 무엇을 그렇게 한다는 말인가? 무엇을 하느냐에 따라서 굳셈, 끈기, 부지런함 등은 가치 있는 것이 될 수도 있지만, 또한 전연 무가치한 혹은 죄악이 될 수도 있으니, 문제는 오히려 그 내용에 있을 것이다. 다음에 껌이나 콜라, 지프의 모양 같은 것은 인간 생활의 너무나 우연적인 단편에 지나지 않기 때문에, 그런 것은 있어도 좋고 없어도 좋은 문제이다. 끝으로 매스컴, 오토메이션 등의 중요 문제는 그대로 유럽에도 나타나 있는

＊ 1963년 3월 『신세계』에 발표된 글.

현실이고, 앞으로 우리나라에서도 차차 심각해질 것이니, 이것은 아메리카니즘이 아니라, 어느 단계에 이른 산업사회가 필연적으로 당면하는 현대사회의 공통 문제로 보아야 할 것이다. 이렇게 볼 때 아메리카니즘은 자못 뚜렷한 개념처럼 쓰이고는 있지만, 기실其實 별스런 내용이 없는 말이다. 프랑스에서는 '프랑스 문화'의 의식이 뚜렷한 대신, '갈리시즘'이라는 것을 말하는 사람은 없다. 그러나 미국의 경우 '아메리카 문화'라는 의식 대신에 '아메리카니즘'이란 것을 미국인 자신 누구보다도 강조해 온 것은 무슨 까닭일까? 여기서 문제는 아메리카니즘이 무엇이냐는 것보다도, 뚜렷한 내포內包도 없는 '아메리카니즘'이 왜 그토록 강조되어야 하는가에 옮겨지지 않을 수 없다.

그러나 문제에 들어가기 전에, 우리는 먼저 미국에 대해 누구나 가지고 있는 몇 가지 미신을 제거해 놓지 않으면 안 될 것이다.

첫째는 미 대륙을 발견한 사람이 콜럼버스라는 생각이다. 사실 아메리카의 땅을 처음으로 발견한 사람은, 우리가 알 수 있는 한으로는 아메리칸 인디언이다. 그들을 짐승으로 보지 않는 한, 이것은 하나의 상식과 같다. 그럼에도 우리가 콜럼버스를 미 대륙의 발견자로 생각하는 것은, 곧 우리가 유럽인의 관점에 그대로 동조하고 있음을 보여주는 예라고 할 수 있다(따라서 미 대륙은 유럽인의 이주를 위해 있는 땅이요, 인디언은 마땅히 유럽인에 의해 제거되어야 할 사람들이다). 이것은 뒤집어 말한다면, 미국이란 그 자체가 유럽인(오늘의 미국인)의 관점을 모든 사람에게 강요하는 하나의 현실적인 힘이란 말이 된다.

둘째로 없애야 할 것은 미국을 '신세계'로 보는 생각이다. 새로운 땅에서 모든 것을 처음부터 시작할 수 있다는 생각이 그런 말을 낳게 한 것이지만, 결국은 그들의 주관적인 희망과 포부를 표현했을 뿐, 정말로 미국이 유럽 문화를 벗어난 '신세계'로서 출발할 수는 없는 일이다. 그것은 결코 당장에 인디언을 정복하기 위해 발달한 무기와 군사기술, 의식을 마련하기 위한 영농법營農法과 본국과의 해운 교통만을 의미하는 것이 아니다. 그들은 그 후의 미국 사회를 이루게 된 모든 설계도, 즉 자본주의와 상품의 개념, 영국의 경험론과 프랑스의 계몽사상, 마그나 카르타와 그보다 훨씬 앞선 로크의 민권사상, 그리고 그들이 무엇보다도 지키고 싶었던 신교新敎 신앙과 그 풍습, 요컨대 유럽의 문물과 세계관의(전부는 아닐지라도) 그 중요한 부분을 신대륙에 이식한 것이니, 아메리카란 결국 유럽 문명의 연장延長 이외의 아무것도 아님을 알 수 있다.

그러면 그들은 무엇 때문에 유럽을 버리고 아메리카를 찾아왔는가? 누구나 아는 바와 같이 그들은 '자유'를 찾아서 왔다고 한다. 그러나 자유란 그 자체에는 아무 적극적인 내포內包가 없는 낱말로 거기엔 반드시 어떠한 구속拘束의 감각이 선행되어야 하는 개념이다(『지성』 창간호 글, 「창조·표현·자유」 참조). 도대체 그들의 자유란 무엇을 구속으로 느낀 데서 시작되었으며 무엇을 하고 싶은 자유인가? 이 선택이야말로, 미국이 그대로 유럽 문화의 이식이면서도, 유럽과의 차이를 만들어 낼 수 있는 유일한 계기契機가 되는 것이다. 이런 관점에서 볼 때 그들의 자유는 대체로, 그들이 지닌 신교 신앙을 마음껏 지키기 위한 자유와 부를 이루기 위한 자유로 요약할 수 있으니 이것이 바로 그들의 이민과 독립의 근본 동기가 되었다.

여기서 가장 중요하게 느껴지는 것은, 그들의 자유에는 모든 선입견을 벗어나 순수한 인식에 도달하기 위한 자유와 현실의 질서를 벗어나 순수한 창조를 이루기 위한 자유가 들어있지 않다는 사실이다. 초기의 개척 생활은 안 그래도 그러한 욕구에 많은 제약을 주었을 것인데, 처음부터 그런 욕구가 없었다는 이 사실은 마침내 미국이 비록 유럽 문화의 이식이되, 그 순수한 학문, 예술의 정신을 제除해 버린 유럽 문화, 다시 말하면 혼을 빼놓은 유럽 문화를 이식한 것이 되었다. 그것은 마치 유럽의 정신을 일단 깨끗이 비워놓은 다음, 거기에 기업가 정신과 신교 정신만을 부어 넣은 것과도 같다. 미국은 짧은 역사를 가졌음에도 한편으로는 훌륭한 독립선언과 민주주의 헌법으로 유럽 인심에 커다란 영향을 주었고, 마침내 프랑스혁명이 일어났을 때에는 그 인권선언과 공화국 헌법에 유력한 기여를 하였고, 또 부족한 노동력의 해결과 생산능력의 향상을 위해 많은 귀중한 발명을 해서 마침내 온 인류가 그 은혜를 입게도 되었지만, 한편 그들의 정신생활은 서부활극, 코믹, 스포츠열 등으로 상징되는 일종의 '순진성Infantilism, 나쁘게 번역하면 유치성'을 보이고 있는 것은 결코 우연한 일이 아닐 것이다.

믿음과 치부致富의 두 가지 동기에서 출발한 미국인의 사회는 역시 두 가지 근본적인 특징을 나타내고 있으니, 그것은 개인주의와 획일주의라 할 수 있다. 원래 신교는 구교와 달라서 현세의 생활을 내세에 대한 준비로만 보지 않고, 신의 은총을 받기 위해서는 모든 것을 여기서 이루어야 한다고 가르치기 때문에, 치부와 같이 극히 현세적이고 세속적인 욕망일지라도 교리를 벗어나지만 않는다면 훌륭한 행위가 되는 것이다. 그래서 그들에게는 '성공'이라는 것이 가장 중요한 가치가 되었고, 그들의 개인주의는 오직 성공을 통해서만 이루어지는 것이 되었다.

그러나 한편 그들의 사회는 너무나 믿음의 세력에 의해 세워졌기 때문에 오늘날 미국 사회에는 발표의 자유(소위 사상의 자유)는 있어도 정신의 자유가 적고, 결국 정신적인 뜻에서 개방사회가 되지 못하고 있다. 그래서 미국의 인종차별, 광신주의, 부자유한 풍습 등은 프랑스 사회와 커다란 대조를 이루고 있고, 개인의 생활은 구석구석까지 말 없는 '사회'의 간섭을 받기 때문에 그들의 행위는 자연히 획일주의가 지배하게 되었다.

사르트르는 뉴욕의 도시를 미국인의 획일주의와 개인주의의 상징으로 보고 재미있는 관찰을 하고 있다Situation, Individualisme et conformisme aux Etats-Unis. 뉴욕의 거리는 바둑판과 같은 평행선의 교차로 되어 있고, 게다가 길 이름은 모두 숫자로 붙어있어, 어느 길, 어느 모퉁이도 거의 분간하기 어려울 만큼 개성이 없으니, 이것은 마치 미국인의 획일성을 상징하는 것처럼 보인다는 것이다. 그러나 일단 고개를 쳐들어 위를 우러러볼 때에는 모든 양상樣相이 일변하고 만다. 거기에는 이미 평면에서와 같은 획일성은 찾아볼 수도 없고, 저마다 높이가 다른 건물들이 만물상처럼 솟아있으니, 이것은 마치 미국인의 개인주의를 상징하는 것 같다는 것이다. 이렇게 볼 때, 지면 위의 획일성은 그들의 주어진 현실이요, 하늘에 솟은 개인주의는 바로 그들의 이상과도 같다. 획일주의에 눌려있는 미국 사회에서 개인성을 실현할 수 있는 것은 오직 '성공'을 통해서이며, 위로 솟은 건물은 그 성공의 기념탑이다. 그래서 미국에서는 개인성이란 모든 사람에게 주어져 있는 것이 아니라 알프스와도 같이 정복되어야 한다는 것이다En Amérique, l'individualité se conquiert. 개인성이 이상이고 획일성이 현실이라면, 획일성이란 미국인이 의식적으로 원했던 것은 물론 아니다. 그럼에도 그것이 미국인을 그토록 지배하게 된 것은(금세기에 들어와서는 매스컴의 영향까지 겹쳤지만) 본래 그들이 지닌 선입견과 부자유한 풍습 때문이다.

도대체 문화는 발달할수록 자연과 멀어지는 것인가 가까워지는 것인가? 우리는 이 문제에 대해 오래도록 자연과 문화를 서로 등지는 것으로 생각하며, 원시인의 야성적인 세계를 그려 왔다. 루소가 "자연으로 돌아가라."라고 외쳤을 때에도 인간은 모두 그런 생각을 하고 있었다. 그러나 그 후 프랑스의 사회학자Lévy, Bruhl, Blondel 등의 미개인에 대한 연구를 통해 밝혀진 것은, 미개인일수록 그 의식 세계와 사회제도가 소박한 자연과는 멀고, 문화가 발달할수록 편견에 찬 제도와 풍습을 벗어나 자연스러운 사회를 이루어 간다는, 전연 반대의 사실이다. 다시 말하면 참다운 문화란 제도와 풍습의 부자연한 복잡성에 있는 것이 아니라, 무엇보다도 밝은 의식conscience lucide으로써 우리의 정신을 덮고 있는 무수한 선입견을 하나씩 하나씩 제거하고, 끊임없이 우리 존재의 근거를 물으면서 자연스러운 사회와 개방된 정신 상태를 찾는 데에 있는 것이다.

이런 관점에서 볼 때, 비록 한쪽으로는 고도의 기술 문명을 가졌을지라도 한쪽으로는 그 의식이 짙은 선입견에 덮여있는 생활이란, 미국인을 위해 그리 기뻐할 일은 못 된다. 비록 그들이 이제 와서 유럽으로부터 많은 학자, 예술가, 미술품을 수입해 온다 할지라도, 그것이 그들의 정신을 바꿔놓지 못하는 한, 갑자기 참다운 문화가 살아날 수는 없는 것이다.

그러나 미국은 그 풍부한 자원의 개발을 통해 급속히 부강한 나라가 되었고, 전후戰後에는 소련과 더불어, 다른 나라들과 너무나 동떨어진 강대국이 되었다. 세계는 자유 진영과 공산 진영으로 갈라져 버렸고, 그 자유 진영의 영도領導에는 마침 미국이 당하게 된 것이다. 미국은 전부터도 독립국 된 위신을 세우고자 늘 '아메리카니즘'을 강조해온 터지만, 이제는 그가 처한 정치적 위치로 말미암아 어느 때보다도 절실히 아메리카 문화의 필요를 느끼고 있다. 만일 아메리카니즘이란 것이 그러한 정치적인 필요에서 강조되는 낱말에 지나지 않는다면, 그것은 '문화의 외양外樣'이오, 헛된 겉치레밖엔 되지 못할 것이다.

그러나 미국은 결국 '아메리카 문화'를 갖지 않으면 안 된다. 그것은 '아메리카니즘' 같은 것으로 대치될 수 없는, 전연 다른 차원의 사실이다. 앞서도 말한 바와 같이, 아메리카니즘이란 상대적으로 남과 다른 점만을 가지고 성립하는 개념인 까닭에 정치적, 상업적인 이용가치는 있어도, 그 자체에는 별스런 내포도 없고 가치도 없는 물건이다. 그러나 참다운 아메리카 문화란 모든 점에서 유럽과 달라져야 한다는 그런 작은 '외양'의 문제가 아니라, 참으로 깨인 의식과 정신의 자유를 가지고 그 자신의 내적인 생명을 찾을 수 있느냐 없느냐의 문제이다. 왜냐하면, 모든 문화는 '남과 달라지려는 의지'로 이루어지는 것이 아니라, 더 높은 자유를 통해 자연스러운 인간을 찾는 데서 이루어지는 것이기 때문이다.

3장

역사의 나와 주체

상황과 의식: 나의 심상心像 풍경風景

두 개의 풍속

나는 무엇을 할 수 있는가? 어제 아침에는 시간이 늦어서 세수만 하고 학교로 달려갔다. 점심까지 세 시간이나 강의할 것을 생각하니 전차 속에서 샌드위치나 빵이라도 먹고 싶었지만, 먹을 수 없었다. 나에게는 먹으려는 의지, 먹어야 할 이유가 있었고, 또한 거기에 아무런 부도덕성이나 가책도 느낄 수 없었지만, 나는 먹을 수 없었다. 전차에서 내리다가 차에 올라서는 한 여자를 보고 깜짝 놀랐다. 물론 모르는 여자였지만 그대로 버려두기에는 마음이 괴로워지는 여자—나는 그의 팔을 잡고, 이따가 만날 약속도 하고 우리 집에 가서 같이 살자고 조르고도 싶었지만 할 수 없었다. 어쩌면 서로 가장 행복하게 사랑하는 두 사람이 되었을지도 모를 것을! 나는 나의 다시없는 '행복'을 그대로 놓아 보내고 있었는지도 모른다. 마치 그런 것에는 별로 관심이 없다는 듯이! 학교에서는 나의 대학 시절의 은사 R 선생과 함께 소파에 앉았다. 나는 담배를 피우고 싶었지만 모처럼의 휴게 시간을 고통스럽게 앉아 있다가, 다음 시간 종이 울려 그대로 교실에 갈 수밖에 없었다. 담배 연기에는 그를 해칠만한 독이 없다. 또한, 내 마음속에 그것을 피움으로써 그를 불경하거나 모욕할 생각이란 조금도 없다. 그럼에도 나는 공연히 나의 휴

---

* 연도, 출처 미상의 글

게 시간을 망치고 말았다. 학교에서 나오는 길에 공회당公會堂 앞을 지나오다가 S양을 만났다. 벌써 반년이나 서로 못 보다가 홀연히 다시 눈앞에 나타난 S……. 나는 그 귀여운 허리, 보얀 살결, 흐린 앵두 빛의 생기 있는 입술을 실펴보면서, 반가움에 그 가슴을 움켜안고 끝없이 애무해 주고 싶었다. 이 귀여운 것, 깨물어 먹고 싶은 딸기, 내 귀여운 보석……. 그러나 그것은 한낱 나의 상념뿐이요, 현실이 될 수는 없었다. 그리고 우리는 마치 아무 흥미도 없는 사람처럼 손도 안 잡고 네거리까지 와서 붉은 신호등을 흘겨보며 헤어졌다.

나는 또 무엇을 안 할 수 있는가? 거리의 사람들을 보고 오늘이 명절인 줄 알고 보니, 저녁엔 또 나가야 할 파티가 있었다. 나는 빠지고 싶었지만, 오해를 받는다니 안 갈 수 없다. 더구나 이 더운 날씨에 넥타이까지 매고! 오는 길에는 또 대학 동창 F의 누이의 결혼 비용 마련을 위해 어떤 사람을 찾아가 보아야 한다. 그가 정말 그 사내를 좋아한다면 데리고 사는 것이 마땅하다. 그러나 서방을 삼으려면 결혼을 해야 한다고 그는 믿고 있다. 그뿐만 아니라, 그날 하루 많은 자동차를 부리고 구경꾼을 먹이기 위해, 집도 팔고 힘에 겨운 빚돈까지 얻어 써야 한다는 것이다. 새살림의 출발을 오히려 살림을 결딴내는 일에서 시작하다니! 그러면서도 우리는 왜 그런지 그 짓을 안 할 수 없다. 나는 내가 의욕意慾하는 일을 할 수 없으면서, 내가 의욕意慾한 일도 없는 짓을 하고 있다. 나는 참으로 살고 있는 것인가? 나에게는 도무지 그런 실감이 없다. 대부분의 진실한 행동을 아무 까닭 없이 금지당하고, 대부분의 어리석은 행동을 이유도 없이 강제 당하고 있으니! 분명히 나는 나의 삶의 주인이 아니다. 정체불명의 그 무엇이 나를 살고 있는 것이다.

저녁에 길을 나서니 거리는 명절 기분에 흥청거리고 있었다. 눈에 띄는 넥타이, 페티코트로 펼친 화려한 스커트, 오색으로 단장한 쇼윈도의 밝은 불빛, 흘러나오는 음악과 멀리서 들려오는 손뼉 소리……. 나는 돈을 꾸어서 돌아오는 길에 F와 만나기로 한 찻집을 찾아가다가 골목에서 나오는 그와 마주쳤다.

그는 공연히 싱글벙글 웃더니 우선 한잔 하러 가자고 청하였다.

"오늘같이 좋은 날—"

나는 그의 등을 주먹으로 지르면서 퍼부었다.

"이 자식 뭐가 그렇게 좋아? 돈을 벌었니? 애인이 생겼니? 취직이 되었니? 바보같이 무엇이 괜히 좋아?"

F는 잠시 말이 막혀 눈을 굴렸다.

"글쎄, 나도 몰라, 모두 오늘은 기뻐하더군. 괜히 나도 모르게 기뻐지더라니까."

그리고는 갑자기 미친 사람처럼 웃기 시작하였다. 지나가는 사람들은 모두 이쪽을 바라보고……. 가련한 꼭두각시들! 어제까지 거리의 길목마다 싸움과 욕지거리 섞인 생존경쟁을 벌이며 무표정하게 살아오던 인간들이, 누구의 명령인지, 갑자기, 똑같은 날, 아무 이유도 없이 일제히 기쁘고 즐겁다니!

이곳에도 가끔 뛰어난 행동(?)이 없는 것은 아니다. 가령 어제 낮에 어느 백화점에 들어섰을 때, 웬 모르는 처녀가 나를 부르며 손짓하고 있었다. 그러나 그것은 화장품 회사 선전원宣傳員의 동작, 다시 말하면 그 여자 자신의 행동이 아니라 이 사회의 어느 제도나 풍속 일부로서의 움직임이니, 대담할 것도 없고 기특할 것도 없다. 가령 젊은 남녀가 반나체로 섞여 놀 수는 없을까? 풀이나 바닷가에 가면 할 수 있다. 마라톤 연습이면 큰길에서도 그런 모습으로 나닐 수 있다. 또 이발소에 가면 나의 얼굴을 두 손으로 따뜻이 어루만져 주는 젊은 여자도 있다. 그러나 이 어느 것도 그들 자신의 생명에서 나온 창조적인 행동은 아니다. 만일 이것이 참다운 창조라면 그 얼마나 생명에 넘친 행동일 것인가? 내가 거리에 나서면 잘 모르는 청년들이 공손히 허리를 굽히고 또 많은 젊은 여자들이 방긋 웃으며 인사를 하고 지나간다. 그러나 거기에도 그런 뜻의 기쁨이란 거의 없다. 그들은 대개 현재의 학생이 아니면 예전에 가르친 졸업생들 ―나는 그들에게 보통 반말을 쓰고, 언제든지 훈시조로 말을 할 수도 있다. 그러므로 선생이란 곧 훌륭한 사람 같다. 십 년 전 내가 처음으로 선생이 되었을 때, 나는 얼마 동안 그것이 곧 내 인생의 풍성함이요, 내 인간성의 우월인 것 같이 환각幻覺된 감정을 가져 보았다. 그러나 그것은 나 자신과는 아랑곳없는 것―나는 그 속에 갇혀서 햇볕 쪼이고 비바람 치는 자연을 떠나, 얼마나 내 젊음 그리고 내 인간성을 덧없이 시들려 버리고 있었는지? 물론 존경이라는 것이 있다. 그러나 참다운 존경이란 깊이 그 '인간'에 대한 것이라야 할 것이다. 이 사회의 존경이란 흔히 하나의 사회적인 제도에 대한 감정이다. (선생이란 것도 하나의 제도물이니) 그것은 참으로 나에 대한 감정이 아니라 사회에 속한 것―따라서 내가 이 사회로부터 받는 부자연하고 반인간적인 제약에 가세하는 힘밖엔 되지 못한다.

모든 행동에서 내가 할 수 없는 행동을 제하면 무엇이 남는가? —그것은 원圓 속에 그어진 한줄기의 선線과도 같이 극히 적은 부분이다. 나는 그 비좁은 궤도 속을 오물거리면서 질식을 느끼며 살고 있다. 내가 사회의 제약에 감히 반항하지 못했다는 것은 나 자신에 있어서 조금도 기쁜 일이 못 된다. 가령 내가 전차 속에서 차마 빵을 못 먹은 것이 무슨 자랑스러운 공적이 될 수 있으랴. 그럼에도 나는 모든 반항에 패자가 됨으로써 오히려 존경을 받고 있다. 그러나 그것은 나 자신에게는 하나의 굴욕감이 될 뿐이다. 나는 무엇을 할 수 있는가? 그리고 나의 자유, 나의 주체성은 어디에 있는가? 때로는 전찻길 위에라도 드러누워 공연한 혼란을 일으켜 보고 싶은 충동까지 느낀다. 나의 자유를 나 자신에게 증명해 보이기 위하여!

불합리한 생활을 고칠 수 없고, 그것에 순종하는 무기력이 오히려 존경받을 수 있다는 것은, 우리의 의식이 소극적인 가치만을 섬기고 있기 때문이다. 거기에는 창조가 없고 인습의 지배만이 있으므로 어느덧 삶은 죽은 것이 되고 인간은 인간다움을 잃고 만다. 이런 사회야말로 모든 부정과 부패에 대해서도 무력할 것은 말할 것도 없다.

나는 내가 사는 사회를 바꾸어 보았다. 이 사회를 떠나는 동시에, 나는 선생이라는 것도 벗어버렸다. 새로운 조건의 생활을 찾아 —비록 모든 행동이 가능하지는 않더라도, 이유 없는 금지, 이유 없는 강제가 상대적으로 적은 한 사회에, 나는 이름 없고 자유로운 한 사나이로서 찾아갔다.

나는 아침에 늦을 때면 길에서 샌드위치를 먹었다. 강의가 끝나면 선생과 함께 담배를 피우며 재미있게 이야기하였다. 여자와 손을 잡고 공원이나 번화한 거리를 거닐기도 하고, 호기심이 미치는 대로 엉뚱한 인간들의 세계에노 들어가 보았나.

내가 이곳에 온 지 얼마 안 되어, 어느 날 점심시간에 식당으로 가다가, 학교에서 동무하고 걸어 나오는 C를 만났다. 그때는 아직 여학교 졸업반에 다니는 어린 C였지만, 그는 나를 동무에게 소개하면서 이렇게 말했다.

"애, 소개할까? 내 동무 S… 애는 우리 반 아이 G야……."

나는 가벼운 놀라움과 함께, 홀가분한 인간으로 돌아온 나 자신을 느끼며, 마음속으로 미소하지 않을 수 없었다. 저보다도 훨씬 나이 많은 대학생들이 무서워하던 나를 제 동무라니! 씨氏 자도 성姓도 없이 함부로 내 이름을!—나는 이렇게 분개하면서 하루 종일 마음이 즐거웠다. 나의 새 생활이 시작되려고 할 때, 어린 C에게서 귀여운 '풀잎의 마음'을 흠뻑 느낀 듯하다…….

그리고 L, 서로 사귄 지 얼마 안 되어 L로부터 엽서가 왔다. 일요일에 같이 풀에 미역 감으러 가자는 것이다. 이것도 나를 즐겁게 해준 놀라움의 하나이다. 나의 플랜으로는 풀이란 생각지도 못했다. 만일 생각했더라도 제물에 사양했을 것이니까. 나에게는 L의 이러한 제안부터가 눈부시도록 밝고 넓은 새 세계만 같았다. 며칠 후 우리는 강물 위에 지어 놓은 풀을 찾아가 수많은 젊은 무리에 섞여 즐거운 하루를 지냈다. 나는 거기서 L의 아름답고 건강한 몸을 보았다. 머리에서부터 굴러 내리는 물방울, 팔과 등에 반짝거리는 금빛, 강렬한 햇빛에 어울리는 푸른 눈⋯⋯. 우리는 몇 번이고 물속에 뛰어들어 장난도 하고 비명도 올렸다. 모든 것이 너무나 옳다! 너무나 자연스럽고 너무나 인간답고 순수하다. 나는 그때 문득, 멀리 두고 온 다른 사회―어느 숲 속 교수실의 들창 밑에 앉아서 책을 보고 있는 나 자신을 그려 보았다. 겨울이면 무거운 외투를 입고 늘 그곳에 앉아 공상하거나 공부를 하던 나⋯⋯. 일찍부터 교단에 선 뒤, 지나치게 점잖은 인물이 되어, 나의 젊음을 온통 공상으로만 살아온 나⋯⋯. 몸에 입은 그 외투와도 같이 무거운 직업의 이물異物까지 둘러쓰고, 그것이 곧 자신인 줄 헛된 환각幻覺에 살아온 나⋯⋯. 학생인 까닭에 누구에게나 반말을 쓰던 나⋯⋯. 그 이상한 '물건'이 정말 나였을까? 나는 이런 생각을 하며 혼자 웃지 않을 수 없었다.

C도 어느덧 점잖은 대학생이 되었다. 이제는 정말 나의 '동무'―같이 노래도 부르고 놀러도 다녔다. 그러는 동안 우리 사이의 유행어가 많이 생겼다.

"소질素質이죠. 뭐!"

이런 소리를 하고 같이 웃으면 다른 친구들은 모두 뭐냐는 표정으로 쳐다보고만 있었다. 그 무렵에 새로 나온 유행가에 이런 노래가 있었다.

당신은 정말 성질이 망했어요.
그렇지만 도대체 그게 무슨 상관?
흠 있으면 있는 대로 당신이 좋은걸!

흠이야 따지자면 이루 말할 수 없지…….

본래 여자가 부르는 이 노래가 좀 다르게 각색脚色되어 어느덧 짧은 극脚한 상년이 생겼나. 어느 날 우리는 부슬비를 맞으며 섬으로 건너가는 나리 위를 여럿이 떠들며 지나가고 있었다. 나는 갑자기 C의 어깨를 난폭하게 밀치면서 화를 내었다.

"넌 무슨 애가 성질이 그 모양이냐!"

얼마 후 호주머니에 두 손을 넣고 휘파람을 불며 걸어가다가 힐끗 돌아다보니 C가 울고 있다. 나는 좀 당황해서 다시 C에 다가서며, 가만히 어깨를 흔들었다.

"이봐, 그렇지만 그게 무슨 상관있어?"

울다가 나의 야릇한 말에 의아疑訝해서 고개를 드는 C……. 나는 거기에 힘을 얻어 아까보다 높은 소리로 끝을 올려가며 말하였다.

"난 네가 좋아! 흠 있어도 있는 대로…… 네가 좋은걸!"

나의 말 한 마디 한 마디에 울던 얼굴이 어느덧 웃는 얼굴로 변하는 C의 솜씨 있는 '연기'……. 나는 그것이 즐거운 회상이 되어 늘 이 노래를 좋아하였다.

이곳에는 일 년에 한 번, 풍습으로부터의 완전한 해방을 갖는 날이 있다. 말하자면 평소의 제약을 떠난 모든 행동이 사실상 용인되는 날이다. 언젠가 신문에서도 이러한 날이 사회의 건강을 위해 필요하다는 것을 역설한 글을 본 일이 있다. 사회로부터 너무나 큰 심리적 억압을 받고 사는 인간에게 한번 자기 자신을 벗어나 볼 수 있는 날이 있다는 것은 사회의 건강을 보장하는 좋은 방법이 되리라는 것이다. 바로 어느 해의 그날 밤, 나는 L과 함께 강가에 꾸며 놓은 거대한 행락장行樂場에 가서 밤늦도록 비행기도 타고 춤도 추고, 총도 쏘고 놀다가, 새로 세 시쯤 되어 그곳을 나왔다. 네거리에서 야간버스를 기다리고 서 있으려니까, 한 떼의 젊은 남녀가 노래를 부르면서 우리 쪽으로 걸어왔다. 얼마 후, 옆에서 쿡쿡 웃는 소리가 나기에 그들 쪽을 돌아보았다. 얌전하게 생긴 처녀 하나가 차도로 내려서더니, 그대로 꾸부리고 앉아 소변을 보지 않는가? 순간 지나가는 차마다 남자들의 비명이 올랐다. 운전자마다 창 밖에 고개를 내밀고는 한마디씩 놀리고 간다. 웃음소리, 휘파람, 고함치는 소리……. 그러자 일을 끝마친 여자는 치맛자락을 바짝 추켜들고 일어서더니, 지나가는 차를 향해 소리 질렀다.

"더러운 사내들, 보아라!… 실컷!"

같이 왔던 친구들은 손뼉을 치며 웃었다. 나는 그보다도 거의 경탄에 가까운 것을 느끼며 여자를 바라보았다. 옛날에 내가 가져 본 전찻길에 눕는 이미지에 비해, 이 얼마나 시원스럽고 생생한 현실의 행동인가? 나는 그의 마음속 깊이 살아있는 일그러짐 없는 자연과 넘치는 생명을 별견瞥見한 듯하다.

나는 다시 먼저 사회로 돌아와 보았다. 돌아옴과 동시에 다시 '선생'이 되고, 나이도 당장에 십 년쯤 올라 버렸다. 어제까지의 생활 어제까지의 행동은 거의 불법화되었다. 동일한 인간이 이처럼 딴사람이 될 수 있을까? 그리고 또다시 "나는 무엇을 할 수 있는가, 무엇을 안 할 수 있는가?"라고 묻고 있으니! 그러나 이것은 나 자신의 변화는 아니다. 비록 좀 더 자유롭게 숨 쉴 때와 괴롭게 숨 쉴 때는 있지만, 나는 언제나 모든 것을 처음부터 근원으로부터 느끼고 생각하며 살 수밖에 없다. 나의 불안은 의식의 부자유에 있는 것이 아니라, 나의 행동을 의식과 일치시키지 못하는 것─다시 말하면 나의 의식으로 사회를 동화시키지 못하는 데에 있다. 그러나 나의 불안은 바로 나의 힘이다. 왜냐하면 '나'의 의식이 인간의 그것인 이상, 그것은 언제라도 '우리'의 의식이 됨으로써, 사회를 뒤바꿔놓을 수 있기 때문이다.

기묘奇妙한 자화상自畵像

나는 '나' 자신의 자기동일성을 믿지 못한다. 과거와 현재 사이뿐 아니라, 현재의 나만 가지고도, 그 속에 동일인물을 인정하기란 매우 어렵다. 적어도 나란 그런 식으로 존재하지는 않을 것이다.

"나는 생각한다."라고 할 때, 사실은 나는 생각하는구나 하고 내가 생각하는 것이요, 거기엔 이미 두 개의 다른 내가 있다. 다시 "…그러므로 나는 존재한다."라고 할 때(거기에 또 다른 두 개의 내가 있음은 물론) 데카르트는 어느덧 한꺼번에 결론을 두 개씩이나 내고 있다. 즉 동사로써 그의 존재를 결론하고 주어로써 그의 동일성을 결론지은 것이기 때문이다. 내가 여기서 문제 삼으려는 이 둘째 결론은 문법적으로 옳다. 다만 문법과 논리란 별개의 사실에 속하는 것이다.

그러면 '나'란 누구냐? 역사적으로 볼 때, 나는 자기부정의 긴 연속이다. 또 나의 현재만을 본다면 나는 이질적인 인간들의 집합이다. 나는 필요에 따라 그것을 이렇게 설명할 수는 있다. "나의 현재는 단순한 현재가 아니라 과거와 미래의 싸움터—나는 모순을 통하여 발전하고 모순 속에 존재한다."라고.

남들은 이렇게 해서 나의 동일성이 재확인됨을 보고 만족해할는지도 모른다. 왜냐하면, 나의 동일성을 참으로 필요로 하고 나에게 그것을 강요하는 것은 바로 그들이기 때문이다. 그러나 나에게는 조금도 그런 실감이 없다. 나 자신에게는 '나'란 아무도 아니다.

내가 대외적으로 마치 하나의 통일된 자아처럼 행세할 수 있다는 것은 생각하면 신기한 일이다. 대체 나의 통일성을 조작하는 자는 누구인가? 나는 적어도 몇 놈을 알고 있다. 모두 나에게는 너무나 낯익은 얼굴들······.

첫째는 한자 세 개로 된 나의 이름이다. 현재의 다양한 '나'뿐 아니라, 과거의 모든 나의 단편까지 합해서 '나'의 하나임을 상징하고 단일한 인격으로서 나를 남에게 인식시켜 주는 것은 이 이름이다. 물론 남들이 그것을 믿는 것은 결코 그들이 나보다 단순해서가 아니다.

그것은 구태여 그것을 불신하고 나의 내용을 살펴볼 아무런 흥미와 관심을 갖지 않는 까닭이요, 다음은 지나간 일로 나를 문책하거나 앞으로 나에게 무슨 책임을 지울 때에 그것이 절대로 필요한 까닭임에 불과하다. 이로 인하여 나는 과거에 이 석 자로 불리던 여러 아랑곳없는 자의 범죄로 말미암아 얼마나 몰리고 쫓기고, 다치고 울었는가! 이제는 그것이 습성이 되어 나 홀로서도 가책과 고민을 벗어날 수가 없다. 나의 현재 행동도 앞으로 나의 여러 동명자同名者에게 일일이 이러한 괴로움을 줄 것을 생각할 때 참으로 미안스럽게 생각될 뿐이다.

나의 이름은 무엇이냐? 이름을 나 자신이 붙여 본 적은 물론 없다. 그것은 언제나 나를 다정히 대해 준(그 이유는 지금껏 모른다) 어느 미부未婦가 골라서 붙여 순 것, 그러나 그들이 이럭저럭 붙여 준 석 자 이름도 삼십 수년 동안에 어느덧 녹이 슬이 이제는 나에게 너무나 무겁고 괴로운 것이 되었다. 나에게 이것을 벗어버릴 자유가 있다면! 나는 어떠한 대가라도 기꺼이 물고 싶다. 나는 그때의 기쁨과 자랑스러움에 가슴이 부풀며 모든 자유를 숨 쉬는 듯이 이렇게 대답할 것이다. "미안합니다. 전 이름이 없어요!"

나의 석 자 이름 중에서도 가장 참을 수 없는 것은 그 첫째 자다. 이것은 내가 A라는 가문의 출신이요, A의 혈통을 받은 자임을 말해 준다. 나는 그것을 입 다물게 할 수도 없고 떼어 버릴 수도 없다. 왜냐하면, 그것은 나 이전부터 존재하기 때문이다. 그것은 또한 내가 과거 어느 때의 아무개라는 사람의 제 몇 대 직계 자손이라는 것도 말해 준다. 그 아무개가 고귀한 인물일 때 나는 조금도 나 자신으로 말미암지 않은 존대尊待를 남에게 받는다. 그러나 그가 비열한 인물일 때 그로 인해 내가 받는 상처! 나는 좋은 일이거나 나쁜 일이거나, 이러한 무연無緣한 영향을 받기를 원하지 않는다. 나는 나 자신의 분신分身만으로도 너무나 짐이 무겁다.

무엇보다도 명백히 밝혀두고 싶은 것은 나는 결코 A라는 혈통으로 된 인물이 아니라는 사실이다. A라는 성은 우리 사회의 부계 제도가 낳은 한 환상幻想의 산물이요, 그것이 혈통을 의미한다고 생각하는 것은 하나의 미신이다. 나의 양친 중 A씨는 한 사람뿐이다. 2대째 올라가면 4명 중 1명만이, 3대째에는 8명 중 1명, 10대째에는 1,024명 중 1명만이 A씨다. 그러면서도 내가 A씨의 피에 속한다고 주장하다니! 그뿐만 아니라 우리는 과거에 동성결혼을 피하여 왔기 때문에 각 대代의 전기前記 1명의 배우자에는, 의식적으로 A씨를 배제했을 것이 확실하다. 이리하여 A가 '있음'이 확실한 적은 부분部分은 A가 '없음'이 확실한 동양同量의 부분으로써 완전히 상쇄相殺되고 있다. 다시 말하면 가계에서 혈통의 관념이란 존재하지 않는 것이다. 그럼에도 조상의 이름, 가문의 명예를 위해 죽음을 택한 사람들! 또한, 그것을 우리의 미덕으로 역사에 남긴 사회! 그러나 나는 환상을 수호하기 위해 목숨을 바칠 생각은 조금도 없다. 나의 무거운 이름 위에 다시 이러한 출처 불명의 한자 하나가 덧붙어서 이중으로 나를 괴롭힌다는 것은 나의 크나큰 비애가 아닐 수 없다.

둘째로 나의 외적 통일성에 기여하고 있는 것은 내 속에 있는 연출가이다. 그는 분열된 나를 그대로 상연上演하는 일이 없다. 누가 나를 이해한다고 하는 사람이 있다면, 그것은 각색된 '나'임에 틀림없다. 이 각색은 모든 사람에게 나 자신을 마치 한 목적 아래, 한 성격, 한 심정心情을 가지고 사는 사람처럼 표현한다. 거기에는 몽타주도 있고 플롯도 있고 앵글도 있다. 이 각색은 또한 그 대상자에 따라 또 그에 대한 나의 이해에 따라 그 기법이 서로 다르다. 다만 공통된 것은 나의 산문적散文的인 면을 절대로 보이지 않는다는 것뿐이다. 누가 잠들었을 때 나의 일그러진 얼굴을 본 자가 있느냐? 또 누가 나의……? 나의 연출가의 기량技倆도 삼십 몇 년의 속연續演으로 이제는 어느 경지에 들었다. 이것은 나의 인격 깊은 곳에 있는 하나의 비밀이다. 그러나 나는 나의 비밀을 알고 있는 까닭에 또한 남의 비밀을 안다. 무대舞臺 위에서 매혹적인 포즈로 노래 부르고 있는 아름다운 여인을 볼 때, 나는 그 여자의 생활의 산문적인 다른 장면을 의식적으로 연상하며 잔인한 쾌감을 느낄 때가 있다. 나의 연출가는 또한 악마적인 비평가이기도 하니!

언젠가 나에게도 죽음은 올 것이다. 마치 언제까지나 안 죽을 것처럼 아무 반성, 아무 준비 없이 살아온 나에게도! 그때에 나의 선배와 친구, 후배들이 나의 앞에 모여 고인이 된 나에게 애도와 찬미를 표할 것이다. 그러나 그들의 앞에 있는 것은 내가 아니다. 나는 그것이 나의 이름 석 자와 연출된 나의 화가임을 안다. 그리고 아무도 안 일이 없는 나 자신은 언제나 고독한 가운데 멀리서 나의 장례를 바라보고 있을 것이다.

일상생활의 단편斷片 : 영원한 기억

La vie en prose

사람은 가도 기억은 남는다고 하지만, 언젠가는 그 기억도 사라져 버리고, 남는 것은 바다와 같은 고독뿐……. 「낙엽」이란 샹송의 가사가 된 자크 프레베르의 시詩의 마지막 구절은 이러한 우리의 슬픔을 너무나 또렷하게 노래해 주고 있다.

> La vie sépare ceux qui s'aiment
>
> Tout doucement sans faire de bruit
>
> Et la mer efface sur les sables
>
> Les pas des amants désunis….

사랑하던 두 사람은 헤어져 가고, 모래 위에는 슬픈 발자국만이 남아 있었다. 그러나 바닷물이 몇 번 모래를 씻고 간 뒤로는 다시 어떤 흔적도 남음이 없어라.

어느 해 가을, 나는 파리에서 다정히 지내던 H를 만나러 그의 고향으로 찾아갔었다. 하루는 밤늦도록 어떤 지하 홀에서 춤추고 이야기하며 지냈는데, 마침 「낙엽」의 음악이 들려왔다. 나는 H에

✱ 연도, 출처 미상의 글.

게 조용히 이 노래를 불러 주며, 그 마지막 구절의 감정을 설명해 주었다. 그랬더니 그는 그 허무한 이미지에 너무나 가슴이 서늘했는지, "제발!"이라고 하며 내 손을 잡고 몸부림치던 일이 생각난다.

나는 가끔 지나간 옛일을 생각하지만, 회상보다도 더 귀한 것은 언제나 나의 현재라고 생각하고 있다. 현재의 생활이 충실充實할 수만 있다면, 내 추억의 전부를 내주어도 아깝지 않을 것이다. 그런데도 가끔 어쩔 수 없이 옛 일이 그리워지는 것은, 그만큼 현재의 내 생활이 부자유하고 불만스럽기 때문일 것이다.

흔히 회상이란 일종의 창작이 되는 수가 많다. 사르트르가 「구토」에서 말하고 있듯이, 우리의 현실 생활은 그 자체로는 아무런 매듭도 끝도 없는 것이지만, 우리는 회상을 할 때 마치 소설을 창작하듯 반드시 일정한 구성을 찾게 된다. 가령 "어느 해 여름의 무더운 밤이었다⋯⋯." 이렇게 이야기를 시작할 때, 그것은 이미 현실이 아니라, 일정한 구성과 플롯을 가진 소설의 첫머리와도 같은 것이다. 그뿐만 아니라 프로이트에 의하면, 이야기를 이루는 개개個個 사실까지도 대개는 현실 그대로가 아니라, 나쁜 것은 되도록 잊어버리고 좋은 것은 더욱 이상에 가깝도록 수정된 것이기 때문에, 회상이란 사실상 일종의 창작이라고 한다.

이런 까닭에 나는 대체로 평범한 일상생활의 장면을 단편적으로 생각하기를 더 좋아한다. 짜인 구성과 이상화된 이미지보다도 그 사람 자신, 그 생활 자체를 생각하고 싶기 때문이다. 그런 의미에서 나는 옛 친구의 편지를 받고, 그의 생생한 현실의 이미지에 접할 때가 가장 즐거운 것이다.

이를테면 C로부터의 다음 편지와 같은,

보내 주신 달력, 잘 받았어요. 모두 속을 보고 싶어서, 내가 들어오니까 빨리 뜯으라고 야단들―정말 고맙습니다.

지난번 카드에 곧 긴 편지를 하겠다고 그러셨죠? 자, 어서 붓을 들고 약속을 지키세요.

내 몸을 걱정해 주신 말씀, 정말 효과가 컸어요. 편지 받은 지 며칠 안에 일어나 앉게 되고, 내일부터는 다시 학교에도 나갈 것 같아요.

안네트는 요즘 요술을 배웠다고 손님이 오시면 곧잘 무료공연을 한답니다. 가끔 요술이 제대로 안 될 때가 있는데, 그런 때의 그 애 표정이란 요술보다도 더 재미나요. 아마 S가 보시면 무척 웃으실 거예요.

파리는 요즘 날이 몹시 추워요. 오늘 아침에는 공원의 개울도 연못도 모두 얼었어요. 안네트는 지금 빨간 양말을 신고(이것이 요즘 파리소녀들의 유행이랍니다) 더플코트에 방울 달린 털실 모자를 쓰고, 학교에 갔습니다.

서울엔 눈이 왔는지요? 여긴 아직 눈은 안 왔고, 그저 추운 날씨에 가끔 비가 내려요.

파리 계실 때의 일들이 얼마나 그리운지! 그때 크리스마스 날 밤에, 우리 집에서 촛불 켜놓고 저녁 먹던 일이 생각나세요? 그때 엄마와 아빠는 동생들 데리고 남불南佛로 떠나셨고, S는 나에게 글을 읽어 주셨죠. 옛 생각을 모두 여

기에 쓰자면 정말 끝이 없겠어요. 모두 내 마음속에 생생

하게 살아 있으니…….

그러면 오빠, 빨리 편지해 주세요.

(참, 한국말로 오빠를 뭐라고 그래요?)

여기서 우리는 한 걸음 더 나아가, 현실의 가장 산문적이고, 현
재적인 모습—무대 화장을 벗은 배우의 얼굴처럼 그 본래의 '허무'
를 드러낸 표정을 정면으로 바라볼 수도 있다. 모든 소설의 구성에
서 완전히 제거하고 묵살해야 할 이러한 요소를 오히려 그 중심에
놓고 볼 때, 여태까지의 소설은 깨어지고 말 것이다. 이렇게 해서 현
실의 '무의미'와 '허무'를 파고든 것이 사르트르의 「구토」요, 그러한
이미지를 통해 인간의 현실을 그린 것이(「정사情事」, 「태양은 외로워」
와 같은) 안토니오니의 영화가 아닌가 한다.

쥘 쉬페르비엘은 『무고한 죄수』란 시집에서 「회상」의 의미를 이
렇게 노래하였다.

Dans la forêt sans heures

On abat un grand arbre.

Un vide vertical

Tremble en forme de fût

Près du tronc étendu,

Cherchez, cherchez, oiseaux,

La place de vos nids

Dans ce haut souvenir

Tant qu'il murmure encore.

시간도 멈춰 버린 깊은 산 속에

누군가 큰 나무를 찍고 있다.

마침내 나무는 한쪽에 쓰러지고

한줄기 수직垂直의 공간만이

기둥처럼 허공에 떨고 있다.

찾아보라 찾아보라 집 잃은 새들아,

너희들 보금자리 있던 곳을……

드높이 솟아있는 저 '추억' 속에

아직도 그 여운이 남아 있을 때…….

　　나는 요즘 여러 해 만에 다시 유럽에 돌아갈 기회를 얻었다. 그곳에 두고 온 나의 친구와 생활을 소설로 꾸미기를 싫어했듯이, 마침내 나는 그들을 현실 속에 되찾게 되었다. "잘 있었니?", "요즘 뭘 해?", "몰라보게 컸구나!"―그리운 음성을 다시 들으며 모두 손을 잡고, 껴안고, 기쁨의 인사를 나눌 것이다. 나는 이제 어느 때보다도 현실적인 감각에서 쉬페르비엘의 시구詩句를 받아 이렇게 대답해 본다.

　　Non non, non, Supervielle

　　Le vide c'est sans forme

　　C'est ne plus exister

Il leur faut un grand arbre

Solide vertical

Un tendre doux feuillage

Pour refaire les nids

Trouvez oiseaux vos arbres

Dans l'immense nature

Partir est votre sort

A travers monts et mers...

천만에 쉬페르비엘

허공에 무슨 형상!

그대 말을 따름은

살지 않겠다는 말!

새집을 지으려면

수직垂直의 실체 큰 나무에

시원한 그늘을.

찾으라 새들아

대자연 어느 곳엔가

너희들의 나무를!

떠남은 너의 운명.

정치·사회·세계에 대한 수상隨想

"정치란 무엇인가, 그리고 우리의 미래는?"하고 생각하는 것은 모든 시민, 특히 지식인이 안 가질 수 없는 의문이다. 나는 정치(활동)와는 관계없는 사람이지만 시민, 지식인의 한 사람으로서, 또 생각하는 사람으로서, 이 문제에 대해 마음을 태우며 살아왔다.

나는 '자유', '민주주의'를 깊이 신봉한다. 또 유럽을 좋아하고, 유럽의 연장으로서 미국도 좋아한다(단 한 번 뉴욕과 그 근처를 보았을 뿐이지만).

나는 일본강점기에 일본인 가와카미 하지메가 쓴 마르크스 유물사관에 대한 책들, 앙드레 지드의 『소련기행』, 『세계문학전집』에 나온 소련 작가의 소설 등을 일본 말로 읽던 때부터, 마르크스 유물론과 공산주의에 대해서는 이미 철학적으로 부정적 판단이 서 있었다. 그래서 해방 후 우리 사회에서, 그리고 각 대학에서, 바로 어제까지 마르크스가 뭔지도 몰랐을 친구들이 그렇게도 쉽게 좌익이 되는 것을 볼 때, 나는 그저 아연하였고, 좌익이 어떠한 작용을 해와도 전혀 동요될 일이 없었다.

정치를 '국내 면'과 '국외 면'으로 나누어 볼 때, 민주주의는 '국내 정치'에서 프랑스혁명이—더 정확하게는 영·미·불 혁명이—인류에게 남긴 위대한 유산이라고 생각한다. 그러나 그 반면, 유럽 각국의 식민지 정책 등 '국외 정치'에서 근세 이후 역사에 대해서

* 연도 미상, 『삶과 꿈』에 발표된 글.

는, 나는 매우 부정적이다.

민주주의에 대한 나의 소신과 옛날에 내가 우리나라 정치인에게 가했던 비판을 여기서 회상해 본다. 60년대 전반 어느 해에 당시 내가 편집위원으로 있던 잡지 『신사조』에 낸 글에서 자유로이 발췌해 가며……

나는 사람이 하는 모든 일 가운데 정치처럼 고귀하고 아름다운 일은 없다고 생각한다. 개인은 모두 저마다의 욕망을 좇아 사는 것이 보통이지만, 정치인은 개인의 삶을 깨끗이 떠나, 오로지 '나라'가 되어 모든 일을 생각하고 행동하는 사람이기 때문이다. 이것은 우리의 정치인이 그렇다는 말이 아니라, 정치란 본질적으로 그런 것이요, 아무리 개인으로서는 자신의 이익을 지키며 살던 사람일지라도, 일단 정치에 들어와서는 그렇게 될 수밖엔 없다는 말이다.

우리나라에서는 이상하게도 정치란 매우 추잡하고 불순한 것처럼 생각되고 있다. 가령 '정치적'이란 말이 불순하다는 뜻으로 쓰인다든지, 자기의 깨끗함을 말하고자 할 때, "이제는 정치에서 깨끗이 손을 떼고 시골에 가서 농사나 짓겠다."라는 말을 흔히 듣는데, 도대체 이들은 정치를 무엇으로 알고 있는 것인지, 새삼 의심스러워진다. 추측하건대, 이들이 말하는 것은 정치가 아니라, 어떤 이권을 둘러싼 일종의 패싸움일 것이다. 그렇지 않고서는 정치가 추잡하다는 것은 도저히 말이 되지 않는다.

유럽에서는 정치란 말이 그런 뜻으로 타락되지는 않았다. 정치가는 개인의 삶을 나라에 바친 사람인만큼 존경의 대상이 되고 있으며, 어중이떠중이 함부로 정치에 뛰어드는 일도 없으려니와, 적어도 정치에 나선 사람이면 그만큼 나랏일에 특출한 지식과 신념을 지닌 사람이라 생각되고 있다. 지식수준이 높은 그들이지만, 유럽 국민들은 그들의 정치인들을 대체로 신뢰하고 있는 것 같다.

몇 해 전, 프랑스의 사회당 출신 재무장관 피에르 베레고부아가 그가 사는 아파트 구입 당시의 특혜 의혹인가 무엇으로 구설에 올랐을 때, 결백을 주장하며 자살했던 일, 또 문제의 그 금액이 우리 돈으로 몇 천만 원에 불과했던 것 등.

한국인들에게는 매우 놀라운 뉴스였다.

가령 대전 전후를 통해 처칠, 드골 같은 사람들은 물론, 그 후의 정치가들도, 혹시 그 권력을 이용해서 개인(혹은 그 일당)의 이익을 꾀하는 것이 아닌가 의심하는 사람은 국민 중에 거의 없다. 나는 프랑스에서 장관, 국회의원의 아들과도 몇 사귀었지만, 그들의 사회생활—병역, 학사 등—은 부친의 공적이나 지위와 별스런 관계가 없음을 보았다. 나는 이런 것을 통해 '나랏사람佛-homme d'État, 英-statesman'이란 말의 뜻도 잘 알 수 있었고, 정치를 다시 없이 고귀하고 아름다운 일로 생각하게도 되었다.

이러한 현대정치(민주정치)의 양상은, 물론 유럽이라고 애당초부터 그랬던 것은 아니다. 옛날에는 그곳에서도 임금은 곧 '나라님'이었고, 나라님 속엔 그의 개인적인 욕망과 정치가 명확히 구별되어 있지도 않았다. 그래서 다행히 임금이 어질고 착하면 좋은 정치도 베풀어졌지만, 만일에 그렇지 못할 때엔 나랏일이 그의 개인적인 욕망에 따라 함부로 처리되기도 하였고, 나라 안의 모든 재물, 땅, 그리고 목숨이 공사의 구별 없는 임금의 의사를 따라 참으로 간단히 처리될 수도 있었다. 그러니 백성은 제 목숨을 풀잎같이 생각할 수밖엔 없었고, 살아있다는 사실마저—전쟁 말기 일본인들처럼—밤낮 황은皇恩에 감사드리지 않으면 안 되었다.

이렇듯 불안하고 무섭던 옛날의 정치가 마침내 오늘과 같은 민주정치로 변하기까지에는, 실로 수세기라는 세월과 숱한 사람의 피를 흘리게 한 혁명이 필요했다. 그래서 프랑스나 영국 사람들에게는 '자유', '민권', '민주주의'란 단순한 낱말이 아니라, 그들의 혈관 속에 살아있는 생명과도 같은 것이며, 그러한 사람들 가운데 오늘의 정치는 하나의 필연과도 같이 발전하고 있다.

이렇게 볼 때, 민주주의는 주권이 임금으로부터 백성으로 옮겨졌음은 물론이지만, 모든 권력은 집권자 자신의 것이 아니라, 국민으로부터 위임받고 대행하는 것인 만큼, 정치가에게는 언제나 '나라'로서의 입장밖에는 있을 수 없다는 것이 또한 본질적인 사실이다.

나는 30년 전에 고국을 떠나 프랑스에 살면서, 오히려 고국의 초청, 모교의 초청으로 몇 차례 고국에 와 보았다. 나의 감회를 한마디로 표현한다면, 내가 떠나기 전의 고국은 경제·정치·사회 모두가, 80년대에 몇 차례 와본 한국은 주로 정치·사회가, 그리고 지금의 한국은 사회가 절망적이니, 이를 뒤집어 말하면, 그래도 그간에 눈부신 경제 발전을 이루었고, 또 가까이는—4·19 이후 근 40년 만에—민주주의가 정말로 돌아왔다는 말이니, 대견스럽기 한없다.

남은 과제는 사회, 그리고 통일(!)이다. 그런데 사회는 '체질'과 같은 것이어서 절망적인 사회, 즉 '나쁜 체질'은 경제·정치처럼 '치료'할 수도 없고, 또 정치처럼 정 안될 때는 '수술'할 수 있는 것도 아니요, 오직 장기적인 '식이요법'으로나 차차 변화를 얻을 수 있는 것인데, 우리 민족의 비원悲願인 통일은 결정적인 기회가 왔을 때 단호하게 휘어잡아야지 한번 놓치면 언제 또다시 올 수 있을지 알 수 없으므로, 이 '사회'의 과제는 심층적인 동시에 긴급한, 즉 뿌리 깊으면서도 미룰 수 없는 우리의 역사적 사명이라는 데에 이 순간의 심각성이 있는 것이다.

무책임한 개인들

　우리는 과거에 시민사회로서의 역사를 못 가졌기 때문에 사회에 대한 책임감이 너무나 적다. 가령 한길에 나구 침을 뱉고 휴지를 버리는 행동은 그러한 무책임감의 비근한 표현이다. 민주주의 사회의 시민이라고 하지만, 우리는 아직 '시민'이 될 내면적 조건을 하나도 못 갖추고 있다. 시민이란 남의 명령과 지시에 따라 움직이기만 하는 사람이 아니라, 각자가 사회에 대해 전적임 책임을 느끼는 사회의 주인들이다.

　유럽의 거리가 늘 먼지 하나 없이 깨끗하고 아무리 많은 군중이 모여도 서울역과 부산운동장의 압사 사건 같은 일이 일어나지 않는 것은 한 사람 한 사람이 전체의 결과를 생각하고, 책임을 느끼는 주인 된 마음을 가지고 있기 때문이다. 나는 아침 출근 시간에 여기저기 정류장에서 벌어지는 혼란을 볼 때마다, 우리들의 어쩔 수 없는 후진성을 느끼지 않을 수 없다.

　차가 닿자마자 완력다짐의 난투가 벌어지고, 때로는 노인이나 여자, 어린 학생들이 문틈에 눌려 다치는 것도 본다. 이것이 아귀 싸움이지 어찌 인간의 사회생활이겠는가? 더구나 '러시아워'의 주인공은 모두가 교육받은 학생들과 직장인이다.

　개인으로 볼 때엔 비록 잘난 것 같아도 일단 군중이 되면 공공적인 질서 하나도 세울 수 없는 우리들이니, 참다운 시민사회가

＊ 연도, 출처 미상의 글.

되기엔 아직도 요원遼遠한 것 같다. 그러나 이것은 우리의 사회생활이 모든 면에 걸쳐 제대로 될 수 없는 큰 원인이니, 정부는 이것을 방치해 두지 말고, 이 사회에 완전한 공공질서가 확립될 때까지 대중을 훈련하기 위해 여러 가지 방책과 시설을 연구해야 할 것이다.

학생들에게 대답을 주라

거리를 지나가는 사람들을 보면 용무가 있어 일정한 곳을 향해 가는 사람과 갈 곳도 없이 길을 나선 사람과는 설음걸이부터가 다르다. 갈 데가 있는 사람은 얼굴에 생기가 있고 한눈을 팔지 않지만, 갈 곳 없는 사람은 얼굴에 잡념이 가득 차고 네거리에 다다르면 방향감각을 잃은 벌레처럼 어느 쪽으로 가야 할지도 모른다.

오늘날 세계의 모든 나라는 새로운 국제사회를 바라보며 저마다 일정한 목표를 향해 바쁜 걸음을 걷고 있다. 민족적(혹은 국가적) 인 테두리 안에서 독립과 번영을 이룩해 놓은 '유럽'의 여러 나라는 이미 민족주의를 넘어서기 시작하였고, 뒤늦게 출발한 신생국가들은 정치적 독립과 경제적 자립을 위한 민족주의를 내걸고 눈부신 건설에 나서고 있다.

그래서 '나일 강'에는 어마어마한 '댐'이 완성되어가고 강어귀에는 '뉴욕'을 방불케 하는 대도시가 서가고 있다. 선진국이건 후진국이건 간에 모든 나라는 뚜렷한 장래의 전망과 계획을 가지고 있고, 그 계획은 모두 앞으로 다가올 새로운 국제사회를 향하고 있는 것이다.

우리는 과연 무엇을 하고 있는가? 우리의 정치인들은 앞으로 50년은커녕 단 5년 안에 나라가 어떻게 될 것인지 아무런 전망도 계획도 없이 저들끼리의 싸움과 국민을 지배하는 일에만 골몰하고

✱ 연도, 출처 미상의 글.

있다.

앞으로 어떻게 자립 경제를 이루어서 미국의 원조가 끊어진 후 이 나라를 살게 할 것인가? 어떻게 해서 부패를 일소하고 참다운 민주주의를 세워갈 셈인가? 학생의 물음은 국민의 안타까움을 대변한다. 곤봉과 최루탄을 퍼붓지 말고 정면으로 물음에 대답하라. 할 말이 있으면 국민 앞에 설계도를 내놓아라! 설계도를!

동정同情

언젠가 '당신의 심정을 잘 알겠다'는 뜻으로 '동정'이란 말을 썼다가 크게 핀잔을 맞은 일이 있다.

"동정이 뭐예요, 기분 나쁘게!"

실수의 원인을 생각해 보니, 암만해도 그때 내 머릿속엔 프랑스 말 'sympathie'가 떠돌고 있었던 것 같다. 우리말로 '동정'이라고 하면 대개 '불쌍히 여긴다'는 뜻이다. 그러나 sympathie는 어디까지나 '마음을 같이 한다'는 뜻으로, 조금도 '우월'이나 '측은' 따위의 감정이 섞여 있지 않기 때문에, 우리말의 '동정'을 sympathie식으로 써서 올바른 표현이 될 리가 없다. 이렇게 볼 때 프랑스어 sympathie는 남의 기쁨과 슬픔, 혹은 아름다운 시나 훌륭한 예술 작품에 대해서 느끼는 깊은 '공감'을 가리키는 말이며, 길가에서 동냥을 비는 거지는 sympathie란 말을 쓰지 않는다. 또 '인상이 좋은' 사람은 'sympathique'이라 하고 남에게 자기의 저서나 작품을 바칠 때에는 '깊은 공감을 가지고'란 뜻에서 흔히 'sympathiquement'이라고 쓰기도 한다. 나는 '동정'의 실수를 저지른 이래, 이런 뜻으로 말을 할 때에는 으레 '공감'이란 말을 대치해서 조심스럽게 쓰게 되었다.

몇 해 전 크리스마스 날 아침, 많은 카드를 받고 기뻐하면서 한 장 한 장 속을 꺼내보다가 뜻밖에도 조문弔問카드 한 장이 뛰어나와 그만 질겁한 일이 있다. 하얀 종이에 금으로 박은 백합꽃이 있

---

* 1963년 3월 『여상』에 발표된 글.

고 그 한가운데 'With sympathy'란 글씨가 크게 찍혀 있었다. 다시 안쪽을 펴보니, '오늘을 당하여 당신과 당신 가족에게 말로써 다 못할 sympathy를 보낸다.'는 뜻의 글이 인쇄되어 있었다. 그것은 어느 여자대학에서 가르치던 여학생이 정성으로 보내 준 크리스마스카드(?)였다. 물론 영어의 뜻을 잘 알지 못한 데서 생긴 과실인 줄은 곧 알았지만, 어딘지 불길하고 거북스러운 감정을 어찌할 수 없었다.

안방으로 건너가 어머님께 카드를 보여 드리고 이야기를 했더니, 어머님은 곧 이렇게 말씀하셨다.

"비록 그 애가 조문카드를 잘못 보냈다 할지라도, 그 속에 담긴 정성은 다를 것이 없지 않느냐?"

그리고는 재미있는 이야기를 하나 들려주셨다.

옛날에 늙은 어머니가 아들 하나를 의지해 살고 있었다. 아들은 어머니를 정성으로 모셨지만, 며느리는 마음씨가 좋지 못해 가끔 어머니를 괴롭혀 드렸다. 어느 해 겨울, 아들이 장사 때문에 일 년 동안 여행을 떠나게 되었다.

"그렇게 오랫동안 너를 못 보면, 나는 네 일이 걱정 돼서 마음을 못 놓겠구나."

"뭘 그리 걱정을 하세요? 몸 성히 잘 다녀올 텐데……."

"그렇지만 자꾸 걱정되는 걸 어떻게 하니?"

"어머님, 그럴 때는 제 생각을 잊으시도록 염불을 하세요. 나무아미타불, 나무아미타불…… 이렇게 열심히 외우곤 하세요."

이런 말을 남기고 그가 떠난 후, 어머니는 자꾸 아들 생각이 나서, 하라는 대로 염불을 외워보려 했으나, 노인의 흐린 정신이라, 뭐라고 가르쳐 주었는지 까맣게 잊어버렸다. 할 수 없이 며느리를 불러서 물어보았다.

"아가, 아비가 떠나면서, 염불을 어떻게 외우라고 하더냐?"

며느리는 미운 시어머니를 동네 웃음거리로 만들 셈으로, 뒷집에 사는 홀아비 영감의 이름을 대주었다.

"뒷집 남 첨지, 뒷집 남 첨지…… 라고 외우랬어요."

그 후 일 년 동안 어머니는 밤낮으로 '뒷집 남 첨지'만 불렀다. 이토록 열심히 남 첨지를 부른 덕택에 마침내 세월이 흘러, 아들은 무사히 여행을 마치고 돌아왔다.

하루는 아들이 어머니에게 물었다.

"그래 어머니, 제가 없는 동안 염불을 열심히 드리셨어요?"

"암 드렸고 말고, 그저 네 생각만 나면 열심히 외웠단다."

"뭐라고 외우셨어요?"

"뒷집 남 첨지, 뒷집 남 첨지…… 하고 외웠지."

아들은 기가 막혀 눈이 둥그레졌다.

"아니, 왜 염불을 하시라니까 뒷집 남 첨지 이름은 그렇게 부르셨어요?"

"네가 가르쳐준 말이 암만해도 생각나지 않아 어미에게 물었더니 그렇게 가르쳐 주더구나."

아들은 비로소 이것이 아내의 소행임을 알고 그를 호되게 나무랐다. 그러나 어머니는, 비록 '뒷집 남 첨지'를 불렀을망정, 어찌나 지성으로 염불을 드렸던지, 마침내 열반 후엔 부처가 되었다고 한다.

이런 이야기를 듣고 내 방에 돌아온 후 나는 새로운 마음으로 다시 카드를 꺼내 보았다. 맑은 종이와 예쁜 백합꽃—더구나 여학생의 적은 용돈에서 이렇게 비싼 미제 카드를 사 보낸 그 정성과 귀여움이 이제는 그대로 마음에 느껴졌다. 나는 마침내 즐거운 마음으로 그에게 답례카드를 보냈다.

어머님의 말씀은 '조문카드'라는 외양을 뚫고 더 깊은 곳에 숨은 '크리스마스카드'를 찾는 sympathie를 가르쳐 주셨다. 나는 이것을 기념하기 위해 이제는 조금도 불길한 생각 없이 지금도 그 카드를 내 책상 속에 소중히 간직하고 있다.

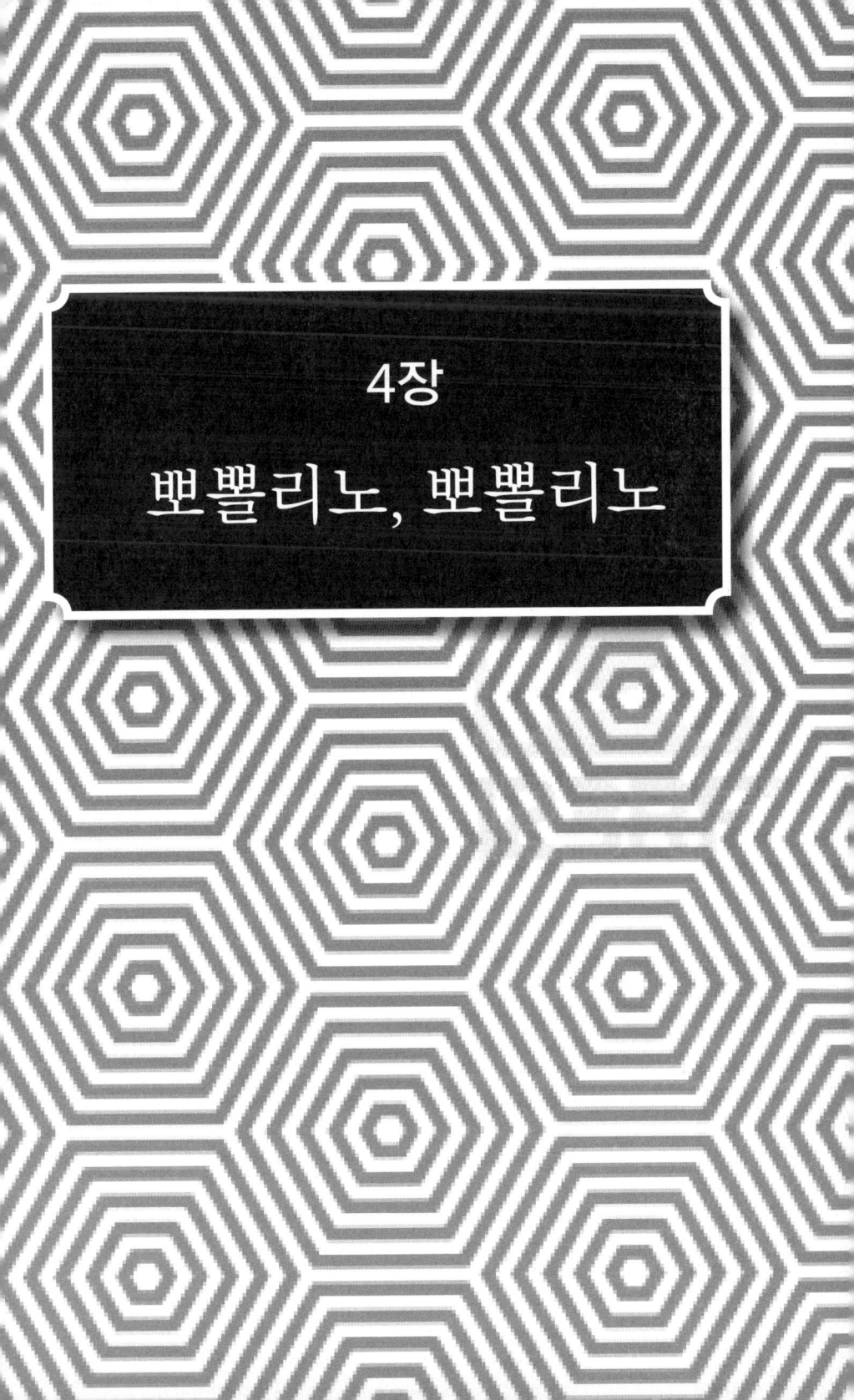

4장
뽀뽈리노, 뽀뽈리노

풍족하지 못한 뽀뽈리노들: 이탈리아의 서민층

서민의 상상력

어느 미국 책에서 이런 이야기를 읽은 일이 있다. 독일 여행 중 어떤 호텔에 묵었더니 식당 메뉴에 다음과 같은 글이 찍혀 있더라는 것이다.

> Das Frühstück ist obligatorisch.
> 아침 식사는 의무적입니다.

아침 식사 비용은 먹든 안 먹든 받기로 되어 있다는 뜻인데, 솔직하긴 하지만 어지간히 재치 없는 말이다. 물론 이 일 한 가지를 가지고 독일 사람을 운운할 수는 없지만, 이미 고지식하기로 이름난 그들이니 우스워지지 않을 수 없다.

프랑스나 이탈리아 사람 같으면 결코 이렇게는 쓰지 않았을 것이다.

"Prima colazione gratuita(아침 식사 무료 제공)"가 점잖은 손님에게 인상이 좋지 않다면 대개는 숙박료 밑에 "Prima colazione inclusa(아침 식사 포함)"라고 적을 것이다. 내용이야 아무리 '의무적인' 식사와 똑같은 것일지라도 손님의 기분은 마치 뜻밖의 절약이

---

* 1964년 4월 『사상계』에 발표된 글.

나 한듯 흐뭇해지는 법이다.

이것은 결국 상상력의 문제라고 볼 수 있을 것 같다. 그리고 보면 이탈리아 사람은 그 말씨부터가 풍부한 상상력에 젖어있는 듯 여긴 다채롭지가 않다. 그들이 과장을 잘하는 것도 대게는 거짓말을 위한 과장이 아니라, 재미있는 이미지를 찾아 비약하는 데서 생기는 과장이다. 우리말에도 사실은 이런 것이 꽹장히 많다. 그래서 한번은 이탈리아 친구에게 우리말의 그런 표현을 몇 가지 가르쳐 주었더니, 대단히 구미에 맞는 모양이었다.

가령 '맛좋은 것'을 말할 때 "셋이 먹다 한 사람이 죽어도 모르겠다."느니, '여자의 흔함'을 말할 때 "남자 하나에 여자가 세 트럭, 그리고 몇 사람은 고무신짝을 벗어 들고 쫓아온다."느니, 이런 말을 들었을 때 그들은 "한국 사람은 모두 예술가야."라고 하며 감탄해 마지않았다. 그러나 이런 비약은 암만해도 이탈리아 사람이 더 잘하는 것 같다. 가령 '식사할 땐 반드시 술을 먹어야 한다'고 할 때, 그들은 두 손을 합장까지 하면서 법석을 떤다.

"Dio mi guardi da mangiator che non beve.(주여 술 안 먹는 식객으로부터 나를 보호하소서)."

술 안 먹는 손님은 어느덧 산중의 강도보다도 더 흉악한 인간이 되고 마니 안 먹을 수가 없다. 재미있는 예는 다 듣고 잊어버려서 유감이지만, 이탈리아 사람의 이런 면은 어딘지 우리나라 사람들과 상통한 점이 많은 것 같다.

popolino란?

이러한 느낌은 가난한 사람들의 생활상을 볼 때 더욱 깊어진다. 가난한 사람들이란 한 푼의 여축도, 생활방도生活方途도 없는 사람들이다. 아침에 집을 나오면서도 도대체 저녁까지 식구들 입에 밥이 들어갈 것인지 알 수가 없는 사람들이다. 이런 사람들은 제대로 된 장사를 할 처지도 못되니, 상상력을 유일의 밑천 삼아 제각기 어떤 이상스런 직업이라도 꾸며대지 않으면 안 된다.

배고픈 사람이 생각하다 못해 시작한 그런 직업이라면 우리나라야말로 총본산總本山이 되는지 모른다. 길가에 장기판, 토정비결 등을 펴놓고 행인을 기다리는 영감들, 초등학교 담 밑에 만화책, 요지경, 제비뽑기 등을 벌려놓고 있는 아저씨들, 극장, 역, 버스 정류장에서 암표闇票를 파는 아낙네들, 다방을 찾아다니며 라이터돌, 휘발유, 껌, 볼펜, 신문을 사라고 조르는 아이들……. 외국 사람들에겐 아마 이런 것이야말로 서울의 명물로 생각될 것이다. 따라서 우리가 이탈리아 빈민들의 괴상한 직업을 보고 재미있게 느끼는 것은, 그 직업 자체가 신기한 것보다도, 유럽에도 이런 사람들이 있다는 발견이 신기한 것인지 모르겠다.

이런 사람들을 이탈리아에서는 'popolino'라고 한다. popolino는 흔히 '서민'이라고 번역되지만, 비교적 계급성이 뚜렷한 개념으로 사회의 최하층을 가리키는 말이다. 이에 반하여 우리말의 '서민'은 너무나 뜻이 광범해서 별로 계급성이 없는 것 같고, 그저 일부 특권층을 제외한 평민들을 가리키는 것이 보통이기 때문에 popolino는 차라리 '빈민'이라고 번역하는 것이 좋을 것 같다.

번영과 빈곤

이탈리아의 빈민은 북부에도 있지만, 주로 남부에 많이 몰려있다. 그것은 이탈리아의 북부와 남부가 원래 역사적, 사회적, 경제적으로 큰 단층을 이루고 있기 때문인데, 북부는 공업지대로서 생활수준이 매우 높지만, 남부는 거의 농업지대로서 생활수준과 민도民度가 형편없이 낮은 '유럽의 저개발지역'이기 때문이다. '북부는 유럽, 남부는 아프리카'란 말이 있지만, 이것은 결코 기후의 차이만을 가리켜서 한 말이 아니며, 남부와 북부의 경제적인 불균형은 오늘날 이탈리아가 극복하려고 노력하는 최대의 목표라고 볼 수도 있다.

이탈리아는 인구의 99.6%가 구교도舊敎徒로서 세계 최대의 가톨릭 국가이지만 한편 공산당의 크기가 소련과 중공中共 다음가는 나라로 당원 수가 인구의 약 25%나 된다고 한다. 99.6%가 가톨릭인데 23%가 공산당원이라면 적어도 24.4%는 가톨릭이면서 공산당원이란 말이 된다. 이것은 유럽의 가톨릭이라는 것이 반드시 참다운 신앙을 의미하는 것이 아니라 하나의 전통적인 생활 제도에 불과하다는 말도 되겠지만, 한편으론 공산당원이라고 반드시 마르크스, 레닌의 유물론을 신봉하는 것이 아니라, 그만큼 극심한 빈곤에 시달리고 있다는 말도 된다. 공산당의 세력 기반이란 언제나 popolino에 두고 있을 것이니, 이탈리아의 popolino의 생활이 얼마나 비참한 현실에 놓여 있는가를 보여주는 것이다.

물론 오늘의 이탈리아는 산업 발전과 국민소득의 증가에서 옛날의 이탈리아와는 비교가 안 된다. 전후戰後 마셜계획 덕분에 공업

부흥이 눈부신데다가, 구공시장歐共市場에 가입한 후로는 공업 붐에 더욱 박차를 가하게 되었고, 가입국 중 가장 큰 이득을 본 것이 이탈리아라고 한다. 그래서 공업 인구는 전전戰前까지만 해도 농업 인구에 비해 4대 6이던 것이 지금은 6대 4로 그 비율이 뒤집어졌고, 거의 인구의 반을 차지하게 되었다고 한다. 공업의 내용도 이젠 그전과 같은 중소기업 중심이 아니라 대자본에 의한 대량생산으로 전환되었고, 공업제품의 수출이 활발할 뿐 아니라 금 보유량이 미국 다음가는 세계 제3위라 하니, 통일국가 된 지 1세기도 못 되는 이탈리아로서는 참으로 놀라운 발전이 아닐 수 없다.

이토록 발전을 거듭하는 이탈리아에 아직도 빈민이 많다는 것은 좀 이상한 이야기 같지만, 앞으로 남부가 완전히 공업화되고 모든 popolino가 일자리를 얻게 될 때까지는 이탈리아의 빈곤은 완전히 극복되었다고 할 수 없을 것이다. 남부를 공업화하려면 북부의 막대한 부를 남부로 옮겨와야 하겠는데, 그렇게 되면 북부가 갑자기 약화되어 공산당이 다시 고개를 들 것이고, 동시에 남부의 새로운 노동자 계급까지도 잡게 될 우려가 있다는 것이, 하나의 문젯거리인 모양이다. 이처럼 이탈리아에는 아직도 실업자가 많고, 빈부의 차가 심하고, 사회보장도 프랑스나 스칸디나비아 제국에 비하면 크게 뒤져있는 것이 사실이다. 따라서 앞으로 참으로 빈곤 없는 나라가 되기 위해서는 하루바삐 완전한 복지국가를 이루어야 하겠는데, 그러기 위해서는 모든 문제가 남북 간의 심각한 경제적 불균형을 성공적으로 극복하는데 달린 것 같다.

밀라노와 나폴리

북부의 대표적인 도시를 밀라노라고 한다면 남부의 대표는 나폴리라고 할 수 있다. 밀라노는 이탈리아의 메트로폴리스요, 산업 경제의 중심지이기 때문에 이달리아적인 특징보다는 현대의 싱업 도시(혹은 공입 도시)로시의 공통 특질이 더 거 보인다. 물론 이곳에도 대사원Duomo, 미술관, 그 밖의 고적古蹟이 있고, 또 로마 오페라 좌座와 더불어 이탈리아 오페라의 중심을 이룬 스카라 좌座도 있지만, 그 밖에는 별로 유럽의 다른 도시와 다른 점이 없고, 따라서 여행자에게는 가장 흥미가 적은 도시라고 할 수 있다. 이에 반하여 나폴리는 유럽의 어느 도시와도 비교할 수 없는 독특한 매력을 가진 곳이다. "Vedi Napoli e poi muori(나폴리를 본 후에는 죽어도 좋다)"란 속담이 있듯이 예부터 나폴리는 그 항구의 경치, 푸른 바다, 멀리 보이는 카프리, 이스키아의 섬 등, 아름다운 자연으로도 유명하지만, 또 한 가지 커다란 매력은 이곳 popolino의 알록달록하고 향토적인 생활 풍경이다.

우선 역에 내리면 수많은 구두닦이가 일제히 달려온다. 또 시청 앞이나 산 카를로 극장 앞의 광장에는 대서방代書房영감들이 길목마다 책상을 펴놓고 앉아서 관청에 낼 서류도 써 주고 편지도 써 준다. 또 한길에는 궤짝을 목에 걸멘 사탕 장수와 손수레를 미는 인형 장수들이 큰 소리를 외치면서 지나간다. 사탕 장수는 온종일 버스 간, 빈대떡 집, 역 특합실驛特合室 등을 누비고 다니면서 얼굴 아는 사람에겐 외상도 준다. 인형 장수는 한 개에 적어도 일곱 시간은 품을 들였을 꼭두각시를 한 개에 단 100리라씩에 팔고 있으니, 품삯은 아예 치지도 않고 재료비만 해서 겨우 몇 푼쯤 남을 정도라고 한다. 다방茶房에 들어가면 점쟁이가 사무소를 꾸미고 앉아 있다. 이들은 사랑의 문제, 축구나 경마 내기(승부의 예상을 적어내는 꽤상), 복권, 낚시 등 모든 일에 걸쳐 예언과 충고를 해주며, 잘 맞혔을 때에는 평판評判도 나고 사복謝福도 톡톡히 받는다고 한다.

밀라노 사람과 나폴리 사람은 서로 말도 다르고 기질도 다르다. 말은(서로 표준어를 쓰지 않는 한) 거의 통하지도 않을 정도이고, 기질도 아주 딴판이다. 이탈리아 친구에게 밀라노 사람이 대개 어떠냐고 물었더니, '거만하고, 깍쟁이고, 돈과 장사밖에 모르는 사람들'이라고 한다. 나폴리 사람은 어떠냐고 물었더니 '가난하면서도 게으름뱅이, 싸움만 잘하고(특히 여자 문제로), 괴상한 사투리를 쓰며, 수다스럽고, 도둑놈'이라는 것이다. 나폴리처럼 빈민이 많고 민도民度가 낮은 곳엔 자연히 사기꾼, 도둑도 날뛰기 마련이고, 미신과 문맹도 많고, 생활환경이 밀라노처럼 깨끗할 수는 없는 노릇이지만, 이것이 같은 이탈리아 사람에겐 심한 혹평을 사면서도, 외국의 여행자에게는 오히려 재미있는 정경이요, 일종의 친근감과 매력까지도 느끼게 하는 것인지 모르겠다.

그러나 이탈리아는 마침내 남부의 공업화에 착수하였다. 이제는 나폴리의 주변에도 전기기구 제작소, 철기 공장, 제련소 등의 굴뚝이 하나씩 늘어가고, 포추올리pozzuoli란 곳엔 유명한 올리베티Olivetti회사의 타자기, 계산기 공장이 우뚝 서서 나폴리의 새로운 노동인구를 불러들이고 있다.

남부의 공업화란 앞으로도 장구한 시일을 필요로 하는 문제지만, 이미 그것이 결정적으로 진행되고 있는 이상, popolino가 없어져야 할 것이고, 언젠가는 나폴리 사람도 오늘의 밀라노 사람 같은 '깍쟁이'로 변할는지 모를 일이다. 그렇게 되면 여행자의 우월감 섞인 흥미를 채워주던 빈민들의 생활은 다시 못 보게 되겠지만, 서민들의 생활수준이 나아졌다고 해서 아름다운 자연에 둘러싸인 나폴리의 생활 정경이 갑자기 매력 없는 것이 되리라고는 좀처럼 생각할 수 없는 일이다.

다정한 사람들

이탈리아 사람들은 유럽의 어느 나라 사람보다도 다정하고 사귀기 쉬운 사람들이다. 가령 기차 속에서 도시락이나 과자를 펴놓고 먹을 때에는 반드시 옆의 사람에게 같이 들자고 권한다. 이것은 유럽에서 이탈리아와 스페인에서만 볼 수 있는 풍습으로 어딘지 남국 사람들의 따뜻한 마음을 느끼게 한다. 그래서 기차를 타면 옆의 사람과 이럭저럭 이야기를 하게 되고, 혼자 하는 여행일지라도 별로 심심하지가 않다. 프랑스나 독일에서는 기차 속에서 모르는 사람과 이야기하는 일이 드물다. 한번은 스트라스부르에서 파리까지 기차를 탔는데 한 칸에 탄 손님이 모두 혼자 탄 손님이었기 때문에, 파리에 닿을 때까지 네댓 시간 동안 단 한 사람도 입을 열지 않고 침묵의 여행을 한 일이 있다.

이런 점만을 보아도 이탈리아 사람의 꾸밈없고 개방적인 기질은 충분히 알 수 있지만, 친구를 사귀어 보면 더욱 그것을 느낀다. 나

베네치아에서의 모습(1965년 무렵)

는 파리에서 S라는 이탈리아 친구와 한집에 살았는데, 프랑스 친구보다도 훨씬 빨리 마음 놓고 허물없이 지냈던 것 같다. 서로 돈도 꾸고, 밤에 담배가 떨어지면 몇 개비씩 얻어가고, 밤늦게 출출해지면 치즈나 빵도 입다심을 하러 오고, 이야기에 열이 나면 함께 밤을 새우기도 하였다. 아침 첫 시간에 강의가 있을 때는 깨워달라고 부탁도 하고, 한 사람이 밖에 나갈 때엔, 반드시 편지 부치고 우유 사고 뭣 사오라는 심부름을 시켰다. 한집에서 이렇게 지내다가, 마침내 내가 한국으로 돌아오게 되었다. 출발을 앞둔 일주일 동안 S는 나의 짐 부치는 일, 수속하는 일, 물건 찾는 일, 사람 만나는 일 등, 내 심부름에 모든 시간을 다 할애해 주었다. 그리고 출발 전날에는 밤새도록 내 일을 거들어주고, 새벽녘에야 자기 방으로 돌아갔다. 그리고는 아침 일찍이 떠나왔는데, 비행장에서 마지막 작별의 포옹을 할 때, S는 비행기 속에서 읽어달라고 편지 한 장을 손에 쥐여 주었다. 얼마 후 나는 유럽의 푸른 하늘을 날면서 S의 첫 편지를 뜯어보았다. 그동안의 깊은 정과 나에 대한 인간적인 평가, 그리고 헤어지는 슬픔을 절절하게 적은 글월이었다. 나는 그의 한 마디 한 마디를 가슴속에 새기며 눈시울이 뜨거워짐을 느끼면서, 마침내 알프스를 넘어 그리운 S의 나라 이탈리아로 들어섰다. 가엾은 S! 그러니까 그는 새벽에 방으로 돌아간 후에도 이 편지를 쓰느라고 밤을 꼬박 뜬눈으로 새웠던 것이다.

나의 여성론 1: 애인의 논리

잠 못 이룬 밤

나는 '파리'에서 '프랑스' 여자들이 사는 것을 보고 공연히 괴로운 심경에 빠진 적이 있다. 도대체 여자가 이렇게 자유로우면 남자는 어떻게 되란 말인가? 어떻게 애인이라 믿을 수 있고, 한시인들마음 놓고 살 수 있겠는가? 애인이 되고서도 여전히 남자친구를 사귀고, 떳떳이 데리고 와서 소개까지 하니! 가령 애인이 딴 남자와 영화관에 들어가는 것을 보았다고 하자. 한국 남성 같으면 곧 배반이나 당한 것처럼 정신이 뒤집혀 버리는 사람도 많을 것이다. 그러나 '프랑스'의 남자들은 달려가서 여자의 어깨를 툭 치고, 여느 때와 다름없이 '키스'도 하고 이야기도 한다. 물론 여자는 애인에게 같이 왔던 '친구'를 소개하고, 두 남자는 별로 꾸민 것도 아닌 태도로 인사를 한다.

"반갑습니다. 말씀은 많이 들었어요……."

"저도 뵙고 싶었습니다. 언제 한번 놀러 오시지 않겠습니까?"

나는 솔직히 이런 태도를 이해하기도 싫었고, 받아들일 수도 없었다. 여자의 자유란 참으로 끔찍한 일이 아닌가? 물론 여자는 생활 범위도 넓어지고 때로는 마음대로 좋은 남자를 택할 수 있어서 좋겠지만, 남자는 끝없는 불안, 공포, 투쟁에서 벗어날 수가 없을

---

* 1963년 4월 『여상』에 발표된 글.

것이다. 일생 동안 여자 때문에 불안과 격정激情에 사로잡혀 지내야한다면, 무슨 경황에 훌륭한 사업을 일으키고 위대한 학문과 예술을 이룰 정신적 여유를 갖겠는가? 그러고 보면, 우리나라 여자들은 그야말로 '도덕적'이고, 참으로 '여자다운' 사람들이었다. 그리고 여자를 그렇게 가르쳐 놓은 우리 조상들은 과연 현명하고 지혜 있는 사람들이라고 생각되었다. 그런데 이제는 우리나라마저 서양 바람에 휩쓸리게 되었으니, 결국 우리 여자들도 앞으론 이렇게 될 것인가 생각하면 참으로 기가 막혔다. '프랑스' 사회란 도덕적으로는 거의 자연의 상태에 가까운 것 같고, 그것이 '신문화'란 이름으로 동양까지 들어와서, 마침내 우리 조상의 깊은 지혜로 된 '점잖은' 사회를 허물어뜨리려는 것이 아닌가? 이런 생각에서 나는 '프랑스' 여자를 매우 밉살스럽게 생각하면서 '한국적'인 여성에 대해 새삼스러운 향수를 느끼고 있었다. 여기서 생각은 점점 발전하여, 여자의 자유와 가족제도는 양립할 수 있는가? 무엇이 참다운 도덕인가? 이런 생각에 사로잡혀 며칠 밤을 뜬눈으로 새웠더니 그만 몸살이 나버렸다. 호텔방에서 일주일이나 앓고 난 뒤 하루는 열도 내린 것 같고 기분도 좀 개운하기에, 오랜만에 옷을 챙겨 입고 거리에 나가 보았다. 한참 산책을 하다가 그만 다리도 아파지고, 그래서 가벼운 영화나 하나 볼 셈으로 근처의 영화관에 들어갔다. 그런데 마침 그 영화가 아주 잔인하고 어지러운 치정관계를 다룬 것으로, 기분 전환은커녕 도리어 큰 충격을 받고 말았다. 마음대로 더 좋은 사내를 찾아가는 여자와, 격정에 시달리는 남자들, 그리고 질투, 싸움, 피…….이런 끔찍한 장면을 보면서, 저것이 만일 우리의 현실이 된다면…… 하고 생각하니, 도저히 냉정한 정신으로 여자에 대한 '휴머니즘'을 구상할 수 있을 것 같지 않았다. 더욱 놀란 것은, 같은 영화를 보고 있던 '프랑스' 남자들의 반응이다. 질투에 못 견디는 남자를 보고 재미있게 웃는가 하면, 여자의 잔인스런 행동에 오히려 감탄을 하고 있었으니! 요컨대 나는 그것을 하나의 작품으로 감상할 마음의 여유를 잃고 있었음에 반하여, 그들은 지극히 평온한 정신으로, 아무런 고정관념도 없이, 그 영화를 즐기고 있었던 것이다.

하나의 문제

마침 그날 저녁 A군이 퇴근하는 길에 찾아왔다. 같이 저녁을 먹고, 이런저런 이야기 끝에, 오늘 하루 혼자서 생각한 것을 모두 이야기해 봤다. 그는 내 말을 다 듣고 난 뒤, 좀 놀랐다는 표정으로 이렇게 말했다.

"그건 아주 극단적인 이야기 아냐? 자넨 너무 생각을 많이 하는군."

"그렇지만 일단 그런 것까지 생각 안 할 수야 있나?"

"글쎄에…… 결국 여자를 믿어야지! 사랑하는 여자라면 절대로 그럴 리는 없으니까."

"그렇게 여자의 사랑만 믿다가, 정말로 마음이 변할 경우엔 어떻게 하지?"

"정 그렇게 될 때엔 할 수 없지, 뭐. 아주 돌아서 버렸다면, 그런 여자 붙들고 있으면 뭘 해?"

A도 결국 '프랑스' 남성—생각하는 것이 너무나 달라서, 이 이상 이야기 해봤자 소용이 없다고 느껴지면서 더욱 쓸쓸하기만 했다. 애인이나 아내라면 그래도 어떤 타율적인 구속이 있어야지, 그저 마음(사랑) 하나에 모든 섯이 딜렸다면, 그렇게 불안하고 처망한 땅 위에 어떻게 우리의 행복을 세울 수 있겠는가? 따라서 여자의 자유란 도저히 도덕의 기초로 삼을 수 없을 것이요, 만일 삼는다면 인간 사회는 자연의 상태로 돌아가고 말 것이다. 나에게는 이러한 세계가 무서운 악몽처럼, 암담한 말세처럼 생각되었다.

우리는 절망과 경멸의 시대를 살고 있어. 우리 앞에는 무서운 3차전이 기다리고 있을 뿐이고, 그것은 모든 것에 끝을 내고 말겠지. 사람들은 문명에 지쳐 버렸고 도덕적인 생활에도 실증이 나서, 이제는 어느 몰도덕적沒道德的인 세계에 도피하려는 것만 같아.

이것은 결국 모든 것을 자연 그대로 하자는 것이겠지만, 마지막으로 한번 도덕 없이 살아보는 것도 좋겠지. 물이 높은 데서 얕은 데로 흐르는 것처럼, 아무 노력 없이 산다는 것은 다시 없이 쉬운 일이니까. 다만 이런 세상이 그대로 계속된다면, 우리는 아무도 평화롭게 살 수도 없고, 학문이나 예술 같은 것은 생각할 수도 없을 거야. 가족이란 것도 없어지고, 지속적인 행복도 없어지고…….

그러나 이것은 이미 우리 주위에서 시작되고 있는 현실이니, 나에게는 벌써부터 산다는 것이 참을 수 없는 일만 같아. 영원히 행복을 단념하고, 희망 없이 살아야 한다면, 그것은 죽음과도 같은 일이니까. 진작 여행이라도 떠날 것을! 어디든지, 이 어두운 생각이 따라오지 못할 곳에.

이것은 내가 그날 밤, 파리에서 친 누이처럼 지내던 C에게 써 보낸 편지의 한 구절이다. C는 고등학교 졸업반 때부터 나의 모든 이야기를 들어왔고, 어찌나 깊이 나를 이해해주던지, 그가 '프랑스' 여자라는 것을 생각하면 새삼스레 이상스러울 정도였다. 그래서 비록 모든 '프랑스'인이 나와 생각이 다르다 할지라도, C만은 나와 같은 생각을 가져 주리라 생각되어, 만나서 이야기 하듯 편지를 썼던 것이다.

이틀 후, C의 편지가 날아 왔지만, 이번만은 C도 완전한 공감을 보여주지는 못했다. 왜 그런지 까닭을 모르면서 그저 나의 우울한 심경을 걱정하는 말이었으니.

그런데 왜 그렇게 어두운 생각을 하세요? 병후에 신경이 피로하셨는지? 혹은 집 생각이 나서 그러시는지? 하여간 그토록 용기를 잃으신 것을 생각하니, 못 견디겠어요.

비록 우리의 삶에 어두운 면이 있다 하더라도 온 세상을 절망과 경멸만으로 보지는 마세요. 제발 잠깐 생각을 다른 쪽으로 돌려 보세요. 세상에는 그래도 깨끗하고 아름다운 것, 살 보람을 느끼게 하는 것도 많지 않아요?

요즘 늘 혼자 계신 것이 좋지 않은가 봐요. 하루 종일 방

안에서 우울한 생각만 하시면, 어떻게 되겠어요? 엄마가 목
요일 저녁, 집에 좀 놀러 오시래요. 그럼 모레 저녁에 기다
리겠어요. 잊지 않도록 손수건 한쪽을 꼭 매어 두세요.

물론 그것은 목요일 저녁으로 해결될 문제는 아니었다. 그것은
내가 한국에서 너무나 당연한 것으로 알고 있던 인간관(여성관을 포
함해서)을 근본적으로 반성하는 일이었으니, 내가 '유럽'에서 지낸
삼 년 동안, 이 문제는 한시도 내 마음을 떠날 수가 없었다.

자연스러움

지금까지 말한 나의 옛 생각에 대해, 우리나라 사람들 중에는 동
감하는 사람과 너무 전시대적前時代的이라고 느끼는 사람의 두 부류
가 있을 것이다. 그러나 이를 남녀, 세대별로 나누어 생각한다면, 아
마도 남성들과 기성세대 여성의 대부분, 그리고 젊은 여성의 일부—
다시 말하면 거의 대다수가 오히려 이에 동감하는 측이 아닐까 생
각된다. 만일에 그것이 사실이라면, 이것은 곧 한국 사람의 일반적
인 사고방식을 표현한 것이라고도 볼 수 있을 것이다. 위에 말한 것
은, 갑자기 '프랑스'의 자유로운 사회를 눈앞에 보고 어리둥절한 한
국 남성의 불안감이었지만, 그것은 흡사 국내에서 우리 눈앞에 벌어
지는 현대 생활을 보고 어쩔 바 모르고 있는 기성인들의 불안과도
같은 것이다. 이런 불안 상태가 실제로 우리나라 사람의 대다수를
지배하고 있다면, 첫째 우리가 사는 시대 자체를 이해할 수 없을 것

이요, 하물며 앞으로 뻗어나가는 젊은이들을 올바르게 지도해 줄 수도 없을 것이니, 그야말로 불안한 상태라고 할 수밖엔 없다.

그러면 현재의 나는, 앞서 말한 옛날의 '불안'에 대해 어떻게 생각하고 있는가? 단적으로 말해서, 그런 식의 생각은 첫째 너무나 이기적인 남성 중심이요, 둘째로는 (자신 있는 남성 중심도 못되고) 피해망상에 걸린 정신 상태라고 생각한다. 더 쉽게 말하면, 나의 애인은 자기의 행복을 위해 있는 사람이 아니라 나의 행복을 위해서 있다는 생각과, 만일 나의 애인이 널리 다른 남자와 사귈 기회만 갖는다면 반드시 나를 버릴 것이라는 생각이 우리를 지배하고 있다는 말이다. 요컨대, 여자의 주체성에 대한 무시와, 여자의 사랑에 대한 (결국은 자기 자신에 대한) 절대적인 불신, 이것이 우리 생각의 바탕이 되어 있는 이상, 우리는 모두 얼마큼씩 의녀증疑女症(?) 노이로제에 걸려 있는 셈이다. 따라서 이러한 생각을 바탕으로 한 도덕은 결코 자연스러운 도덕이 될 수 없으며, 비록 아직까지 한국에서는 그것이 당연했다 할지라도, 여자의 의식이 눈 떠 있는 사회에서는 결코 당연할 수가 없는 것이다.

이처럼 부자연한 도덕은, 여자들이 어리석고 무력한 동안은 그대로 유지될 수 있지만, 차차 교육의 힘으로 여자의 자각이 생기고, 활발한 사회참여를 통해 자신의 힘이 생기게 되면, 소반간 부너질 수밖에 없는 도덕이다. 우리는 그것을 막을 도리도 없고, 막을 아무 이유도 없다. 그뿐 아니라, 참으로 깨친 남성이라면, 우선 자기부터 새로운 도덕을 뚜렷이 인식하고, 이제 인간의 정당한 위치를 되찾으려고 발버둥치는 여자들을 힘껏 도와주어야 할 것이다. 왜냐하면, 여성이란 결코 우리와 반대되는 이해를 가진 적수가 아니라, 우리의 어머니, 누이, 아내, 애인으로서 언제나 똑같은 목적을 위해 한마음이 되어 줄 귀한 사람들이기 때문이다. 지금 우리 눈앞에서 허물어져 가는 노력을 보면서도, 우리가 끝내 새로운 도덕을 세우지 못한다면, 이 사회는 걷잡을 수 없는 무질서와 혼돈에 빠지고 말 것이다.

앞서 나는 '프랑스'의 도덕이 자연의 상태에 가깝다고 말한 일이 있지만, 사실은 자연스러운 도덕이야말로 그만큼 발달된 정신문화의 소산임을 알아야 한다. 왜냐하면 모든 사회를 통틀어서 원시적인 사회일수록 지극히 부자연한 상태가 인간을 지배하고 있기 때문이다. 따라서 '자연스러움'이란 결국 모든 사람이 제 나름대로의 존재를 남에게 저해 받지 않고, 다 같이 사람답게 산다는 하나의 도덕적인 이상을 표현한 말에 지나지 않는다.

이 문제에 관해서 나의 다른 글의 한 구절을 인용해 두고자 한다.

도대체 문화는 발달할수록 자연과 멀어지는 것인가 가까워지는 것인가? 우리는 이 문제에 대해 오래도록 자연과 문화를 서로 등지는 것으로 생각하여 왔다. '루소'가 "자연으로 돌아가라."라고 외쳤을 때에도 인간은 모두 그런 생각을 하고 있었다. 그러나 그 후 '프랑스' 사회학자들의 미개인未開人에 대한 연구를 통해 밝혀진 것은, 미개인일수록 그 의식세계와 사회제도가 소박한 자연과는 멀고, 문화가 발달할수록 편견에 찬 제도와 풍습을 벗어나 자연스러운 사회를 이루어 간다는, 전연 반대의 사실이다. 다시 말하면 참다운 문화란 제도와 풍습의 부자연한 복잡성에 있는 것이 아니라, 무엇보다도 밝은 의식으로 우리의 정신을 덮고 있는 무수한 선입견을 하나씩 하나씩 제거하고, 자연스러운 사회와 개방된 정신 상태를 찾는 데에 있는 것이다.

- 「아메리카니즘에 대하여」, 『신세계(3월)』

오늘날 우리는 모든 사물이 나와는 따로 존재한다는 것을 인정하고 있다. 이것은 철학 이전의 '상식'에 속하는 일이라고도 할 수 있지만, 소위 객관적 존재라든가 그것을 위한 자연과학적 인식이란 모두 그러한 관점 위에 서있는 것이 사실이다. 가령 산이 있다고 하자. 우리는 그것이 제 나름대로 따로 존재하는 것이지, 나의 등산을 위해, 혹은 나의 행복이나 불행을 위해 존재한다고는 생각지 않는다. 이러한 태도는 우리에게는 너무나 뻔한 일이지만, 어린아이들, 정신병자, 그리고 미개인의 세계에는 거의 존재할 수 없는 의식이다. 따라서 저 나무는 나를 죽이기 위해 있는 것이요, 비는 전쟁을 알려주기 위해 오는 것으로 믿는 것이다.

그런데 사실은 문명사회의 성인에 있어서도 이러한 사고방식이 완전히 없어진 것은 아니다. 사물을 대하는 데도 그렇지만, 특히 '남'을 대하는데 있어서는, 이러한 자기중심의 세계관과 거기서 나오는 소유관념所有觀念이 아직도 인간을 완강히 사로잡고 있다. 이러한 각도에서 볼 때, 오늘날 개인 관계의 새로운 도덕과 국제정치의 '유엔'정신은, 모든 인간이 미개사회의 잔재를 벗어나 '남'과의 자연스러운 질서를 세우고 참다운 문화사회를 이루려고 하는 데에 매우 중대한 의미가 있다.

밝은 세계로

대체 모든 인간관계 중에서도 이성 관계처럼 '소유'의 관념이 광적으로 지배하고 있고, 거의 원시적인 태도를 그대로 나타내고 있는 곳은 없다. 소유라고 하지만 한쪽이 강하고 한쪽이 약할 때는, 약한 사람이 소유물로 떨어질 것은 당연한 일이다.

그러나 소유란 원래 재산제도와 함께 생겨난 하나의 관념일 뿐, 참으로 존재하는 사실은 아니다. 하물며 인간을 '소유'한다는 관념은 현재까지 인간이 저질러온 하고많은 죄악의 원인으로, 앞으로 사회의 발전과 함께 철저히 없어지지 않으면 안 될 관념이다. 결혼관계도 인간에 대한 소유로 생각해서는 안 될 것이라면, 결혼 이전의 단계는 말할 것도 없다.

세상에 결혼제도라는 것이 없다 하더라도 사랑은 있을 것이다. 인간을 일단 이런 자연의 상태에 놓고 다만 한 사람만을 택할 수 있다는 조건을 붙인다면, 누구나 웬만치 '좋은' 사람이 아니라, 많은 이성 가운데 가장 마음에 드는 한 사람을 택하려고 모진 애를 쓸 것이다.

우리가 보통 쓰는 '사랑'이란 말은, 이 조건 때문에 애초의 뜻과는 아주 다른 것이 되었다. 말하자면 "나로서 이보다 더 좋을 사람은 없겠다"라든가 나아가서는 "이대로 결혼하고 싶다"라는 감정을

말하게 되었으니, '사랑'도 결혼제도에 따라 뜻이 달라질 수밖엔 없다. 가령 카뮈의 『이방인』에서,

"저를 사랑하세요?"

하고 여자가 물었을 때, 주인공 '뫼르소'는 이렇게 대답한다.

"글쎄, 모르겠는데…… 아마 사랑하진 않을 거야."

모르겠다는 것은 사랑이 무슨 뜻이냐는 말이고, 사랑하지 않는다는 것은 그런 뜻으로는 생각해본 일 없다는 말이라고도 해석된다.

하여튼 '사랑'이 현실적으로 이런 뜻이라면, 결혼은 반드시 '사랑'으로써 되어야 할 것이다.

그러기 위해서는, 첫째 될 수 있는 대로 많은 이성과 자유로이 사귈 수 있는 기회를 가져야 할 것이고, 둘째로 어느 이성과 '서로' 사랑하게 되었을 때에는 아무런 방해도 받지 말아야 할 것이다.

그러나 현실에 있어서 우리 사회에는 이 당연한 사실을 가로막는 장애가 너무도 많다. 고루한 기성세대에 대해서는 벌써부터 많은 논의가 있었지만, 그보다도 더 심각한 문제는 젊은 세대 자신의 전시대적인 고루성固陋性이다.

우선 남을 흉보기 전에, 나 자신의 부끄러운 경험을 한 가지 말해야 되겠다.

어느 토요일 저녁―나는 시계를 바라보며 나의 방에서 H를 기다리고 있었다. 그 무렵 H와 나는 토요일 저녁이면 대개 '생-제르맹'가의 '댄스홀'에 가서, 밤늦도록 춤을 추고 지냈다. 시간이 되자 '노크' 소리와 함께 H가 나타났다. 나는 조용하고 즐거운 우리의 '위크-엔드'를 생각하면서 그를 반가이 맞아들인 다음, 아직 시간

이 이르니 집에서 좀 놀다가자고 제안했다. 그랬더니 H는 내 눈치를 보는 듯이 조용한 목소리로 이렇게 말하였다.

"저, 오늘은 내 남자 동무 하나 하고 G하고 데리고 왔는데, 괜찮죠? 지금 둘이 '가쎄'에서 기다리고 있어요. 그러니까 우리 빨리 나가요."

나는 그 소리를 듣는 순간, 앞이 캄캄해졌다. H의 남자 동무, 더구나 G는 그리 예쁘지도 않으니, 그는 필경 H를 놓고 나와 겨누어 보려고 나타난 자임에 틀림없었다.

한편 나를 두고서, 감히 이런 자를 데리고 온 H의 행동—그 대담스런 배신을 생각하니, 기가 막히고 도저히 참을 수가 없었다.

그러자 H가 퉁명스럽게 물었다.

"왜, 기분 나쁘세요?"

"아니."

나는 당황하고 창피한 나머지 반사적으로 이렇게 대답했다.

"뭘, 내가 다 아는데!"

그는 대단히 기분이 상한 모양이었다. 그것을 보니 나는 더욱 기가 막히고, 도대체 이곳 여자는 얼마나 뻔뻔하고 막되어 먹었으면, 남자를 이렇게 대할 수 있는 것인지, 전연 생각이 돌지 않았다.

그러자 나는 나 자신의 이상스런 모습을 의식하기 시작하였다.

그자가 얼마나 잘생긴 남자인지는 모르지만, 어째서 나는 아직 겨누어 보기도 전에, 벌써부터 H를 잃은 것처럼 생각하는 것일까?

이제는 비록 H가 나에 대해 딴 마음을 안 먹었다 할지라도, 지금의 내 옹졸한 태도에 실망해서, 결국 나를 떠나고 말 것이다. 그럴 바에는 차라리 무엇이 어떻게 되든 한번 나가보는 것만 못하리라. 이런 생각을 하며 잠시 마음을 진정시킨 후 나는 완전히 태도를 바꿨다.

"H, 나 조금도 기분 나쁘지 않아! 내 반갑게 만나 줄게. 그런 걱정 하지 말고, 어서 나가."

H는 나의 갑작스런 변화에 한편 놀라기도 하고 한편 감격도 되어, 두 손을 가슴 위에 꼭 쥐면서 기뻐했다.

'카페'에서 H가 그를 소개했을 때, 나는 나 자신도 놀랄 만큼 명랑했다. H는 행복한 듯이 내가 그와 반갑게 인사하는 것을 바라보고 있었다.

그날 밤 H는 다른 때와 마찬가지로 나와 즐거이 놀았고, 그의 '동무'는 결국 G의 cavalier(파트너)가 되었다. 그런데 나는 그와 사귀는 동안, 차차 그에게 정이 가는 것을 느끼게 되었다. 사람도 착했고, 특히 의과 대학생인데도 음악과 문학을 굉장히 알고 있었고, 만일 학교 같은 데서 직접 만났더라면 다시 없이 친하게 지냈을지도 모를, 그런 친구였다.

이렇게 좋은 친구와 왜 다정히 사귈 수 없단 말인가?

그도 나에 대해서 똑같은 정을 느끼는 것 같았고, 우리는 그날 좀 더 많은 이야기를 못한 것을 섭섭해 하면서 헤어질 때에는 서로 주소도 적어주고, 다시 조용히 만날 약속도 했다.

그 후 정말로 그는 나를 찾아왔고, 나도 몇 번 그를 찾아가고 하여 우리는 다정한 친구가 되었다. 이것은 내가 나서 처음으로 가져 본 귀한 경험이요, 인생을 이렇게도 산다는 것을 깨닫게 해준, 깊은 경험이었다. 그날 내 방에서 H에게 보인 나의 불쾌한 태도—그것은 '유럽' 여성 앞에 나타난 한국 남성의 첫 모습이요, 그들을 어리둥절하게 한 우리 사회의 전근대성이었던 것이다.

귀국 후, 우리나라 젊은이들이 지내는 것을 보고 느낀 나의 실망은 이루 밀할 수 없을 정도이다.

한국에 돌아와서는 나의 위치가 그들과 다른 세대로 되었기 때문에 별로 깊은 접촉을 가질 기회는 없었지만, 겉으로 본 것만으로도 그들의 세계는 마치 나 자신의 보기 싫은 옛 모습을 확대해서 보여주는 것만 같았다.

특히 남자에 대해서 느낀 점으로는 이런 것들이 떠오른다. 가령 애인이나 여자친구와 함께 다방엘 갔다가 친구(남자)를 만나 한참 동안 같이 앉아 있게 되어도, 끝내 친구를 여자에게 소개할 줄 모르는 습성, 여자와 길을 가다가 그의 남자친구를 만났을 때의 불쾌한 표정, 그리고 여자를 통해서 만나게 된 남자에 대해서는 이상스런 감정이 앞을 가려, 담담하게 인간적으로 사귈 수 없는 옹졸함—이런 한국 남성의 마음속에 괴물처럼 도사리고 앉아 있는 것은 언제나 독선적인 소유관념 아니면, 이루지 못한 소유욕이다. 이러한 심리가 앞설 때 올바른 이성관계란 생각할 수도 없고, 나아가서는 참으로 문명된 사회생활을 바랄 수도 없다. 한편 여자들은, 이러한 상태에서 자기의 참다운 욕구가 무엇인지도 모르고, 그것을 알아도 실현할 줄 모르고, 가장 인간답지 못한 여자의 모습을 가지고 '여자다움'이라 생각하고 있다.

그러나 여자가 자유로워질 때, '여자다움'이란 것도 달라질 수밖엔 없다. 이제는 여자도 자신의 비인간적인 조건을 벗어나서 참다운 인간으로서의 '여자다움'을 되찾아야 할 것이다. 여자의 자유란 결코 내가 한때 두려워했듯이, 남자를 불행하게 하는 일이 아니라, 더욱 큰 행복을 약속하는 일이다. 단적으로 말하면, 우리는 아버지와 행복하게 사시는 어머니의 아들이 되고, 누이들이 남편들과 참다운 행복을 누리는 것을 보고자 하는 것뿐이다.

나의 여성론 2: 여자의 아름다움

아름나운 세계

우리는 이 세상이 얼마나 아름다운 세계인지 모르면서 살고 있다. 흔히 산수화山水畵에서 보는 안개 낀 산봉우리, 바위가 솟은 바닷가, 달밤의 기러기와 같은 오묘한 자연의 경치가 아니더라도, 이 세상 어떤 물건의 한 토막이든지, 자세히 들여다보면 하나 같이 기묘한 아름다움을 간직하지 않은 것이 없다.

가령 발밑에 구르는 낙엽 한 장을 주워 보아도 그 이상한 빛과 모양, 다시 그 속을 조막조막 달리는 엽맥葉脈의 줄―그것을 들여다보고 있으면, 어느덧 낙엽과는 아랑곳없는 색채의 음악과 선의 율동에 그만 나도 모르게 흘려들고 만다.

길가에서 공기를 하고 노는 계집아이, 우물가에서 물 긷는 처녀는 물론, 짐을 지고 일어서는 지게꾼의 심줄 돋은 다리, 볼상 없는 매춘부의 어두운 얼굴, 심지어 깨어진 조약돌이나 시들어가는 꽃잎, 허물어진 담장의 이끼와 풀, 앙상하게 가지만 남은 고목―그 어느 것을 들여다보아도 거기에는 '마네시에'의 그림보다도 아름다운 색채, '휘이니'의 그림보다도 이상스런 형상이 언제나 그윽하게 숨어 있다.

'빠삐이니'의 『암흑暗黑의 서書』에는 만물의 아름다움을 그대로

---

* 연도 미상, 『여상』에 발표된 글.

다 느끼면서 끝내 우리와 같은 '무감각의 균형'을 찾지 못하는 다감한 사나이의 이야기가 있다.

> 모든 아름다움이 나에게는 행복을 지나 무서운 고통, 괴로운 악몽처럼 느껴진다. 이토록 벅찬 행복을 느끼지 않고 사는 세상 사람의 '무감각'은 어쩌면 가장 필수적인 생명의 안전대책으로써 마련된 것인지도 모른다. 그러나 그런 무감각을 가질 수 없는 나의 정신은 끊임없는 도취와 감격에 지쳐 이제는 더 지탱할 힘도 없어져 간다. 모든 것이 놀랍고, 모든 것이 내 마음을 불태우기만 하니! 그뿐 아니라 나의 느낌을 그대로 남에게도 느끼게 하려는 강렬한 욕망이 나를 더욱 괴롭히고 있다.

사물의 아름다움과 그에 대한 사랑은 마침내 그를 죽음에 이르게까지 하였지만, 그를 '죽도록' 행복하게 한 이 아름다움은 그래도 어디까지나 욕심 없는 관조觀照에서 나온 순수한 '아름다움'을 상징한 것이라고 볼 수 있다.

성性과 미美

이러한 아름다움에 비추어 볼 때, 소위 여자의 매력이라는 것은 언제나 성과 밀접히 엉켜있는 것인 만큼, 순수한 미와는 그 성격이 매우 다르다. 가령 우리가 아름다운 여자를 황홀히 바라볼 때, 도대체 어디까지가 성의 작용이고 어디서부터가 순수한 미인지 도저히 분간할 도리가 없다. 그래서 세상에는 성과 미를 아주 하나처럼 생각하는 사람도 많이 있는 것이 사실이다. 가령 'D. H. 로렌스'는 여자의 아름다움에 대해서 이외 같이 말하고 있다.

> 불과 불꽃이 하나인 것처럼 성과 미도 동일한 것이다. 성을 싫어함은 곧 미를 싫어하는 것이며, 적어도 살아있는 사람의 아름다움을 사랑한다면 그것은 결국 성을 찬미하는 것이 되지 않을 수 없다. 도대체 여자는 이십대에 왜 그리도 아름다운가? 그것은, 가시 돋친 나무 끝에 장미꽃이 피어나듯 성의 불길이 소리 없이 그들의 얼굴에 피어오르는 시절이며, 거기서 풍겨오는 성의 매력이 곧 미의 매력이기 때문이다.
>
> 가장 보기 싫은 사람도 다시 없이 아름다워질 수 있다. 성의 불꽃이 감미롭게 타오르기만 하면, 보기 싫던 얼굴이 어느덧 아름다운 얼굴로 변하고 만다. 이것이 곧 성의 매력이요, 미감이 아닌가?
>
> 성의 불이 꺼져버린 사람처럼 보기 싫은 것은 없다. 그것은 진탕에 뒹군 사람처럼 보기에 기분 나쁘고, 누구나 대하기를 꺼려할 사람이다.
>
> - D. H. Lawrence, 「Sex Versus Loveliness」

여기서 '로렌스'가 주장하는 아름다움은 내가 보기에는 결국 영화잡지나 상업광고에 나오는 '핀업 걸'이나 '글래머 걸'의 아름다움이지, 미술에서 말하는 그런 아름다움은 아닌 것 같다. 가령 '고흐'의 「아이 보는 여자」나 '로댕'의 「늙은 매춘부」에서 여자의 성적 매력을 느끼기란 도저히 불가능하지만 그렇다고 그 그림과 조각을 불쾌하고, 무가치한 작품이라고 생각할 수는 없는 일이다. 젊고 어여쁜 여자를 놓고 볼 때 우리는 그 얼굴과 몸에서 강렬한 성의 매력을 느낄 수도 있지만, 한편 마치 낙엽이나 빨간 지붕, 항아리를 대하듯이, 그 속에서 어떤 형상의 아름다움을 찾을 수도 있을 것이다. '에드가 드가'는 예쁜 발레리나를 많이 그렸고, '모딜리아니'는 젊은 여자의 나체를 많이 그렸지만, 그것은 어디까지나 그림으로써의 아름다움을 찾은 것이지 여자의 성적매력을 표현하기 위한 것은 아니다. 비록 똑같은 여자를 모델로 삼았더라도 여자의 성적매력을 강조한 것이 '글래머' 사진이라면, 그 순수한 형상의 미를 추구하는 것이 미술이라고 할 수 있을 것이다. 이러한 관점에서 나는 여자를 대함에 있어서도 성적 매력과 순수한 미는 언제나 구별해서 생각하지 않을 수 없다.

성과 미가 동일한 것이 아니라면, 성 자체는 아름다운 것도 보기 싫은 것도 아닌 별개의 사실로 보아야 한다. 따라서 성이 그토록 아름답게 보이는 것은 사실은 성 자체의 속성이 아니라 여러 가지 형상의 아름다움을 통해서 실현된 결과라고 할 수 있다. 마치 기름 자체는 불이 아니지만, 일단 불을 붙이면 무서운 빛을 내고 타오르듯이, 성도 순수한 형상의 미와 결합됨으로써 다시 없이 강렬한 아름다움을 발휘하게 되는 것이다.

여자의 문화

나는 여자가 선천적으로 남자보다 아름답게 태어났다고는 생각지 않는다.

우선 여자는 우리와 같은 사회, 같은 집안에 살면서도 처음부터 생활방식과 생장의 과정이 달랐고, 특히 "여자는 아름다워야 한다."라는 사회적인 관념 때문에 언제나 자기의 아름다움을 위해 많은 노력을 기울여 왔지만, 남자에게는 별로 그런 노력의 흔적이 없다. 한편, 아름다움이라 해도 거기에는 여자식의 아름다움과 남자식의 아름다움이 있을 터인데, 웬일인지 '아름답다'는 말은 여자에만 쓰이고, 남자에겐 쓰지 않게 되어 있다.

어린아이들을 자세히 보면, 사내도 계집아이 못지않게 예쁘게 생겨서, 머리와 옷만 똑같이 해준다면 거의 구별을 못할 정도이다. 물론 사춘기가 되면 여러 가지 성 특징이 나타나서 남녀의 체격이 상당히 달라지는 것이 사실이지만, 여자의 성 특징을 곧 아름다움이라고 할 수는 없을 것이다.

남자와 같이 모나지 않고 둥근 체격, 직선이 아니라 곡선으로써 이루어진 몸의 '실루엣', 남자보다 작은 키와 높은 목소리, 그리고 유방—이 모든 것은 결국 여자의 '특징이요' 남자와의 '차이'이긴 하지만, 그것이 그대로 '아름다움'이 되는 것은 아니다. 그리고 그 밖의 긴 머리, 고운 살결, 수줍음, 귀여움, 치마, 파라솔, 루주, 향수, 핸드백, 힐, 이런 것은 모두 사회가 만들어낸 것이다. 그런 의미에서 나는 아름다움을 여자의 선천적인 속성이라고는 생각할 수 없는 것이다.

이렇게 볼 때, 여자의 아름다움이란 처음부터 여자에게 주어진 조건이 아니라, 여자들이 손수 이루어 놓은 하나의 '문화'라는 것을 알 수 있다. 그것은 할머니에게서 어머니로, 어머니에게서 딸로 하여, 오랜 세월을 통해 자라온 것이니, 우리는 이것을 따로 '여자의 문화'라고 불러도 좋을 것이다.

가령 계집아이를 낳아서 무인도에 버려두었다면, 그가 제 멋대로 자라났을 때 어떠한 여자가 될 것인가? 파리에서 여인 '타잔'이란 영화를 보고 아름다운 '야생의 미녀'에 매혹된 일이 있지만 만일에 정말로 여인 '타잔'이 세상에 있었다면 도저히 그런 미녀가 될 수는 없었을 것이다. 좀 극단적인 예지만, '파푸아'족의 사진을 보면 어느 것이 남자고 어느 것이 여자인지 여간 알아보기도 힘이 든다. 한참 들여다 본 후, 몇 가지 성 특징을 통해 겨우 남녀를 구별할 수 있을 지경이다. 이러한 여자들에 비해 볼 때, 우리의 여자들이 이토록 남자보다 아름답고, 그 아름다움이 이제는 거의 선천적인 속성처럼 믿어지게 된 것은 우리에게 그만큼 찬란한 '여자의 문화'가 있다는 말이다.

섬세한 감각

한 나라의 문화는 모든 사람의 참여로써 이뤄지는 것이며 남자의 전유물은 아니다. 따라서 여기서 특히 '여자의 문화'라고 하는 것은, 여자가 참여하는 일반적인 문화 활동(학문, 예술, 교육 등)을 말하는 것이 아니라, 여자의 아름다움을 위한 모든 감각적인 문화를 가리키는 말이다.

여자의 문화에도 전체 문화에서처럼 내 것과 남의 것을 어떻게 융화시키느냐 하는, 심각한 문제가 있다. 옛날에 우리의 어머니들은 "얼굴에 분을 바르고, 가르마에 분실을 둥거 주사를 찍고, 이마와 눈썹을 실 줄로 나스려 곱게 시면하고, 볼에는 연지를 바르고……." 하면서 몸단장을 했다고 한다. 이런 것이 대체로 우리의 옛 생활이었다고 볼 수 있겠지만, 우리의 전통은 비록 오랜 역사를 가졌다고는 하지만 한 번도 분석적인 방향으로 발전한 적이 없고, 수백 년째 똑같은 일만 되풀이 되어왔기 때문에, 오늘의 눈으로 볼 때에는 매우 후진적인 면이 있는 것이 사실이다. 가령, 수세미 물이나 꿀이 피부에 좋다고 하면—수세미나 꿀 속의 어떤 성분이 그런 작용을 하는가를 밝힌 다음, 그 성분을 뽑아 여러 가지로 배합해서 더 세분된 목적에 맞는 재료를 만들어야 할 것이 아닌가? 이러한 '분석'은 비단 재료에 대해서 뿐 아니라 피부에 대해서도 똑같이 필요하다. 가령, 지방분은 마른 피부에는 좋겠지만, 기름진 피부에는 오히려 염증을 일으킬 수도 있을 것이니, 어떤 피부에 좋은 재료라고 반드시 다른 피부에도 좋다고는 할 수 없을 것이다. 따라서 수세미나 꿀을 바르던 '여자의 문화'와 세분된 크림을 바르는 '여자의 문화' 사이에는 단순히 유럽적인 것과 한국적인 것의 차이 뿐 아니라 후진성과 과학성의 차이도 함께 들어 있다는 것을 잊어서는 안 된다. 이렇게 볼 때, 우리는 전통의 고유한 '아름다움'은 되도록 아끼고 보존해야 되겠지만, 그 '후진성'은 용서 없이 제거할 줄 알아야 한다. 외국 것이라고 자기에 맞지도 않는 것을 그대로 쫓는 것이

나, 우리의 옛 것이라고 버려야 할 요소까지도 그대로 고수하는 것이나, 일종의 맹종임에는 다름이 없다. 참으로 아름다움에 대한 감각과 자기의 주관만 뚜렷이 살아 있다면 전통은 언제나 새로이 형성될 것이다. 전통이란 우리의 참된 '삶'의 결과이지, 결코 그 목적이 되는 것은 아니기 때문이다.

'여자의 문화'란, 앞서도 말한 바와 같이 여자의 아름다움을 위한 감각적인 문화인 까닭에 어디까지나 섬세한 감각을 바탕으로 하는 것이다. 프랑스 사람들이 잘 쓰는 말로 'la grandeur dans les petites choses(작은 일 속의 위대성)'이란 표현이 있다. 이것은 내가 프랑스인에 대해서 가장 놀랍게 생각하던 점을 참으로 적절하게 표현해준 말이기도 하다. 그 예는 이루 다 들 수 없지만, 가령 향수 한 가지를 보더라도 알 수 있다. 우리나라에서는 프랑스 향수라면 무조건 좋아하지만 프랑스에는 수천 가지의 향수가 있어서 여자들이 한번 자기의 향수를 정하려면 굉장한 고심을 한다. 때로는 하루에 다 안 되어 이틀씩 사흘씩 향수점을 괴롭히는 수도 있지만, 향수점에서는 이런 손님이야말로 정말 향수를 아는 손님이라고 생각해서인지, 조금도 언짢은 기색을 안 보인다. 그 대신 이렇게 해서 자기의 향수를 정한 뒤에는 일생동안 거의 바꾸지 않고 그것만을 뿌리는 것이 보통이다. 그들에게는 향수란 자기의 체취를 감추기 위한 도구가 아니라, 자신의 인품과 하나가 되어 그 아름다운 상징이 되어줄 향기이기 때문에, 단 하나의 자기 향수를 찾아내기 위해 그토록 애를 쓰는 것이다. 자리를 같이 했던 여지가 떠나간 뒤에도 그의 인품은 향기가 되어 내 가슴 속에 감미롭게 남아 있도록……

'여자의 문화'란, 위에서도 말한 바와 같이 일반 문화와는 구별되는 것이지만, 일반 문화와 분리할 수 없는 관계를 가지고 있다. 과학기술이 없는 곳에 크림이 나올 수 없듯이, 일반 문화가 낮은 곳에 '여자의 문화'만이 홀로 높을 수는 없는 일이다. 그러나 한편, '여자의 문화'가 일반 문화의 질을 크게 좌우하는 것도 또한 사실이다. 프랑스 문화가 그토록 섬세하고 치밀한 것도 그 뒤에 숨은 프랑스 여자들의 '작은 일 속의 위대성'을 떠나서는 생각할 수 없을 것이다.

단일민족의 저력 발휘하자

동질성 잃을 땐 응집력 붕괴
오늘의 일본성장도 '자기'보전 해왔기 때문

우리는 '단일민족'이라고 늘 들어 왔지만 그것은 우리에게 너무
나 당연하기 때문에 국내에 있으면 그 참뜻을 잘 느끼지 못한다.
'고유문화'에 대해서도 마찬가지로 새삼스럽게 말할 필요가 없는
일로 느껴진다. 그리고 우리는 세계의 다른 나라들도 (유럽인의 식민
으로 시작된 미국과 기타 이외에는) 대개 우리와 같으려니 생각하는 것
이 보통이다.

이것은 우리가 긴 역사를 통해 끝내 우리의 자기동일성自己同一性을
보전해온 민족이기 때문에 가질 수 있는 가장 자연스럽고 왜곡 없
는 세계상이다. 한국인이 한민족이고, 한국말을 한다는 것, 또 우리
에겐 우리의 한글이 있고 한옥, 한복, 한식이 있다는 것. 그것은 마치
배나무의 꽃이 배꽃이고 열매가 배이듯이 자명한 일이 아닌가?

그런데 세계의 다른 나라들은 반드시 그렇지가 않고 사회의 형
성이 다르기 때문에 그들의 세계상은 우리와 매우 다르다. 옛날에
처음 이곳에 유학 왔을 때(그 당시에는 한국에 대해 한국전쟁 밖에 모르
는 사람들이 많았다), 이곳 사람들로부터 "한국에는 어떤 사람들이
살고 어떤 말을 쓰며 글은 어디 글자를 쓰느냐?"라는 질문을 받고

＊ 1987년 4월 3일 『경향신문』에 발표된 글.

'한민족, 한국어, 한글'이라고 설명을 해주었더니 깜짝 놀라는 것이었다.

한국 사람에겐 질문부터가 우문愚問 같고, 깜짝 놀랐다는 것도 우습지만 그들은 한국인이—일본족도 한족도 아닌—또 하나의 민족이라는 것, 한국이 단일민족의 나라라는 것, 그리고 일어도 중국어도 아니요, 한자도 로마자도 아닌—고유의 언어와 문자를 가졌다는 것을 발견하고 놀란 것이다. 한국인, 일본인, 미국인, 프랑스인—이렇게 말할 때 '한국인', '일본인'은 무엇보다도 먼저 그 민족을 말해주는데, '미국인', '프랑스인'은 그 민족에 대해선 전혀 말하는 바가 없다.

미국은 비록 그렇다 하더라도 프랑스와 같은 묵은 유럽 나라도 그렇단 말인가 하고 의외로 생각할 사람이 있을지 모르나 프랑스는 프랑스대로 그 자체의 역사적 사정이 하나의 이민족 국가를 이루어 놓았으니, 오늘날 우리는 '프랑스 민족'을 말할 수는 없게 되었다(최근 불황과 테러사태로 민심이 불안하게 되자 '프랑스인을 위한 프랑스'를 내걸고 극우파極右派가 진출했지만, 프랑스와 같은 나라에선 그들은 늘 극소수의, 그것도 일시적인 세력밖엔 될 수가 없다. 왜냐하면 그들이 '프랑스는 프랑스인에게'라고 외칠 때 불안해지는 것은 외국인뿐 아니라 상당한 부분의 프랑스인들이기 때문이다).

이러한 프랑스인들의 '시민'적 국민의식과 한국인의 '민족'적 국민의식 사이에는 본질적인 괴리乖離가 있다. 이것과 관련해서 생각나는 것은 한 프랑스인(여성) 친구가 우리 아이들이 장차 이곳 사람과 결혼할 것인가 하고 묻기에 한국 사람과 결혼시키겠다고 했더니 문답 끝에 나를 '인종차별주의자'라고 비판했다.

그래서 나는 "반드시 내 자식을 다른 민족과 결혼시킬 의무가 있단 말인가?"하고 반문했다. 별 생각 없이 한국 사람으로서의 보통 심정을 말한 것뿐인데(상대가 프랑스인이 되고 보니), 뜻밖의 말을 듣고 나니 나는 이것이 나 개인에 대한 말이기 보다도 어쩌면 어느 날엔가 민족의 동일성을 잃은 나라가 단일민족으로 사는 나라에게 어떤 큰 불평을 말할 때 쓰이게 될 말이 아닐까하고 생각되었다.

우리는 (물론 우리나라에도 국제 결혼하는 사람은 있지만) 옛날부터 우리나라 안에서 동족끼리 혼인하고 살아왔는데 거기에 타민족에 대한 멸시가 있을 리는 만무하다(한국인은 침략자에겐 완강히 저항하지만 우리나라를 찾아오는 외국인에 대해서는 세계에서 가장 친절한 사람들일지 모른다). 한국 사람의 세계상은 모든 나라가 다 같이 자기동일성을 보전하고 남의 것을 존중하는 가운데 서로 의좋고 재미있게 사는 세계라고 볼 수 있다.

타민족을 정복하고 고통을 준 것은 한국이 아니라 서구열강이다. 그러나 정복은 피정복민족의 자기동일성을 깨뜨리는 동시에 정복자 자신의 그것도 깨뜨린다. 만일에 서구 나라들이 일찍이 식민지 지배에 안 나섰더라면 오늘날 그들의 나라는 그런대로 어느 정도의 민족적 동일성을 찾았을 것이다.

일본과 한국이 단일민족의 나라라는 것을 세계가 일찍이 모른 것은 아니지만 그런 사실에 별다른 의미를 발견할 수 없었기 때문에 그 '단순성'은 다만 일본애호가, 극동애호가들에게 호기심을 북돋워 주고 지역 색채를 짙게 해주는 데에 지나지 않았다. 그것이 최근에 와서 모든 사람의 관심을 끌게 된 것은 일본의 경제력이 미국의 그것을 앞서기 시작하고 또 유럽 각국 경제에 직접 지대한 영향을 가해온 후부터이다.

한국은 물론 아직 일본과 동시담同時談이 될 정도의 것은 아니지만 놀라운 경제성장의 지속을 모든 사람이 예의 주시하고 있는 중인만큼 언젠가는 한국에 대해서도 그것이 문제되어 올 것으로 생각된다. 여기서 같은 단일민족의 나라인 한국과 일본을 대비해 좀 관찰해보자. 첫째 대륙에 붙어 있어 수없는 외적의 침약을 받아온 우리나라가 끝내 민족의 자기동일성을 보전해온 것은 일본의 그것과는 비할 수 없으리만큼 큰 희생을 치른 대가라 하겠다.

왜냐하면 일본은 대륙을 떠나 태평양 가운데 떨어져 있는 섬나라로 실패로 돌아간 13세기의 원구元寇 이외엔 한 번도 외적의 침약을 받아본 일이 없는 나라이기 때문이다. 다음에 우리는 오직 저항으로 살아왔음에 반해 일본은 두 번에 걸친 한토韓土 점령과 마지막의 만滿·중中·동남아 점령으로 침략을 거듭해 왔다는 사실이다. 그대로 성공했다면 한국은 오늘날 자기동일성을 잃은 민족이었을 것이다.

그러나 일본은 어떠했겠는가? 정복은 정복민족의 자기동일성도 깨뜨린다는 것을 우리는 위에서 보았다. 이렇게 볼 때 오늘날 일본이 단일민족이고 또 '단일민족의 힘'을 그토록 잘 발휘한 것은 모든 침략에 다 실패한 까닭이라 할 수 있다. 앞으로는 오직 서로의 자기동일성을 깊이 존중하는 이웃이 되어야 서로가 사이좋게 살아갈 수가 있을 것이다.

5장

문학예술의 터전

반지성과 비합리의 철학자 베르끄손

비합리의 철학

앙리 베르끄손^{Henri Bergson, 1859~1941}은 지성의 횡포에 반기를 들고 삶과 본능(직관)의 우위성을 주장하여 금세기 초 철학계에 큰 영향을 끼친 프랑스 철학자이다. 프랑스라면 누구나 아는 바와 같이 합리적 정신의 전통이 뿌리 깊은 사회인데, 어떻게 거기서 베르끄손과 같은 극단적인 반지성 비합리의 철학이 나왔을까? 우선 이 점에 대해서 몇 가지 고찰해 보고자 한다.

첫째로 생각해야 할 것은 그 당시 유럽의 사상을 지배하던 결정론에 대한 반발이다. 앞서 나는 프랑스인의 합리적인 정신을 말했지만, 사실은 그와 정반대의 비합리주의 정신도 상당히 강력하다는 것을 잊어서는 안 된다. 합리적인 정신이 플라톤, 아리스토텔레스로부터 데카르트를 통해 오늘에 이르렀다고 한다면, 비합리주의적 욕구는 루소로부터 파스칼을 통해 오늘에 이른 전통이라고 하겠다(버트런드 러셀의 '서양철학사'가 프랑스에서 인기가 나쁜 것도 거기에 데카르트만을 다루고 파스칼을 묵살했기 때문이라고 한다). 이 두 가지 상반된 경향은 프랑스 국민성의 바탕을 이루고 있기 때문에, 베르끄손 철학은 프랑스 사람에게 조금도 이질적인 느낌을 주지 않았을 뿐 아니라 오히려 한때 큰 유행을 이루기까지 했다.

---

* 연도 미상, 미발표 원고.

베르끄손이 태어난 1859년은 바로 찰스 다윈의 『종의 기원』이 출판된 해였다. 당시의 지배적인 사상이라면 주로 콩트의 실리철학, 스펜서의 진화철학, 밀의 공리론과 같은 것이었다. 진화론이 처음 나왔을 때는 그것이 인간을 신으로부터 해방시켜 완진한 자유를 찾아주는 듯하더니, 어느덧 인간을 기계적인 결정론(존재론)으로 몰아넣게 되자 이제는 오히려 인간의 자유를 부정하는 암담한 세계관이 되고 말았다. 베르끄손의 『창조적 진화L'évolution créatrice, 1906』는 바로 이러한 결정론에 대한 반발로서 나온 것이다. 그는 결정론 뿐 아니라 목적론까지도 인간의 자유로운 조건을 인정치 않는 것이라 하여 다 같이 부정한 다음, 생물의 진화는 예술가의 창작과도 같이 어디까지나 창조적인 것이라고 주장하였다.

　　진화가 일어나려면 우선 생물 자체에 어떤 욕구가 있어야 한다. 다만 그것은 무언지 규정할 수 없는 욕구이기 때문에 실제로 충족됨을 보기 전에는 무엇을 어떻게 해야 되는 것인지 알 수가 없을 뿐이다. 가령 시각이 없는 생물의 경우를 생각한다면, 그것은 우선 사물이 몸에 닿기 전에 미리 그 존재를 알았으면 하는 욕구를 가졌을 것이다. 이 욕구가 오랫동안 작용한 끝에 마침내 생겨난 것이 눈이다. 이때에 그는 오랜 욕구를 충족시켰지만 그렇다고 미리부터 눈이라는 것을 예상할 수 있었던 것은 아니다. 이렇게 볼 때 진화는 애초에 생물의 자유선택에서 비롯된 것이며, 자연의 조건에 따라 기계적으로 결정되거나 신의 뜻에 따라 목적적으로 이루어진 것이 아니다. 창조적 진화론은 이와 같이 기계론과 목적론을 다 같이 부정하고 창조의 자유로움을 주장하고 있다.

그러나 여기서 한 가지 의심스러운 것은 이러한 창조적 진화론이 과연 얼마나 인간의 자유를 되찾아 주었을까 하는 점이다. 왜냐하면 여기서 말하는 자유란 '종'의 자유의사요, 생물학적 자유인 까닭에 개인의 자유와는 너무나 거리가 멀기 때문이다. 이러한 자유는 설사 인류가 앞으로 수천 년 동안 완전한 전체주의 속에 산다 할지라도 여전히 가능할 것이 아닌가? 그래서 역시 인간의 자유를 주장하던 라랑드는 베르끄손의 진화적 '자유'에 대해 이렇게 말했다.

Nous préserve donc le ciel d'agir librement, si telle est la liberté!
이런 것이 만일 자유라면, 하늘이여 차라리 우리에게
행동의 자유를 금하여 주소서.
- A. Lalande, 『Les illusions évolutionnistes』, p.422

둘째로 생각하게 되는 것은 베르끄손 철학의 구성과 스타일이 그가 유대인이라는 사실과 혹시 어떤 관련이 있을까 하는 문제다. 베르끄손 철학에는 논증이란 것이 없고, 거의 모두가 무조건적인 주장과 그것을 설명하기 위한 비유로 되어 있다. 이것은 바로 성서의 언어라고 볼 수 있지 않을까? 우리는 처음부터 그것에 공감과 믿음을 가지고 있어야지, 만일 일일이 근거를 따지기로 한다면 단한 줄도 읽어나갈 수가 없을 것이다. 따라서 베르끄손 철학은 단순한 형이상학을 넘어 거의 계시에 가깝다.

고대 히브리인의 언어와 사고에 대해서는 다르메스테테르의 다음과 같은 관찰이 일반적으로 인정되고 있다.

히브리어에서는 어떤 생각이든 그것을 에워싼 구체적 이미지를 떠나서는 표현할 수가 없다. 성서의 언어가 그처럼 묘사성이 풍부하고 시적이기는 하지만, 그만큼 순수한 개념을 추상적으로 표현하는 데엔 무력한 깃도 여기에 그 이유가 있는 것이다. 즉 셈어에서는 정신이 매우 집요하여 물질적 감각의 이미지와 틀을 거울에 비친 사물처럼 그대로 보존하고 있음에 반하여, 인도게르만어에서는 정신이 좀 더 유동적이어서 물질적 표상을 마음대로 벗어나 그대로 개념에까지 올라가는 자유자재성을 가지고 있다. 모든 철학이 셈어에서는 거의 발생하지 못하고 아리아족에 의해서 이루어진 것도 그 이유는 여기에 있지 않을까 한다. (……) 히브리철학이란 아라비아철학을 모방한 것에 지나지 않는다. 그런데 아라비아철학이란 실은 아랍 회교도의 것이 아니라 페르샤 회교도가 이루어 놓은 것이니 결국은 아리아인의 것이라고 할 수밖에 없다.

- Arsène Darmesteter, La vie des mots; 졸역, 『낱말의 생태』, p.88

대체로 프랑스인 가운데 게르만계의 이름을 가진 사람은 알자스, 로렌 출신의 프랑스인이 아니면 유대인인 것이 보통인데, 베르끄손은 원래 출신이 파리고 그 이름은 게르만어 Berg와 Sohn의 복합어이며, 또 실제로 그는 유대인의 자손이라고 한다. 이러한 관계로 말미암아 베르끄손의 스타일을 히브리인의 그것과 연결시키는 것은 일단 생각해 볼 수 있는 일이다. 그러나 언어와 사고의 특징은 결코 혈통 속에 선천적으로 존재하는 것이 아니라, 어디까지나 사회적·문화적인 소산이기 때문에, 이러한 가설은 도저히 성립될 가망이 없다. 물론 오늘날 서구사회 내에서 유대인의 소수사회가 완전히 해소되었다고는 할 수 없지만, 그렇다 할지라도 고대 히브리인의 의식과 현대의 서구사회 시민으로 수세기를 살아온 유대인 의식을 그대로 동일시할 수는 없는 일이다. 이것은 현재 유럽에서 일반적으로 유대인이라고 하면 옛 히브리인과는 반대로 뛰어나게 지적이고 논리적인 사람을 생각한다는 사실만 보아도 알 수 있는 일이다. 심지어 사르트르는 베르끄손 철학까지도 하나의 이성주의라고 보고 있다. 즉 아무리 베르끄손이 주장한 내용은 반지성적인 철학이라고 하지만 그것을 생각한 그의 정신은 어디까지나 이론적인 지성임에 틀림없고, 또 그의 직관이란 것도 전달 불가능한 개체가 아니라 하나의 보편개념인 만큼 베르끄손의 철학은 결국 이름을 바꾼 이성주의에 지나지 않는다는 것이다.

셋째로 생각할 수 있는 것은 자연과학과 형식논리, 추상적 사고에 대한 상식인(행동인)의 반동이다. 사실 베르끄손의 형이상학은 '직관', '순수지속', '생명력'과 같은 특이한 용어를 쓰고는 있지만, 그 내용은 본질적으로 일상생활을 통한 상식인의 관점을 그대로 체계화한 것이라고 볼 수 있다. 그래서 그의 추종자 중에는 문인, 예술가, 종교가, 정치가 등 추상적 사고에 불만을 품는 사람들이 망라되었고, 특히 콜레주 드 프랑스에서의 공개강의 때에는 수많은 여성들이 청중석을 메우는 등 굉장한 인기였다고 한다.

버트런드 러셀은 철학을 감정철학(인생에 대한 태도를 주기 위한 인

생철학, 종교철학 등), 논리철학(순수한 지식을 추구하는 본래의 철학), 실용철학(행동을 정당화해주며 지식을 도구로만 생각하는 철학)의 세 가지로 나누고서, 프라그마티스트와 베르끄손은 실용철학자라고 하였다. 그는 또 말한다.

> 이러한 철학은 그리스 철학, 특히 플라톤 철학에 대한
> 현대 행동인의 반항을 표현하는 것이며, 요즘의 제국주의,
> 신형태주의 등과 호흡을 같이하는 것이다. 우리의 시대가
> 요구하는 것은 바로 이러한 철학이다. 그러니 그들이 큰 성
> 과를 거두고 있다는 것은 조금도 놀라운 일이 아니다.
>
> - B. Russel, 『A History of Western Philosophy』, p.792

그러나 사람에 따라서는 베르끄손 철학이 자기에의 상식적인 학설을 대변함에 불과하다는 데에 도리어 실망을 느끼는 경우도 있으니, 이것은 곧 실용철학을 불신하는 것이라고도 볼 수 있다. 그 한 예로 앙드레 지드는 그의 『일기』에서 이렇게 말하고 있다.

> 베르끄손을 읽고 불쾌한 것은 결국 우리가 평소 암암리
> 에 가지고 있는 생각을 표현했다는 것이다. 다시 말하면 우
> 리의 정신에 대해 지나치게 야유적이고 거의 애무하는 듯
> 한 기분을 준다는 점이다.
>
> - A. Gide, 『Journal』, 1924년 3월 1일

그의 사상이 이런 것이라면, 나는 옛날부터 베르끄손주의자였으며 그런 줄도 몰랐다는 말이 된다. 가령 내 『앙드레 발테르의 수기』의 어떤 부분 같은 것은 베르끄손보다 훨씬 먼저 썼기에 다행이지, 하마터면 『창조적 진화』의 영향을 받고 쓴 것이 될 뻔했다. 도대체 현대인의 감각을 맞추어주려는 철학 야유로써 성공을 거둔 철학에 얼마나 사상으로서의 가치가 있을 것인가?

- A. Gide, 『Voyage au Congo』, 1925년 9월 20일

체험의 시간과 '순수지속'

베르끄손 철학에서 가장 기본적인 주춧돌이 되는 것은 순수지속durée pure이란 생각이다. 왜냐하면 그의 시간과 공간, 직관과 지성, 생명과 물질, 그 밖의 여러 가지 중요한 견해는 모두 이 순수지속 위에 세워진 건축물이기 때문이다.

일찍이 그리스 엘레아학파의 제논은 움직임(생성)을 인정치 않는 형식논리의 모순과 공허함을 보이기 위해 이런 증명을 한 일이 있다.

"우리가 활을 쏘았을 때 화살은 공중을 날지만, 각 순간을 끊어 놓고 본다면 일단 정지 상태니, 공중을 나는 화살은 결국 가만히 있는 것이다."(이밖에 유명한 아킬레스와 거북의 경주이야기도 있지만 그것은 이 보다 좀 더 문제가 복잡하다)

화살의 증명은 아직까지 형식논리를 가지고서는 도저히 뒤집

을 수가 없었으니, 제논의 역설에는 무서운 진리가 들어 있었다. 그러니 처음부터 변화와 생성을 전제로 삼지 않는 한, 형식논리는 언제나 의식 앞에 자기당착을 드러낼 수밖에 없었다. 존재는 곧 끊임없이 변화며, '변화'의 과정을 일련의 '상태'로 보는 것도 어디까지나 편의적이고 인위적인 관점에 지나지 않는다. 가령 우리는 즐거웠다가 슬퍼지기도 하고, 일하다가 쉬기도 하고, 글을 읽다가 옛 생각이 나기도 한다. 이 모든 변화에는 그 자체 아무런 경계선도 매듭도 없지만, 우리는 그것을 반드시 몇 개의 단편으로 나누어서 생각하고 있다(마치 '즐거움', '일'이라는 고정 상태와 '슬픔', '휴식'이라는 고정상태가 일시에 뒤바뀌듯이).

그러나 우리는 조금만 반성하면 알 수 있듯이, 이 모든 변화는 어디까지나 하나의 끊임없는 연속이다. 심지어 가만히 있는 정물을 똑같은 각도에서 바라볼 경우까지도, 그것을 바라본 지 한순간이 지났다는 사실은 벌써 하나의 변화임에 틀림없는 것이다. 눈으로 뜻 없는 물질을 바라보는 것이 이러할 때 감정, 욕망, 상상이 작용하는 경우는 더 말할 나위도 없다. 그러나 이 모든 경우에 우리는 변화의 결과가 두드러진 곳에 매듭을 지어 이를 몇 개의 '상태'로서 해석하고 있으니, 말하자면 '비탈'을 '계단'으로 보고 있는 셈이다. 이렇게 볼 때 우리는 '현실'과 '픽션' 두 개의 세계에 살고 있다. 현실의 세계가 우리에게 직접적으로 주어진 '삶'의 세계라면, 픽션의 세계란 우리의 지성이 꾸며낸 가공의 세계다.

먼저 픽션의 세계를 살펴보자. 여기서는 지성이 모든 움직임을 정지시키고, 모든 연속을 토막내버린다. 이렇게 해서 생겨난 단편이 바로 물질(사물)이고, 그것의 양적 관계가 공간이다. 따라서 물질과 공간은 지성을 떠나서는 존재할 수 없으며, 마치 장기를 두기 위해 장기판을 만들 듯이 지성이 자신의 필요에서 만들어낸 도구에 지나지 않는다. 영원히 정지된 공간 속에 일정한 양적 관계에 의해 존재하는 것이 물질이라면 그러한 추상적 관계를 총괄한 기하학과 논리학이 그대로 현실세계에 적용될 리는 없다. 왜냐하면 지성이란 처음부터 현실과 삶을 등진 것이고, 현실의 세계에는 물질도 공간도 존재하지 않기 때문이다.

그러면 현실의 세계는 어떤 것인가? 여기는 모든 것이 끊임없는 움직임이다. 물질과 상태 대신에 '변화'가 있을 뿐이고, 시간이 모든 것을 지배한다. 인간은 언제나 '참으로' 살고 있다고는 할 수 없지만, 참으로 산다는 것은 곧 체험의 '시간'을 갖는 것이다. 여기서 시간이란 우리가 보통 말하는 수학적 시간과는 전혀 다르다. 수학적 시간은 우리의 지성이 공간의 양적 관계를 그대로 투영해서 만든 또 하나의 공간에 지나지 않는다. 그래서 베르끄손은 체험의 시간을 '순수지속'이라 불렀다.

순수지속은 과거와 현재를 분리하지 않은 상태로서, 우리가 행동을 할 때(다시 말하면 참으로 살 때)에 갖게 되는 의식상태다. 그것은 수학적 시간처럼 양적으로 규정되는 속성의 것이 아니라 어디까지나 질적인 사실이기 때문에 공간적으로 추측할 수도 없는 것이다. 그러면 우리는 무엇으로써 삶을 파악할 수 있겠는가? 픽션의 세계를 파악하는 데 지성이 필요하듯이 삶의 세계를 파악하는 데엔 본능 혹은 직관이 필요하다(여기서 직관이란 본능의 가장 순수한 상태를 말한다). 왜냐하면 본능은 지성처럼 세계를 불연속적인 단편으로 나누지 않고, 변화 자체를 그대로 파악하기 때문이다. 그래서 "현실세계엔 물질도 상태도 없다."라는 말은, 지성으로서는 매우 받아들이기 어려운 말이지만, 본능으로서는 다시 없이 사명한 진리가 되는 것이다.

이와 같이 우리는 현실과 허구가 두 세계에 걸쳐 살고 있기 때문에, 비록 살아있다고는 하지만 과연 어느 정도 참으로 살고 있느냐가 늘 문제되지 않을 수 없다. 베르끄손은 삶과 물질(물론 지성의 산물로서의 물질)을 대립시켜 전자를 위로 올라가는 힘, 후자를 밑으로 떨어지는 타성에 비유했다. 그래서 우리는 삶을 타고 높이 올라가다가 때로는 물질이 되어 다시 떨어지곤 하는 것이다. 물질이 된다는 것은 개인적인 습관, 사회적인 관습 등에 자신을 맡김으로써 잠시 우리의 생명을 떠난다는 뜻이다. 베르끄손은 이 대립을 적용해서 여러 가지 심리학적, 사회학적 사실의 의미를 설명했지만(가령, '웃음', '도덕과 종교의 두 기원' 등), 세계를 이와 같이 상반된 두 힘의 상극으로 보고 생명에 의한 창조적 행동을 주장한 그의 형이상학은 그 당시 결정론에 눌려 있던 사람들에게 커다란 계시가 아닐 수 없었다.

몇 가지 개념의 오류

베르끄손 철학에는 버트런드 러셀이 지적하듯이 몇 가지 개념의 오류가 있다. 모든 철학은 말을 통해서 이루어지지만, 낱말이 곧 개념은 아닌 까닭에 언어 자체를 분석적으로 파악하지 않고서는 흔히 개념의 혼동을 일으킨다. 러셀은 "베르끄손의 공간론은 자성을 부정하기 위한 것이니, 만일 그것에 실패할 경우에는 지성이 그를 부인할 것이다."라고 전제한 다음, 다음과 같은 분석적인 개념의 오류를 지적하고 있다. (B. Russel, op. cit., pp. 801~810)

첫째 그는 더 크니 작으니 하는 말은 공간적인 개념으로서 더 작은 것이 더 큰 것에 포함된다는 뜻이라고 하였지만, 그러면 괴로움은 즐거움 속에 포함되는 개념인가? 이것은 전혀 근거가 없는 독단이다.

둘째 그는 "수를 생각한다는 것은 공간 속에 시각적인 이미지를 보는 것이다."라고 하였고, "수란 결국 단위의 집합이요 하나와 여럿을 종합한 것이다"라고 하였지만 이것은 완전한 개념의 혼동이다.

'수'라는 낱말에는 다음과 같은 세 가지 뜻을 구별할 수 있다. 즉 ① 모든 구체적인 수를 통틀어서 말하는 일반개념으로서의 수 ② 하나하나의 구체적인 수 ③ 구체적인 수가 적용될 수 있는 단위(사물)의 집합이 그것이다. 가령 예수의 십이 인 제자, 이스라엘의 십이 부족, 일 년의 십이 개월, 혹은 육갑의 십이지지 등은 모두 단위의 집합이지만 십이라는 수는 아니며, 수 일반은 더구나 아니다. 그것은 어디까지나 사물의 집합일 뿐이다. 이에 반하여, 십이라는 이 모든 집합에 공통되면서도 다른 수와는 공통될 수 없는 것이며, 또 수 일반은 십이와 그 밖의 모든 수에 공통되는 것이다. 그런데 베르끄손은 '구체적인 수(둘째 뜻의 수)'란 결국 단위의 집합(셋째 뜻의 수)도 되고, 수 일반(첫째 뜻의 수)도 된다고 하니, 이러한 개념의 오류는 비단 그의 수론의 거짓을 보일 뿐만 아니라, '모든 추상적 개념과 논리는 공간적 관계'라고 하는 그의 근본적 명제의 허위를 입증하는 것이다.

셋째로 베르끄손은 제논의 화살의 증명을 왜곡해서 아전인수 격으로 이용하고 있다. 즉 엘레아학파(이 학파는 일반석으로 사물의 존재를 주장하는 입장으로 알려져 있다)의 제논이 그런 입증을 한 진의는 '변화'하는 '사물'의 존재, 다시 말해서 '변화하는 상태'의 존재를 주장하려던 것이다. "사물이 존재할 뿐 변화는 없다."라고 하는 엘레아학파의 다른 사람들과 "변화가 있을 뿐 사물은 존재하지 않는다."라고 하는 헬라클레이토스, 베르끄손 등의 두 입장에 대해, 그는 사물이 변화할 때 거기에는 변화의 상태라는 것이 존재함을 주장했던 것이다. 이밖에도 그는 '기억', '지각', '주관' 등에 대해 똑같은 개념의 오류를 지적하면서, 베르끄손은 이처럼 그릇된 개념에서 출발해 가지고 지성이 당면한 일시적인 난관을 곧 '불가능'으로 단정하고 사고의 부족에서 오는 모순을 곧 지성의 파산, 직관의 승리로 단정했다고 평했다. 특히 운동의 문제는 수학에 있어서 이미 극복된 지 오랜 데도, 베르끄손은 일세기 전의 수학을 생각하며 낡은 화살을 던졌다는 것이다(마치 18세기 말, 19세기 초에 걸쳐 미분학이 아직 몇 가지 오류를 벗어나지 못하고 있을 때, 헤겔 일파가 그것을 수학 본래의 모순이라 판단하고 그의 이성론을 구상했듯이).

러셀은 이러한 방식으로 베르끄손을 의지와 행동을 예찬한 시인, 혹은 변화를 노래한 서사 시인이라 불렀다. 철학에서 개념과 논리의 오류는 어떤 경계에도 용인될 수 없지만, 시에 있어서는 그 모든 것이 아름다운 연상, 아름다운 비유로 될 수 있기 때문이다. 이렇게 말할 때 베르끄손은 한낱 문학적(?)인 고전으로 남아버린 것도 같지만(그는 문장이 뛰어나게 아름답고 세련되었다), 사실은 베르끄손의 영향이 오늘의 현상론과 실존철학에서도 정면의 문제로 되어 있고, 베르끄손의 생生철학은—비록 현상론 철학으로 발전하지 못했지만—적어도 프랑스 철학에 '근원으로의 복귀retour à la source'를 자극하여 마침내 오늘의 방향을 잡는데 크게 기여했기 때문이다. 베르끄손과 같은 시기에 보다 깊은 '근원으로의 복귀'를 의도하고 독일에서 일어난 후설Husserl의 현상론은(그는 베르끄손과 같은 해에 났다) 오늘날 메를로 퐁티Merleau Ponty에 의해서 오히려 프랑스에 계승되었다. 그러나 현상론이 프랑스에 이식되어 이렇듯 큰 발전을 이룩한 배후는, 베르끄손 철학이 마련해 놓은 소지와 그의 영향을 무시할 수 없는 것이다.

남과 나의 비극

모라비아의 『권태』를 소개하면서

전후 실존주의를 바탕으로 한 문학작품은 그 대부분이 프랑스와 독일에서 나왔고, 이탈리아는 알베르토 모라비아가 얼마큼 실존주의 경향을 가진 작가라는 정도로 밖엔 알려져 있지 않았다. 그러다가 이번에 모라비아의 장편 『권태倦怠, La noia』가 나옴으로써 실존주의 문학은 이탈리아로부터 뜻하지 않은 대작을 얻게 되었다.

이탈리아는 유럽의 전통을 대표하는 땅이다. 헬레니즘이 온 유럽에 퍼져간 것도, 가톨릭이 전 유럽을 지배한 것도 모두 이탈리아에서 비롯된 것을 볼 때, 이 나라는 두 세력의 중심을 겸했다고도 할 수 있다. 언뜻 보기엔 너무나 이질적인 두 흐름 같지만 그것이 여기서는 신기할 만큼 서로 조화되어, 마침내 전아典雅하고 안정된 이탈리아 문화를 이루었다. 그러나 너무나 큰 전통의 무게가 언제나 사상의 자유로운 발전을 눌러왔기 때문에, 다른 나라들이 저마다의 균형을 바로 잡고 독자적인 길로 떠난 후에도, 이탈리아는 언제까지나 전통의 품에서 대담하게 뛰쳐나올 줄을 모르고 있었다. 그러던 이탈리아의 풍토에서 이와 같이 인간의 실존을 철저하게 추구한 작품이 불현듯 뛰어 나왔다는 것은 이탈리아 문학으로서의 상대적 위치로 보나 작품 자체의 내적인 세계로 보나 적이 놀라

＊ 1962년 11월 『사상계』에 발표된 글.

운 일이 아닐 수 없다.

소설 『권태』의 주제가 되는 것은 '남'이란 문제이다. '나'에 대해서는 그동안 많은 연구가 있었고 많은 사실이 밝혀졌다. 그래서 '나'는 앞을 향한 의식이니 자유니 말해 왔지만, 바로 나의 앞에 있는 '남'이란 도대체 무엇인가? 남의 존재는 내 자유의 한계를 이루고 내 존재를 규정하는 조건이 될 것이니, '남'을 해결하지 않고서는 '나'의 존재도 결정될 수 없지 않겠는가? 이렇게 볼 때 '남'은 바로 내 존재의 근본 문제가 된다. 따라서 우리는 먼저 이것을 직시하고 정면에서 해결지어야 하며, 그 다음에 이것을 정치나 이데올로기에도 적용해서 발전시킬 수 있을 것이다. 그런데 이것을 거꾸로 처음부터 정치문제에 끌고 들어가서 (다시 말하면 가장 복잡한 인간현상 속에 가지고 가서) 거기서 '남'을 해결해 가지고 오겠다면, 좀 순서가 뒤바뀐 일이 된다. 사르트르의 『자유에의 길』이 너무나 복잡한 상황 속에 인간을 놓았고 그 후 작가 자신의 정치활동은 그 중심사상('남'의 문제)의 변동을 가져와 결국 끝을 마무리하기 어려운 작품을 만든 것도 결국 이러한 역진행이 빚어낸 내적 모순을 보이는 것이라고 할 수 있다.

모라비아의 『권태』는 시끄럽고 복잡한 전쟁이나 혁명을 피하고, 최대한으로 단순하고 기본적인 관계에 인간을 놓고, 거기서 개인과 타자의 관계를 순정한 시야에서 바라보려는 것이다.

인간과 인간의 관계를 다루지 않은 작품이란 사실상 없다. 가령 『춘향전』에는 성춘향, 이몽룡, 남원사또 등의 인간관계가 나온다. 그러나 그것은 인간이 아니라 '정조'와 '권력'의 추상극이요, 그 속의 인물은 사회적 관념이 둔갑한 꼭두각시에 지나지 않으니, 거기에는 처음부터 실존이란 그림자도 없다.

　여기서 '권태'란 우리가 보통 쓰는 말과 같이 재미없고 심심한 일시적 감정을 뜻하는 것이 아니라, 내가 '남'과 아무런 관계없이 떨어져 있다는 인간 본래의 상태를 가리키는 말이다(하이데거가 그의 『형이상학이란 무엇이냐』에서 처음으로 쓴 말). 재미없고 심심한 일시적 감정이라면 술이나 여행으로써 그때그때 무산시킬 수도 있다. 그러나 내가 여기에 이렇게 존재하면서도 모든 물건, 모든 사람과 아무 관계없이 떨어져 있다는 사실은 영원히 어찌할 수 없는 일이다. 나의 외계外界에는 무수한 존재(자)가 있다. 그중 의식이 있는 것과 없는 것을 구별해서 각각 사람, 물건이라고 부른다면, 우리가 말하는 '남'이란 의식을 가진 사람인 까닭에 결국 다른 '나'로서의 존재자가 될 것이다. 그러나 '나'와 '남' 사이에는 중대한 관점의 차이가 비극의 씨처럼 숨겨져 있다. 우선 사르트르의 다음과 같은 말을 인용해 보자.

　　나는 이 세계에서 남에 의하여 격리되어 있는 존재이다.
　　남으로부터 볼 때, 나는 벽, 문, 자물쇠 등과 함께 있는 존
　　재이다. 따라서 나를 포함한 이 모든 물건이 그에게는, 내
　　가 의식하는 것과는 아주 다르게 나타나고 있는 것이다.
　　　　　　　　　　　　　　　　　　　　　　-『존재와 무無』에서

　남과 나는 영원히 떨어져 있는 두 존재이다. 그러나 바로 이 사

실로 말미암아 나는 남을 언제든지 '물건'으로 만들어 버릴 수가 있다. 나는 그를 물건으로써 관찰할 수도 있고, 사용할 수도 있고, 소유할 수도 있고, 죽일 수도 있다. 다만 그때에 나는 이미 그를 한 인간으로서가 아니라, 하나의 물건으로써 보고 있는 것뿐이다. 나 자신은 의식과 자유를 가진 인간으로서 있으면서 남은 물건으로 본다는 것은, '나'와 '남'의 관계를 궁극적으로 불가능하게 만드는 일이다. 왜냐하면 '남'이란 다른 '나'인 까닭에 그로써 볼 때에는 자신이 의식의 주체가 되고, 나야말로 언제든지 '물건'이 될 수 있는 존재이기 때문이다. 이것은 나의 의식 상태와 모순되는 상태요, 양립할 수 없는 사실이 아닌가?

『권태』의 주인공인 젊은 화가는, 자기가 그리려는 대상을 아무리 해도 소유할 수 없는 절망감에서 마침내 캔버스를 칼로 산산이 찢어 버리고, 십여 년이나 추구해온 그림을 포기해 버린다. 그림을 그린다는 것은 대상을 '소유'하는 것인가? 이것은 미술론에서 따로 논할 문제이지만, 우선 주인공 디노가 사물을 대하는 이러한 심태心態는 '남'과의 진정한 관계가 불가능하다는 것을 예고해 주는 하나의 심벌이다.

여기서 도대체 소유란 무엇인가를 생각해 보자. 그것은 뛰고, 놀고, 먹고, 마시고, 생각하고, 느끼는 행동과 같이 참으로 경험할 수 있는 사실이 아니라, 특수한 제도에 따라서 생긴 사회적 관념이요, 법률과 관습만이 설명해 줄 수 있는 개념이다. 가령 내가 A라는 장소에 있는 어떤 물건을 B라는 장소로 옮겨 놓았다고 하자. 물체의 위치를 변경시킨 이 단순한 사실이 일단 제도의 규정을 받을 때엔

얻어온 것이 될 수도 있고, 빌려온 것이 될 수도 있고, 찾아온 것이
될 수도 있고, 훔쳐온 것이 될 수도 있다. 그러나 얻고, 빌리고, 찾
고, 훔치고 하는 것은 나의 행동의 차이가 아니라 그 사회의 제도
가 독자적으로 꾸며낸 규정의 차이일 뿐이다. 내가 어떤 물건을 소
유하고 있다는 것은 결국 그린 뜻이다. 가령 이 만년필은 내 소유이
든 내 소유가 아니든 제 나름대로 책상 위에 놓여 있다. 비록 내가
죽더라도 그것은 그곳에 놓여있을 것이다. 결국 모든 사물은 나와
격리되어 있는 것이니, 결코 나의 일부가 될 수 없고, 따라서 사물
의 소유란 존재하지 않는 사실이다.

이 소설의 주인공 디노는 물건에서 실현하지 못한 소유를 사람
(남)을 가지고 실현해 보려고 한다. 여기서 '남'의 역을 맡고 등장하
는 것이 체칠리아라는 여자이다. 체칠리아는 디노를 소유하려고도
하지 않고 그 대신 자기의 자유를 제한할 이유도 느끼지 않는 여자
로서, 디노의 '권태'를 크게 부각시킨다. 그는 마치 귀여운 동물과도
같이, 누구든지 좋은 사람이면 따라 가고, 싫으면 떠나오고, 과거,
미래, 사회 때문에 구속 받지도 않는다. 그 대신 그는 어떤 행동에
도 위선적인 구실을 붙이지 않고, 거짓도 물욕도 질투도 없다.

체칠리아의 또 한 가지 특징으로 그의 언어를 들 수 있다. 그는
대체로 말을 잘 안 하지만, 비록 말을 하더라도 안한 것과 마찬가지
의 동어반복을 잘 쓰기 때문에, 전체적인 인상으로는 마치 '영원한
침묵'에 잠겨 있는 것과 같다(이 또한 귀여운 동물처럼). 한 가지 예를
들면—약속을 어기고 오지 않은 그 이튿날, 디노가 묻는다.

"어젠 왜 안 왔어?"

"못 왔어요."

"왜 못 왔어?"

"올 수가 없었어요."

그뿐만 아니라 어떤 낱말이든지 체칠리아의 입을 통해서 나올 때엔 기하학의 술어처럼 짧고 무색하고 건조한 말이 되어 버린다.

디노가 여자를 완전히 소유하려고 하는 것은, 첫째 불가능을 추구하는 짓이요, 둘째로 그를 '물건'으로 만듦으로써 남과의 진정한 관계를 깨뜨리고 비극을 만드는 짓이다.

체칠리아가 처음으로 디노에게 접근해 왔을 때, 디노는 그를 거절한다. 이 컵이 나와 아무 관계도 없는 것처럼 당신도 나와는 아무 관계가 없는 사람—따라서 우리는 서로 만날 필요가 없다는 것이다. 이것은 바로 완전한 소유에 대한 신앙고백이 아닌가? 그 후 두 사람의 관계는 흐지부지 시작되지만, 디노는 늘 남과의 메꿀 수 없는 '권태'를 발견하고 육체적 관계의 공허함을 느낀다. 결국 아무 관계도 없이 격리된 두 사람이라면, 육체의 관계란 기계적이고 피상적이고 아무 소용도 없는 행동이다. "모든 것이 끝난 다음에는 소파 위에 떨어져 앉은 두 몸, 그리고 그들은 이야기를 시작해야 한다." 디노는 자기의 허무감이 체칠리아에는 존재하지 않는 것을 보고 더욱 고독해지며, 그의 몸을 마음대로 하면서도 오히려 그의 실재를 느낄 수 없게 된다.

이러한 상태가 계속되다가 어느덧 디노는 체칠리아에게 고통을 가함으로써 그의 존재를 느껴보고, 그 반응을 통해 소유의 기분을 맛보려 하게 된다. 저도 모르게 나타난 사디즘에 깜짝 놀란 디노는 단연 체칠리아와 헤어질 것을 결심한다. 있지도 않은 관계를 끊은 것은 이별도 아니요, 처음부터 떨어져 있던 사이를 재확인하는 것뿐이라고 생각하면서…….

이별을 선언하려고 벼르던 마침 그날, 체칠리아는 전에 없이 약속을 어기고 나타나지를 않았다. 헤어지자고 이쪽에서 말하려고 할 때, 비록 일시적이나마 저쪽에서 벌써 그것을 실천하고 나오다니! 그것은 마치 깜깜한 어둠 속에서 층계를 내려올 때 아직 한단 더 있는 줄 알고 발을 딛었다가 층마루 바닥에 부딪쳐 몸의 중심을 잃는 것과도 같은 기분이다. 이때부터 그의 마음은 완전히 뒤집혀 버린다. 그가 헤어지려고 한 것은 어디까지나 그를 사랑하고 쫓아오는 체칠리아였지 그를 사랑하지 않고 함부로 약속을 어기는 체칠리아가 아니었기 때문이다. 그를 사랑하던 체칠리아는 나날이 실재를 잃어가고 있었지만, 그를 사랑하지 않는 체칠리아는 점점 마치 실재인 것처럼 보이기 시작했다. 전에는 허무를 느꼈기 때문에 헤어지려고 했지만, 이제는 괴로움을 느끼기 때문에 헤어질 수 없게 되었다. 만일 이것이 사랑이라면, 이 사랑을 죽이고 거기서부터 빠져나와야만 체칠리아와 헤어질 수 있을 것이 아닌가?

과연 체칠리아에게는 새로운 남자가 있었다. 디노는 악몽과 같은 괴로움 속에서도, 자기의 사랑을 죽이고 체칠리아로부터 깨끗이 벗어나기 위해 육체적으로 난폭하게 그를 소유해보려 한다. 그러나 그 몸은 이미 체칠리아가 아니었고, 체칠리아는 자유로이 몸 밖으로 빠져나가고 있었다. 디노는 할 수 없이 중대한 모욕을 여자에게 퍼부음으로써 그를 잊을 수 없는 부끄러움과 도덕적인 가책

속에 못 박아 두려고 했으나, 체칠리아는 아무런 가책도 수치도 느끼지를 않았다. 그래서 이번에는 돈을 물처럼 퍼부어 주면서 그를 자기 물건으로 감금해두려 했으나, 체칠리아는 어린아이가 아버지에게 돈을 타듯이 순수하고 자연스럽게 받을 뿐이었다. 더 주었다가 덜 주었다가 아주 안 주었다가 해도 아무런 반응의 차이조차 없이! 그 다음이 결혼이라는 감옥이다. 디노는 체칠리아를 사회적인 제도 속에 가두어 놓고 그와의 '권태'를 되찾기 위해 마침내 그에게 구혼을 한다. 장엄한 교회의식, 성대한 축연, 선물과 꽃다발, 아삐에나 가街의 대저택, 로마의 상류사회, 재산 관리와 아이들, 가문과 위신…… 그 속에 체칠리아를 가두어 놓을 수만 있다면, 그는 깨끗이 체칠리아를 벗어날 수 있을 것이며, 체칠리아는 그에게 존재하지도 않는 사람이 될 것이다. 그러나 체칠리아는 디노가 이해할만한 아무런 이유도 없이 이를 거절한다. 모든 희망을 잃은 디노에게 남은 길이 있다면 무엇인가? 소유의 종극은 죽음 뿐—그는 체칠리아에게 달려들어 그의 목을 조였다. 그러나 마지막 순간, 디노는 조이던 손을 풀어 버린다. 그를 죽이는 것은 자기의 사랑을 끊어 버리고 그로부터 해방을 얻는 것이 아니라 오히려 그에게 결정적인 실재를 주어 다시는 그로부터 벗어날 수 없는 운명이 될 것을 생각했기 때문이다. 그래서 디노는 마침내 자동차로 시골길을 고속으로 달리다가 큰 나무에 뛰어들어 자살을 하고 만다.

소설은 거기서 끝을 맺는 것이 좋았겠지만, 결론까지 말하고 싶은 모라비아의 의사意思에 따라서 주인공은 기적적으로 살아난다. 죽음에서 돌아온 디노는 병원 침대에 누워 마당에 서있는 나무를 물끄러미 쳐다본다. 아무 희망도 없어진 그는 다시 '물건'을 앞에 놓고 바라보고 있다. 그것은 여전히 그와는 아무 관계없이 떨어져 있었지만, 이제는 웬일인지 모든 것이 그와 다르고 그와 떨어져 있다 하더라도 오히려 즐거운 일처럼 느껴지기 시작했다. 모든 사물은 결국 저 나무처럼 아무 욕심 없이 바라보기 위해 있는 것이 아닌가? 체칠리아도 이제는 저 나무와 같이 바라볼 수 있을 것으로 느껴졌다. 체칠리아가 다른 남자와 춤추고, 껴안고, 입 맞추는 것을 생각해도, 그것은 역시 아름다운 광경이며, 체칠리아의 행복스러운 모습은 그대로 그를 즐겁게 해주었다. 그가 체칠리아의 밖에 있는 것처럼, 체칠리아도 그의 밖에 존재하는 사람―따라서 그는 체칠리아를 소유하지 않고 저 나무와도 같이 바라볼 수 있음을 느끼게 된 것이다. 그는 체칠리아를 깨끗이 단념하였다. 그러나 이상하게도 단념한 뒤부터 체칠리아는 오히려 그를 위해 존재하는 사람이 되었고, '권태'는 즐거움으로 변하였다. 낡은 사람은 죽고 새로운 사람이 태어났다. 체칠리아를 만나면 다시 옛날의 관계를 계속 하겠지만 비록 안하더라도 그의 사랑에는 변함이 없을 것이다. 물론 그림도 다시 시작할 수 있고……

이렇게 볼 때, 디노의 자살이란 결국 한 인생관의 자살이다. 캔버스를 찢은 것이 '사물'관의 자살이라면, 이것은 한 '인간'관의 자살이라고 볼 수 있다. 하이데거는 모든 모랄에 앞서 진정한 시야를 찾아야 한다고 했지만, 진정한 인간에게 소유처럼 양립될 수 없는 개념은 없다. 소유의 끝은 죽음이니 그것은 인간의 모든 광증 가운데서도 가장 반인간적인 것이다.

'존재'에의 정시正視

A. 모라비아의 경우

알베르토 모라비아의 문학 사상과 그의 최근작 「권태」에 대한 작품 분석은 필자로서 이미 한 번 쓴 일이 있으므로(『사상계』(1962년 11월호), 「남과 나의 비극」), 여기서는 중복을 피하고자, 모라비아의 「권태」가 나오기까지의 문학사적 배경을 설명해 보기로 한다.

단테 이래 이탈리아 문학에는 언제나 큰 작가의 이름이 끊인 적이 없었다. 페트라르카, 보카치오, 데 메디치, 아리오스토, 타소, 다시 전세기의 만초니, 레오파르디, 금세기에는 베르가, 단눈치오, 피란델로, 파피니 등, 모두 다 세계적으로 알려진 작가들이다. 그런데 오늘날 실제로 이들 작품이 얼마나 읽히고 있을까? 대체로 이탈리아 작가들은 당대에는 큰 성공을 거두었지만, 오랜 시일을 지나고 보면 그다지 인간 정신에 큰 영향을 남기지 못하고, 따라서 차차 잊히는 경향이 있는 것 같다. 가령 만초니의 「약혼자」만 보더라도, 그것이 처음 나왔을 때에는 전 유럽에 걸쳐 큰 반향을 일으킨 작품이었다. 따라서 만초니라 하면 영국의 바이론, 스콧 등과 더불어 19세기 문학을 장식하던 대작가였지만, 오늘날 돌이켜보건대, 그의 작품은 동시대의 다른 작가들만큼도 읽히지 않는 것 같다. 이것은 외국에서 뿐만 아니라 이탈리아 본국에서도 마찬가지고, 우리나라

✽ 연도, 출처 미상의 글.

에서는 처음부터 소개조차 되지 않아 일반 사람들은 그 이름도 잘 모를 지경이다. 일반적으로 이탈리아 작가들이 고전으로서의 실제적 영향력에서 이렇듯 미약한 것은 도대체 무슨 까닭일까?

로렌스는 이 점에 대해서, 이탈리아 작가들은 그 작품의 근본 동기를 스스로 만들어 내지 못하고 언제나 남에게서 빌려 오기 때문에, 인간 정신에 깊은 영향을 남기지 못한다고 지적하였다. 사실 만초니의 세계는 이탈리아라기보다는 오히려 게르만적인 경향이 더 강하고, 또 베르가의 작품은 인생을 바라보는 눈이 다분히 프랑스적인 데가 있다. 이 점은 단눈치오에 있어서도 마찬가지이며, 금세기 초에 시니컬한 사상으로 많은 흥미를 끌었던 피란델로도 냉정하게 그 사상적인 면만을 따져 본다면 결국 베르끄손, 헤겔, 프로이트, 아인슈타인의 사상을 문학적으로 풀이한 셈밖엔 안 된다.

남의 세계를 빌려 가지고 거기에 자기의 감정을 부어 넣으면 그것대로 하나의 세계가 될 수는 있지만, 세월이 지나 그 감정이 퇴색하게 되면, 어느덧 제 것 아닌 바탕이 드러나 보이기 마련이다. 마치 밤을 새워 쓴 자신의 문장을 아침의 맑은 정신으로 되읽어 볼 때, 지난밤의 무질서한 생각이 그 볼 것 없는 골격을 드러내듯이……. 흔히 외국 문학을 하는 사람이 자기가 좋아하는 작품을 읽고, 거기서 촉발된 감흥으로 매우 인상적인 글을 쓰는 수가 있지만, 적어도 그 속에 비평가로서의 독자적인 관점이나 문학적으로 뛰어난 견해가 들어있지 않는 한, 별로 대단한 고전이 될 수 없는 것도, 역시 이와 비슷한 현상이라 하겠다.

이 문제를 좀 더 크게 생각해본다면—한 나라의 문화가 남의 문화에 예속된 상태에 있을 때에도 참으로 가치 있는 문학은 나오기 어렵다. 물론, 오늘의 이탈리아는 문화적으로 결코 다른 나라에 예속되어 있지 않지만, 1870년에 통일을 이루기 전까지는 오랫동안 오스트리아, 프랑스, 스페인, 독일의 지배를 받았던 관계로 자연히 유럽의 다른 나라처럼 강력한 개성을 발휘하지 못한 것이 아닌가 생각된다. 그러나 한편 이것을 뒤집어 말한다면, 이탈리아는 지금부터 불과 백 년 전까지 줄곧 남의 지배하에 살았음에도 그만큼 뚜렷한 국민문학과 뛰어난 작가를 냈다는 말이 되니, 우리나라처럼 예나 지금이나 중국 문화와 서양 문화 앞에 모든 주체성을 잃고 그들의 관점을 따르기에 급급한 사회와는 좀 차원이 다른 이야기가 될 것이다.

자기 자신의 동기를 갖는다는 것은 어떤 일인가? 첫째는, 자기의 현실과 동떨어진 남의 세계를 그대로 자기 것인 듯 망상해서는 안 된다는 것이다. 가령, 한국처럼 먹지도 못하는 나라에 살면서, 먹고 남는 나라에서 논의되는 '레저'의 문제를 운운한다면 좀 우스운 일이 아닌가? '레저'라고는 실업자의 레저밖에 없는 이 나라에, '레저' 해결밖에 안 되는 미국의 비트문학(그 점에서 순수한 문학 운동인 프랑스의 앙티로망과는 성격이 전혀 다르다)을 이식해 보았자 별스런 문학적 의의가 없을 것이다.

다음에 문학은 참다운 개인의 의식을 표현하지 않으면 안 된다. 아무리 남의 것 아닌 동기에서 출발했다 해도, 작품 세계의 내용이란 것이 언제나 문제가 되기 때문이다. 우리는 대부분 '나 자신'이라기보다는 수많은 보편적 '개념'의 집합에 지나지 않는다. 가령 여기 한 여자가 있다. 그는 '여자'요, '아내'다. 여자란 언제나 약한 데가 있고 얌전해야 하며, 또 아내는 남편을 사랑하고 정조를 지켜야 한다. 그래서 그는 약하고, 얌전하고, 남편을 사랑하고, 정조를 지킨다. 또 여기에 한 군인이 있다. 그는 '남자'요, '중대장'이요, 집에 돌아와선 '남편'이다. 남자란 강하고 씩씩해야 하며, 약간 기칠고 무례한 것은 오히려 매력이 된다. 또 중대장은 소대장보다 높고 대대장보다 낮은 사람이며, 남편은 아내라는 사람을 제 물건처럼 마음대로 할 수 있고, 그의 '사생활'에 얼마든지 간섭할 수 있는 인간이다. 그래서 그는 강하고, 씩씩하고, 거칠고, 약간 무례하고, 소대장 이하에겐 마구 명령하고, 대대장에겐 절대복종하며, 집에 와선 아내에게 반말을 쓰고, 오늘은 어디에 갔고 무엇을 했느냐고 캐묻는다. 이렇게 해서 우리는 사실상 무수한 보편개념으로 결정되는 하나의 추상물에 지나지 않는다. 그러나 '여자', '아내', 혹은 '남자', '군인', '남편' 등의 보편개념을 적용하기 이전의 '나 자신'은 어디로 갔는가? 그는 이러한 개념에 뒤덮이고 짓눌려 제대로 숨도 못 쉴 지경에 있지만—그래도 우리의 삶을 궁극적으로 결정짓는 최후의 주권자는 언제나 그다. 그는 언제나 우리 의식의 바탕에 있고, 모든 보편개념을 초월해서 있기 때문에, 절대적인 '개체'요, 절대적으로 고독한 '존재'이다. 그래서 우리는 모두 개념의 세계에 사는 것 같이 보이지만, 적어도 자기를 의식하는 사람, 혹은 누구라도 자신을 피할 수 없는 지경에 몰린 사람은, 어쩔 수 없이 고독한 자신의 운명과 대결할 수밖엔 없는 것이다. 우리는 이 고독한 나 '자신'을 외면할 수 없으므로 문학을 하는 것이다. 만일에 나 자신이 보편개념으로 규정될 수 있는 것이라면, 우리에겐 '학문'만으로 충분할 것이다. 그런 의미에서, 적어도 근대의 문학이란 인간의 '진정한 의식'을 떠나서는 생각할 수 없으며, 내가 참으로 나 자신이 되려고 결심할 때, 피할 수 없는 의식의 갈등을 진실하게 표현한 작품이야말로 가장 문학적인 감동을 주는 것이다.

'진실한 의식'이 없는 작품이라 할 때, 거기에는 '의식' 자체가 없는 경우와 그 '진실'성이 없는 경우를 구별할 수 있다. 흔히 이탈리아 소설에는 개인의 자의식이 희박한 인물, 때로는 그 욕망과 야심, 동작과 정력만이 뛰어난 인물이 등장할 때가 있지만, 이러한 작품은 근대의 소설로서는 너무나 내면성이 약하다(이것은 이탈리아 문학이 가진 헬레니즘의 전통이라고도 볼 수 있다). 로렌스는 앞서 말한 글에서, 베르가의 제수알도, 플로베르의 엠마(「보바리 부인」) 등은 그야말로 평범한 의식에 사는 평범한 인물에 지나지 않기 때문에, 그들의 작품은 한낱 사실적인 문학에 그치고, 오늘에 와서는 별스런 감명을 줄 수 없다고 말한 다음, 햄릿과 같이 고귀한 뜻을 가진 '영웅'이나, 카라마조프 형제처럼 '그 의식이 하도 심각해서, 어떤 평범한 인간일지라도 내면적으로는 영웅'과 같은 인물을 근대소설의 가장 가치 있는 국면이라 하였고, 비록 그들의 관점이 전연 틀렸다 할지라도 그 훌륭한 문학성에는 변함이 없다고 하였다.

"O cursed spite that ever I was born to set it right!(오 저주받을 이 원수! 나는 그것을 바로잡기 위해 이 세상에 태어났다)" 햄릿은 이러한 도덕적 사명감에 살았다는 점에서—비록 완전히 실행은 못 했지만—'영웅'시 되고 있다. 그러나 우리는 어렸을 때 일본의 '사십칠사'나 '미

야모토 무사시'의 복수담을 읽던 때처럼 봉건적인 복수 행동을 무조건 소박하게 '도덕적' 행동으로 찬미할 수는 없다. 그뿐만 아니라, 만일에 햄릿이 의심하는 바가 전혀 사실이 아니고 하나의 망상에 지나지 않았다면 어찌 될 것인가? 적어도 그 작품에는 그것을 증명할 만한 객관적 사실이 하나도 없다. 유령의 증언이 유일한 근거라 하겠으나, 우리는 이미 그런 것을 믿을 수 없으니, 이 작품은 그 바탕부터가 너무나 불안하다. 이렇게 볼 때, 우리가 「햄릿」과 같은 고전 비극을 감상하는 데에는 언제나 '역사적'인 전제가 필요하다는 것을 알 수가 있다. 즉 우리는 유령의 출현과 햄릿의 의심의 정당성, 그리고 복수의 높은 도덕성 등을 일단 그대로 받아들이고서, 셰익스피어의 주관적인 비극 세계에 들어갈 수 있는 것이다. 그러나 이러한 역사적 전제를 현대문학 또는 문학 일반에 본질적으로 요구하는 것은 '문학사'의 관점과 '문학'을 혼동하는 일이다. 도대체 로렌스의 '영웅'이란 무엇인가? 그것은 바꾸어 말하자면 '존재'보다도 오히려 '개념'을 지향하는 것이며, 주어진 개념의 주관적 위대성 앞에 존재를 무시해도 좋다는 말이다. 이러한 관점을 만일 정치에 적용한다면 그대로 제국주의, 식민주의 이론이 되었을 것이다. 나는 로렌스적인 의미에서도 '영웅'을 존경할 수 없다. 왜냐하면, 현대문학은 한마디로 말해서 '존재'에 대한 자의식의 끊임없는 접근이기 때문이다. 현대문학에는 어떠한 뜻에서나 '영웅'이 필요 없으며, 영웅의 이름으로 개념에 대한 광신이 정당화될 수도 없다. 그런 의미에서 문학은 '진정한 의식'을 표현하지 않으면 안 된다는 것이다.

전후 이탈리아 문학을 지배해 온 대표적 흐름은 한마디로 말해서 네오리얼리즘이라고 할 수 있다. 이것이 처음 나온 것은 2차 대전 중 무솔리니 정권 때였으며, 말하자면 반파쇼 저항운동이 낳은 뚜렷한 참여문학이었다. 무솔리니의 독재 정권이 국민을 기만하고 이탈리아를 파국에 몰아넣는 것을 좌시할 수 없어, 모든 진실을 국민 앞에 보여 주겠다는 것이 최초의 동기였던 만큼, 처음에는 철저한 기록주의 수법으로 가려진 현실을 냉혹하게 그려냈던 것이다. 이러한 운동은 문학뿐 아니라 연극, 영화에서도 때를 같이 하여 일어났으며, 이것은 전후에도 그대로 추구되고 발전된 결과, 마침내 오늘의 이탈리아 예술을 매우 강력하고 개성적인 것으로 만들게 되었다. 그들은 전쟁이 얼마나 비참한 것인가, 파시스트들은 어떻게 국민을 기만하고 괴롭혔으며, 그들의 참 의도는 어디에 있었는가, 또 전후의 이탈리아는 어떠한 현실에 빠졌고, 어떻게 해서, 누구 때문에 이탈리아의 경제와 사회생활이 파국에 빠지게 되었는가—이런 문제를 국민 앞에 들고 나와 냉엄하게 모든 진실을 파헤쳐 보였던 것이다. 이 운동은 너무나 절실한, 결사적 참여 의식으로 추진되었기 때문에, 전에 없이 강력한 동기를 스스로 만들어낸 셈이 되었다.

기록주의란 하나의 문학적 수법으로 보면 하나도 새로운 것도 놀라운 것도 아니다. 이미 19세기 말엽부터 이탈리아에서는 예술 전반에 걸쳐 반 낭만주의로서의 사실주의 운동이 일어, 그것이 오늘에 이르기까지 현대 이탈리아 예술의 주류를 이루었던 것은 누구나 아는 일이다. 가령 음악의 경우를 본다면, 1890년에 나온 피에트로 마스카니의 단편 가극 「시골 기사도」는 어느 시골의 일상생활에서 제재를 잡아, 생생한 현실의 모습을 가극 무대 위에 올려놓아 사람들을 깜짝 놀라게 하였다. 그런데 이것이 그때까지의 형식적인 고전적 수법과 타성에 빠진 낭만주의 수법의 가극에 염증을 느끼고 있던 청중의 감각에 맞아, 순식간에 전 유럽에 현실주의 가극의 선풍을 일으켰고, 무명의 작곡가는 일약 세계적으로 이름을 날리게 되었다. 이렇게 되자 대가들도 곧 새로운 흐름을 깨닫게 되어, 그 후로는 새로운 현실주의 가극의 걸작이 수많이 쏟아져 나오게 되었던 것이다. 베르디의 후기 작품 「춘희」, 「아이다」가 그렇고, 푸치니의 「토스카」, 「라 보엠」, 「마농 레스코」, 레온카발로의 「광대들」, 프랑스의 비제 작품 「카르멘」이 모두 그랬다. 이러한 전세기 말부터의 일관된 현실주의 흐름을 생각할 때, 최근의 네오리얼리즘이 특히 논의되는 까닭은, 결코 그 기법이 본질적으로 새롭다는 데에 있는 것이 아니라, 무엇보다도 그들을 지배해 온 강력한 동기에 있다고 보아야 할 것이다.

그러나 네오리얼리즘도 전후 20년을 지나는 동안에는 여러 번 변신을 거듭하여, 이제는 그 예술성 자체를 깊이 파고들지 않을 수 없게 되었다. 전쟁 중 전쟁의 비참을 그리며 파시스트 독재에 항거하던 그들이, 전후에는 여러 가지 전후 문제를 들추어냈고, 그 후에는 다시 이탈리아 정치의 고질적인 남부 문제를 들고 나왔지만, 결국은 그들도 '인간'의 문제로 돌아오지 않을 수 없었다는 데에, 네오리얼리즘의 더 깊은 의미가 있는 것 같다. 인간의 문제에 파고들 때, 네오리얼리즘의 기법이란 것이 여태까지와 같은 다큐멘탈리스트로로서만 될 리는 없으며, 거기에 아직 그들 자신도 의식 못 했던 새로운 예술적 사명과 새로운 시야를 발견하게 되었을 것이다.

이번에는 그 예를 전후의 이탈리아 영화에서 찾아보자. 영화에서의 네오리얼리즘의 개척자인 루치노 비스콘티, 비토리오 데시카, 로베르토 로셀리니의 옛 작품들은, 모두 로셀리니의 말과도 같이 '현실을 어디까지나 겸허하게, 아무런 사상 없이 대하려는' 방향에서, 냉혹한 객관적 묘사를 추구했다. 그런데 그들의 후계자인 페데리코 펠리니의 「카비리아의 밤」, 「달콤한 인생」, 혹은 미켈란젤로 안토니오니의 「정사」, 「태양은 외로워」에 이르러서는 네오리얼리즘이 갑자기 주관주의로 변모되어, 인간 내부에 카메라의 눈을 돌리게 되었다. 사실세계를 추구하는 것이 아니라 내면세계의 구조를 파고들려는 것인 만큼 심리묘사를 지향하는 것은 당연하지만, 그렇다고 그들이 옛날과 같은 심리묘사로 되돌아갈 수는 없는 일이다. 왜냐하면, 소위 심리묘사란 사실상 하나의 '해석'이며, 인간 존재 속에 주어진 '개념'의 연결을 더듬는 것이 되기 때문이다. 그런 의미에서 종래의 심리묘사는 네오리얼리즘과 본질적으로 상치된다. 안토니오니는 인간의 내면에 대한 현실주의를 극한에까지 추구하며 모든 개념적인 해석을 거부하려는 데서, 「정사」와 「태양은 외로워」에서 보인 바와 같은, '극한적 세부'의 묘사에까지 들어서게 된 것이다. 지금까지의 영화에선 전부 가위로 잘라냈어야 할 무의미하고 산문적인 '현실'을 응시함으로써 이어지는 그의 내면극은, 마치 사르트르의 「구토」가 기묘한 소설이듯이 기묘한 영화이다. 음향도 음악도 아무런 뜻도 없는 장면의 연장, 텅 빈 시선만이 마주 보고 있는 허무한 공간―이것을 만일 낭만이라고 부른다면 하나의 현대적인 낭만이 될는지도 모른다. 이러한 관점에서 전후의 네오리얼리즘은 그 내면화와 동시에 어느덧 인간의 '존재'를 향해 들어올 수밖에 없었던 것이다.

나는 지금까지 알베르토 모라비아에 대해서 한마디도 안 했다. 그러나 사실은 지금까지의 모든 말이 그대로 모라비아에 대한 설명이다. 그는 1929년 「무관심한 사람들Gli indifferenti」을 쓴 이래, 이상과 같은 문학적 배경 속에서 많은 작품을 쓰면서 몇 번인가 기법과 관점의 변모를 거듭한 끝에 마침내 그의 최근작 「권태」에 이르러 모든 '개념'을 벗어난 인간 '존재'를 정면으로부터 바라보게 된 것이다. 나는 이 글이 여기보다 앞에 쓴 나의 글(「남과 나의 비극」)과 연결될 수 있으리라 생각하면서 붓을 놓는다.

신문 없는 소르본느

파리대학에는 없는 것도 많다

모처럼 프랑스의 대학신문에 대해서 쓰라는 부탁이지만, 유감스럽게도 파리대학에는 그런 신문이 없어서 매우 딱하게 되었다. 사실은 신문이 없다는 것조차 모르고 있었는데, 이런 부탁을 받고 생각해 보니 소르본느에는 신문도 없었구나 하고 깨닫게 된 것이다.

파리대학에는 이밖에도 없는 것이 참으로 많다. 언젠가 상경대학 신문에서 파리대학의 '상경대학'에 대한 원고 청탁을 받은 일이 있지만, 파리대학에는 상경대학도 없기 때문에 할 수 없이 H.E.C.라는 다른 학교(상과 전문) 이야기를 써준 일이 있다. 과科를 보더라도, 정외과, 행정학과, 상과, 경영학과, 도서관학과 등 일체의 실무적인 학과는 대학université에 속하지 않는다.

이것은 '대학'의 개념 자체가 미국과는 매우 다르기 때문이다. 대학의 기풍과 생활방식도 미국식을 따른 우리의 대학생활과는 현저하게 다를 수밖엔 없다. 따라서 가령 운동부, 응원, 채플, 교생실습, 여왕 대관식 같은 것은 파리대학에선 전연 알지 못하는 일에 속한다. 왜 이런 것이 없는가? 그러면 프랑스의 대학이란 어떤 곳인가? 이런 의문이 당연히 일어나겠지만, 거기 대해서는 다른 분들이 프랑스의 대학을 소개한 글이 많이 있을 줄 안다.

우리에게 대학신문이 있다는 것은 어느 모로나 반가운 일이라고 나는 생각한다. 내가 보기에는 오히려 학생들이 우리의 신문을 충분히 활용하지 못하고 있는 것만 같다. 원래 학생시절이란 모든 시간을 자기 자신 위해 쓸 수 있고 가족을 먹여 살리는 사람의 걱정도 없이, 순수하게 진리탐구에 노력할 수 있다는 점에서, 일생에 다시없는 귀한 시기라고 생각된다. 잠으로 충실한 내면적 생활을 가진 학생이라면 수동적으로 배우는 데에만 그칠 것이 아닐, 스스로 사색하고 그것을 훌륭히 발표할 줄도 알아야 할 것이다. 그런 의미에서 학생시절에 작품발표를 위한 기관지가 있다는 것은 얼마나 뜻있는 일인가? 그러나 학생 수에 비해서 허용되는 지면은 매우 적기 때문에, 대학신문에 실리는 학생의 작품은 다시 없이 진지하고 압축된 글일 때가 많다. 그러므로 소위 기성인의 글보다 더 가치 있는 글이 학생의 작품에서 나올 수도 있고, 일단 그러한 전통이 서게 되면 대학신문은 어느덧 신인의 등용문으로써 권위를 갖게도 될 것이다. 그런데 실제로 대학신문에 실리는 학생들의 글을 보면, 아직 그러한 충실성에서 좀 불만을 느끼지 않을 수 없다. 이것은 모든 학생이 대학신문을 자기의 진지한 발표기관으로 생각하지 않는 탓이 아닐까 생각된다. 나는 그런 면에서 대학신문이 앞으로 좀 더 학생들에게 뜻있게 활용되고, 대학생활의 좀 더 중요한 부분을 차지하게 되기를 바라고 있다.

상아탑 속의 강제노동: 프랑스 편

파리대학에는 우선 상경대학이라든가 상과商科대학이라는 것
이 없다. 이것은 물론 상과를 경시하는 뜻이 아니라, '프랑스'에서
는 université라는 관념이 미국의 그것과는 다르기 때문에 농農·공
工·상商의 실업계통은 물론 사범·정치·외교 같은 방면까지도 모
두 université에 속하지 않는 별도의 학제를 이루고 있는 것뿐이
다. 따라서 입학자격이나 연한年限 등은 파리대학과 동일할 뿐 아
니라, 입학 시의 '좁은 문'이나 진급과 졸업하기 힘들기로는 오히
려 파리대학보다도 더한 곳이 많다. 이런 학교들을 université와 구
별하여 grandes écoles이라고 하는데, 그중 가장 이름 있는 곳을 말
하라면 사범계통으론 École Normale Supérieure, 정외과政外科계
통으론 Institut des Sciences Politiques, 상과로는 Hautes Études de
Commerce 등을 들 수 있다. 이 학교들은 모두 '프랑스'의 대표적인
전문교육기관으로서 오늘날 '프랑스'를 이끌어나가는 각계의 지도
적 인물이란 대부분이 파리대학 아니면 이들 전문교에서 교육받은
사람들이다.

École Normale Supérieure는 학생들 간의 명칭으론 Norm 'Sup'
이라고 하며 그 학생들은 normalien이라고 부른다. normalien들에
의하면 Sorbonne(파리대학 문리대) 학생이란 그다지 칭찬할 만한 사
람들이 못된다. 그들의 눈에는 Soufflot가街 길 건너편의 Sorbonne

---

* 연도, 출처 미상의 글.

학생들이 마치 빈들빈들 놀고먹는 족속처럼 비치는 모양이다. 그들이 만들어 낸 'Sorbonnard'란 말에는 약간 이러한 경멸의 '뉘앙스'가 들어있는 것이 보통이다. Sorbonne란 정말 그런 곳인가? Sorbonne의 공부가 얼마나 어려운가 등등의 이야기를 많이 들어온 독자는 이러한 말을 아주 의외로 생각하겠지만 그것은 우리들의 관점이고 normalien들로서는 그렇게 느끼는 것도 무리가 아니다. 우선 Sorbonne에서는 1년에 한 번 시험이 있지만 Normale에서는 매월 시험을 쳐야 한다. 또 Sorbonne에선 공부를 못하면 certificat를 못 따고 따라서 졸업할 수가 없지만, Normale에선 낙제하면 곧 지방으로 추방이고 또 한 번 떨어지면 그와 동시에 퇴학을 맞는다. 입학하기도 어려운 데다가 입학 후에는 이러한 조건 속에서 공부해야 하기 때문에 normalien이라면 '프랑스' 사회에서는 곧 천하의 수재로서 대접을 받고, 따라서 그들은 상당히 '프라이드'가 강하다. 이러한 전통 속에서 Pasteur를 필두로 수많은 학자·문인을 배출하였고 비록 학사學舍는 별로 보잘 것 없지만 많은 역사적 기념물과 전설이 남아 있다. 또 Normale의 학생들은 모두 기숙사에 들어야 하므로 어느덧 그들 사이에 생겨난 독특한 말이 있고 이것을 argot normalien이라고 한다. 쥘 로맹의 『친구들Les copains』이란 소설은 normalien들을 주인공으로 한 작품이며 그 속에만 해도 상당한 수의 Norm 'Sup'의 argotSlang가 나온다(쥘 로맹 자신도 normalien이었다). 이런 말 중에서 더러는 파리대 학생들까지도 쓰게 되고 또 일반 사람들의 불어佛語에까지 퍼져가는 것도 있다.

주로 상과대학의 이야기를 쓰랬는데 오히려 Normale의 이야기로 지면의 대부분이 차버렸다. 솔직히 말하면 Norm 'Sup' 나 Sciences-Po에는 친한 친구도 몇 있었고 가끔 놀러 갔었지만 Hautes Études de Commerce에는 2년 반이나 파리에 있으면서 한 번도 발을 들여 본 일이 없다. 이런 원고를 억지로 맡을 줄 알았더 라면 진작 한 번쯤은 가보았을 것을 하고 후회가 막심이다. 상과계의 학교라면 보통 École Supérieure de Commerce라고 한다. 그러나 Hautes Études de Commerce라면 파리에 하나 있을 뿐이다. 내가 파리에 온 그해 겨울 외무성에서 우리들 '프랑스' 정부초청 유학생과 H.E.C.(그 학교의 명칭) 학생들 사이에 교환 '파티'를 열어주어 그들과 함께 놀아본 일이 있었지만, 그때엔 아직 H.E.C.가 어떠한 학교인지 별로 아는 바가 없었다. 그러나 그날의 파티가 기연機緣이 되어 한 친구를 사귀게 되었는데 그의 가족과는 내가 파리를 떠나올 때까지는 물론 현재까지도 잊을 수 없는 깊은 우정을 가지고 있다. 어느 해 겨울 내가 급병急病으로 파리대학병원에 입원했을 때 문병 왔던 Dominique(그의 이름)가 떠나간 후, 나와 한방에 있던 '루앙'의 상과대학에서 온 한 친구가 매우 동경하는 표정으로 Dominique 에 대한 여러 가지를 파고들었다. 그의 말을 들어보면 H.E.C.란 상과계통으로 Norm 'Sup'와 비슷한 존재였다. H.E.C.면 벌써 그의 장래는 확약確約된 것이오, '프랑스' 재계의 요직은 대부분 그들로써 채워진다는 것이었다. 사실 Dominique는 언제 가 보아도(week-end 외엔) 별로 집에 없는 일이 없고, 어떤 때엔 저녁 식사가 끝나면 "나는 내일 시험이 있어서 실례한다."라고 하곤 위층으로 혼자 올라갈 때도 있다. 그러면 Sorbonne에 다니는 두 누이동생과 함께 우리는 그와는 별세계別世界의 시간을 아래층에서 보내게 된다. 이처럼 시험을 매월 치는 것이라든가 그 밖의 학교기풍이 Norm 'Sup'과 상통된다면 내가 처음에 Norm 'Sup'의 이야기를 길게 쓴 것도 결코 H.E.C.와 무관계한 이야기는 아니게 되었다. 따라서 나의 이 글은 여기서 붓을 놓아야 하겠다.

작품의 가치와 평가

작품은 결국 대상감정 속에 가치를 실현해야 한다. 다시 말하면 작품과 대중 사이의 위치감정을 떠나서 존재할 수 있는 고유의 가치를 가져야 한다. 어떠한 가치, 얼마만큼의 가치를 말하기 전에 이것은 우선 예술이 존재하기 위한 최소한도의 요건이기 때문이다.

오늘날 우리의 예술이 겪고 있는 가장 근본적인 시련은 무엇이 오늘의 우리 예술이냐 하는 것이다. 다시 말하면 가야금이 우리 예술이냐, violin이 우리 예술이냐 하는 기묘한 고민이다. 이것은 사실상 우리 예술이 앞으로 새로운 생명을 갖느냐 못 갖느냐를 결정짓는 가장 근본적인 문제이면서도 아직껏 우리의 모든 예술을 끝없는 모순으로부터 벗어날 수 없게 하고 있는 어려운 문제이다. 무엇이 이 문제를 그토록 어렵게 하고 있는가? 묵은 것과 새것의 대립이라면 어느 나라에나 있다. 또 자기의 것과 남의 것의 뒤섞임도 어느 사회에나 있다. 만일 없다면 그것은 모든 발전이 정지된 사회이거나 쇄국 상태에 있는 사회뿐일 것이다. 그러므로 우리에게 특이한 점은 그러한 대립 자체가 아니라 전통이라는 이름으로 동양의 것, 그리고 현대라는 이름으로 서양의 것이 우리에게 일종의 인적 분열을 일으키고 있다는 사실이다. 다시 말하면 동양 즉 고대요, 서양 즉 현대라는 의식 밑에 우리 자신이 창작할 수 있는 땅을 완전히 잃어버렸다는 말이다. 우리는 과거의 역사를 가졌을 뿐 지금은

＊ 연도, 출처 미상의 글.

나라도 없이 떠돌아다니는 예술 세계의 유랑민족이 되었는가? 유럽에도 이질적인 문화의 수입은 여러 번 있었지만 그들은 언제나 그 조화를 두려워하지 않고 현대의 주체된 의식을 잃지 않고 살아왔다. 그러나 우리는 지금 이상한 노순 속에 빠져 있다.

현대로 가기 위해 동양을 버릴 것인가? 동양을 찾기 위해 현대를 버릴 것인가? 이러한 양자택일의 두 길 사이에 거의 발 딛을 곳도 없는 듯 우리의 마음은 괴로운 딜레마에 빠져 있다.

그러나 사실은 그러한 딜레마란 존재하지 않는 것이다. 그 이유는 서양에도 고대와 현대가 있고 동양에도 고대와 현대가 있다는 단순한 사실에 있다. 동양에서나 서양에서나 예술은 언제나 거센 대립 속에 스스로의 가치를 창조해왔다. 이집트가 그리스에 준 영향, 그리스가 르네상스 이탈리아에 준 영향, 르네상스 이탈리아가 근대 프랑스 미술에 준 영향—그 어느 경우에도 묵은 것과 새것의 대립, 남의 것과 내 것의 대립은 이들의 예술을 죽이지 아니하고 오히려 놀라운 창조를 자극하였다. 그러면 우리의 딜레마란 무엇이냐? 그것은 우리의 의식이 낳은 유령과도 같은 것—다시 말하면 우리의 현대를 살지 못하는 주체성 없는 의식의 자기표현일 뿐이다.

우리의 현대 앞에는 외국의 문화뿐 아니라 우리의 옛 문화까지도 남의 것이다.

외국의 작품을 내 것이라고 내놓을 수 없듯이 우리의 고전도, 현재의 내 것이라고는 할 수 없다. 과거의 이집트, 그리스의 예술이 아무리 훌륭했다 하여도, 그것만으로 오늘의 이집트 예술, 그리스 예술이 다시 살아날 수는 없다. 그것은 오직 오늘까지의 세계 예술에 대하여 새로운 가치를 더하게 됨으로써만 언제라도 되살 수 있는 것이다.

내가 파리에서 사귄 한 독일 친구는 열심히 나에게 베토벤, 브람스, 슈베르트를 소개해 주었다. 그가 부르는 노래를 같이 따라서 불렀더니 그는 눈을 둥그렇게 뜨며 놀랐다. 사실 나는 슈베르트는 알아도 우리 시조는 부를 줄 모르는 오늘의 젊은 한국인이었지만 그에게 슈베르트는 우리의 음악이라고 우길 수는 없었다. 그러면 내가 그에게 시조와 우리의 옛 음악을 들려주었더라면 어떠하였을까? 물론 그는 많은 흥미를 가지고 들었을 것이다. 그리고는 정말 좋다고 칭찬까지 했을지 모른다.

그러나 불행히도 우리는 이것을 우리의 옛 음악으로서 소개할 수는 있어도 우리 음악으로서 소개할 수는 없는 것이 사실이다.

그뿐 아니라 외국 사람이 우리의 작품을 좋아하는 경우 생각해야 할 문제가 또 하나 있다. 외국인이 칭찬한다고 그만큼 우리의 예술이 훌륭한 예술이라고 할 수는 없다. 그들의 흥미에는 다분히 먼 나라의 색다른 것에 대한 흥미가 섞이는 것이 보통이다. 이것은 하나의 위치감정이며 어느 때엔가 사라질 물건에 지나지 않는다.

우리나라의 짚신이나 지게를 사 가는 외국인의 이국취미도 예술적인 것이 못 되지만 그들의 이국취미에 영합하여 짚신이나 지게를 선사하는 사람의 마음도 역시 예술적이라고 할 수 없다. 더구나 거기엔 주체성마저 볼 수 없다.

우리의 예술이 참으로 훌륭한 것이라면 그것은 이러한 감정을 넘어서 살아야 할 것이며 그것을 인식하는 것도 오직 이국취미를 넘어선 외국인의 대상감정에서만 기대할 수 있다.

예술은 우리의 것이어야 함과 동시에 현재까지의 세계 예술에 새로운 가치를 더할 수 있는 직접적이고 참된 창조이어야 한다. 바르톡의 음악이 헝가리의 국민 음악인 동시에 훌륭한 현대 음악으로서 세계의 음악이 되었듯이 우리가 고진 속에 구하는 것도 옛 모습 그 자체가 아니라 새로운 가치, 새로운 흐름을 창조하기 위한 소재여야 할 것이다. 왜냐하면 예술이란 창조를 통해서만 존재할 수 있고 창조는 추종과 모방의 반대일 뿐 아니라 후퇴나 도피가 될 수도 없는 것이기 때문이다.

단편소설 「계집애」

알바 데 체스페데스 원작

나는 그때부터 제법 상냥하고 야무진 소녀였다. 나이는 열다섯, 키도 훌쩍 크고 몸집도 어지간히 잡힌 때였지만, 웬일인지 집에서는 모두 '계집애'라고밖엔 불러주지 않았다. 나는 그때마다 속이 상해서 앙칼지게 대들었지만, 그럴수록 식구들은 웃으면서 고개만 저었다.

"그러니까 넌 아직 계집애란 말이야!"

나는 그 자리에서 몇 살만 홀딱 집어 먹고 싶었다. 그리고는 어른들처럼 "이봐, 그때 생각나?" 이런 소리도 하면서 살아 보고 싶었다. 그렇게 될 수만 있다면 무엇을 바쳐도 아까울 것이 없을 만큼…….

그 무렵에 나는 우리 집 골목 안에 있는 양재점에서 일하고 있었다. 실이나 레이스 사오는 심부름, 옷이 다 되면 갖다 주는 일, 그 밖의 모든 잔일에는 강아지 이름 부르듯이 나를 불러 시켰다.

"계집앨 좀 보내 봐!"

마침 여름철이었기 때문에 날마다 오후엔 우웃집에 가서 아이스크림을 쟁반에 사 들고, 도중에 늦을까봐 달음박질로 돌아오곤 하였다.

---

* 1963년 1월 『신사조』에 발표된 이탈리아어 번역작품.

나는 여자들의 심부름을 도맡아 하면서도 왜 그런지 그것이 싫지 않았다. 그들이 훌륭한 직업여성이라는 것도 부러웠지만 무엇보다도 버젓한 애인을 가졌다는 것이, 얼마나 자랑스럽고 좋아 보였는지!

어느 월요일 아침, 어떤 기술사와 약혼했다는 지셀라가 옆의 여자와 서로 의자 위에 발을 뻗쳐 놓고 무엇인지 소곤소곤 이야기하고 있었다. 나는 그 밑에 놓인 나지막한 벤치에 앉아 그가 만들어 놓은 드레스 갓에 수를 놓으면서, 여왕의 치맛자락을 받쳐주는 시녀와도 같은 기분에 취해서 열심히 귀를 기울이고 있었다. 그러나 지셀라는 갑자기 말을 멈추더니 가서 물 한 그릇만 떠 오라고 나를 밖으로 내 보냈다. 나는 줄달음질로 물을 떠가지고 돌아왔지만 요긴한 이야기는 벌써 끝난 뒤였다.

내가 밖에 나갈 때에는 꼭 오스발도의 가게 앞을 지나게 되었다. 그런데 오스발도가 나를 쳐다보는 것을 알게 된 후로는 갑자기 쟁반을 들고 다니기가 싫어졌다. 그래서 나는 크림을 컵에 담아서 종이로 다시 싸가지고 다녔다. 오스발도가 처음으로 나에게 말을 걸던 날, 마침 크림이 녹아서 손등에 흐르고 있었기 때문에 그대로 곧장 뛰어온 것이 마치 사내가 말을 거는 것이 부끄러워서 도망쳐 온 것처럼 되어버렸다. 밤에 곰곰이 생각하니 속이 상해서 참을 수가 없었다. 다행히 이튿날, 오스발도는 나를 보자 가게 문 앞까지 걸어 나왔다.

"쳇, 계집앤 조금만 예쁘면 쟤는 통에!"

"계집애가 뭐야! 이래봬도 열일곱인데."

나이까지 속이면서 쏘아붙였더니, 오스왈도는 혼자 껄껄 웃었다. 거무스레 그은 살결에 하얀 이가 유난히도 아름다웠고, 가는 몸집에 착 붙은 작업복도 밉지 않았다. 그는 곧 내 말을 받아서 던지듯

"애, 계집애가 아니면 오늘 밤에 나하고 만날까?"

나는 기쁨에 얼굴이 새빨개지면서도 오늘밤엔 딴 약속이 있어서 안 되겠다고 거짓말을 했다. 그는 여전히 놀리는 것 같은 목소리로, 아니 네가 벌써 남자들을 돌아가면서 만나는 거냐고 물었다. 대답 대신에 따귀를 붙여 주고 싶었지만 꾹 참고, 그래도 내일 저녁은 비어 있으니 너도 아주 복이 없는 것은 아니라고 일러 주었다.

정말 오스왈도는 길모퉁이에서 나를 기다리고 있었다. 나는 그때까지 그가 작업복 입은 것밖엔 본 일이 없었기 때문에 이렇게 정장을 하고 나온 것을 보니, 내가 정말 생전 처음 남자와 만나는구나 하고 깜짝 놀라지 않을 수 없었다. 나는 그날 엄마 주머니에서 돈 몇 푼을 몰래 집어내어 스타킹을 사 신고 왔었다. 꽃무늬 놓은 스커트 밑에 그 스타킹을 신은 내 모습이 얼마나 황홀하였는지! 이러다가 만일 아빠에게 들키는 날엔 눈에서 불이 나도록 매를 맞겠지만, 설사 그렇게 되더라도 이제는 나도 회상할 거리는 있을 것이 아닌가? 오스왈도는 나의 한 팔을 끼었다. 얼마 후, 우리는 룽고 테베레(로마의 테베레 강가의 큰길) 통을 걷고 있었다. 그 전엔 통 여기까지 나와 본 일이 없었기 때문에 주위의 강물, 빨간 복사꽃 핀 나무, 그리고 인동 넝쿨을 올린 예쁜 집들을 보니 꼭 어딘지 먼 지방에

여행을 나온 것 같은 기분이었지만 오스발도에게는 그런 눈치를 보이고 싶지 않았다. 그는 걸어가면서 여러 가지 이야기를 하였다. 자기는 아직까지 어른 여자하고만 사귀었다는 것, 요즘에 사귄 여자는 어떤 바에서 회계 보는 사람인데 역시 서른이 넘었다는 것 등등. 나는 그렇게 늙은 것들의 어디가 좋으냐고 따지며 대들었다.

"계집애들 하곤 재미가 있어야지?"

그는 이렇게 대꾸를 하다가 황급히 한마디 덧붙였다.

"너는 예뻐서 좋아! 그렇지만 내가 키스를 요구한다면 보나 안 보나 싫다고 그러겠지?"

나는 그의 수작에 웃음이 터졌다. 그는 얼굴을 살짝 갖다 대면서 속삭였다.

"애, 내가 키스하면 네 입술에 처음 입을 대는 남자겠지?"

나는 영화에서 애인들이 서로 턱을 대고 키스하던 것이 머리에 떠올랐다. 그래서 주위를 한 번 휘돌아 보고는 두 눈을 감고 턱을 내밀었다. 갑자기 가슴이 꽉 눌려 무겁고 괴롭더니 '키스'는 지나갔다. 나는 무엇을 어떻게 했는지 하나도 기억할 수가 없다. 다만 입술을 갖다 댈 때엔 확 뿌리쳐 버리고 싶었지만 서른 살 먹은 회계 보는 여자 생각이 나를 꼭 눌러 주었다.

"그럴 줄 알았어! 요 계집애 정말 처음이구나!"

그는 큰 승리라도 거둔 것처럼 감격했다. 이렇게 모든 것을 알아채는 것을 보니 굉장한 남자구나 하는 생각이 들면서, 그런 높이에 있지 못한 나 자신이 부끄러웠다. 그래서 나는 마지막 용기를 내어 이렇게 대답했다.

"얘, 너무 자신 갖진 말아!"

"뭐? 뭐가 어째?"

그는 정말로 따지고 들었다.

"너 조금도 몰랐지? 내 잠깐 연극을 했거든!"

오스봘도는 어안이 벙벙한 듯 어쩔 줄을 몰랐다. 나는 깔깔 웃으면서 너무 섭섭해 하진 말라고 타일렀다. 누구나 한 번쯤은 남에게 둘리는 때도 있는 법이니까. 그는 다시 나를 끌어 당겨 입을 맞추려고 했지만 길에서 이게 무슨 짓이냐고 뿌리쳐 버렸다. 그뿐 아니라 그보다 앞서 사귄 남자는 차도 있다고 비쳐 주었다. 오스봘도는 갑자기 심각한 표정이 되면서 반문했다.

"차라니?"

"자가용 말이지 뭐야!"

그는 경멸하는 표정을 지었지만 속으로는 몹시 자존심이 상한 모양이었다. 나는 스물다섯 먹은 그보다도 오히려 단수가 높다는 생각에 으쓱해서 견딜 수가 없었다.

그러나 그 말이 나온 뒤로 오스봘도는 줄곧 그 남자 이야기만 캐물었다(그래서 나는 이름까지 아르만도라고 붙여 놓았다). 어느덧 밤도 늦어지고 해서 우리는 정류장에 와서 전차를 기다렸다. 나는 그를 너무 골려 준 것이 좀 미안해서 전차에 오르면 모든 것을 사실대로 말하고 아까 한 이야기도 모두 거짓이라는 것을 털어 놓으려고 생각했지만, 마침 다른 손님들이 올라타는 바람에 그런 말도 못하고 말았다. 그러자 오스봘도는 몹시 냉정한 표정으로 뚱딴지같은 말을 했다.

"얘, 미안하다. 너희들 방해만 놓아서……."

나는 문 쪽 가까이 서서, 얼굴을 들창 유리에 대고 돌아서 있었다. 창 밖에는 먹같이 검은 교외의 밤길이 어스름히 보였고, 유리 속에는 등 뒤에 서 있는 어른 남자들의 얼굴이 비쳐 보였다. 집에 돌아오자 나는 위층에 사는 나보다 나이도 많고 애인이 있는 여자에게 달려가서 남자와 여자가 키스할 땐 어떻게 하느냐고 물어 보았다. 처음에는 부끄러워서 매우 어색해 하더니, 그래도 하나하나 가르쳐 주었다. 이렇게, 이렇게…….

그날 밤 그 이야기를 듣고 나는 잠을 못 이루었다. 물론 그것뿐이 아니라 오스발도가 이제는 더 안 만나려는가 하는 두려움 때문이기도 하였다. 이튿날 아침 포목점에 갔다가 열심히 일을 하고 있는 그를 보았다. 내가 온 것을 알리려고 큰 소리로 주인 여자를 불렀더니 여자만 내다보고 오스발도는 돌아보지도 않았다. 하루 종일 아무리 생각해 보아도 알 수 없는 일이었다.

"아직 계집애가 뭘 이래, 네까짓 걸 누가 어찌할 줄 아니? 어서 들어와."

주인 여자가 오스발도 있는 데서 이런 소리를 한 것이 어찌나 분했던지 가게로 돌아오자 부엌으로 뛰어 들어가 펑펑 울었다. 지셀라가 쫓아와서 무슨 일이냐고 물었다. 하도 세상이 허망하고 속이 상해서 일도 손에 안 잡힌다고 했더니, 기술자인 약혼자에게 요즘 버림을 받게 된 지셀라는 한숨을 길게 쉬며 말했다.

"얘, 말도 말아. 누가 아니라니."

어느덧 우리가 동등한 위치에 서 있다는 느낌이 얼마간 나를 흐뭇하게 해주었다. 그날 밤 나는 용기를 내어 밖으로 나가 보았다. 길모퉁이에 오스발도가 기다리고 있는 것이 보였다. 그는 곁으로 다가오더니 이렇게 말했다.

"얘, 이 계집애야, 내가 오늘도 만나서 놀자고 온 줄 아니? 네가 어저께 한 말, 난 하나도 곧이 안 들어. 그걸 말해주러 온 거야!"

그리고 무엇보다도 거짓말 하는 것은 참을 수 없다고 말하고는 작별 인사를 했다. 그러면서도 그는 내 팔을 움켜잡더니 룽고 테베레 쪽으로 걸어갔다. 나는 그의 말을 다 받아 주고 내가 아직 계집애라는 것도 인정하고 나의 사랑까지도 모두 고백하고 싶었지만, 막상 거짓말쟁이가 되지 않기 위해서는 거짓말을 계속할 수밖에 없었다.

"그럼 내게 키스해줘, 오스발도!"

키스를 하고 나더니, 그는 더욱 절망에 빠져 버렸다.

"차는 어디 있어?"

오스발도는 점점 험상궂은 얼굴로 물었다.

"난 도대체 너의 집에 차가 닿는 것을 본 일이 없다. 벌써부터 널 유심히 보고 있었지만!"

또 하는 수 없이 아르만도는 나폴리에 산다고 거짓말을 했다. 그는 끝없이 파고들며 별의별 것을 다 물었다. 나는 자세한 데까지 어찌나 잘 꾸며댔는지, 나중에는 나 자신도 그것이 모두 정말인 것만 같이 생각되었다. 그 후 오스발도는 저녁마다 나를 만나러 왔다. 만나서는 애인처럼 입도 맞추고 형사처럼 문초도 했다. 거짓말이란 길어지면 괴로운 것. 이제는 나도 아르만도란 인물을 어떻게 처리해야 될지 알 수 없었다. 할 수 없이 또 아르만도는 아직 나폴리에 살며 집도 상당히 부자인데, 얼마 전부터 자꾸 결혼하자고 조르는 중이라고 대답했다. 그리고 내 마음은 거기에 대해 아직 망설이고 있다는 뜻도 비쳐 주었다. 이런 이야기로 지내긴 하면서도 우리는 무척 행복하였다. 나는 밤늦게 집에 돌아왔고 엄마는 양재점에서 어린 것을 너무 부려먹는다고 화를 내면서 내일 아침에는 가게에 가는 길에 전화로 단단히 따져야겠다고 야단을 쳤지만, 다행히 이튿날 아침에는 할 일이 너무 많아서 전화 일 같은 것은 깨끗이 잊어버렸다.

이렇게 해서 두어 주일이나 지났다. 그동안 오스발도는 아르만도의 신원조사에 열중하여 한 번도 나를 사랑한단 말을 하지 않았지만, 가끔 '너하고 같이 있으면 떨어지기가 싫다'고 한숨지으면서 말했다. 어느 날 밤 우리는 골목 안의 어두운 담 밑에 붙어 서서 이런 이야기로 몇 시간을 보냈다. 밤도 늦어져서 돌아갈 시간이 되었는데, 그날따라 유난히 오스발도는 나를 놓아주지 않았다.

"네가 이렇게 어리지만 않다면 난 너와 결혼하겠다. 그렇지만 나는 신부 앞에 나타나기 전에 사랑하는 증거를 다 보여주는 여자가 좋더라. 아르만도는 기독교 신자라니 너한텐 잘 됐구나. 그자는 나처럼 이런 소리도 못 했을 게 아냐? 바보 같은 자식!"

나는 늘 아르만도 이야기를 하다 보니 어느덧 그 인물에 애정까지 느끼게 되었다. 그래서 이렇게 그를 멸시하는 말을 들으니 기분이 좋지가 않았다.

"왜 바보야?"

나는 퉁명스럽게 물었다.

"밤낮 이렇게만 지낸다면 도대체 넌 허수아비라도 남편만 삼으면 된다는 건지 뭔지 알 수가 없지 않니. 결국 이러다가 난 그 회계 보는 여자와 결혼해 버릴 것만 같으니, 그건 모두 아르만도 그 자식 때문인 줄 알아라!"

나는 아차 하고 눈앞이 캄캄해졌다. 서른한 살 먹은 늙은 것에 그를 빼앗길 것을 생각하니 기가 막혔다. 우리들의 주위에는 네온의 불빛이 어스름히 비쳤고 사람들은 여름밤의 부드러운 공기를 즐기며 거닐고 있었다. 나는 오스발도를 잃고서는 세상에 아무 것도 아름다운 것이 없을 것만 같았다.

"이봐, 내가 말할게……."

말문은 열었지만 가슴이 두근거려 계속할 수가 없었다.

"뭐야?"

살짝 얼굴에 웃음이 스쳐가는 듯하더니 그는 물었다.

"아르만도는 네가 생각하듯이 그렇게 바보는 아냐."

순간 오스발도는 얼굴이 창백해졌다. 그 험악하고 무서운 표정을 보니 꼭 때릴 것만 같아 얼굴을 손으로 막았다. 그러나 그는 휙 돌아서더니 호주머니에 손을 넣곤 빠른 걸음으로 떠나가 버렸다.

"오스발도! 오스발도!"

나는 당황해서 그를 뒤쫓았다. 두 발자국쯤 되는 간격까지 겨우 다다랐지만, 도저히 그의 큰 걸음을 따라갈 수 없었다.

"좀 서 줘, 오스발도!"

그는 돌아보지도 않은 채 뱉는 듯이 말했다.

"나도 그런 줄은 다 알고 있었어! 네 입으로 직접 그 말을 듣고 싶었던 거야."

나는 가까스로 그를 쫓아와서 달음질치며 나란히 섰다.

"거짓말이야, 오스발도!"

숨이 허덕거려 말도 제대로 안 나왔다.

"모두 거짓말이야, 아르만도는 존재하지도 않아. 널 질투시키려고 내가 꾸며 낸 사람이었어."

"아하-"

그는 갑자기 걸음을 멈추었다. 돌아다보니 우리는 어느덧 집 앞에 도로 와 있었다.

"그러나 또 이것까지도 무슨 연극이 아닌지 무엇으로 증명해?"

나는 뭐라고 대답해야 좋을지 몰랐다. 그러나 결혼하기 전에 남자와 자는 것은 생각해 본 일이 없었기 때문에 나는 애원하듯이 말했다.

"나하고 결혼해 줘. 결혼해 보면 다 알 거야!"

그 말에 오스발도는 발칵 화를 내며 소리 질렀다.

"거 봐라, 이년! 네가 원하는 건 그것이었지? 천만에! 잘못 생각했다!"

사람들이 지나가고 있었기 때문에 나는 그의 손을 꽉 쥐며 부탁했다.

"제발 좀 큰 소린 내지 마."

"뭐가 큰 소리야, 이년아!"

갈수록 화를 내며 고함을 질렀다.

"큰 소리 못 낼 게 뭐야? 가자! 너의 집으로 가. 내 전부 말해버릴 테다. 네 엄마 앞에서 널 망신시켜 놓을 테야. 이년아!"

오스발도는 나의 팔을 꽉 쥔 채, 대문을 열고 들어섰다. 현관 문 앞에 다다르자 나를 질질 끌어들였다. 나는 혹시 장난으로 이러는 것이 아닐까 하는 생각에 억지로 웃음을 지어 보였다. 그는 평소에 장난을 퍽 좋아하는 성질이었으니까. 그러나 오스발도는 무서운 얼굴로 나를 위협하면서 벌써 층층대에 발을 올려놓고 있었다.

"올라와!"

나는 그를 진정시켜 보려고 갖은 짓을 다해 보았다.

"오스발도, 내가 장난으로 그랬어. 네가 그 회계 보는 여자하고 그런다니까, 나도……."

말대꾸도 하지 않고 사정없이 올라가기만 하니 나는 꼭 죽을 것만 같았다. 그래서 이제는 닿는 대로 주먹을 지르고 발길로 차며, 바락바락 악을 썼다.

"놓아, 놔. 왜 날 가지고 이러는 거야!"

그때 마침 층층대를 내려오는 사람이 있었다. 나는 소리도 지를 수 없게 되어 그대로 따라갈 수밖에 없었다. 우리가 사는 층의 층 마루까지 올라왔을 때에는 나는 될 대로 되라는 생각에서 모든 반항을 멈추어 버렸다.

"어떤 게 너의 집이야?"

나는 순순히 손으로 가리켜 주었다. 오스발도는 나의 팔을 꽉 쥔 채 종을 흔들었다. 엄마가 나오셔서 문을 열었다.

그는 엄마를 눈으로 보고 깜짝 놀랐다. 엄마는 키가 1미터 80에

체중은 100킬로도 넘었으니! 오스발도는 갑자기 말을 못하고 서 있었다. 어른 여자 같으면 이런 틈에 팍 뿌리치고 줄행랑을 쳤을 것이지만 나는 미처 그런 생각도 못하고 도리어 먼저 소리를 질렀다.

"말해 봐! 왜 말 못해?"

"내가 뭐 겁날 줄 아니?"

그는 이렇게 대꾸하고는 엄마를 쳐다보았다.

"저, 댁의 따님이⋯⋯"

나는 채 말도 나오기 전에 소리 질렀다.

"거짓말! 거짓말!"

엄마는 무서운 얼굴을 지으며, 야단치셨다.

"너는 가만히 있어!"

그리고는 다시 오스발도 쪽을 향하시면서

"요렇게 나오는 네 수단은 내 다 알고 있다. 나는 벌써 딸을 둘이나 시집보냈어! 길게 말할 것 없다. 그래, 너 직업은 있니?"

"직공입니다."

오스발도는 의아한 표정으로 대답했다.

"그렇지만 그런 건 아무 관계도 없지 않아요?"

"우리 집은 왜 하나 같이 직공들하고만 인연일까⋯⋯."

엄마는 이렇게 중얼거리면서 문을 닫고 식사가 준비된 테이블 쪽으로 가셨다.

"그럼 앉아라. 아버지께서 돌아오실 때까지 앉아서 찬찬히 이야기해 보자."

내 냅킨이 놓인 자리에 오스발도가 앉는 것을 보니 속이 상해서

울음이 터져 나왔다.

"넌 저리가 있어, 이 말괄량이야."

나는 말대꾸를 하려다가 엄마가 눈짓하시는 바람에 부엌으로 뛰어 들어갔다. 나는 거기서 이쪽에 귀를 기울이며 성모님 살려 주소서, 도와주소서 하고 마음속으로 빌었다. 그러자 오스발도의 말소리가 들렸다.

"제가 찾아뵈러 온 것은 다름이 아니라……."

"알았어!"

엄마가 말을 뚝 잘라버렸다.

"난 그렇게 이해성 없는 어머니는 아니야! 그런데 보아하니 넌 뺀들뺀들한 게, 일은 잘 하지 않게 생겼구나. 난 남자는 한 번만 보면 다 알아!"

정말 엄마 말씀은 옳았다. 오스발도는 자존심은 강했지만 일에는 별로 자신이 없었다. 그는 가게에서 받는 것이 오만 리라, 부수입까지 해서 육만 리라쯤 번다는 것을 말하고 있었다.

"흠―"

그만한 금액을 한꺼번에 본 일이 없던 엄마는 신음 소리를 내셨다.

"만일 그 집을 나오게 되면 어떻게 하지?"

"걱정 없어요!"

오스발도는 대담한 표정으로 대답했다.

"바로 오늘 아침에 차를 한 대 사려고 있는 돈을 다 준비해 두었어요. 지프차를 사려는 게 아녜요."

그는 소리를 한층 높이면서 덧붙였다.

"중고지만 큼직한 신형 차예요."

나는 감격을 참을 수 없어 부엌에서 뛰어 나왔다.

"오스발도!"

"너 참 잘 됐다."

엄마는 나를 보시더니 이렇게 중얼거렸다.

"그렇게도 차를 타고 싶어 하더니."

나는 두 눈에 눈물을 글썽글썽하면서 두 손을 합쳤다. 하얀 옷에 면사포를 쓴 내 모습이 떠오르고 영화에서 본 결혼식의 음악소리가 들려오는 듯하였다. 엄마는 무엇에 감동되었을 때 하듯이 어깨를 좁히는 시늉을 하시며 오스발도에게 말하였다.

"그래도 네가 용케 잘 보았구나. 열다섯밖에 안된 계집애를!"

"아니 저 보고는 열일곱이라고 하던데요?"

그는 중얼대듯이 말하였다.

"걔는 뭐든지 꾸며 대는 아이야!"

엄마는 고개를 흔들면서 대답하셨다.

"내 미리부터 일러두지만, 쟨 아직 계집애란다. 아무것도 모르는 철부지야."

오스발도는 고개를 돌리면서 말하였다.

"뭐, 그렇지도 않던데요."

역자의 말

알바 데 체스페데스Alba de Céspedes는 이탈리아의 대표적인 여류작가의 한 사람으로 1911년 로마에서 출생, 현재도 로마에 살고 있으며, 잡지 Epoca에 고정란을 담당하는 한편, 창작을 계속하고 있다. 주요작품으로는 『금단의 서Quadenno proibito』, 『돌아갈 수는 없다Nessuno torna indietor』, 『둔주곡Fuga』, 『만찬에의 초대Invito a pranzo』, 『전후前後, Prime e dopo』 등이 있다. 여기에 소개한 단편 『계집애La ragazzina』는 가벼운 소품에 지나지 않지만 그 간결한 문체와 재치 있는 구성에는 다른 작품에서와 같은 현대적 감각이 흐르고 있다.

2부

일상의 자취를 더듬다

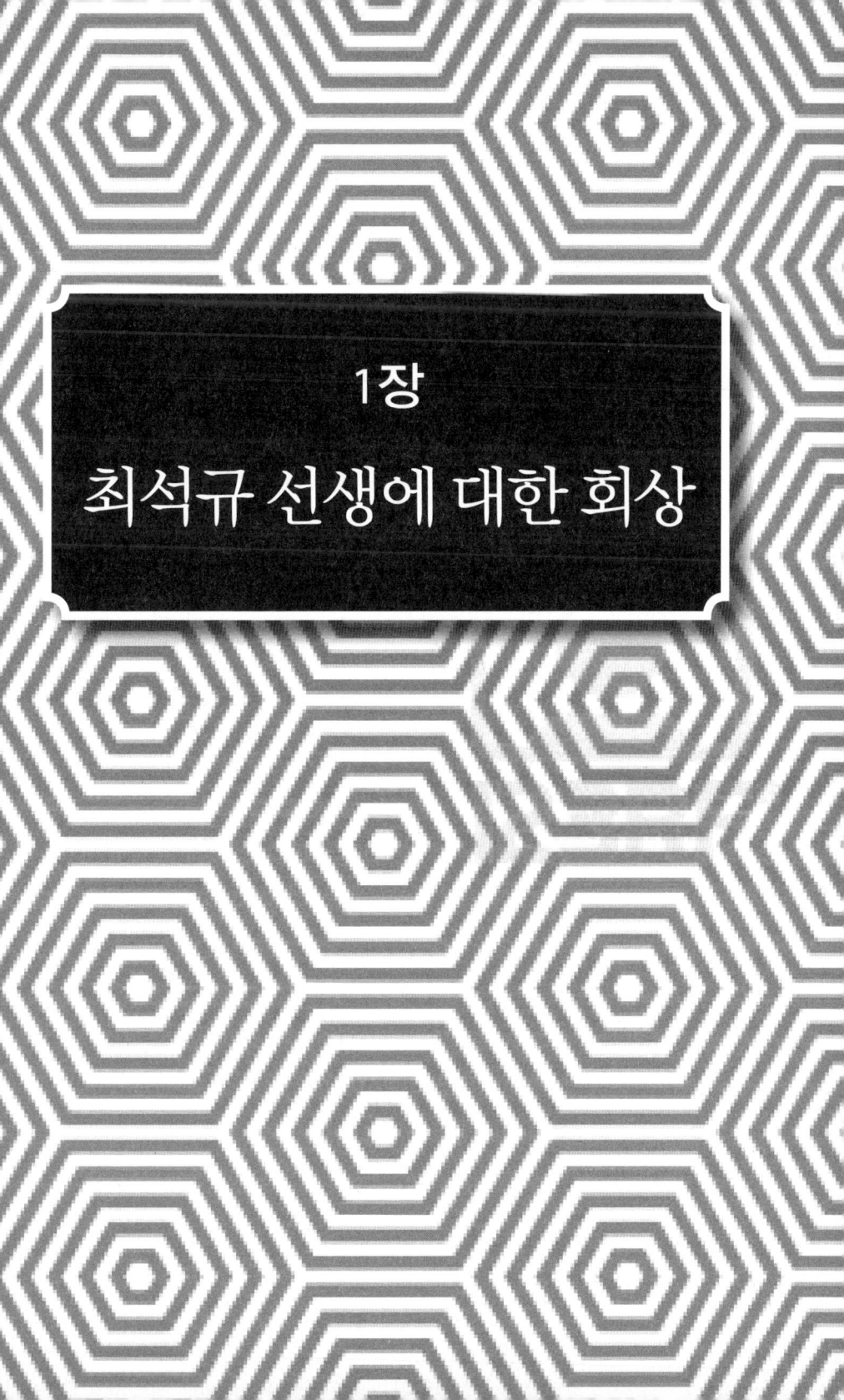

1장
최석규 선생에 대한 회상

나의 남편, 최석규

윤을병

내가 남편을 처음으로 만난 것은 1959년 첫 가을쯤 되는 것 같다. 난 그해 숙대 음대를 졸업하고 곧 음대 조교로 있었고, 그이는 3년 프랑스 유학을 마치고 귀국해 연대에서 교편을 잡고 있을 때 우리 대학 성악 교수 분 몇 분이 그이로부터 불어 딕션을 배울 계획이었고 성악 교수님이었던 김천애 씨가 나도 그 그룹에 끼어 같이 배우기를 권하셔서 배우게 된 것이 그이와 만나게 되는 동기가 되었다. 첫날 문을 열고 들어서던 그의 모습이 지금도 눈에 선하다.

바바리코트를 걸치고 미소를 지으며 들어선 그의 첫인상은 지적인 학자 타입에 약간 날카로운 점이 있어 보였다. 그러나 그의 미소는 다정스럽고 좋은 인상을 갖게 했다.

일주일에 한 번씩 몇 개월간 배운 것 같고, 그가 굉장히 음악에도 조예가 깊고 좋아하는 것을 알았다. 나중에 안 일이지만 그가 바이올린 콘체르트도 작곡해서 그 당시 연대종교음악과(연대 음대 전신) 과장되시는 박태준 박사께서 음악과 3학년에 편입하라는 권유도 받았다고 했고, 슈베르트의 「겨울 나그네」를 독일어로 거의 다 알고 있었다. 그래서 성악을 하는 나에게 관심을 갖게 된지도 모르겠다. 딕션 공부가 완전히 다 끝나던 날 모든 사람 있는 데서 자기와 한번 만나자고 해서 그 후부터 데이트를 하게 되었다. 그이는 나보다 9세나 위였지만 굉장히 유머러스했고, 명랑하며 그의 유식함과 세련된 점이 맘에 들었고 또한 굉장히 로맨틱해서 나이 차이를 별로 안 느꼈었다. 길을 다니면서도 그 당시 유행곡이었던 '오오 케롤'(곡목은 모름)을 나중에는 옆구리가 결린다고 할 정도로 까지 부르면서 다녔다. 서울 시내를 걸을 때 직지 않은 학생들의 인사를 받아 본인이 좀 거북함을 느끼기도 했는데 연대 뿐 아니라 타대학 몇 군데로 강사를 나가고 있었기 때문이었다.

내가 만났던 당시엔 이태리어 공부에 열중해 나에게도 만나자마자 쉬운 이태리어 배우는 책도 주고 간단한 이태리어로 나에게 말하곤 했다. 유학 중 이태리 의사를 친구로 사귀어 같이 구라파 여행을 하면서 이태리 말을 꼭 배워야겠다는 결심을 했다고 했다. 또 만난 지 얼마 후엔 교수들의 농성이 시작해서 집에도 안 가고 학교에서 지내고 있을 때도 틈틈이 만났는데 그가 나보고 자기가

최석규 선생과 윤을병 여사(1960년 무렵)

농성을 시도한 5인 교수 중 한 사람이라 연대에서 사직 당할 각오까지 하고 있다고 했다.

　같이 만난 지도 꽤 시간이 흘렀으나 그의 입으로부터 약혼이나 결혼에 대한 말이 일절 없었을 뿐더러 하루는 나보고 새처럼 놔줄 터이니 훨훨 날아다니며 만나고 싶은 사람 있으면 만나보라고도 했다. 원래 철학을 했던 그는 프랑스 철학자 싸르트르의 실존주의 사상이 있었고 또 독신주의 사상이(그 당시 프랑스엔 독신자가 많았는데 나의 음악 교수였던 삐에르 베르낙 씨도 유명한 작곡가 후란씨스 뿔랭의 동거자였고 철학가 싸르트르, 소설가 쟝 꼭또 외 많은 유명 인사들) 좀 있는 것 같아 결혼하면 자유가 없어질 우려도 하고 있음을 느끼게 되었다. 그 말을 들은 후 소개를 받아 모 대학교수, 은행원 그리고 의사도 만났었고 의사와는 몇 번 데이트까지 했었지만 도무지 대화에 흥미를 가질 수가 없었을 뿐 아니라 그이와 모든 면으로 비교만 하게 되었다. 어느 날 X-mas 임시에 그이와 만나 한참 같이 시간을 보낸 후 오늘밤 X-mas party가 있어서 가봐야 되겠다고 했더니 만나는 자들이 누구냐 물었다. 그 당시 이동훈 선생님이 지휘하던 남성합창단(주로 대학생들)과 같이 내가 solist로 지방 순회 연주를 하면서 만난 몇 명의 합창단원이라 했더니 갑자기 안색이 변하면서 가지 말라고 강경히 말해 깜짝 놀랐고 결국 못가고 말았다. 그 후 꾸준히 계속 데이트를 했고 서로의 정도 깊이 들었지만 여전히 결혼 말은 그 입에서 나오지가 않았다. 그 후 나의 부모님들의 성화도 있고 해서 결심을 하고 그동안 나에게 줬던 책들을 가져다주면서 길가에서 이제 만나는 것을 그만하겠다고 하니 그의 눈에 눈물이 비쳤었고 얼마 후 약혼식을 하게 되었다. 만난 지 3년 만이었다. 약혼 선물로 다른 것은 하나도 필요 없고 앙드레 지드의 「좁은 문」 하나만 사 달라했다. 그 책을 이미 가지고 있었으면서도 또 그 책을 원했다. 그는 책 밖에 몰랐다. 구라파 여행 중에도 책방 앞에 늘어놓은 책들을 쨍쨍한 햇빛 속에서 뒤지느라 많은 시간을 보내곤 했고 퇴직 후 한국에 와서 몇 년 지날 때도 가끔 헌책방에 가서 일본책 등 양쪽 손에 가득 사가지고 왔고 버스 타고 가면서도 헌책방만 찾곤 했다.

연애할 땐 낭만적이고 정말 행복했었지만 실지 생활엔 너무나 무관심해서 속도 상했다. 도대체 의식주엔 신경을 전혀 안 썼다. 결혼한 지 몇 년이 지나도 밥상 하나 없어 책상 두 개를 합쳐서 손님 대접을 해야 했고(마치 유학생들 같이) 자기 옷은 사 입을 생각을 아예 안 했다. 대학교수일 때에도 옷을 안 사 입으니깐 시아버지 되시는 분이 밖에서 만나자고 해서 옷을 맞춰 입혔다고 한다. 자기 봉급이 얼마인지 전혀 관심이 없었고, 결국 경제적인 것은 일체 내가 맡아서 했다. 결혼 생활 중 힘들었던 것은 박사논문 쓰는 데 8년 이상 걸린 것이다. 너무 지연 되니까 CNRS^{Centre National de la Recherche Scientifique, 국립학술연구소} 원장이 이번 해 안으로 학위를 못하면 연구원에서 나가야 된다는 경고를 받았다. 논문이 지연된 이유는 본인의 이론과 지도교수의 이론이 맞지 않아서 완전히 딜레마에 빠져 있었기 때문이다. 알려진 바에 의하면 이 지도교수와 의견이 다르면 절대 논문 통과가 불가능하다는 것이었다. 논문 쓸 동안은 지도교수와의 상면도 별로 없었던 것 같다.

발등에 불이 떨어진 셈이니 할 수 없이 자기 이론대로 쓴 논문을 출판해서 제출했는데 지도교수가 한 권을 급히 가져갔다고 말했다. 그의 반응이 어떠할지 우리는 마음을 졸이며 기다렸었는데 지도교수가 강의실에서 "당신의 논문을 아주 큰 흥미를 가지고 읽었다."라고 했으며 그 후 좋은 평가를 받고 논문을 통과 할 수 있었다. 그러나 기간이 얼마 지난 후 지도교수의 남편에 대한 태도가 달라지는 것을 느꼈다. 이 이유는 그분이 남편의 논문 중 자기와 이론이 다른 chapter를 논문 통과 시에는 안 읽었다는 사실을 남편은 추측하게 되었다. 그 당시 그 지도교수가 유명한 분이라서 논문심사가 수시로 있었기에 그 많은 논문들을 처음부터 끝까지 다 읽긴 어려웠을 것이다.

남편이 외출 시에는 그가 꼭 챙기는 것이 있었는데 담배, 라이터, 휴지 그리고 펜이나 연필과 한두 장의 백지와 들고 다니면서 읽을 만한 조그만 책이었다. 학문적인 새 이론이 생각나면 적기 위해서였다. 머릿속에 자기가 쓰고 싶은 언어학적인 주제에 대해서도 많이 이야기 했으며 다른 부면에 대해서도 글로 많이 써낼 수 있는 실력이 있었는데도 그에겐 글 쓰는 것이 너무나 힘이 들어 글로 써내지 못하고 가신 것이 너무나 아깝고 안타깝다. 그는 항상 말하길, 글은 읽어서 머릿속에 쏙쏙 들어오게끔 필요 없는 말은 집어넣지 않고 명확하게 써야 된다고 했고 그래서 접속사 하나에도 신경을 무척 썼으며 글을 하나 써내게 되면 그 글을 거의 외워서 말할 정도였다. 내가 그이보다 1년 전 미국 유학을 떠났을 때 처음엔 일주일에 한 번 정도 오던 편지가 차차 늦어져 나중에는 몇 개월에

한 번 정도 보내왔다. 그 후 연대 음대 황병덕 교수님에게서 들은 말인데 강의 끝나고 오후에 다방에서 최 선생을 만나게 되면 항상 편지만 쓰고 있었다고 했다.

그는 여행을 무척 좋아했고 한 나라를 여행해도 되도록 많은 도시를 보길 원했다. 한번은 화란여행 할 때 작은 국가라서 도시와 도시 사이가 기차로 10분 또는 20분 정도로 떨어져 있는데 기차 안에서 갑자기 다음 역에서 내릴까 말까 망설여서 난 동작이 빨라 벌써 내려버렸는데 그는 내리지 못한 채 기차가 떠나버린 적도 있었다.

그는 어디까지나 순수한 학자였다. 세상의 부귀, 명예나 사치에 관한 것에는 아예 관심이 없었고, 나와 결혼 후엔 자기 봉급이 얼마인지 알 생각조차도 안하고 살았다. 무척이나 나라를 사랑했고 조국통일을 간절하게 갈망했었다. 그리고 낙관적인 성격이었고 죽음에 대한 말을 한 것을 내 기억으로는 들은 것 같지 않고, 별세 전 2개월간 입원 중에도 안한 것 같다. 그러나 나는 그이가 나에게 '고민 씨'라는 별명을 주리만큼 그와 반대로 40대 후반기부터는 인생의 허무함을 느꼈고 우울증도 좀 있었고 불면증으로 수면제도 자주 취하곤 했다. 그 후 나는 하나님, 예수님을 믿으면서 허무함도 사라지고 희망과 소망을 가지고 지내게 되었고, 반대로 낙관적이었던 그는 치매로, 그리고 우울증으로 걱정을 꽤 해서 오히려 나로부터 위로와 안심을 받으면서 그의 마지막 여생을 지내게 되었다.

그가 떠나신 지도 벌써 5년이 되어간다. 50년 가까이 같이 지난 과거를 되새겨가며 글 솜씨 없는 내가 그리움과 슬픔에 얽힌 감정

최석규 선생의 칠순 축하연에서(1996년)

을 억제하면서 일생 처음으로 이 글을 쓰게 되었다.

　인생은 정말 초로와 같음을 다시 한 번 느껴 본다. 그러나 하나님께서 오직 인간에게만 영원히 존재하는 영을 주셨으니 육은 흙으로 누구나 사라져버리지만 영은 영원히 살 수 있으니 얼마나 감사한 일인지 말로는 표현 할 수가 없다. 무신론자인 남편에게는 살면서 예수님 믿으라는 말을 감히 입 밖에도 낼 수가 없었다. 그런데 큰 용기를 내어 "하나님, 예수님을 믿어야 천국에 가서 영원히 살 수 있으니 꼭 믿으셔야 돼요."라고 했을 때 그가 "응" 대답해서 난 내 귀를 의심할 정도로 놀랐고 한편 형용할 수 없이 기뻤다. 그런데 그가 바로 그 다음 날 아침에 긴 등의자에 앉아 다리를 늘 평소처럼 꼰 채 평화스러운 모습으로 이 세상을 하직하실 줄은 상상도 못

했었다. 그가 하나님을 믿을 마음을 가지리라고는 도저히 상상도
할 수 없는 일이었고 그 영혼이 구원받아 좋은 영계에 가게 해주신
주 하나님께 진정으로 감사드리며 끝으로 이 한마디를 하면서 이
글을 마치고 싶다. 1987년부터 1988년까지 예수님이 영체로 아프
리카대륙 케냐 나라에 있는 어린 안나 알리 수녀에게 새벽에 나타
나서 주신 말씀 중 한 구절이다. "사람들이 내게 올수 있도록 기도
해라. 만일 나를 받아들이기만 하면 그 즉시 영원한 생명이 있다는
것을 그들에게 깨우쳐주고 싶다."(성스러운 호소에서)

최석규 선생님을 회고함

김석득(연세대학교 국어국문학과 명예교수)

누구나 이러한 생각을 한다. "삶의 문을 열고 그 문을 닫아야 하는 것은 피할 수 없는 질서이다. 이러한 피할 수 없는 질서에 따라 사람은 영원한 잊음의 뒤안길로 사라져 간다. 다만 남아 있는 것이 있다면 삶의 때와 얼안(공간)에 있어 영원한 움직임이 있는 끼쳐 남긴 업적과 얼일 것이다."

이러한 업적과 얼이 때와 얼안을 넘어 크게 움직일 때 이를 통하여 뒤안길로 사라진 이를 다시 되돌아 인식하거나 새겨 볼 수 있는 것이다. 이 되돌아 인식하는 것이 '회고'가 함축한 참 이치다. 최 선생님이 가셨을 때 우리는 "언어학계의 한 별이 졌구나!"라고 탄식했지만, 선생님의 갈닦은 학문의 업적과 학문하는 얼은 펴 나온 논문집으로 새 별 되어 빛난다. 이제 그 빛은 여기 이어 펴 나오는 선생님의 유고와 후학들의 회고로 펴내는 '수필집'으로 더욱 반짝일 것이다.

연세대 철학과와 대학원 영문과를 나오신 선생님은 모교에서 강의를 하시면서 언어학의 이론을 갈닦았다. 님의 일반 언어 이론은 이미 언어철학에 바탕을 두고 있음을 미루어 짐작할 수 있다. 학문과 학문 정신 면에서는 외솔(최현배)을 무던히도 따랐다. 전기

---

* 2009년 11월 19일 연세대학교 문과대학 로비에서 열렸던 『최석규 선생 언어학 논문집』 출판 기념회 및 소장도서 전시회 때 발표한 글을 수정.

구조주의가 물밀 듯이 들어오는 과정에서 전통학풍과 충돌하는 혼돈의 문제는 중간세계에서 이를 걸러 추려내는 일에 늘 눈뫼(허웅)와 논의하는 끈끈한 사이었다. 전기 구조주의가 후기 구조주의로 옮아갈 무렵에는 근대언어학의 발상지인 유럽 유학의 길을 떠난다. 빠리 소르본느 대학의 기능(구조)주의 언어학파의 비조 마르띠네 교수와의 만남은 여기에서 이루어진다. 선생님은 마르띠네 교수에게서 기능(구조)주의 언어학의 연구를 마친다. 그리고 잠시 우리나라로 돌아와 일반언어학을 강의한다. 그리고 다시 소르본느를 찾아 마르띠네의 지도 아래 국가박사 학위를 받는다. 그 뒤 국립학술연구소(쎄엔에르에스 CNRS)의 연구원으로 있으면서 고등학술학교(에꼴프라틱오쁘제뜌드 EPHE)에서 언어학 특강을 했다. 글쓴이(필자)와의 빠리에서의 만남은 이때부터다. 글쓴이는 한 2년 남짓(1980~1982)하게 빠리 7대학에서 강의하는 한편 연구를 수행하는 중이었다. 선생님은 때와 곳을 가리지 않고 늘 글쓴이와 만나 대화를 나누는 기회를 마련했다. 때로는 대중음식점에서 식사를 같이 하면서 담소를 했지만, 좀 중요하고 긴 이야기를 하는 곳으로는 뽀르뜨오를레앙 찻집을 택하곤 했었다. 이 찻집은 글쓴이가 묶고 있었던 씨떼(빠리대학 기숙사촌)에서는 가까우나 선생님이 사는 곳(알레지아)에서는 좀 떨어진 곳이다. 밤늦게까지 있을 수 있는 이 찻집에서 선생님이 들려 준 것 가운데는 여러 가지가 있으나 글쓴이가 귀담아 들었던 것의 하나는 언어 이론에 대한 새로운 구조 이론의 추구였다. 선생님은 마르띠네 중심의 기능구조주의학회의 일원이면서 마르띠네의 기능주의를 디딤돌로 삼되, 이에서 더 나아가 새로운 구조 이론을 캐내어 세우려는 창의의 학구열을 보이었다. 우리나라에 물밀 듯이 들어오는 미국과 유럽 이론을 되새김질함으로써 쓸모 있는 것만 받아들이려는 신중성과 새로움의 힘을 보이기도 했다. 이것이 선생님의 독특한 통시음운론과 비교음운론(한-일)으로 나타남을 안 것은 좀 뒤의 일이다.

최 선생님은 흔히 공부밖에 모르는 재미없는 분으로 알기 쉬우나 사실은 섬세한 삶의 취미와 정겨운 데가 많은 분임은 아는 이는 다 안다. 한번은 나와 집사람이 댁(알레지아)으로 초청을 받아 간 일이 있다. 사모님과 함께 맞아주는 방에는 장식장이 있었고, 장에는 크고 작은 수집품들이 진열되어 있었다. 그 수집품들은 하나같이 모두 아기자기하고 섬세할 뿐 아니라 숨 쉬는 자연의 깊은 내면세계에 빠져 들게까지 하는 것들이었다. 지금은 그것들이 모두 어디에 간직되고 있는지는 모르지만 나에게는 그것들이 아직도 그 얼안에 숨 쉬고 있는 듯하다. 이것은 사리와 사물에 대한 섬세성과 치밀성을 생각하는 있음(존재)인 최 선생님의 내면성을 읽을 수 있는 상징적인 것이라 하겠다.

또 한번은 사모님(연세대 음대 교수를 지내신)의 독창회에 집사람과 초대를 받았다. 곳은 빠리 한국문화원이었다. 사모님의 독창이 끝날 때마다 최 선생님의 박수 소리와 재청 소리가 청중을 압도했다. 남의 나라 땅의 우리 문화원에서 부르는 내 식구의 열창이었기에 감동은 여느 곳 여느 때와 달랐을 것이다. 그러나 선생님의 반응이 감동 이상의 사랑의 표상으로 읽혔음은 단순한 글쓸이만의 주관은 결코 아니었다. "사랑은 받아 본 사람만이 그 사랑을 안다." 여

기 최 선생님의 감동을 넘은 사랑의 함축적 표상은 바로 늘 사모님
이 주시는 사랑과 상대성의 것은 아니던가. 또한 이 상대성은 후학
과도 연계되는 것은 아닌가.

엄숙한 학문과 학 철학에 대한 창의의 눈, 사리와 사물에 대한
섬세한 내면적 투시력, 그리고 후학과 가정에 넘치는 사랑의 삶, 모
두 어제 같은 일인데, 가신 지 벌써 네 해가 지났다. 그러나 그 학문
업적의 상징인 논문집과 또한 이에 이어 나오는 유고와 회고의 수
필집은, 더욱 나라 안팎으로 뿌려지는 씨앗이 되어 트고 자라남으
로써, 영원한 새로움을 낳는 힘이 될 것이다.

최석규 선생님 기억의 단편들

이성일(연세대학교 영어영문학과 명예교수)

최석규 선생님께서 타계하신 지 한 해 남짓 되는 오늘, 선생님께서 남겨 놓으신 논문들을 한 권의 책으로 엮어 출간하기 위해 그동안 많은 노력을 하여 오신 몇 분들과, 선생님께서 생전에 소중하게 간직하셨던 장서를 함께 볼 기회를 마련해 준 연세대학교 박물관에 저는 우선 경의를 표합니다. 그리고 이런 뜻깊은 자리를 마련한 문과대학의 성의가 아름답다고 생각합니다.

선생님의 가르침을 받은 많은 제자들을 대신하여, 선생님을 추억하는 기회를 저에게 주심에 저는 몹시 조심스럽습니다. 선생님의 가르침을 받은 적이 있다는 사실 말고는, 제가 이 자리에서 무슨 말씀을 드릴 아무런 자격이 없는 것을 잘 알고 있기 때문입니다. 그러나 기왕 기회가 주어진 이상, 저의 학부 시절 잊을 수 없는 기억을 심어 주신 선생님이시기에, 선생님에 대해 제가 간직하고 있는 기억의 단편들을 여쭙고자 합니다.

제가 선생님을 처음 뵌 것은, 1963년 초 신입생 선발 면접시험이 있던 날이었습니다. 옛날 문과대학 1층 복도에서 차례를 기다리고 있을 때, 지금은 총무과 사무실로 쓰이고 있는 115호 강의실 바로 곁의 북쪽 교수 연구실에서 검은 한복 두루마기에 안경을 쓴 젊은

---

* 2009년 11월 19일 연세대학교 문과대학 로비에서 열렸던 『최석규 선생 언어학 논문집』 출판 기념회 및 소장도서 전시회 때 발표한 글.

분이 나오시며 복도에 줄지어 서 있는 수험생들을 흘깃 보시고는 바삐 걸음을 옮기셨습니다. 그것이 제가 처음으로 선생님을 뵌 순간이었습니다.

학부 2학년 때 초급 니껀이(라틴이) 과목을 신청하고 첫 시간에 찾아 간 교실이 일 년 전, 면접시험을 보려 복도에서 차례를 기다리고 있을 때, 선생님께서 나오셨던 바로 그 연구실이었습니다. 그때 수강생이 일곱 명이었다고 기억하는데, 선생님께서는 연구실 한쪽 벽에 걸려 있는 칠판에 백묵으로 칸막이 선을 그어, 일곱 명이 동시에 문법책에 나오는 작문 문제를 하나씩 맡아 그 답을 각기 판서하도록 하신 다음, 저희들이 가까스로 만들어 적어 놓은 나전어 문장들을 하나씩 점검하며 수정해 주셨습니다. 그때 저희들은 공부가 무엇인지 어렴풋이 알기 시작했던 것 같습니다.

선생님은 토요일 강의를 즐기셨습니다. 한두 시간 수업을 하시고는, "이제 좀 쉴까?"하시고는 담배를 펴 물으셨습니다. 저희들도 밖에 나와 짧은 휴식 시간을 가진 후, 다시 선생님 연구실로 돌아와, 토요일 오후라 온 대학이 조용한 가운데, 다시 나전어 문장들을 더듬거리며 읽다 보면 한 주일이 저물어 가는 것이었습니다. 수업이 끝나고 백양로를 선생님과 함께 걸어 내려오며, 저희는 제법 대학생이 되었다는 느낌을 가져 보기도 했습니다.

두 번째 학기에 접어들자 수강생은 세 명으로 줄었습니다. 토요일 늦은 오후 백양로를 함께 걸어내려 오시다가, "식사나 같이 할까?"하시고는 종로2가까지 우리들을 데리고 가셔서, 선생님께서 좋아 하시는 설렁탕을 한 그릇씩 사 주시고는, 이어서 선생님이 가끔 찾으시던 메트로 다방에 우리를 데리고 가셔서 커피를 마시며, 나전어와는 아무런 상관이 없는 두 번째 강의를 통금시간에 맞추어 귀가할 때까지 들려주시고는 했습니다. 이를테면, "예술에 있어서 과연 내용과 형식이 별개의 것일 수 있는가? 그리고 분리해서 생각할 수 있는 것인가?" 이런 것들이었는데, 떠꺼머리 학부생들에게는 소화는커녕, 따라가기도 힘든 내용들이었습니다.

한번은 도서관(지금은 교육과학대가 있는 용재관) 로비에서 카탈로그를 뒤지시다가, 거기서 조금 떨어져 무언가를 찾고 있던 저에게, "이 군, 이리 와 봐." 하시길래 다가갔을 때, 카탈로그 서랍 속의 카드에 적힌 도서명을 가리키시며, "여기 씨저, 아니 까에사르의 갈리아 전기 라틴 텍스트가 있지?"하며 무척 즐거워하시던 것도 생각납니다.

1964년 가을 학기가 끝난 후에도, 나전어 교과서에 모두 Chapter 40까지 있는데 거기까지 끝내야 한다고 하시며 겨울 방학 중에도 선생님 댁에서 보충수업을 하여 주셨습니다. 선생님 댁이 길음동에 있는 한옥이었는데, 일요일 아침 선생님 댁 대문을 들어서면, 마당에서 집안일을 하시던 선생님의 어머님께서 선생님 방 쪽을 향해, "석규야, 학생들 왔다."하시며 알려주시는 것이었습니다. 우리들한테는 어렵기만 한 선생님이신데 이분도 한 집의 아들이구나 하는 생각이 새삼 들었습니다. "들어 와."하는 선생님의 말씀에 세 명의 학생들이 들어가면, 함께 밤늦게까지 이야기를 나누셨는지 수북한 재떨이가 눈에 뜨이고, 제가 불어를 배운 홍순민 선생님께서 "그럼, 나 갈게." 하시며 자리를 뜨신 적도 있습니다.

선생님께서는 1965년 초 유럽으로 다시 공부 길에 오르셨습니다. 출국하시기 며칠 전까지 보충수업을 하여 주신 것이 기억에 생생합니다.

선생님을 다시 뵌 것은 1987년 말 제기 첫 연구년을 보내고 귀국하였을 때였습니다. 그때 선생님은 연세대학교에 초빙교수로 일 년간 와 계셨는데, 제가 귀국하였을 때는 벌써 한 학기를 마치고 나신 후였습니다. 23년 만에 선생님을 뵙는다는 기쁨에 선생님께서 머물고 계시던 이화여대 국제학사로 찾아 갔을 때, 비록 세월의 흐름의 흔적을 보이시기는 했지만, 여전히 옛날의 선생님으로 거기 계셨습니다.

어느 날, 옛날 선생님께 나전어를 함께 배웠던 친구 한 명과 제가 커피 집에서 선생님과 자리를 같이 하였을 때, 던힐을 잇달아 피우시던 선생님께서 그 친구에게 이렇게 말씀하셨습니다. "구 군, 담배를 끊으려 애쓰는 것 같은데, 이렇게 생각해 봐. 한 대도 안 피우는 것 하고 한 대만 피우는 것하고 차이가 있을까? 없겠지? 그러면 한 대만 피우는 것하고 두 대를 피우는 것하고는? 차이 없겠지? 그렇다면 안 피우는 것하고 두 대 피우는 것과도 차이가 없는 거지? 이렇게 생각하면 결국 피우는 것이나 안 피우는 것이나 다를 바가 없다는 이야기지." 우스개 같이 들릴 수도 있는 이 말씀을 선생님께서 사뭇 진지한 표정과 음성으로 하시는 것을 들으며 철학을 공부하셨던 젊은 날의 선생님을 떠 올려 보았습니다.

1988년 봄 학기가 끝나, 일 년간의 연세대학교에서의 강의를 마치시고 다시 불란서를 향해 출국하시는 선생님을 공항까지 모셔다

드렸을 때, 출국선을 타려 나가시며 제가 서 있는 쪽이 아닌 다른 쪽으로 시선을 던지시고는 제가 아직 거기 있는지 훑어보시던 모습과, 더 먼 옛날 제가 문과대 신입생이 되려 문과대 복도에 서 있을 때, 연구실에서 책을 들고 나오시며 면접 순서를 기다리고 있는 학생들을 흘깃 보고 바삐 걸음을 옮기시던 젊은 날의 선생님의 모습이 겹쳐지며 떠오릅니다.

선생님께서 가지셨던 언어에 대한 남다른 감각은 선생님의 음악 사랑과 밀접한 관계가 있었다고 생각합니다. 음악에 대해 깊은 조예를 가지셨던 선생님이시기에 왜 그토록 유독 로만스어에 매료되셨는지 저는 알 것 같습니다. 선생님의 스승이셨던 철학자 정석해 교수님의 영향과 감화로 프랑스어에 입문하셨는지 모르겠다고 저 나름대로 추측을 해 보지만, 선생님께서 이태리 오페라를 좋아하신 사실을 선생님 자신의 말씀을 통해 알게 된 저는, 선생님께서 그토록 심취하신 나전어, 프랑스어, 그리고 이태리어 등, 모든 로만스어가 갖는 음악성과 선생님의 음악 사랑이 떼려야 뗄 수 없는 관계가 있을 것이라고 생각합니다.

선생님의 학문 세계를 가늠해 볼 수 있는 안목이 제게 있을 수 없기 때문에, 선생님의 학문적 성취에 대해 제가 감히 말씀드릴 수는 없습니다. 다만 안타까운 것은, 프랑스 국가박사 학위까지 획득하셨던 선생님께서, 왜 진작 귀국하셔서 많은 제자들을 키우시지 않으셨을까 하는 것입니다. 그러나 선생님께서 남기신 글을 통하여 선생님께서 추구하셨던 학문의 흔적을 접할 수 있게 된 후학들이, 앞으로 선생님의 학맥을 면면히 이어갈 수 있을 것이라고 저는 믿습니다.

 연세대학교의 학문적 전통에 큰 한 획을 그으신 고 최석규 선생님에 대한 기억을 새로이 하고자 마련된 이 자리에서 선생님에 대한 추억의 편린들만을 두서없이 말씀 드려 오히려 선생님께 누가 되지는 않았을까 하는 불안한 마음을 가지며 이만 줄이겠습니다.

2009년 11월 19일

문하생 이성일

『최석규 선생 언어학 논문집』 출판기념회. 연세대학교 문과대학 (2009년 11월 19일)

인생을 바꿔주신 스승님

손한 (전 연세대학교, 일리노이대 교수)

사람이 살아가는 앞길에 영향을 주는 요소가 여럿 있겠으나 그 가운데 가장 중요한 것은 어떤 스승을 만나느냐 일 것이라 생각된다. 그동안 나에게는 잊을 수 없는 스승님들이 몇 분 계셨는데 그 분들의 고마움을 잊은 일이 별로 없었다.

첫 번째 분은 초등학교 6학년 담임선생님이시다. 6·25 전란으로 서울을 떠나 피난길에 오른 뒤 갖은 힘든 생활을 겪으며 우여곡절 끝에 부산에서 3개월 만에 학교에 편입학하였다. 담임선생님은 3개월 뒤쳐진 나를 특별히 고려하여 반에서 제일 우수한 학생과 짝을 지어주시면서 그동안 밀린 공부를 속히 따라잡으라시며 배려해 주셨다. 그 선생님은 6학년 담임을 오래하셔서 명성이 꽤 나 계셨던 분이었다.

그때 내 경우는 선생님의 설명을 들을 기회가 없이 뒤쳐진 노트 정리에만 온 힘을 다 쏟고 있었다. 따라서 노트정리하면서 때때로 이해하지 못한 부분도 있었다. 그러나 지금 와 돌이켜 생각해 보니 선생님께서 가르치신 내용이 매우 분석적이었으며 체계가 잘 잡혀 있었다. 예를 들면 국어의 경우 동사의 어간을 중심으로 어미변화를 분류해 학생들의 이해를 도와주신 일은 초등학교 6학년 담임선생님으로서는 대단한 일이었다고 생각된다. '먹-다, 먹-고, 먹-지, 먹-던, 먹-으니, 먹-어서'이렇게 한눈에 알아볼 수 있도록 분석해 주셨다. 이와 같은 체계적인 분석이 알게 모르게 내 머릿속에 오래도록 남아 크게 영향을 주었다고 생각한다. 그 당시 내게는 노트정리 하는 일이 너무나 벅찬 일이었다. 온 집안 식구들의 도움으로 간신히 두 달 만에 노트정리를 마치고 늦게야 겨우 시험공부를 시작하게 되었다.

전시였던 관계로 중학교 자체로 입시관리를 할 수 없어 국가에서 일괄적으로 입시를 관리하여 제1회 국가고시를 실시했다. 즉 입시성적을 가지고 학교에 지원하는 '선 시험 후 지원'의 형태였다. 다행히 예상을 깨고 원하는 중학교에 입학했다. 선생님 덕분이라 생각한다.

두 번째는 고등학교 3학년 담임선생님이시다. 요즘 흔한 입시학원이라는 것이 없었던 때라 모든 교육은 학교에서만 이루어졌다. 마침 담임선생님이 영어 담당이셨기 때문에 일주일에 3번씩 '0교시'에 과외를 해주셨다. 당시에는 사정이 어려워 선생님들께서 직접 교육 자료를 마련해야만 했다. 등사원지에 직접 손수 쓰시고 등사해서 자료를 나누어 주셨다. 이해하기 힘든 까다로운 구조로 된 문장이 들어간 5~6줄짜리로 된 단락 600여 개를 골라 한 줄 한 줄 읽고 설명해주셨다. 영어에 대한 이해능력에 큰 도움을 받았다. 개별적으로는 정기적으로 상담하도록 하셨다. 정기적인 상담 기회를 통해 진학 등 장래 문제를 비롯해 여러 가지 삶에 대해 도움을 많이 받았다. 그 영향인지 대학에는 영문과에 지원하게 되었다. 입시 지원서를 내고 면접 때 까지는 영문과에 입학해서 영어 능력을 더 키우겠다는 막연한 생각뿐이었다. 그런데 면접하는 동안 뚜렷한

한 가지 목표가 생겼다. 어느 분야를 전공으로 공부를 계속할지는 몰라도 앞으로 교수가 되어 학생을 가르치는 일을 해야겠다는 것이었다. 학생들을 잘 지도하려면 학생들의 생각과 관심사에 대해 제대로 이해할 수 있어야겠다는 생각을 하게 되었다. 그 한 방편으로 가능한 한 학생들 활동에 참여하여 다른 학생들과 함께 시간을 나누고 그들의 생각과 사고방식을 몸소 경험해 보는 것이 좋겠다는 생각을 하게 됐다. 그래서 택한 곳이 연희 연극부였다. 연극 연습 도중 이런저런 여러 가지 경험을 통해 새로운 인간의 삶 자체에 대해 많은 것을 얻었다. 또 다른 분야는 음악활동이었다. 개인적으로 친분이 있었던 성악과 이인범 선생님 추천으로 국립오페라단에 입학했다. 성악이 전공인 학생들이 주축인 오페라 두 편을 공연하였다. 전혀 색다른 경험이었다.

이 같은 과외활동은 3학년 마치고 군 입대로 모두 막을 내렸다. 다양한 학교생활을 하는 가운데 잊지 못할 스승 한 분을 만나게 되었다. 여러 가지 경험을 하면서 최종 전공 선택을 고민하던 때였다. 연극과 오페라활동으로 희곡에 대한 관심이 많아져 Shakespear를 전공할까 하는 생각도 해 보았다.

이런 상태에서 최석규 선생님 강의를 수강할 기회가 있었다. 지금까지 강의와는 다르게 선생님 강의는 매우 분석적이면서 체계가 뚜렷해 마음에 들었다. 초등학교 6학년 담임선생님 영향으로 마음속에 오래 잠자고 있던 그때 경험이 되살아나는 느낌이었다. 그때부터는 기회가 닿는 대로 선생님을 찾아뵙고 여러 가지 궁금한 것을 질문했었다. 그때마다 선생님께서는 여러 면에서 도움 되는 말씀을 해주셨다. 화제는 언어학에서부터 음악, 인생 등 다양했다. 일단 목표와 방향을 잡았으니 복학 후 머뭇거릴 시간이 없었다. Jerperson, Bloomfield, Sapir, Fries, Gleason, Hockett, Harris 등 전통주의 학자와 구조주의 학자들의 책을 읽고 이해하려고 노력했다.

대학원에는 어학 전공으로 입학했다. 그 당시 어학 분야는 좀 생소한 편이어서 학생들이 많지 않았다. 입학 후 부터는 최석규 선생님과 실과 바늘 같은 관계가 되었다. 그 이유는 강의는 선생님과 나 둘 뿐이었기 때문이다. 특히 선생님 하면 떠오르는 강의는 일반언어학 과목이다. 교재는 de Saussure의 『Cours de linguistique générale』이었다. 읽느라 고생을 엄청 했다. 그래서 더 잊을 수가 없다. 학부에서 초급, 중급, 고급불어 세 과목을 이수했고 또 대학원 입시에서도 불어를 택해 무사히 입학했는데도 그렇게 힘들 수가 없었다.

대학 입학 후 영문과에서는 독일어보다는 불어가 더 유용하다는 선배들의 추천에 따라 고교에서 독일어를 공부해 읽을 줄도 모르면서 초급불어를 겁도 없이 택했다. 다른 학생들은 고등학교 때 불어를 공부해서 그런지 아주 잘하는 것 같이 느껴졌다. 힘들게 공부해서 학점은 그런대로 받았다.

가을학기 들어 수복 후 첫 연고전을 한다면서 체육선생님들이 무척 바쁘게 준비했다. 선수가 없으니 체육시간에 학생들을 하나하나 테스트하면서 "너는 축구", "너는 럭비" 이런 식으로 선수를 선발 배정했다. 진정한 의미로 진짜 아마추어 선수들이었다. 오후 늦은 시간에 연습이 있었다. 불행하게도 그해 연고전은 고대 측이 선수가 부족하다는 이유로 불가능하다고 통보해 와서 무산되고 말았다. 나 개인적으로는 화가 머리끝까지 꽉 찼다. 연고전을 못해서가 아니다. 축구선수로 뽑힌 나는 7~8교시에 있는 외국어 강의에 소홀할 수밖에 없었다. 이 같은 희생을 해가며 훈련을 했는데 말 한마디로 없었던 것으로 돼버렸으니 기막힌 일이 아닌가. 불어는 정명환 선생님께서 시간으로 출강하셨다. 예기치 않게 중간시험은 받아쓰기 열다섯 문장이었다. 기초가 부족한 나 같은 경우에는 실력이 그대로 드러나는 시험이다. 결과는 피할 수 없이 'F'였다. 학부에서 유일한 'F' 학점이다. 그래서 철저히 복습할 겸 초급부터 재수강하기로 마음먹고 그렇게 하였다.

넘어야 할 산이 또 있었다. 대학원 입시에서 외국어 시험이다. 최석규 선생님의 고급불어에서처럼 혼자서 단편을 여러 개 골라 읽어가면서 준비했다. 문법 기초도 다시 점검해보기로 했다. 다행히 결과는 좋았다. 외국어 시험에서 많은 학생들이 조건부 입학이었는데 무사히 조건 없이 입학했던 것이다. 그래도 내가 보기에는 내 불어 능력은 한계가 있었다. 그 같은 사실이 여지없이 드러났던 것이다. 최석규 선생님의 de Saussure강의에서였다. 선생님의 강의 방식은 하나하나 설명해 주시는 것이 아니고 나 혼자 읽고 이해한 내용을 발표하는 방식이었다. 발표 내용에 만족하지 못 하실 경우에는 그때마다 왜 그렇게 생각했느냐고 계속 질문하셨다. 내 불어 능력으로 어찌 보면 불가능에 가까웠다.

잘 아는 대로 새로운 개념을 익히고 그것을 옳게 응용할 수 있을 때 책을 올바로 읽은 것으로 되는 것이다. 너무 힘들어 쉬운 길을 찾아보았다. de Saussure 책의 영어 번역판이 있다는 소문을 듣고 책을 구해 읽어보았다. 웬일인가? 불어보다는 영어가 더 가까운 나에게 영어판은 그리 쉽지가 않았다. 도리어 더 어렵게 느껴졌다. languc/parole, signifié/signifiant, synchronie/dyachronie/panchronie 등 갖가지 새로운 개념들을 익히는 일이 여간 힘들지 않았다. de Saussure 강의에서 익힌 새로운 개념들이 훗날 생성변형문법을 공부하는 데 많은 도움을 주었다. 특히 선생님의 강의를 들으면서 익숙해진 공부하는 방식은 그 후 혼자 힘으로 책을 읽고 분석하며 다시 종합적으로 체계화하는 힘이 생겨 큰 도움이 되었다. 더 나아가 선생님의 철저하고 엄격하신 교육방법은 나에게 그대로 영향을 주었다.

대학생활에서 영향을 주신 분들이 어디 한두 분이겠는가. 최석규, 배동호, 최익환, 송석중 선생님 등등, 그 가운데 첫 번째로 꼽을 분은 단연 최석규 선생님이시다. 김영혜 선생님이 보내준『최석규 선생 언어학 논문집』을 읽으며 선생님과 공통 관심분야를 여럿 발견하고 오래 전 영문과에서 모시지 못했던 일이 떠올라 개인적으로도 안타깝기만 하다. 선생님께서 은퇴하시고 서울에 오신다는 소식을 듣고 영문과에서 모시려고 했었는데 일이 제 뜻대로 안 돼 크게 실망한 일이 있었다. 그 일과 관계된 복잡한 일이 있었는데 더 이상 되뇌고 싶지 않다. 선생님의 친필원고를 접하면서 다른 각도에서 선생님을 되새겨보았다. 선생님의 특유한 필체가 50여 년 전으로 나를 이끌어 갔다. 원래 편지를 잘 안 쓰시는 선생님께서 엽서 한 장 보내주셨다. 우표와 주소 부분을 제외한 구석구석 빼빼

하게 특유의 필체로 채워 있었다. 선생님다운 엽서였다. 내용은 내가 석사를 마치기 전에 서울을 떠나게 된 일과 관계된 것이었다. 남겨둔 제자를 염려하시며 여러 가지를 배려해 주시는 마음이 절절히 배어있었다. 나는 논문집에 실려 있는 것과 아주 비슷한 선생님 독사진을 하나 갖고 있다. 또 선생님의 지도로 읽었던 de Saussure의 바로 그 책이 내 책장에 그대로 꽂혀있다. 그 책을 볼 때마다 빼들고 선생님을 회상하곤 한다. 그리고 몹시 마음 아프게 생각한다. 한 번도 제대로 보답을 해드리지 못해서이다. 이번 선생님 추모 수필집 출간을 계기로 이렇게나마 선생님을 추모하며 몇 자 올릴 수 있는 기회를 가질 수 있는 것이 여간 다행한 일이 아니다.

명복을 빕니다, 선생님!

부족한 제자 손한 올림

최석규 선생과의 몇 번의 만남

이병근(서울대학교 국문학과 명예교수)

최석규 선생과 저의 인연은 이랬답니다. 모두 세 번의 기회였던 가요.

선생을 처음 뵌 것이 소쉬르의 『일반언어학강의Cours de linguistique générale』를 강독하셨던 언어학강독 시간이었던 것 같네요. 그러니까 1961년 제가 대학 3학년 때였었지요. 4·19 이듬해로 다시 5·16이 일어나 나라가 새로운 질서로 잡히느라 어지러운 때였지요. 말인 즉슨 한 학기동안이라지만 실제로는 대여섯 주였지요. 이제는 50년의 세월이 훌쩍 넘어가 버렸군요. 그리고 두 번째로 선생을 뵌 것은 한국정신문화연구원에서 전국방언조사연구 프로젝트를 효율적으로 진행하기 위해 1981년에 3개월간 선생을 연구원에 초청해 방언연구 특강을 부탁드렸을 때지요. 선생께서 일본의 가고시마 방언 중심으로 방대한 학위논문을 쓰셨다는 소식을 알고 있었기에 초청을 드린 거죠. 그리고 다시 세 번째로 또 선생을 뵌 것은 이듬해인 1982년부터 2년간 프랑스 파리에 제가 파견을 나갔을 때지요. 선생을 자주는 못 뵈었지만 2년 동안에 여러 차례 뵐 수가 있었던 셈이지요. 이만하면 저로서는 선생과 꽤 인연이 있었던 듯한데, 막상 회고담을 써 달라는 청탁을 받았을 때는 잊혀진 세월처럼 까마득하게만 느껴졌지요. 희미한 옛 얘기를 잠시 스치는 데도 좀 시간이 걸리더라고요. 하기야 선생을 처음 뵌 것이 벌써 반백 년이 넘었으니 그럴 만도 하다고 변명은 할 수 있겠네요.

몇 년 전 연세대에서 있었던 선생님의 유고집『최석규 선생 언어학 논문집les articles du professeur TCHEU Soc-kiou』의 출판기념회 자리에서 30년 전에 뵈었던 사모님을 만났을 때에 제가 얼른 못 알아 뵌 것처럼 그분도 저를 얼른 못 알아보셨을 정도였으니까요. 작고하신 소식도 상당히 시간이 흐른 뒤에야 연세대 불문학과에 계셨던 저의 가까운 선배이신 이정 교수로부터 전해 들었지요. 놀라운 가슴이 멈추다 가라앉듯이 속으로 뛰었었지요. 그간이라도 생전의 차분한 철학자 언어학자의 모습으로 담배를 무신 채 고이 주무시고 계신가요. 파리의 공원묘지 페르-라쉐즈Père-Lachaise에서요. 화장으로 그 모습이 지워졌겠네요.

멋쟁이 갈색 콤비를 입으시고 최석규 선생이 강의실에 들어오셨는데, 앞주머니 옆에 보조주머니 같은 작은 주머니가 겉으로 앙증맞게 달려 있었던 것 같아요. 대학교수의 근엄한 분위기를 다정스레 확 바꿔 주는 듯했지요. 당시에 이런 패션을 볼 수 있다는 것은 행복이었지요. 1961년이었지요. 나중에 알게 되었지만 그때는 35세가 넘은 노총각이셨다 하더군요. 조용히 이른바 '불어원서'를 펴들고 소쉬르의『일반언어학강의』를 읽기 시작하셨지요. 서울대 언어학과에서 개설한 3학년 과목인 언어학강독을 담당했던 최석규 선생이 어떤 분인지는 저희는 전혀 모르고 그 강의를 무작정 수강하게 되었는데요, 소쉬르의『일반언어학강의』를 교재로 한다는 말만 언어학과 허웅 선생으로부터 들었을 뿐이었지요. 서양의 일반언어학의 이해를 위해 영어, 독어, 불어, 희랍어, 노어 등 언어학

이론서에 등장하는 대표적인 외국어들과 한국어 이해를 위한 만주·퉁구스어 몽골어 및 터키어 등의 알타이제어의 공부를 해야 한다고 강조하셨던 저희 국어국문학과 교수이신 이숭녕 선생이 전공 시간에 소쉬르를 너무나 강조하셨기에, 이 강독 과목의 수강을 아무런 생각 없이 신청했던 거죠. 초급불어 진도를 반의반도 제대로 못 채운 상태로 중급불어 「Carmen」 강독을 신청했지만, 4월의 개강 첫날이 4·19라 이 날의 그 교실 학생을 몰고 나가야 하는 임무를 부여받은 저는 강사(아마도 정기수 선생인 듯해요)의 얼굴도 못 본 채 거리로 뛰쳐나가고서 그 학기가 끝났지요. 그리고는 이듬해 1학기에 이 언어학강독 시간에 앉은 거였지요. 이 시간에 국어국문학과 수강생이 반 정도는 되었지요. 우리의 용기가 가상했다고 하기에는 너무나 한심했었죠. 물론 겁이 더 많이 났고요. 원서는 참고서 정도로 하고 한국어로 내용을 설명해 주실 것을 기대했었지요. 두 시간 내내 들리는 말이라곤 우리말은 거의 없이 불어밖에 없었던 것 같은 생각이 드네요. 선생님의 학문이 높아 저희가 소쉬르의 학문을 이해한다는 것은 주제넘었을지 모르지요. 뱁새가 황새를 따를 수는 없지 않아요. 기말 시험에는 무얼 쓰라고 하셨는지 잘 기억이 나지 않는데 'rhotacisme^rhotazismus'도 포함되어 있지 않았나 해요. 이 유성마찰음의 유음화流音化가 인도·유럽계 여러 언어의 통시음운론에서 중요시되기도 했다는 사실은 그 후 몇 년이 지나서야 겨우 들었지요. 부끄럽게도 학점은 과락이 아니라 오히려 너무 후하게 받았는데, 그것은 선생의 학생에 대한 푸짐한 배려에 지나지 않았던 것일 듯해요. 정말 부끄러웠지요. 제가 교수가 되어

학점을 처리할 때에 가끔 이 기억이 떠오르고는 하지요. 인구어에서의 이러한 통시적 음운현상으로서의 '유음화'와는 직접적인 관련은 없지마는 그 후 꼭 20년이 지나서 저는 한국어의 공시적 음운(형태)현상으로서의 '유음탈락'에 대해 한글학회 주최의 국제회의에서 발표를 했었는데, 그 원고가 『한글』 173·4호에 게재되었다고 후에 선생께 말씀 드렸던 것 같아요. 수강했던 그 학기가 끝날 무렵 최 선생은 막내아우가 저희 국어국문학과에 입학한 최초 학생이라고 하더군요. 그는 내가 다닌 S고등학교 2년 후배였는데 어리광부리는 막내 같지 않게 아주 점잖았었지요. 그의 바로 큰 형님처럼요. 대학 졸업 후 미국으로 건너갔기에 다음에는 선생을 뵈었을 때 그 아우 소식까지 묻게 되었던 것 같군요.

저는 1970년 어린 나이에 저희 모교의 국어학 교수가 되었지요. 백지의 머리에 약간의 막걸리를 집어넣은 채로요. 그러다가 1979년부터 한국정신문화연구원(현 '한국학중앙연구원'의 전신)의 '전국방언조사연구'라는 프로젝트를 세우고 그 연구원에 파견되어 그것을 주위의 몇 연구자와 함께 진행하게 되었는데, 조사원들에게 방언 조사 능력과 방언연구 이론을 키우게 하려고 외부의 몇몇 전문가를 초청했지요. 연구원의 여러 어려운 사정과 프랑스에서의 수속이 지연 때문에 1981년에야 겨우 성사가 되어 연구원에서 선생을 20년 만에 다시 가까이서 뵙게 된 거지요. 공항에서 다시 뵈었을 때 처음 뵙는 분이나 다름없었던 것 같았지요. 자그마한 프랑스 특유의 귀여운 노트 한 권과 넥타이 한 개 그렇게 선물을 받았나 봐요.

프랑스 국립학술연구원CNRS 소속으로 EPHE에서 강의하시던 선생께서는 연구원에서 '방언의 개념과 방언연구방법'을 중심으로 연구위원과 현지조사원을 대상으로 특강을 해 주셨는데 그 요지는 1979년 한국정신문화연구원 제1회 국제학술회의에서 이미 발표되었었지요. 선생 자신이 식섭 채집한 일본 가고시미 지역의 방언자료를 분석해 체계화시켜 국가빅사획위를 받으신 분이라 그 방법론은 A. Martinet의 기능구조론에 바탕을 두고서 한 언어의 전체 공통어와 개개의 방언을 어떻게 상관시켜 기술하는가를 가장 고통스러울 정도로 생각하곤 했었던 것 같은데, 그 출발점을 발표했던 것이지요. 학위논문은 애초에는 더블 스페이스 타자지로 3000매를 제출했다가 심사위원들의 거부로 1000매 정도를 줄였다고 들었지요. 논문의 체제는 LA DESCRIPTION PHONOLOGIQUE avec application au parler franco-provençal d'HAUTEVILLE^{SAVOIE} 등등 A. Martinet의 이론과 방법을 바탕으로 한 것은 아니었을까 하는 생각도 들었어요. 현실언어의 공시론적 분석이 현대방언연구에 도움이 되리라 믿고 선생을 초대했던 것이죠. 당시에 한국어음운론에 심취해 있던 저 개인으로서는 1967년에 발표하신 「La neutralisation et le consonantisme coréen」(La linguistique 1967-2, P.U.F. Paris)이란 논문에서 음운현상과 자음체계와의 입체적 구조 관계로 이해하려던 선생의 방식에 매료되었던 때였지요. 한국어연구에서는 1940년부터 이숭녕 선생이 시도해 온 그러한 방법과 통하는 것이기에 그 지도를 계속해 받고 있었던 저희들에게는 익숙했지요. 1977년에 저는 중화를 포함해 자음체계와 자음동화와의 상관관계를 발표했었는데, 중화와 관련된 음운

현상이 다시 방언차를 보일 때 음운체계상의 해석을 놓고 선생과 함께 따지던 순간이 떠오르네요. 선생 이외에 미국 일리노이대학의 김진우 교수는 음성의 이해와 조사를 중심으로 특강을 해 주셨고 그리고 미국 콜롬비아 대학의 S. R. RAMSEY 교수로부터는 특히 운율의 조사방법 또 서울대 이현복 교수로부터 음성 전사에 대한 특강을 들었는데 지금도 이때의 강사분들께 송구스레 생각하는 것은 충분한 시간을 드리지 못했던 점이지요. 결국 맛만 보다 말았지 뭐예요.

1982년 여름 제가 2년간 예정으로 파리 제7대학 연합교수prof. associé로 도불하게 되었는데, 선임으로 파리에 앞서 계셨던 연세대 국어국문학과 김석득 교수의 주선으로 기숙사 이른바 '씨테'에 들게 되었는데요, 입주 이튿날 시내에 나갔다 오니 메모가 있더라고요. 펼쳐보니 "다녀갑니다. 곧 만납시다. 최석규"하는 메모더라고요. 이렇게 먼저 저를 찾아주셨으니 무척 민망했지요. 나중에 보니 걸어갈 만한 곳에 댁이 있더군요. 이렇게 해서 파리 선생댁과 그 근처의 카페에서 선생을 몇 번 뵙게 되었지요. 선생은 밤새 연구에 빠져 드시다가 새벽녘에 주무셔 낮에 일어나신다고 했어요. 그래서 주로 늦은 오후에 만나 뵈었는데, 선생께서는 맥주 한 잔을 드시곤 했지요. 어느 때는 어떤 젊은 철학자와 또 어느 땐 인근 국가 주재의 한국대사와 함께 자리를 같이 하기도 했는데 늘 조용조용하셨지요. 저는 불어를 잘 모르니까 그럴 때면 선생 얼굴만 쳐다보곤 했지요. 주름살이 깊어가고 있으셨어요.

이런 일이 있었어요. 우리 가족을 초대해서 댁에 갔을 때인데 대화가 음악에 이어 그림으로 넘어갔어요. 집사람이 마침 들고 간 친정아버지 장욱진의 화집을 보였더니 그림들을 넘기면서 선생께서는 꼬부랑 할머니가 물 길러 가던 어렸던 시절로 돌아가 이내 "푸른 하늘 은하수 하얀 쪽배에……." 같은 동요에서 느낄 수 있는 '달과 옥토끼'와의 이야기를 하시면서 눈시울을 붉히시더군요. 천진한 마음을 지닌 선생의 그 모습이 어느 이방인의 향수 어린 고독 그런 것처럼 보였어요. 때로는 "아무개는 만날 사람들이 많은데 나는 별로 없어요. 이 선생을 만나서 고마워요."라고 비교도 하셨지요. 비교란 원래 괴로운 일인데요.

노철학자 정석해 선생과 노한학자 권오돈 선생을 모시고 그 제자들이며 최 선생의 친구들인 정병욱, 장덕순 등과 함께 1970년대 후반 어느 여름에 정병욱 선생 부모님의 묘소가 있는 서울 근교로 간 일이 있었지요. 묘소 밑 산속에는 팔로군 출신의 친구 한 사람이 천막을 치고 요양하고 있었지요. 그때 풀숲에서 보았던 그야말로 노소동락하는 모습은 당시에 국외자였던 저는 어리둥절했었지요. 최 선생의 철학 선생이셨던 정석해 선생이 함께 자리한 제자들의 짓궂은 농담에 정석해 선생이 자신의 글에서 보여 준 '구도자求道者'의 평소 모습과는 너무나 달리 파안대소하시던 모습을 떠올리게 되는데(당시 서울대에서 저는 정석해 선생의 「求道者의 길」이란 감명 깊은 글을 대학국어 시간에 가르치고 있었습니다), 누구에게나 닥치는 노년의 쓸쓸함을 이국에서 맞은 최 선생의 모습이 안타깝게만 느껴졌던 기억이 떠오르는군요.

최석규 선생님! 저 세상에서는 일찍 주무시고 모든 것 생각을 마

시고 머리를 푹 식히십시오. 그러면 선생께서 좀 일찍 주무시게 해
달라는 사모님의 부탁도 없지 않겠지요. 참다운 구도자의 모습처
럼 마음을 완전히 내려놓으시고 편히 주무시지요. 또 다시 어디에
선가 뵙게 되면 뱁새가 황새가 되도록 열심히 배우도록 하렵니다.

최석규 교수님과 『La Porte étroite』

김희정(연세대학교 54학번, 영문과 강사역임, 초대 메이퀸)

내가 연대를 다니던 50년대에는 불문과가 없었다. 최 교수님은 영문과 소속으로 영어와 불어를 함께 가르치셨다.

Charles Dickens의 자전적 소설 『David Copperfield』 강독은 늙은 제자들이 지금도 그리워하는 명강의였고, 소수의 학생을 위한 고급 불어 시간의 불란서 소설 강독도 잊을 수 없는 감동으로 남아있다.

영어 음성학 시간에 배운 "한국인에게 자장 힘든 발음은 alveolar sound(치경음)이야. 'r' 이나 'th'보다 힘들지. 'l'은 말할 것도 없고 'd', 't'는 '디', '티' 와 완전히 다르지. 한국의 'ㄷ', 'ㅌ'은 이에 혀가 닿는 치음齒音, dental sound이고 'd', 't' 는 치경에 닿아 나는 소리니까 발성 위치를 의식적으로 명심해서 계속 연습을 해야 돼."

선생님 덕분에 우리 동기들은 치음과 치경음을 구별해 발음 할 수 있는 행운을 갖게 되었다.

고등영문법 시간에 Chomsky를 처음 알았고, Jesperson의 nexus 관계를 배운 후 번역하는 데 자신을 갖게 된 일은, 선생님의 사랑을 많이 받았던 친구들, 특히 김형순, 이돈숙, 한삼록과 나에게는 영문과 강의실 208호를 회상할 때마다 빠짐없이 떠오르는 잔상으로 남아있다.

언어학 혁신의 아버지라는 Noam Chomsky가 미국의 양심이라는 찬사를 받는 것을 외신에서 보았을 때도 그 사실 관계 보다는 최 교수님의 강의 시간이 먼저 머리를 스쳤다.

학생들 사이에서는 정확하고 차가운 선생님으로 알려져 있었다. 그러나 내가 기억하는 선생님은 제자 사랑이 지극하여 끝없는 질문을 달게 받아 주신 고마운 은사셨다.

1947년 André Gide가 노벨 문학상을 받은 이후 그의 소설 「La Porte étroite(좁은 문)」은 한국서도 번역되어 선풍적 인기를 누렸다. 나는 원문으로 읽고 싶어졌다. 번역자는 반역자A translater is a traitor라는 확신 때문이었을까, 원문으로 읽어야 진수를 맛볼 수 있다는 강박관념이 생겼다.

당시엔 외국서적 구입하기가 힘든 시대였다. book hunting 은 주로 청계천 변의 고서점을 이용했고, 외서를 직수입 판매하던 광화문 소재 범문사의 화려한 서가는 내 사치의 메카였다. 범문사에 들려서 자주 찾던 paper back 대신 아름다운 hard cover을 골라 들고 나왔다. 한시도 참을 수 없어서 버스 안에서 읽기 시작하였다. 집에 돌아와 옷도 갈아입지 않고 사전과 씨름하며 밤새 읽어 내려갔다.

불어 공부를 4년 이상 했다지만 명작을 제대로 맛보기는 역부족이었다. 언어적으로나 문화적으로나 이해하기 힘든 부분은 underline을 해가며 읽었다.

궁즉통窮卽通이라 했던가 나는 최 교수님을 찾아가 책을 내밀었다. underline을 해놓은 문장들을 웃으며 살펴보시더니 내가 부탁하기도 전에 "문학작품이라는 게 외국인에게는 제일 힘들지." 하시더니 문법 설명까지 붙여가며 번역을 해 주셨다. 선생님 덕분에 나는 원문으로 「좁은문」을 읽었다는 자랑스러운 기억을 품을 수 있게 되었다.

그 후로 불란서 예술과 문화에 눈을 뜨게 되었고 World Fellowship(기독학생 국제 문제부)에서 주최하는 불어권 대학생 토론회에서 사회를 맡기도 하였다. 영문과 후배로는 이정과 봉두완이 참여했던 것으로 기억된다.

또 하나 잊을 수 없는 추억은 대학원 입시에서의 제2외국어 시험이었다. 독어와 불어만 제2외국어로 인정받던 시대여서 둘 중 택일을 해야만 했다.

고등학교 때는 독어와 불어를 둘 다 수강했지만 대학생이 되어서는 etymology에 관심이 커지면서 독어를 버리고 고병려 교수의 Latin 과 Greek 강의를 청강했다. 신과대 졸업반과 대학원생을 대상으로 하는 강의였으나 Reading Circle 동아리 친구였던 김찬희, 김응삼과 함께 열심히 공부하였다.

한편 영문학과 불문학이 불가분의 관계에 있다는 것을 알고 불어에도 매달렸다. 당연히 대학원 입시에서 불어를 택했다. 40점 이하는 과락이었는데 재시험으로 입학하는 수험생이 태반이었다. 불어 시험 시간에 감독 조교가 두 명이나 있었는데도 최 교수님은 출제자의 의무감에서인지 직접 시감을 하셨다.

시험지를 받아 든 나는 시험 문제의 출제 의도까지 눈에 보여 상관어구 같은 곳에는 밑줄까지 쳐가며 유유히 답을 적어 나갔다. 시간은 반이나 남아있는데 지루할 정도였다. 눈을 감고 앉아 있는 게 딱하게 보였는지 선생님이 답안지를 훑어보시고,

"됐어, 시험지 엎어 놓고 나가지." 하셨다.

'정말로 엎어 놓고 나가더라'라는 따가운 후문도 들렸다.

석사과정, 박사과정 입시에서 95점씩을 받았다.

특히 8명의 수험생 중에 나 홀로 합격한 박사과정 입시 합격도 불어 덕분이 아니었나 싶기도 하다.

선생님의 폭 넓은 제자 사랑이 나로 하여금 모교 강단에서 후배들을 가르칠 수 있는 기회를 만들어 준 것 같아 감사하는 마음으로 이 글을 쓴다.

존경하는 최석규 선생님을 추모하며

심선화 (연세대학교 음악대학 강사)

"Mon enfant, ma soeur, songe à la douceur……."

매 학기 마다 보들레르의 시 「L'invitation au voyage」를 학생들과 공부할 때면 언제나 최석규 선생님을 처음 뵙던 날이 떠오른다. 때로는 선생님께로부터 받은 은혜를 잠시 나누기도 한다.

결혼과 육아로 10여 년 학업을 쉬었다가 가족들로부터 1년의 유학을 허락받고 파리에 갔던, 1988년 겨울 크리스마스 즈음에 처음 뵈었다. 서울에서 교환 교수를 끝내고 돌아오신 최 선생님을 만나게 된 것은 나의 인생의 행운이었고, 뒤늦게야 깨달은 일이지만, 하나님의 시간표 안에 있었던 일이었다. 최 선생님의 부인이 되시는 윤을병 선생님은 한국을 일찍이 떠나오신 성악인이셨지만, 나의 대학시절 즈음에 서울과 해외에서 크게 활동하셨던 분이셨는데, 파리의 연합교회에서 처음 뵙게 되었다. 어려움 가운데 하나님을 믿게 되었으나 교회에 출석할 수 없었던 나는 파리에서 처음으로 교회를 자유롭게 출석할 수 있었고, 윤 선생님도 최 선생님께서 서울에 계신 동안만 나오실 수 있었던 교회에서 만나서, 따뜻하게 보살펴주셨다.

그날 우리는 이 어려운 시를 배우고 싶다는 핑계로 선생님 댁을 방문하였다. 젊은 유학생들의 열의를 기특하게 여기셨고 선생님께서 친히 쓰시고 복사하신 이 시를 가지고 열강 해 주셨다. 당시 너무 어려워 잘 이해하지 못했으나, 나의 솔직한 목적은 최 선생님께서 교회 출석을 탐탁하지 않게 여기셔서 마음이 불편해지신 윤 선생님을 위해 교회 청년 유학생들을 앞세워 방문한 것이었다. 어쨌든 순수하리만큼 진지하신 선생님을 뵈면서 진정한 학자 분을 뵈었다는 감동이 있었다. 그 후로 길이 트인 나는 갈수록 부족함을 깊이 느껴서 최 선생님 부부를 뵐 기회를 자주 가졌다. 짧은 유학 기간 중 독창회까지 가질 수 있었던 것도 두 내외분의 정성스런 가르침이 있었던 덕분이었다.

서울로 돌아온 후 얼마 되지 않아, 선생님께서 이화외고에 오셔서 여러 해 서울에 머무시게 되셨는데 이 기회는 내게 엄청난 행운이었다. 자주 선생님을 뵐 기회를 가졌고, 틈틈이 질문해가며 프랑스 노래를 필수로 하는 성악가들에게 매우 중요한 지식을 가지고 계심을 깨닫게 되었다.

한번은 주변의 학구적인 성악가들에게 딕션 수업을 특강 형식으로 선생님을 모셨는데, 소문을 듣고 꽤 여러 분이 참가하셨다. 선생님의 수업은 오전 10시부터 중간에 잠시 휴식 시간이 있었으나 저녁 무렵까지 계속되었다. 예상외로 길어진 시간과 성악인들에게 어렵고 진지한 음성학적인 내용 때문에 한 사람, 두 사람 자리를 뜨게 되었고, 결국 강의를 부탁드린 나는 꼼짝없이 혼자 자리를 지킬 수밖에 없었다. 프랑스 발음을 설명하시면서 독일어, 라틴어, 영어를 두루 비교 설명하셨는데 당시 너무 어려워 이해할 수 없었으나, 선생님의 지식이 얼마나 넓고 깊으신지 감탄하며 특히 성악가에게 꼭 필요한 부분이라는 확신이 점점 커가고 있었다. 왜냐면 우리 성악가들이 열심을 다하여 프랑스 노래를 불러보지만, 이태리 곡인지, 독일 곡인지, 프랑스 곡인지 별 차이 없이 노래하고 프랑스 곡의 느낌과 특징을 보여줄 수 없는 문제를 해결할 방법이 없었기 때문이었다. 선생님의 시식이 소중해서 성악가를 위한 딕션 교재를 쓰시고 출판하시기를 부탁드렸지만, 워낙 완벽을 추구하시는 성품 때문에 끝내 한 줄도 쓰지 않으셨다.

이화외고에서 수업하시면서 무척 보람을 느끼시고 어린 제자들을 자랑스러워하셨다. 다양한 모음 발음을 1도, 2도⋯ 두 손을 사용하며 세밀하게 가르치신 일들을 즐겁게 말씀하셨는데, 한번은 프랑스 동화인 「푸른수염^{Barbe bleue}」 대사를 훌륭한 발음으로(프랑스에 가지 않았어도 선생님의 음성학 적인 발음 적용으로 원어민 같은 발음을 해내는) 읽어내는 학생들을 자랑스러워 하셨다. 그 당시의 제자들 중에는 근래까지도 선생님께 감사의 글을 드리는 제자들이 있다는 소식을 사모님 윤을병 선생님을 통하여 들을 수 있었다.

우리 성악인들은 공부하고 연주하는 과정에서 여러 나라의 언어로 노래하게 되는데(이태리어, 독일어, 영어, 프랑스어, 스페인어, 러시아어 등) 너무 많아서 미처 그 언어를 배우지 못하고 노래하게 되는 실정이다.

국제 음성학 기호를 따라 노래하지만 어쩐지 프랑스어의 느낌이 나지 않는 우리나라 성악인들의 문제의 해결이 무엇인지를 선생님께서는 알고 계셨다. 한국인으로서 프랑스어 음성학과 언어학의 권위자이시며, 성악가를 아내로 둔 선생님이야말로 해답을 가지고 계셨다고 확신한다. 어느 누구도 이런 조건을 갖출 수 없다고 생각한다.

한동안 매주 목요일 오후 3시 반이면, 이화외고 후문에 있는 한 카페에서 선생님의 가르침을 받았다. 역시 한번 시작하시면 여러 시간 동안 프랑스어에 관한 말씀을 들려주셨다. 무척 좋아하시던 담배도 바깥에 나가셔서 잠시 피우시곤 하셨는데, 성악가인 내게 냄새라도 해를 주실까 꽤 마음을 써주시고 배려가 많으신 어른이셨다.

다른 사람들이 이 훌륭한 분을 몰라 뵈는 것이 안타까워 여러 번 기회를 만들어 보려 하였으나 선생님의 강의는 1회적인 것이 아니었고, 폭 넓고 깊어서 많은 이들이 청강하기 어려웠던 것 같다. 그 후 파리에 사시면서 종종 서울에 오실 때마다 질문 드리면, 몇 시간이고 열정적으로 딕션에 관하여 말씀을 들을 수 있었던 행운을 얻었다. 이제 되돌아보면 나의 작은 그릇으로 그 귀한 지식을 담을 수 없었던 아쉬움과 죄송함이 크다.

때로는 틈틈이 선생님께 예수님, 복음, 간증을 드리면 동의하지 않으시면서도 막지 않으시고, 오랫동안 다 들어주시고는 끄덕이시며 "심 선생은 잘 믿으시오." 하시면서 인정해 주시곤 하셨다. 연배로도 제자의 제자뻘 되면서 전도랍시고 오랫동안 설교(?)하는 나의 미숙함도 용납하시고 경청해 주시는 인품의 어른이셨다.

무언가 대접하고 싶어도 음식을 별로 즐기지 않으셨고, 모처럼 식사를 하셔도 내내 딕션에 관해 말씀하시느라 음식 자체에는 관심이 없으셨다. 말하자면 선생님을 뵙는 시간은 딕션 시간이었고,

뵐 때 작은 질문 하나를 가지고 나가면 그날은 그 주제로 몇 시간이고 말씀해 주셨다.

2004년에는 "프랑스 발음이 성악 발성에는 어려움이 있다.", "프랑스 발음의 뉘앙스를 위해 발음에 너무 치중하면 음악에 무리가 있다."라는 오해들을 풀 기회가 생겼다. 국립 오페라단에서 「카르멘」 공연의 발음지도를 내게 맡겨준 것이었다. 선생님의 가르침에 대한 자신감을 가지고 3개월 동안 함께 공부하고 연주하면서 "프랑스 발음이 뉘앙스가 달라졌고, 이태리 발음처럼 얼굴 앞면에 있어 노래하기에 좋고, 비음도 열려있어 발성에(고음에서도) 도움이 된다."라고 여러 연주자들이 증명해 주었고, 얼마 후, 파리에 방문했을 때 말씀드렸더니 무척 흡족해 하셨다. 마침 '외국인들이 프랑스 발음을 원어민처럼 발음할 수 있는 방법'에 관하여 강의하실 일이 있는데, 그때 그 예를 발표하시겠다고 기뻐하셨다.

처음에는 내 문제를 해결하려고 딕션 공부에 몰두했는데, 대학에서 학생들과 공부할 기회가 생기자, 선생님께서 가르쳐 주신 것들을 적용하고, 정리하게 되었다. 강의 노트가 여러 해 후에는 책으로 출판하기에 이르렀다. 프랑스어에 터무니없이 부족한 지식에도 불구하고, 선생님께서 알려 주신 지식들이 우리 성악인들에게 꼭 필요하다는 것, 장래의 성악인들을 위해서도 전수해야겠다는 생각, 88년 선생님을 뵙게 된 하나님의 섭리들을 생각하며, 마땅히 해야 할 사명이라 여겨져 감히 내놓았으며, 서문에는 책을 쓰게 된 근원이 선생님께 있음을 감사드렸다.

오랜만에 선생님을 회고하면서, 선생님으로부터 받은 지식과 사랑이 헤아릴 수 없으며, 보답을 드리지 못한 죄스러움이 몰려온다.

2008년 가을, 어느 날 문득, 너무 오랫동안 뵙지 못했고, 선생님께서 팥 양갱을 좋아하셨던 기억이 나서 보내드리고 싶은 마음이 간절해지며, 왜 그동안 이런 생각을 못했을까 아쉬워하며 우편으로 부쳤다. 그런데 파리에서 선생님께서 병원에서 투병하고 계시다는 소식을 듣고 선생님께 감사를 담은 편지를 드렸는데, 그 편지가 도착하기 전에 선생님은 세상을 떠나셨고, 윤 선생님께서 영전에 올려 드렸다고 하셨다. 연세도 많으셨고, 점차 허약해 가시는 것을 보았으면서도, 왜 선생님은 늘 곁에 계실 것처럼 여기고 살았던지······.

2010년 윤 선생님과 파리 11구에 있는 뻬르 라쉐즈Pere Lachaise 묘지를 찾아뵈었을 때, 몰리에르, 쇼팽, 프루스트, 발자크, 에디트 피아프···와 같은 공원 울타리 안에 계셨다. 윤 선생님께서는 말년에 최 선생님께서 예수님을 영접하신 일에 감사하며 큰 위로를 받고 계셨다.

평생을 자신의 분야에 몰두하여 학문을 소중히 여기시고 혼신을 다하여 깊은 경지에 이르신 곧고 진정한 학자시며, 온유하신 인격으로 후진들에게 길을 열어주신 분이셨다.

나는 외래강사의 신분으로 가톨릭 대학에서 우수강사로, 연세대학에서 최우수 강사로 표창을 받았다. 이 일은, 귀한 선생님으로 인하여 음악 인생을 보람 있게 보낼 수 있었던 나의 행운이며, 최석규 선생님께 드려야 할 영광임이 분명하다. 나의 책을 통하여, 수업을 통하여 선생님의 뜻을 전할 것이며, 선생님의 가르침이 전하여

져서 우리나라 성악계에 큰 발전을 이루게 될 것을 확신하며, 선생님께 다 표현할 길 없는 깊은 감사를 드립니다.

2012년 5월 신생님의 은혜를 추억하며
프랑스이 딕션을 전수해주신
선생님의 극진한 사랑을 받았던
행운의 제자 심선화

알레지아의 부케 Le Bouquet d'Alésia 카페에서

정재규(조형 사진가)

이곳 생활이 35년째 접어든다. 그사이 이뤄졌던 여러 만남 가운데서 최석규 박사님과의 만남은 좀 특이하다는 생각이 든다. 무엇보다도 파리에 도착한 직후부터 시작된 박사님 댁의 첫 방문부터 금년 2월의 최근 방문까지 그 만남은 이어지다가도 쉬었고 쉬다가 다시 이어지는 리듬을 몇 번이나 되풀이 하고 있다. 1977년 9월 중순 파리에 도착하자마자 서울에서 부탁 받은 조그마한 인편 일로 즉시 댁을 처음 방문하게 되었다. 2009년에 추모 사업으로 발간된 언어학 논문집의 연보를 통해 그전 해(1976년)에 언어학 국가박사 학위를 취득했음을 알 수 있었다. 28세의 청년 사진 조형 실험작가와 51세의 장년 언어학자가 알레지아의 6층 응접실에서 처음 만났었다. 만나자마자 담배를 함께 피우면서 이야기가 시작되었다. 물론 박사님이 먼저 권하셨고 나는 기꺼이 응했다. 사모님이 마련하신 커피 잔 앞에서였다. 커피와 담배가 이후 최 박사님과의 만남에서 빠질 수 없는 동반자가 되었으며 그 맛과 향기는 이젠 시공간을 넘어선 사유의 맛과 향기로 이어질 것도 같다. 이 시기 제자들과 함께 한 연말, 연초의 모임에 몇 번 초대를 받았었다. 나는 조형 분야의 유일한 참석자인 셈인데 80년대 초까지 댁 방문이 가끔 이어지곤 했었다. 파리에서 치른 나의 결혼식에도 참석하셨고, 이후 조그마한 조립식 장난감이 든 달걀 모양의 초콜릿 과자 '킨더Kinder'

파리 카페 오를레앙에서(2005년 12월 8일, 사진: 정재규)

를 카페에서 딸아이에게 선물 하시곤 했다. 자상하셨고 진지하게
상대방의 얘기를 들으시면서 천천히 또박또박 얘기를 이으셨다.

2003년 가을부터 새롭게 시작된 만남의 리듬은 계절에 따른 리
듬이었다. 그해는 좀 유별난 해였다. 8월 초순에 들이닥친 난데없
는 더위로 인해서 많은 희생자가 생겼다. 프랑스에서는 처음으로
겪는 혹서의 재난이었다. 특히 양로원의 노인들이 가장 큰 희생자
였다. 의사와 간호원들이 평상시의 관례대로 여름 바캉스를 떠났
기에 간호와 보호의 일손이 부족했고 냉방 시설이나 선풍기가 미
흡한 환경 속에서 노인들이 숨을 거둘 수밖에 없었다.

그해 가을부터 2008년 10월 초 까지 근 5년간 박사님과의 만남

이 규칙적으로 이어졌다. 여름과 겨울 바캉스 땐 가족과 함께 파리를 떠나셨기에 새봄이 시작되는 3월에서 6월 사이, 초가을의 9월에서 늦은 가을의 11월 사이에 한 달에 한 번쯤 박사님을 뵙게 되었다. 일주일 전에 전화로 장소와 시간을 미리 정한 만남인데 실내 흡연 금지가 시행되기 전까지 알레지아의 부케 카페가 단골 장소였다. 이후엔 근처의 오를레앙 카페로 장소를 옮기게 되었다. 지금도 날씨가 좋은 토요일이나 일요일 오후면 박사님 댁에 전화를 걸고 싶어진다. 항상 사모님이 전화를 먼저 받으셨고 이어 박사님의 음성을 들을 수 있었다. 원고 관계로 사모님과 통화했던 금년 3월 하순에도 '이런 날은 박사님 뵙기에 딱 좋은 날씨'라고 얘기했다.

"아, 여보오세요. 무슈 정……."으로 시작되는 박사님의 억양이 지금도 귀에 맴돈다.

박사님과의 만남은 오후 산보의 연장인 셈인데 그 방식이 좀 특이할 뿐이었다. 즉 한 잔의 커피 앞에서 가끔씩의 흡연과 함께 몇 시간 걸어가는 회상의 산보길이었다. 대개 오후 3시쯤에서 7시경까지 이어지는 이 대화의 산책길에 나는 동반자로 초대되는 셈이었다. 대화는 내 쪽에서부터 주로 시작되었다. 아뜰리에에서의 작업 사항과 전시 관계 혹은 월례 세미나 소식, 최근의 독서에 대한 요약 등이었고 한국과 프랑스의 사회, 정치적 이슈가 빠질 수 없었다. 콜럼버스의 아메리카 대륙 발견을 통한 서구인들의 자기중심적인 사고방식을 박사님은 카페에서 강하게 비판하셨고 2009년의 논문집에서 그 내용을 나는 직접 읽을 수 있었다. 당시(1965년) 이탈리아 정부 장학생에 선발되어 출국 수속을 밟을 때 이탈리아 대사와 문정관 등이 뒤쪽에서 쉬쉬하며 웅성대더라는 얘기도 하셨다.

대화가 후반으로 갈수록 나는 박사님의 얘기를 듣는 쪽이 되었다. 초반에서 요약된 어떤 주제에 대한 박사님의 회상이나 회고가 이어졌으며 내 나름의 상상을 통해 그 정황들을 이해하고자 했다. 주제에 관계된 자전적인 회고와 회상이 자주 등장한 듯하나, 내용의 앞뒤 맥락이 정교했고 하나의 얘기 끝 부분에서는 박사님 나름대로의 아쉬움과 자부심 그리고 비판 등이 곁들여졌었다.

부케 카페는 박사님 댁에서 5분쯤 거리였고 파리 남쪽 근교의 말라코프에 사는 집에서도 쉽게 닿을 수 있는 곳이다. 생-피에르 성당의 측면이 마주 보이고 바로 옆에 고몽 알레지아 영화관과 맞붙어 있어서 주말엔 몹시 북적댔다. 더욱이 파리를 남북으로 관통하는 지하철 4번 선의 알레지아 역 출구를 나오면 바로 카페테라스로 이어지기에 더욱 그러했다. 북적대는 길가 테라스 쪽보단 카페 안쪽의 조용하고 한적한 자리를 택하곤 했는데 응접실 같은 그 분위기 속에서 오후 한나절의 이야기 산책이 이어졌다. 석양이 하늘을 물들이고 성당의 저녁 종소리가 들릴 즈음 사모님이 마련하신 저녁 식사를 위해서 자리를 일어서셨다.

성당 앞의 큰 길을 두 번 가로지르고 알레지아 큰길을 한번 지나서 2~3분 곧장 남쪽으로 향해 가면 댁 입구 모퉁이의 중국 레스토랑 앞에 이르게 된다. 거기서 아쉬운 헤어짐이 이뤄지는데 얘기로 함께 보냈던 몇 시간이 그 순간에는 느닷없이 압축된 어떤 감정으로 나타나서 나와 박사님을 온통 짓누르는 듯 했다. 대낮의 만남과 대화가 저녁의 어둠으로 지워져 가는 것 같기도 하고 질주하는 자동차의 소음이 분위기를 좀 극적으로 만드는 듯 했다. 늦은 가을 저녁의 헤어짐이 특히 그러했다. 그런 저녁일수록 나는 버스 대신 30분쯤 걸어서 말라코프로 귀가했다.

2008년 10월엔 병실에서 뵙게 되었다. 처음 찾아간 나를 보고 담배를 피우라고 손짓하시면서 재떨이를 찾아 주라고 하시는 모습이 떠오른다. 나는 1년 전 경주 탑곡에서 찍은 대나무 숲을 배경으로 한 소나무의 확대 사진을 침대 맞은편 벽에 붙여 드렸다. 그 즈음 대구 아트페어에 '그룹 노방브르Groupe Novembre, 현대 조형사진 6인 그룹' 특별 초대전 때문에 박사님이 떠나신 10월 하순엔 파리에서 먼 사진 속의 그 경주에 가까운 대구에 나는 있었다.

최석규 선생님에 대한 회고의 글을 부탁을 받고 고심을 하던 중 꿈에서(2012년 4월 3일) 최 선생님과 이야기를 나누게 되었는데, 로댕에 대한 평전이 주제가 되었다. 최 박사님은 어떤 일반 언어학자가 쓴 로댕평전이 가장 내용이 충실하고 잘 써진 책이라고 내게 소개하셨다. 저자 이름을 여쭈니까 C… 라는 사람이라고 말씀하셨다. 이어 도서관에서 그 프랑스 학자의 연구저술을 처음 대출했을 때의 경험도 얘기해 주셨다. 즉 이것저것 책들을 찾아 주문한 바 상상외로 저술이 많아서 아예 손수건에 싸서 묶어 가야 되겠다는 생각이 떠올랐다고 얘기하셨다……

한번은 서예가 대화의 주제가 된 적이 있었다. 그 즈음(2006년) 나는 파리 한국문화원의 서예 아뜰리에를 맡아서 일주일에 한 번씩 기초 서법을 가르치고 있었다. 이 같은 만용은 순전히 팔대산인 八大山人, 1626~1705과의 인연 때문인데 그의 세계를 따라가다가 서예를 독학으로 시도하게 되었다. 서예반을 맡아서 가르치게 되었다고 카페에서 자리에 앉자마자 씩씩하게 이야기 드렸다. 박사님은 매우 놀란 표정을 지으면서 "무슈 정이 서예를… 강의해……."라고 하시며 의아해 하셨다. 전후가 이렇고 저렇고 해서 급기야 내가 나섰나는 얘기를 드렸다.

박사님도 댁에서 펜글씨를 쓰신다면서 외조부님의 글씨가 좋아서 매년 정초쯤엔 동네 사람들이 글씨를 받고자 집안을 방문하곤 했다는 회고를 하셨다.

프랑스인들 가운데서 왼손 형이 이외로 많이 띄었고, 전통적인 서법과 서예 정신이 이럴 경우 어떻게 적용될 수 있을지가 의문이 간다고 이야기 드렸다. 상하좌우의 운필법이 오른손 형에 의해서 구축된 경우이기에 이들 왼손 형에겐 필획의 운필이 정반대로 되는 경우이기 때문이다. 그러나 초서草書의 조형미가 초보자들에게도 상당한 관심이 되기도 한다는 등 얘기는 자연스럽게 초서의 조형미에 초점이 맞춰졌다.

"무슈 정, 손과정孫過庭, c.648~c.703과 회소懷素, 725~785를 알지?"

"……?"

부끄럽게도 이들의 이름을 나는 처음 듣는 셈이었다.

"아 그 회소의 초서와 손과정의 초서가 잘 알려져 있지. 회소의 고순첩苦筍帖이 있고 손과정은 글씨는 잘 썼으나 관리여서 그런지 그 내용이 좀 떨어져……."

당나라 시대의 두 초서 대가에 대한 촌평과 그 내막을 설명하셨다. 팔대산인의 '섭사涉事' 두 글자를 초서체로 내가 자신 있게 써 보이니 박사님이 고개를 끄덕이시면서 웃으신 것 같았다. 창암蒼巖 이삼만李三晩의 유수체流水體도 이야기 드렸고 나아가 왕희지王羲之, 344~384의 난정서蘭亭序에 얽힌 당 태종의 흠모와 집착까지도 거론되었다.

한 잔의 커피 앞에서 보낸 박사님과의 시간은 어쩌면 '쓴맛'에 대한 사유의 산책이 아니었던가 한다. 커피 맛이 그러했고 간간히 서로 번갈아 피웠던 담배 맛도 '쓴맛'에 속한다. 마침 초서를 중심으로 한 회소의 광초狂草에 대한 연구서가 그 당시 불어로 출판되었기에 곧장 읽고 고순첩의 그 '쓴맛'에 대한 생각을 하기 시작했다.

'쓰디 쓴 대나무 순과 늦가을에 돋은 차 싹이 아주 좋으니, 급히 좀 구해서 보내주면 하오. 회소 올림'

14자의 그것이 알레지아의 부케 카페에서 또 다른 인연으로 다시 또 싹을 틔울 줄이야……

苦筍及茗異常佳(고순급명이상가)

乃可逕來懷素上(내가경래회소상)

2012년 5월22일, 프랑스 말라코프에서

최석규崔碩圭 박사님 영전에 올림

슈퍼 할아버지, 무슈 최

박성희(이화여자외국어고등학교 제자)

최식규 선생님에 대한 회고의 글을 쓰지 않겠냐는 제의를 받고, 영광이기도 하고 반가우면서도, 또 한편으로는 부담을 떨칠 수가 없었다. 어린 시절 뵈었던 선생님에 대한 내 철없는 기억이 어찌 보면 버릇없을 것 같기도 하고, 격에 맞지 않아 누가 될 수도 있겠다는 생각도 들었다. 하지만, 이러한 내 기억의 조각도 선생님의 한 부분이겠기에, 감히 나의 그리움을 지면에 옮겨 보고자 한다.

슈퍼맨 부럽지 않은 슈퍼 할아버지

나는 이화여자외국어고등학교에 재학 중이던 시절, 1학년 프랑스어 회화를 담당하고 계시던 할아버지 선생님으로서 선생님을 만났기에, 진지한 학문에 대한 이야기를 듣지는 못했다. 당시 나는 최석규 선생님이 위대한 학자라는 생각도 없었고, 어떤 업적들을 이룬 사람인지도 알지 못했다. 아마 설명해 주었다 하더라도, 제대로 이해하지 못했을 것이다. 나에게는 그저 외국어를 14개쯤 할 줄 알고, 그중 대여섯 가지 정도는 원어민 수준으로 유창하게 한다는, 그런 의미에서 슈퍼맨 같은 선생님이었다. "와, 저 나이에 나도 저렇게 외국어를 많이 할 줄 알면 정말 좋겠다."라고 부러워하면서도, 막상 정확한 연세도 알지 못했다. 그저 수업 중에 "내가 동경대를 가려고 했는데 해방이 되는 바람에 연세대학에 갔다."라고 말씀하셨기에 "아, 내가 알고 있는 사람들 중에 제일 나이가 많으시구나."라고 짐작했을 뿐이다.

고등학교 선생님들에겐 모두 학생들이 붙인 별명이 있기 마련인데, 최석규 선생님은 프랑스어를 가르치셨던 이유로 그저 '무슈 최'였다. 그렇게, 선생님은 나에게 '슈퍼 할아버지 무슈 최'가 되었다. 나의 친할아버지, 외할아버지는 내가 태어나기도 전에 돌아가셨기 때문에, 나는 유독 할아버지 선생님이 좋았다. 언제나 인자하게 웃으시는 것도, 때론 완고해 보이는 것도, 독한 담배냄새에 섞인 진한 향수냄새도, 유럽을 '구라파'라고 칭하는 그 옛날 말투도 그저 신기하고 좋았다. 그래서 나는 2학년이 되어서도 슈퍼 할아버지 무슈 최에게 편지도 전해 드리고, 찾아도 뵙고 하며 좋아했던 기억이 난다.

"이것은 나만이, 나만이 이렇게 설명할 수 있어"

돌이켜 생각해 보면, 어려운 공부를 다 하고, 유명한 대학들에서 강의하던 선생님께 고등학교 1학년짜리 학생들에게 발음을 가르치는 일은 어떤 의미였을까 궁금해진다. 아마도 숲과 들을 누비며 사냥을 하던 독수리가 병아리들을 모아 놓고 "모이는 이렇게 쪼아 먹어야 체하지 않는 거야."라고 일러주는 심정이 아니었을지. 편한 마음이어서 그러셨는지, 원래 성격 때문이었는지는 잘 모르지만, 무슈 최는 수업 중에 간간히 옛날 얘기하듯 자랑을 하시곤 했다.

대학 시절, 공무원들이 영어 문서를 작성하면 그것을 교정 봐주는 아르바이트를 했다는 것, 영어 수업에 들어가서 손을 들고 질문을 하려고 하면 가르치는 사람이 긴장하곤 했다는 것, 일본어 사전 작업에 참여했었다는 것, 소르본느 대학에서 프랑스 학생들에게 프랑스어로 음성학을 강의했다는 것, 그리고 이딜리아어 발음 수입 중에 성악을 하시던 사모님을 만나셨다는 것까지 모두 선생님의 옛날 얘기로 직접 전해 들었다. "와, 대단하다." 싶으면서도 자랑이 너무 많아 허풍처럼 느껴졌는데, 그것들이 모두 사실이었음을 생각하면 지금도 입이 다물어지지 않는다.

한번은 선생님께서 프랑스어의 모음 발음에 대해 설명을 하시다가, "이것은 나만이, 나만이 이렇게 설명할 수 있어."라며 뿌듯하게 강조하신 적이 있었다. 너무도 당당한 스스로에 대한 자랑이어서, 우리는 재밌어하며 까르륵거렸던 기억이 난다. 이 역시 지금 생각해 보면, 사실에 근거한 자랑이었던 것 같다. 우리는 고등학교 시절, 처음 프랑스어를 배울 때 모음 삼각도에 기초해서 발음을 구분했고, 구분이 어렵다는 발음도 선생님의 수업을 들었던 사람들에게는 명확하게 다른 발음으로 인식되었다. 그 이후로 어디에서도 나는 그렇게 명확한 발음 설명을 들어본 적이 없다.

완벽주의자 무슈 최

나중에 더 확신하게 된 것이지만, 고등학교 때의 수업만 봐도 무슈 최는 완벽주의자였다. 고등학교 때는 보강이라는 것을 하는 일이 거의 없는데, 선생님께선 시험 전에 생각한 만큼 진도가 나가지 않으면 시험 진도를 조정하는 것이 아니라 방과 후에 학생들과 시간을 따로 정해서 보강을 하셨다.

수업을 하는 방식에서도 선생님의 성격이 드러났다. 선생님의 수업 방법 중 특이했던 것을 몇 가지 꼽자면, 손수 만드신 한 장짜리 발음 설명 자료와 프랑스어 모음을 손동작으로 표현한 율동, 그리고 동화를 녹음해서 제출하는 발음 평가를 예로 들 수 있을 것 같다.

선생님은 컴퓨터로 만든 교재에 익숙한 우리에게 직접 써서 만드신 한 장짜리 자료를 나누어 주셨다. 특유의 꼼꼼함으로 정말 빽빽하게 써 넣었기에, 보기에는 어려움이 좀 있었지만, 프랑스어 발음 규칙을 한 장에 정리해 놓은 보기 드문 교재라서, 졸업한지 십 년이 된 지금도 보관하고 있다.

또한, 발음을 수업 중에 구분하기 위해서 모음 발음 기호 하나하나에 각각 손동작을 붙였는데, 가령, [u] 발음은 오른손을 주먹 쥐고, [i] 발음은 왼손을 가로로 뉘어서 쫙 펴고, [y] 발음은 왼손을 주먹 쥐는 식이었다. 임의로 정한 것이 아니라, 전설모음인지 후설모음인지, 입을 얼마나 벌려야 하는 것인지에 따라 손동작을 정한 것이어서, 기본적으로 음성학적인 발음 분류에 기초한 것이었다. 우리는 「Frère Jacques」라는 동요에 맞춰서 이 모음 손동작을 하는 것으로 시험을 보았는데, 나중에 아이들이 익숙해진 뒤에는 다들 발음을 생각한다고 하기 보다는 손이 자동으로 움직여졌던 것 같다.

또 한 가지 시험은 「Barbe Bleue(푸른 수염)」라는 동화를 각자 역할을 나누어 녹음하는 것이었다. 남자 주인공, 여자 주인공, 해설

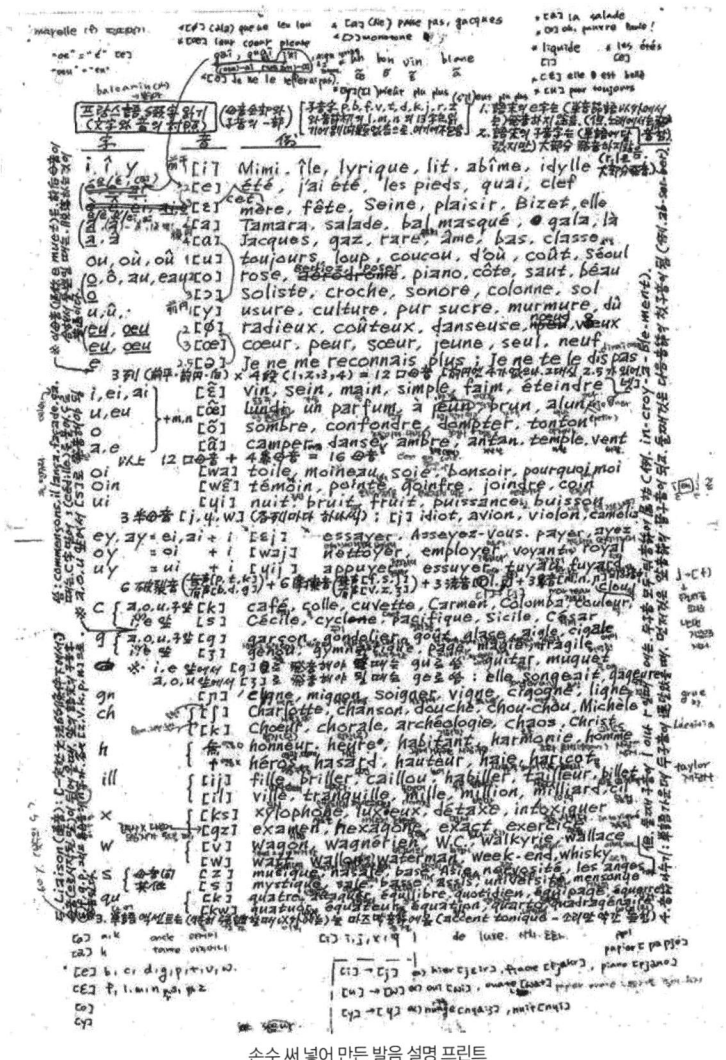

손수 써 넣어 만든 발음 설명 프린트

등 각각의 역할을 맡은 학생들이 한 조가 되어서, 같이 읽은 것을 녹음해서 제출하고, 또 수업 시간에 연극으로도 했던 기억이 난다.

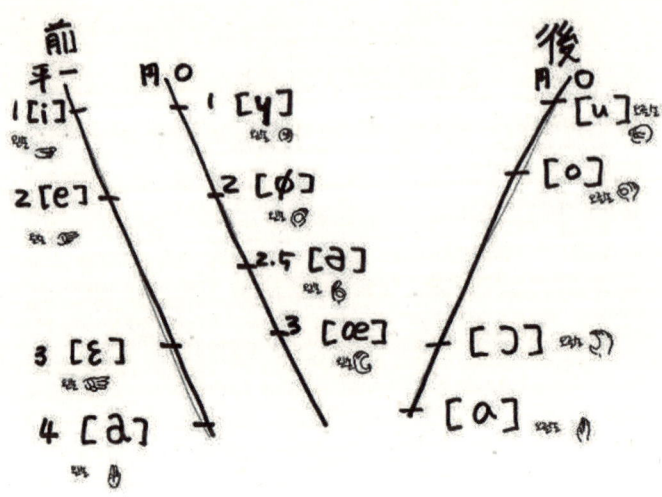

모음 삼각도와 발음기호 손동작

학생들 입장에서야 연극하는 것이 더 재미있었지만, 선생님께서는 녹음테이프를 자세히 들으며 각각의 발음을 꼼꼼히 평가하셨던 것 같다.

　보통 1학년 회화 수업을 하면 간단한 대화 지문을 쓰고 외워서 말하는 것이 일반적인데, 노래에 맞춘 발음 율동에, 동화 구연 녹음과 연극까지 했으니, 얼마나 완벽한 발음을 중요하게 생각하셨는지 짐작하고도 남는다. 안타깝게도 지금은 많이 잊어버려서, 나의 프랑스어 발음을 지금 무슈 최가 듣는다면 하늘나라에서라도 답답해서 천둥 번개를 치실 일이지만, 그때의 영향으로 「Barbe Bleue」의 앞부분은 아직도 프랑스어로 외워서 낭독이 가능하다.

　나중에 알게 된 일이지만, 선생님께서는 무엇 하나를 수정 없이 쓴 적이 없는 듯하다. 편지를 쓰셔도, 교재를 만드셔도, 또는 논문을 쓰셔도 항상 수정한 흔적이 있었다. 집에 보내시는 편지에도 초안을 따로 작성하셨다는 이야기를 듣고는 고개를 절레절레 저은 적이 있다. 모든 것을 한 번 더 수정하고, 조금 더 완벽하게 만들려는 완고함, 그것이 무슈 최의 가장 큰 특징 중 하나가 아니었을까 싶다.

어긋난 인연, 그리운 무슈 최

내가 졸업을 하고, 무슈 최도 이화외고를 떠난 뒤, 나는 한 번도 선생님을 다시 뵙지 못했다. 파리에 머무시는 주소를 알려주셔서 간혹 편지를 하곤 했지만, 그곳까지 찾아가 뵐 엄두는 내지 못했다. 그러던 중, 교환학생 기간 동안 미국에 머물게 되었는데, 하필이면 그때에 선생님께서 한국을 다녀가셨다는 소식을 들었다. 아니, 정확히 말하면 전해 들었다 하기 보다는, 선생님께서 나를 만나시기 위해 백방으로 수소문 했으나 만나지 못하셨음을 편지로 알려 주셨다.

한자 까막눈이었던 나로서는, 간자체로 쓴 한자가 가득한 무슈 최의 편지를 받고 어지러웠던 것이 사실이지만, 수많은 제자들 중 나를 기억해 주시고 찾아주셨으나 만나지 못하신 안타까움에 손수 편지까지 하신 데 대한 감사함으로 벅찼던 것이 기억난다. 편지에 나와 있던 전화번호로 전화를 했을 때는 이미 파리로 돌아가신 뒤여서, 미국 어디에 있다 왔느냐고 자세히 물으시고, 파리에 와서 댁에 머물다 가라고까지 말씀해 주셔서 반가운 마음에 그저 좋

기만 했다. 직접 만나서 전해 주시겠다던 사진엽서는 이제 받을 길
없게 되었지만, 이후 전화 통화를 통해, 그리고 자상하신 사모님을
통해 계속 소식을 주고받을 수 있게 된 것만으로도 한없이 감사할
일이다.

나는 얼마 전부터 잠시 다녔던 회사를 그만두고 대학원 공부를
시작했다. 선생님께서 아셨다면 진심으로 응원해 주시고 조언도
많이 해 주셨겠지만, 안타깝게도 내가 회사를 그만두기 몇 달 전에
하늘나라로 쉬러 가셨다는 소식을 들었다. 아직 걸음마도 제대로
못하는 내가 선생님의 경험과 생각을 이해하려면 많은 세월동안
더 공부해야겠지만, 그래도 나중에 선생님께 "저도 참 열심히 노력
했어요."라고 말씀드릴 수 있도록 더욱 열심히 해야겠다고 다시 한
번 마음을 다잡는다. 아, 보고 싶다, 슈퍼 할아버지 무슈 최.

최 석규 교수님을 추억함

김정수(한양대학교 국어학)

서울에서의 최석규 선생(2004년 10월 16일, 사진: 김정수)

최 석규(1926~2008) 교수님을 2004년 10월 16일과 23일 두 번 만나 뵈었는데, 돌아가신 뒤에 여러 사람의 노력으로 논저를 모아 보니, 그 분량이 아주 적은 편이다. 음성학과 음운학이 최 교수님의 전공 분야였다. 연세 대학교에서는 철학을 전공했으나, 프랑스에 가서는 언어학으로 전공을 바꾸고, 삐에르 푸셰Pierre Fouché에게 음성학을, 앙드레 마르띠네André Martinet에게 일반 언어학을 배웠으며, 일본말 음운 구조에 관한 논문으로 국가 박사 학위를 받았다. 주요 논문 대여섯 편의 제목으로 보아 일본말과 한국말의 음운 체계가 주요 관심사였음을 알 수 있다.

최 교수님은 귀먹은 이들이 손으로 말을 하듯이 다섯 손가락만으로 프랑스말의 홀소리들을 구분해 보이셨다. 푸셰의 정밀한 음성학을 철저히 체득하신 것으로 보였다. 언어의 실체를 중시하는 경험주의적인 유럽 언어학에 통달한 최 교수님한테 배울 것이 많겠다는 생각에 나는 한양 대학교에 방문 교수로 모셔 오고 싶었다. 최 교수님의 승낙을 받고 최 교수님이 프랑스로 돌아가신 뒤에 나는 언어학 분야의 동료 교수들에게 의향을 타진해 보았다. 최 교수님의 존재조차 모르는 이가 거의 전부인 데다가 설득력이 모자란 탓으로 반응이 전혀 없었다. 동료 교수들의 동의와 협력 없이 이런 일을 진행할 수는 없었다. 이런 사정을 최 교수님에게 통하는 다른 사람의 전자 우편으로 알려 드렸으나 답변이 오지 않았다. 최 교수님이 별세하신 지 1년이나 지난 뒤에 부인 윤 을병 여사를 만나서 비로소 나의 통지가 최종적으로 전달되지 않았다는 것과 최 교수님이 한양대에 와서 강의하게 되기를 무척 고대하셨다는 것을 알게 되었다. 어찌나 미안하고 죄송한지 모르겠다.

최 교수님은 연세대 철학과 학생 때 이미 영어를 영문과 교수보다 낫게 하셨고, 일본말과 프랑스 말에 능통하셨으며, 나폴리 지방의 방언을 연구할 만큼 이탈리아말에도 능숙하셨던 것 같다. 독창적인 논문을 써서 지도를 받으려고 마르띠네한테 주었는데 오래도록 답변을 기다리던 중에 마르띠네가 아무런 언급도 없이 자기 이름으로 발표하는 것을 보고 항의도 못 했다 한다. 지도 교수의 위엄과 권력이 그리도 컸던 모양이다. 거장 마르띠네의 비열함에 대한 울분이 지금도 내 가슴에 치민다.

생전에 들은 말씀과 행적을 되짚으면 '프랑스 언어학계에서 가 뭇없이 스러진 천재'라는 안타까움만 남는다. 최 교수님의 음성학 과 음운학은 우리가 반드시 본받을 만 한 장점이 있다. 특히 프랑스 말 음성의 실체를 집대성한 푸셰의 제자였기에 그 실증적인 연구 자세와 방법을 배울 것이 있고, 마르띠네에게 절취당한 연구 성과 가 과연 어떠한 것이었는지 적은 논문이나마 샅샅이 살펴서 암호 를 풀듯이 찾아내고 밝혀야 할 것이 있다. 누군가 손이 닿는 대로 최 교수님이 관여했던 학회의 기관지며 대학교의 도서관 등과 최 교수님의 유품까지도 자세히 조사하면 얻는 것이 있을 것이다.

최석규 선생님과의 추억

성낙수(한국교원대학교 교수, 외솔회 회장)

1988년 겨울, 나는 난생 처음으로 프랑스 파리로 날아갔다. 나라의 돈을 받아, 일 년 동안 파리 7대학의 객원교수로 가 있게 되었기 때문이다. 그렇게 되기까지에는 은사 박창해·김석득 선생님을 비롯한 여러분들의 큰 도움이 있었고, 초청은 파리 7대학에서 근무하시는 역사학자 이옥 선생님에 의하여 이루어질 수 있었다.

막상 파리에서는 별로 할 일이 없었다. 마땅히 공부할 곳도 없고, 강의를 하는 것도 아니었다. 파리에 있는 대학들은 교수들도 연구실이 없다는데, 땅값이 비싸서 그런 공간을 만들기가 어려워서라고 한다. 그러니 객원교수에게 연구실을 배정해 줄 리 없었다. 그래서 내가 찾은 일이 '퐁피두 기념관Centre Pompidou'의 도서관에 가서, 내가 연구 주제로 내걸었던 '유럽의 방언학 연구'에 관련된 책을 복사하고, 주말에는 프랑스와 유럽 각지를 여행하는 것이었다.

파리에는 대학교 선배님으로 위에서 언급한 이옥 선생님과 최석규 선생님이 계셨는데, 이 분들은 프랑스와 유럽에서만이 아니라, 세계에서도 알아주는 큰 학자들이었다. 당시 프랑스에서 한국인으로 국가박사doctorat d'état를 받은 이로는 이 두 분밖에 안 계시다고 하였다. 이옥 선생님은 나를 파리 7대학의 동양학부에 초청해 주셨고, 술을 좋아하셔서 나와 가끔 만나 술을 마시며, 담소를 나누곤 하였다. 내가 한국에 돌아온 이후에도 이 선생님께서 한국에 오시면, 역시 박창해 선생님이랑 같이 식사와 술자리를 가지곤 하였는데, 지병으로 세상을 떠나셔서 나를 슬프게 하셨다.

최석규 선생님은 파리의 남쪽 '씨떼Cité Internationale Universitaire de Paris' 근처에서 사셨는데, 가끔 전화를 하셔서 카페 '부케'에서 만나자고 하셨다. 선생님은 술을 좋아하지 않으셔서인지, 대신 아이스크림을 사주셨다. 나는 한국에서 아이스크림을 그렇게 자주 먹어본 경험이 없었는데, 큰 통 안에 들어있는 여러 가지 색깔의 아이스크림을 골라서 먹으라고 일러 주셨다. 그래서 아이스크림이 그렇게 맛이 있는 줄 처음으로 알게 되었다.

선생님은 다방면의 학문에 박학하셨지만, 특히 나의 전공인 방언학에 높은 학식을 가지고 계셨으므로, 언어·한국어·방언에 관한 주제로 많은 대화를 나누었다. 특히 방언학에 관한 이야기를 하시다가, 그분의 스승인 마르띠네André Martinet와 불편해지신 과정을 소상히 말씀해 주셨다. 내 기억이 정확한지는 의문이지만, 마르띠네는 어느 한 방언은 그 표준어의 변이 현상이라고 보았는데, 선생님은 각 방언이 독립적으로 발전했다고 보신다는 것이었다. 그 생각의 다름 때문에 마르띠네가 고까워해서 최 선생님에게 오랜 기간 해오던 소르본느 대학Université de Paris-IV: Paris-Sorboone의 강의도 안 주고, 그가 주도하는 언어학 잡지에 논문도 실어주지 않는다는 것이었다. 나는 그 이야기를 듣고, 스승과 제자와의 알력이 우리나라에만 있는 줄 알았더니, 세계적인 학자 간에도 있다는 사실에 실소를 금할 수 없었다. 아니 오히려 학문이 고매할수록 자기 이론에 자부심을 느끼므로, 다른 사람(제자를 포함)의 도전을 받아들이기 어려워서 그런지도 모른다.

선생님은 언어에 대한 선천적인 자질이 출중하신지, 한국에 가서 버스를 타고 사람들의 말을 들으면, 그 어조로 어느 지방 사람인지 금방 알 수 있다고 하시고, 한국의 방언학이 답보상태임을 안타까워 하셨다. 선생님은 당시에도 프랑스의 국립학술연구소Centre national de la recherche scientifique: CNRS에서 프랑스 방언에 관한 연구를 하시고 계셨으니, 그 심정을 알 만하였다.

어느 땐가 한국에 갔다 오시더니, 그곳에서 언어와 문학 등에 대하여 강연을 하셨는데, 그 내용 중에서 프랑스의 문학작품이 한국어로 아주 잘못 번역되어 있는 것을 지적하셨다고 하셨다. 예컨대 보들레르Charles-Pierre Baudelaire의 「악의 꽃Les Fleurs du Mal」의 번역본이 엉터리임을 토로하시고, 시는 고도의 상징과 은유 등이 쓰일 뿐만 아니라, 온갖 수식으로 이루어지니, 모국어 화자라도 다 이해하기는 어렵다고 하시고, 아마도 그 작품은 일본인들이 잘못 번역한 것을 또 한국 사람들이 오역을 해서 그런 것 같다고도 하셨다. 그러면서 선생님도 30년이 넘게 프랑스에서 살았지만, 어떤 시나 말은 이해하기 어려워 그곳에서 태어난 자녀들에게 물어보신다고도 하셨다.

어떤 때는 참 세상이 좁아졌다고 즐거워하시기도 했는데, 그 이유는 이러했다. "전에는 프랑스에서 배로 짐을 부치면, 거의 두

달이 걸려야 한국에 도착했는데, 요즘은 한 주 또는 두 주만에 도착하기도 한다. 아마도 대서양을 거쳐서 짐을 나르지 않고, 시베리아 횡단 철도를 거쳐 러시아의 블라디보스토크Vladivostok으로 날라서, 거기서 배로 부산에 가는 것 같다."고 하셔서, 아직 소련과 국교를 맺지 않은 상황이라 나도 반신반의했다. 그리고 그 후 얼마 지나지 않아 러시아와 우리나라가 국교를 맺는 것을 보고, 그 분의 혜안에 놀라움을 금치 못했는데, 나중에 나도 블라디보스토크에 가보고, 더욱 그 분의 관찰력에 탄복하였다. 우리나라와 그렇게 가까운 곳에 러시아의 큰 항구가 있다는 것을 실감해서였다.

내가 선친이 암으로 투병 중이셔서 귀국하려 할 때 선생님은 헤어짐을 안타까워하시며, 미국에서는 암을 고치려면 좋은 음식을 많이 먹어 체력으로 이기라고 하는데, 유럽에서는 영양가 있는 음식을 먹으면, 암세포도 그 영양가의 영향으로 빨리 퍼진다고, 가능한 한 최소한의 영양으로 살아야 암을 고치니, 가서 아버지도 그렇게 치료해 보는 것이 어떠냐고 일러 주셨다. 그러나 나는 그런 좋은 처방법도 시험해 보지 못하고, 아버지는 돌아가셨다.

언젠가는 선생님이 댁에 이대 음악대학 학장이라는 분이 오신다고 오라 해서, 양주 한 병을 사가지고 댁에 갔더니, 사모님이 한국에서 도토리 가루를 가져오셔서 묵을 했다고 내놓으셨다. 한국에서 음대 교수까지 하신 사모님이 한국의 묵을 잊지 못하시고, 프랑스에서 그것을 만드시는 것도 놀라웠지만, 그 맛이 기가 막혀서 그것을 안주로 하여 양주를 흠뻑 마신 일도 있다. 그리고 프랑스에는 마로니에가 지천으로 있는데, 그 나무가 상수리과여서 열매가 상수리나 도토리와 같으니, 그것을 우려서 묵을 하면, 돈을 꽤 벌 수 있겠다고 생각했는데, 나중에 어디선가 보니, 일본인이 이미 묵을 만들었다고 해서 혀를 찼다.

선생님은 다른 분들이 평가하시는 것처럼 공부만 아시는 분이지만, 정말 속으로는 정이 많으셨다. 그건 아직 제자뻘밖에 안 되는 나에게 그렇게 다정히 대해주시고, 많은 학문적·인간적 담화를 나눈 데서 알 수 있었다. 그 먼 나라에 가서서 오랜 기간을 지내시면서, 고국에 대한 그리움과 애정을 간직하시고, 한국어문학에 대한 깊은 지식을 갖추셨음에 존경심을 금할 수 없었다.

이제 하늘의 부르심으로 이 세상에 계시지는 않으나, 나는 지금도 그 분의 가르침과 아낌을 받은 것을 영광으로 생각하며, 진심으로 영전에 감사드린다.

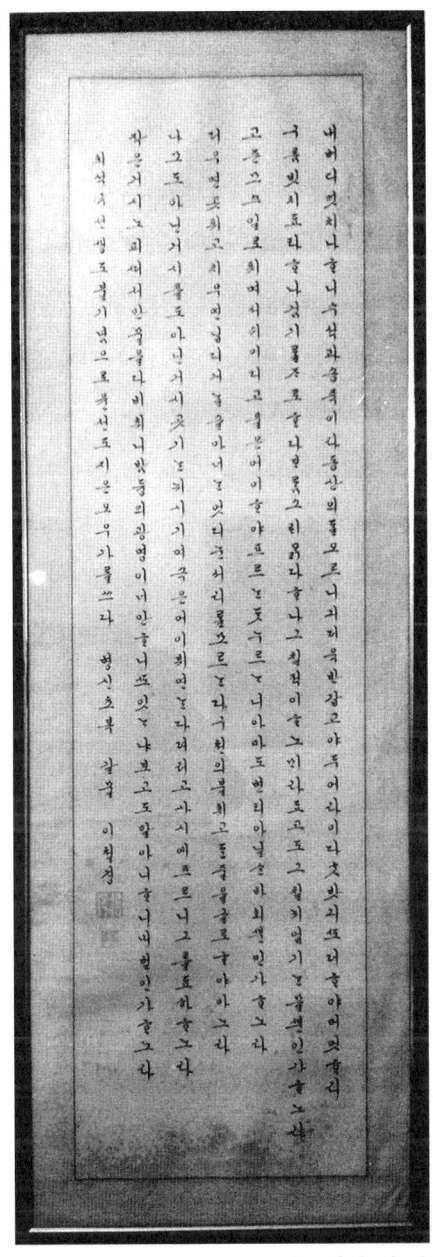

파리 응접실에 걸려있는 액자. '최석규 선생 도불기념으로 윤선도의 오우가를 쓰다.
병신초복 갈물 이철경'이라고 적혀 있다.

박두진 선생의 휘호. 다음과 같은 글귀가 적혀 있다.

대도大道가 없어진 다음에 인의仁義가 나타났다.
지혜知慧가 나타난 다음에 큰 위계大僞가 있게 되었다.
육친六親이 화목하지 않게 되자 효자孝慈를 내세웠다.
국가가 혼란하게 되자 충신이 있게 되었다.
老子

- 최석규 선생 대인을 위해 신축년(1961) 가을
혜산(兮山) 박두진(朴斗鎭)

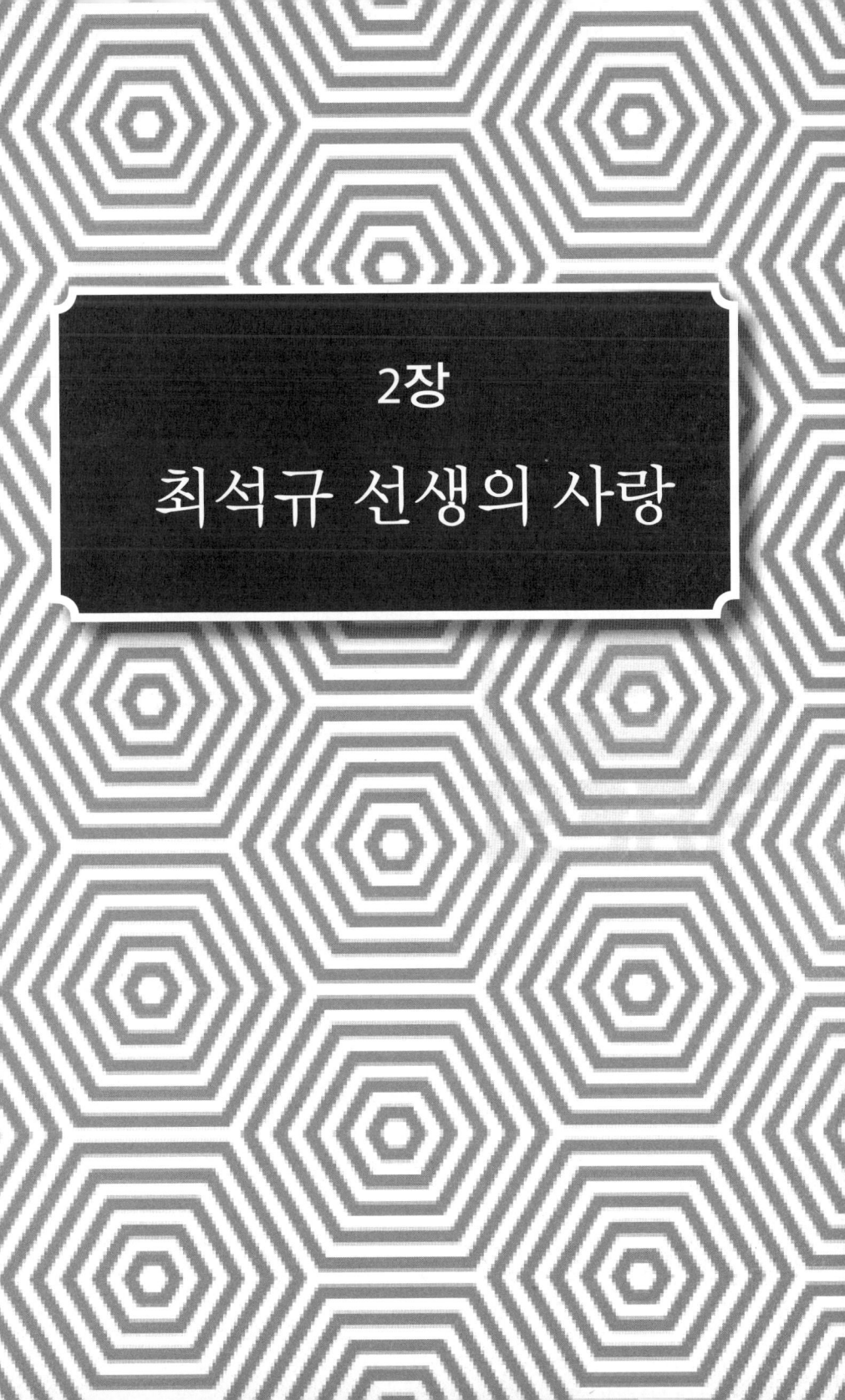

2장

최석규 선생의 사랑

어머님 전 상서

사랑하는 어머님 영전에

어머님께서 갑자기 세상을 떠나셨다는 비보를 받고, 어머님의 말년에 자식된 도리를 하지 못한 저는 마치 하늘이 무너지고 땅이 꺼지는 듯한 절망과 가슴을 에어내는 듯한 가책에 울며, 조석으로 어머님 영전에 참회와 심고를 드리고 또 사은제謝恩祭 전에 어머님의 천도薦度를 빌기 위래 일심

최석규 선생의 어머니

으로 염불과 기도를 드려 왔아오나. 이제 마침내 칠칠재의 날을 마지하여, 조금이라도 더 가까이 어머님께 저의 서원誓願을 말씀드리기 위해 이 글을 서울로 보내 삼가 다시 어머님 영전에 봉정奉呈하나이다.

＊ 1970년의 글.

연로하신 부모님을 일심으로 봉양했어야 될 저희들이 수년래 멀리 외국에 나와 있음으로써 그동안 노약하신 어머님께서 말 못할 고생을 하심을 생각할 때, 저의 마음은 늘 괴로웠고 한시도 불안을 놓을 수가 없었습니다. 그러면서도 시작한 일을 중도에 포기할 수 없어서 이제 일이 년 내에 일을 미치고 돌아가서는 오로지 부모님께 마음껏 효도를 다하고 노후를 즐겁게 해드리려고 기약하며 지내던 저로서, 어머님께서 이렇게도 갑자기 세상을 떠나셨다는 슬픈 운명은 그만 저의 인생을 돌이킬 수 없는 불효로 결정지어 놓았으니, 저는 이 설음, 이 아픔, 이 괴로운 가책을 평생 가슴에 지니고 어떻게 살아갈 수 있을 것인지 암담한 죄인이 되어 삶의 앞길이 보이지 않습니다. "나무가 조용하려 해도 바람이 기다려 주지 않고, 자식이 효하려 해도 부모가 기다려 주지 않는다"고 한 옛 성인의 말씀이 언제나 악몽처럼 제 마음을 괴롭혀 왔지만 저의 어리석음과 잘못으로 말미암아 그것이 바로 저의 운명으로 떨어지게 되었으니, 저는 하늘을 볼 낯도 없고 어머님의 깨끗하시고 착하시고 인자하신 모습이 마음에 떠오를 때마다 감은과 참회에 너무나 가슴이 아파지며 그지없이 눈물이 흐릅니다.

　이기주의에 가득 찬 이 싸늘한 인간 세상에 부모님의 사랑처럼 한계 없고 희생적인 사랑이 또 어디에 있겠으며, 세상에 진실한 것 중에 부모님의 은혜에 비할 것이 또 어디 있겠읍니까? 그러므로 부모의 은혜는 사은四恩 중에서 가장 먼저 깨닫는 은혜요. 부모의 은혜를 모르는 자로서 천지·동기·법률의 은혜를 깨달을 수는 결코 없는 것인 줄 압니다. 어머님께서는 저를 나주셨을 뿐 아니라 어려운 시기에 어지신 사랑과 말할 수 없는 희생으로써 저를 길러 주셨고 최고의 교육까지 받게 해 주시었으며, 또 제가 저 하나만을 위해 잘사는 사람이 되지 말고 세상에 큰 이익을 주는 사람이 되라고 귀한 교훈과 실천의 예로써 훌륭한 정신교육까지도 주시었습니다. 그뿐 아니라 어렸을 때부터 저를 종사님 앞에 자주 데리고 나가시고 일즉이 정법회상正法會上에 인연을 맺어 주시었으니 어머님은 저의 육신肉身의 어머님이실 뿐 아니라 정신의 어머님이시고, 정법연원正法淵源의 어머님이시었습니다. 단지 저를 나서 길러 주신 육신의 어머님으로서도 그 은혜가 태산과 같거든 하물며 저에게 이 같은 학향學向 인생관, 그리고 정법인연까지 맺어 주신 우리 어머님의 크신 은혜를 어찌 태산으로만 비하겠습니까? 이렇듯 뛰어나신 우리 어머님을 생각할 때, 설사 제가 자식으로서 후회 없이 효도를 다했다 하드라도 지금 그 설음이 무한할 것이어든, 하물며 어머님의 말년에 편히 모셔 드리기는커녕 오히려 말할 수 없는 육신과 정신의 고초 속에 사시다가 가시게 하였으니 지금 저의 마음은 무한한 슬픔을 지나 저 자신을 도저히 용서할 수 없는 죄인으로서 오직 처참하기만 합니다. 저는 지금 마치 어둠 속에서 빛을 찾듯이 이제라도 어머님께 대한 저의 불효를 조금이라도 도리킬 수 있고, 이제라도 어머님의 은혜에 조금이라도 보답할 수 있는 길이 있기를 갈구하며 또 그것이 있어야만 앞으로 감히 이생을 살아갈 수 있는 심경입니다.

어머님, 저는 앞으로 어머님의 마음을 가지고 저의 일생을 살겠습니다. 어머님께서 주신 제 육신으로 어머님의 마음을 산다는 것은 제 마음에 말할 수 없는 기쁨을 줄 뿐 아니라 어머님의 마음을 바로 제 것으로 하고 볼 때, 특별히 어머님께서 저에게 당부하셨던 여러 가지 일과 평소 어머님께서 저에게 기대하셨던 모든 일뿐 아니라 어머님께서 늘 회중에 사업을 못해 안타까워하시던 일, 또 외조부모님의 영靈을 위해, 하고 싶으셔도 능력 없어 못하시던 일, 어머님으로써 대代가 끝인 박씨 댁 선산先山 뒷일에 대해 괴로워하시던 일 등 그전에는 무심히 생각하던 수많은 일들이 생생하게 제 마음에 느껴지며 괴로워지고 그 한 일, 한 일을 생각할 때마다 착하신 어머님 마음 앞에 가슴이 아퍼지고 눈물이 흐릅니다. 생각이 미치는 대로 모든 일을 조목조목 적어 두었아오며, 제가 돌아가서 곧 할 수 있는 일은 곧 실행하고 당장에 할 수 없는 일은 능력이 생기는 대로 하고, 일생 걸려 할 일은 일생을 통해 꼭 실현하겠습니다. 앞으로 제가 오직 부모님의 마음을 실현하며 산다는 것은 그대로 제가 가장 옳게 사는 길이 됨을 알았고 저의 마음, 저의 일이 따로 있는 것이 아니라 저의 발전, 그리고 제가 사회에 나가서 할 모든 일까지도 전부가 그 속에 포함된다는 것을 깨닷게 됩니다.

그러하오니 어머님께서는 이 세상에서 다 못하신 일과 마음에 걸리시던 모든 일을 그 마음 채 저에게 넘겨주시고, 이제 이생의 육신을 떠나 새 육신을 받으시는 이때에 오직 정정일념으로써 어머님께서 평생 그토록 그리시던 부처의 세계를 찾아 좋은 새 인간의 몸 받으셔서 이생에서 지으신 많은 복 받으시고, 또 종사님, 외조부모님, 누나, 형의 은연은 물론 그밖에 수많은 아름다운 새 인연도 지으시며 제가 이생에서 부모님의 아들로서 할 일을 다 하고 보은의 인연을 따라 다시 뵈올 때까지 어머님의 제법서원諸法誓願을 따라 끊임없이 진급을 거듭하시어 어머님의 영위靈位는 어느 생에 있어서나 상독로常獨露요, 도심道心은 만세를 통해 무궁화와 같고 그 행하심은 한 일, 한 일이 대성현과 같으시기를 아직 이생의 아들인 저는 전심전령全心全靈을 다해서 빌겠습니다. 생사란 그 육신을 바꾸고 그 위치를 바꾸는 것뿐이요, 삼계三界가 다 이 세상임을 알 때 정말 이별은 없다는 것을 알게 되오며, 다만 저는 이생에서 훌륭하신 어머님의 아들로서 너무나 도리를 못한 것이 원통할 따름입니다.

비록 이제 어머님께서 새 몸을 받으시고 또 앞으로 제가 반드시 같은 위치에서 어머님을 다시 뵙는 것은 아닐지라도 어머님께 대한 저의 보은은 만세를 통해서도 다 할 수 없을 것이며, 저는 언제나 어머님의 복과 선연善緣과 진급進級을 기원하면서 이생을 사는 동안 어머님의 뜻을 제 힘껏 실현하고 저의 할 바를 다한 다음 저 또한 어머님의 뒤를 따라 가겠습니다. 사랑하는 어머님, 지금도 어머님의 무량無量하신 은혜의 바다에 살고 있는 저는 오직 어머님께서 가장 훌륭한 천도를 받으시기를 빌며, 일심무념이 되어 사은전에 심고와 기도를 드리는 바입니다.

원기 55년 11월 27일

불효자 석규 합장복정

사랑하는 어머님 靈前에. —

어머님께서 갑자기 世上을 떠나셨다는 悲報를 받고, 어머님의 末年에 子息된 道理를 다하지 못한 저는, 마치 하늘이 무너지고 땅이 꺼지는 듯한 絶望과, 가슴을 에어내는 듯한 苦痛에 울며. 朝夕으로 어머님 靈前에 懺悔와 心痛에 울며. 또 四恩前에 어머님의 萬壽를 빌기 위해. 一心으로 念佛과 祈禱를 드려왔어오나. 이제 막침내 손수 菜의 낯을 마지하여. 조금이라도 더 가까이 어머님께 저의 哀願을 말씀드리기 위해. 이을을 서울로보내. 삼가다시 어머님 靈前에 奉呈 못하나이다。

年老하신 父母님을 一心으로 奉養했어야 될 저의들이 數年來 멀리 外國에 나와있음으로 써. 그동안 老病하신 어머님께서 말못할 苦楚를 하심을 생각할때·저의 마음은 늘 괴로웠고. 한時도 不安을 놓을수가 없었읍니다. 그러면서도 시작한 일을 中途에 抛棄할수 없어서. 이제 二三年內에 일을 마치고 돌아가서는 오오지 父母님께 맘껏 孝道를 다하고. 老懷를 즐겁게 해드리려고 期約하며 지내던 저로

서. 어머님께서 이렇게도 갑자기 世上을 떠나셨다는 슬픔은 목숨을. 그만 저의 人生을 돌이킬수 없는 不孝로 決定지어놓았으니. 저는 이 설움. 이 아픔. 이 피로운 苦痛을 平生 가슴에 지니고. 어떻게 살아갈수 있으리지. 暗澹한 罪人이 되어. 살아 앞길이 보이지 않습니다. 너무가 조용하여해도 바람의 기다려주지 않고. 子息이 孝하려해도 父母가 기다려 주지 않는다. 고한 옛聖人의 말씀이. 얼제나 惡夢처럼 제마음을 괴롭혀왔지만. 저의 어리석음과 잘못으로 말미암아. 것이밖으로 저의 목숨으로 떨어지게 되었으니. 저는 하늘으로 볼 낯도 없고. 어머님의 깨끗하시고 착하신 仁慈하신 모습이 망듬에떠오를때마다. 感恩과 懺悔에 너무나 가슴이 아퍼지며. 그지없는 눈물이 흘읍니다.

體2主義에 가득찬 이 싸늘한 人間世上에 父母님의 사랑처럼 限界없는 犧牲的인 사랑이 또 어디에 있겠으며 · 世上에 真實한 것 中에 父母님의 恩惠에 比할것이 또어디 있겠읍니까. 그러므로 父母의 恩惠는 日月中에서

가장 먼저 깨끗하는 恩惠요. 父母의 恩惠를 모르는 者로서 天地·同胞·法律의 恩惠를 어떻게 알 수는 決코 없는 것이온줄압니다.

어머님께서는 저를 낳아주셨고 맛볼 수 없는 犧牲으로써 저를 길러주셨고 最高의 敎育을 받게 해주셨으며, 또 제가 저하지 많고 世上에 큰 罪惡을 해 잘못된 사람이 되라고·우한 敎訓과 實踐을 주는 사람이 되라고·우한 敎訓과 實踐의 例로써 출륭한 精神敎育까지도 주시 었습니다. 그뿐 아니라 언제을 때부터 저를 宗師님한 자주 데리고 나가시고·싶으시이 佛法會上에 因緣을 맺어주시었으니 어머님은 저의 肉身의 어머님이실 뿐 아니라 精神의 어머님이시고·佛法淵源의 어머님 이시었습니다. 단지 저를 낳아 길러주신 肉身의 어머님으로서도 그 恩惠가 泰山과 같거든·하물며 저에게 이같은 泰山·生 觀·그리고 佛法因緣까지 맺어주신 우리 어머님의 그신 恩惠를 어찌 泰山으로만 보하겠습니까.

이렇듯 뛰어나신 우리어머님을 생각할 때 설사 제가 子息으로서 後悔없이 孝道를 다했다 하드라도·진금 그 서름이 無限할것 이어든·하물며 어머님의 末年에 펼히 모셔 드리긴는 커녕. 오히려 맞볼수없는 肉身과 精神의 苦惱속에 사시다가 가시게하였으나 진금 저의 망음는 無限한 슬픔을 진다. 저 自身 到底히 容恕할수없는 罪로서. 저 오직 懺悔하기만 합니다. 저는 진금 맛지 어둠속에서 빛을 잃듯이. 이젓도어머님 대한 저의 不孝를 조곰이라도 도리킬수었고 이젓라도 어머님의 恩惠에 조곰이나도 報答 할수있는 길이 있가를 渇求하며·또 엇 이 있어야만 앞으로 求하는 心境입니다.

어머님. 저는 앞으로 어머님의 망음을 가지고 저의 一生을 살겠음니다. 어머님께서 주신 제 肉身으로 어머님의 망음을 살다는 것을. 제 맘음에 맞활수없는 기쁨으로 아시 어머님의 망음을 받로 저것으로 하고 불때.

특별히 어머님께서 저에게 당부하셨던

어려가지 일과. 平素어머님께서 저에게
期待하셨던 모든 일뿐 아니라, 어머님께서
늘 舍中에 事業을 못해 안타까워하시던
일. 또 外祖父님의 靈을 위해 孝道삼으
셔도 能力없어 못하시던 일, 어머님으셔
代가 끊인 朴氏宗孫 뒷일에 대해 관오위
하시던 일. 등. 그前에는 無心히 생각했던
数많은 일들이 生々하게 제 맘속에 느껴지
며 괴로워 지고. 그 한일 한일들으 생각할 때
마다. 착하신 어머님 마음앞에. 가슴이 아퍼
지고 눈물이 흐릅니다. 생각이 미치는 말로
모든 일을 조목 조목 적어두었아오며. 제
가 돌아가면 곧 할수 있는 일을 끝 낯거리하
고. 당장에 할수없는 일은 能力이 生기는대
로 하고. 一生 걸려 할 일은 一生을 通해 꼭
実現하겠읍니다. 앞으로 제가 오직 父母님
의 마음으로 実現하며 산다는 것을. 그댈로 제가
가장 옳게 사는 길이 됨을 알았고. 저의 發展
저의 일이 따로 있는것이 아니라. 저의 마음.
그리고 제가 社会에 나가서 한 모든일의 完成도,
全部가 그속에 包숨된 닷 것을 깨닷게 됩

니다.
그러하와, 어머님께서는 이世上에서 다못
하신 일과, 마음에 걸리시던 모든 일을.
그 마음처 저에게 넘겨주시고. 이제 이生의
肉身을 떠나 새 肉身을 받으시는 이때에,
오직 淸淨一念으로써. 어머님께서 平生
그토록 그리시던 부처의 世界를 찾아. 이生에서지
으신 父母님. 누나. 男의 恩緣을 물론. 그
좋은 많은 福 받으시고. 또 宗師님. 外
祖父님. 外
밖에 数많은 父母님의 아들로서
며. 제가 이生에서
할 일으로 다하고. 報恩의 因緣을 떠나
다시 뵈올 때까지. 어머님의 心法을 이어
을 따라 끊임없이 進級을 거듭하시어,
어머님의 靈位는 어느生에 있어서나 常
獨露요. 道心은 萬世를 通해 無窮할
莊과 같고. 그 行하심은 한일 한일이 大
聖經과 같으시기를. 아직 이生의 아들인
저는. 全心全靈으로 다하여 받들겠나이다.
또는 生存한 그 肉身은 바꾸고 그 는 밖

는것뿐이요. 三界가 다 이 꿈上임을 알때.

정말 羅網을 얻는 것을 알게되오며.

다만 저는 이生에서 후훌하신 어머님의

아들로서. 너무나 道理를 못한 것이 恨

痛할 따름입니다.

비록 이제 어머님께서 새 몸을 받으시고

또 어머님을 만나 뵈올 날은 山門에서

어머님을 맞이 뵙는 것은 아득지라도. 어머

님께 대한 저의 報恩은 萬世를 통해서

도 다할 수 없을 것이며. 저는 언제나

어머님의 福과 善緣과 進級을 祈願하면

서. 이生을 사는 동안 어머님의 뜻을 제

힘껏 實現하고. 저의 참 받들어 다음

저 또한 어머님의 뒤를 따라 가겠읍니다.

사랑하는 어머님. 지금도 어머님의 無量

하신 恩惠의 바다에 살고 있는 저는, 오

직 어머님께서 가장 후훌하신 萬慶을

받으시기를 빌며. 一心無念이 되어 母恩

前에 心告와 祈禱를 드리는 바입니다.

不孝子 碩圭 合掌再拜

圓紀 五五五年 十一月二十日

연인에게 쓰는 편지

보고 싶은 나의 MM에게

Firenze, 65년 12월 2일 밤

이번에는 내 편지가 너무 오래 안 간 결과가 되었습니다. Please excuse me!

지난번 로마에서 편지를 (아마) 두 번 보낸 것 같은데. 이 aerogramme도 로마 있을 때 보낼랴고 Petzold 부인방 주소를 써놓았는데, Firenze에 돌아온 지도 벌써 17일이 되도록 쓰지를 못했읍니다. 이번에 이렇게 오랫동안 붓을 못 든 것은 MM도 짐작했겠지만, 이달(12월)로 이탈리아정부에서 나오던 것이 끝나는데 Paris의 (금년도) 일을 여름에 마련하질 못했고 내년 가을까지 10개월(간) 송금 받을 터무니도 없고, 앞일이 위험스럽게 되어 급히 그 대책을 세워야 했기 때문입니다. 어제 12월분 pay를 받았는데 은행원이 "이 달로 다 끝났군요." 했을 때 돈을 받으면서 참 마음이 불안했습니다. 앞으로 어떻게 될지는 모르지만, 지금 나는 스릴의 순간에 처해있는 것 같습니다. 내달 1월→ 10월의 10개월간의 budget가 지금 이 순간 공백으로 있으니!

지난 번 로마에 가서 (10월14일→ 20일 사이는 Firenze-Rome 사이의 여러 도시를 들리며 구경했고) 10월20일부터 11월15일 까지 근 한 달을 머물었는데. 파리에서 경옥이를 시켜 Sorbonne의 Secrétariat du Doctorat에 알아 봤더니 이미 등록은 되어있으니 지금 Paris에 등

2부 2장 최석규 선생의 사랑 **341**

록하러 올 필요는 따로 없고, 중요한 것은 Martinet 선생과 논문의 내용 등 의논해 가며 논문을 완성하는 것이 문제라는 대답이었습니다. 그래서 이제는 (불란서에 가든 이태리에 있든) 어떻게 살면서 빨리 논문 준비를 하느냐는 것만이 문제입니다. 하루는 그래서 Roma의 외무성을 찾아가 "그동안의 4개월은 결국 여름방학이었고 이제 나는 Firenze대학에서 공부를 시작하기로 했으니 금학년 동안 공부할 수 있도록 초청을 연장해 주어야겠다."고 말을 데밀었습니다. 그랬더니 Mr. Memmo 라는 담당 직원이 매우 친절하게 "알아봐서 피렌쩨로 통지를 보내겠다."는 대답이었습니다. Roma의 용무를 다 마치고 (이번엔 짐 다 가지고 아주 피렌쩨로 이사했음) 11월 15일에 돌아오니까 외무성에서 9일자로 벌써 속달우편이 와있는데, 연구계획서, 교수추천서, 등록증명서의 세 가지 서류를 지급히 내달라는 통지였습니다. 그것을 15일에야 받은 데다가 (대학에 등록을 안 하고 있을 셈이었는데 이 일로 할 수 없이 등록을 했음) 등록을 하는데 제출 서류가 많고 그 서류를 받는 데 시청, 시경엘 가야하고 해서 수속이 매우 복잡했었습니다. 그리고 Devoto 선생의 편지 (추천서) 받고 연구계획서 쓰고 해서 11월 22일에야 겨우 세 가지 서류를 준비해서 외무성에 보냈습니다. 그런데 원래 이 문제의 결정권은 대사에게 있다고 들었는데 외무성에서 그냥 결정하는 건지 서울의 이태리 대사에 가는 건지 잘 모르겠고—대사를 무시하지 않는 의미에서나 (대사가 결정하는 경우) 일이 잘 되게 하기 위해서나 이태리 대사에게 편지를 해야만 되겠는데 그것이 참 문제였습니다. 이태리 대사하고는 떠나오기 전에 Korean Republic에 쓴 글 때문에 감정이 나빠졌었고 이태리로 떠나온 것도 사실은 이미 다 결정되어 외무부로 대사의 공문이 넘어간 후였기 때문에 어쩔 수 없이 그대로 보냈던 것 같은데 게다가 이태리에 도착한 후 아직까지 한 번도 편지를 안 했으니 이제 와서 초청연장을 부탁하기란 매우 미묘한 처지였습니다. 그래서 지난여름부터 빌르먼서도 이내 편지를 못 썼던 것인데 이번에 약 10일 간이나 머리를 써서 겨우 편지를 써 보냈습니다.(11월 24일) Devoto 선생의 추천서와 연구계획서를 동봉해서. 내용은 먼저 그동안 편지 못한 변명하고 "대학이 방학해서 문을 닫을 때 이태리에 도착하여 그동안 매우 lost 되어 4개월을 지냈다는 것―그러나 9월 20일 피렌쩨 와서 Devoto 교수를 만나 이제 피렌쩨에서 공부하기로 결정했으며 Devoto 교수가 참으로 친절하고 다정히 돌봐주어 여러 학회 나가고 여러 학자 만나며 이제는 활발하고 재미있고 바쁘고 즐거운 생활을 하고 있다는 것―이제 내 공부는 시작되었는데 그때 서울서 말한 바와 같이 이태리대학에서 1년간 연구하려던 것이니 금학년 동안 공부할 수 있도록 초청연장을 부탁하기 위해 여기에 Devoto 교수의 추천서와 연구계획서를 보낸다는 것―그리고 로마의 외무성으로부터 연장을 위해 세 가지 서류를 보내라는 공문을 받았고, 그 서류를 다 준비해서 지금 이 편지와 함께 발송한다."는 내용이었습니다. Devoto 선생은 (명년에 은퇴한다는 말이 있음) 70 가까운 노학자인데 이태리에서 굉장히 유명하고 존경받는 원로적 존재이며 외국에도 잘 알려진 분입니다. 나는 외국 나와서 선생 복이 있는 듯. Paris의 Fouché 선생(음성학), Durand 선생(음성학-여자로 수 년 전 작고하신 분) Martinet 선생

(언어학) 모두 세계적으로 중요한 분으로 어디 가서나 내 자랑이 되는 분들인데 이번에도 Devoto 선생을 만난 것은 참 행운입니다. 이런 분을 아무의 소개도 없이 당돌하게 찾아와서 "직접 개인적으로 지도해 달라."고 했는데 그것을 승낙한 것이 참 신기합니다. 더구나 내가 교수한 말도 안하고 그저 "한국서 공부하러 왔다."고만 했는데! 아마 그분이 나를 인정하고 그런 ○○적인 일을 수락한 것은 Fouché 선생과 Martinet 선생의 제자라는 것 한가지였으리라 생각됩니다. 그런데 그 후에 내가 professor라는 것을 이야기했더니 굉장히 반가워하면서 누구에게나 professor로서 소개를 합니다.

일전엔 Devoto 선생과 함께 Accademia Toscana di scienze e lettere(Devoto 선생이 president)에 가서 이태리, 폴란드, 미국의 교수 몇 명을 사귀었고 지난 금요일(26일)엔 Firenze의 언어학 교수들과 Bologna에 가서 (Bologna 언어학회가 Firenze 언어학회를 초청) Bologna대학의 유명한 언어학자 Heilman교수와 그 밖의 교수들을 만나 사귀고 같이 저녁 먹고 왔습니다. Devoto 선생은 그 이름과 권위가 크지만 언어적으로는 구식에 속하는데 Bologna는 Martinet 선생의 방향을 따르는 현대언어학파—그래서 내가 Martinet 선생 제자라는 소개에 모두 굉장이 반가워했습니다.

이번에 이태리 정부 초청연장을 신청한 것이 지금으로서는 나의 모든 희망이고 아직은 어찌될지 몰라 매우 불안하지만(좀 늦게야 보냈지만) 외무성과 이태리 대사에게 서류와 편지를 보냈으니 일이 잘 되기만을 빌 뿐입니다.

만일 이 일이 제대로 잘 되면, 금학년이란 명년 6월까지임으로

6월까지 연장되는 것인데 그래도 7, 8, 9, 10의 4개월은 공백이 되기 때문에 외무성과 이태리 대사에 보낸 연구계획서에 "금학년간 Firenze대학에서 언어학을 연구하고 명년 7, 8, 9월의 3개월간 Perugia의 외국인 대학^{Summer school}에서 이태리 분화를 연구하겠다."고 써냈는데 거기까지 approuve 되어 나올는지 모르겠고 우신 6월까지만이라도 연장되면 다행으로 알아야겠지요.

다행히 이번 일이 잘 되어 금학년 연장이 되면 지금부터 시작해서 Paris의 Martinet 선생, Haguenauer선생, 서울의 불란서 대사와 André(Fabre)에게 편지해서 내학년도 Paris 일을 마련해야겠고 또 미국의 대학에도 편지를 해 볼까 합니다.(주소를 알기 위해 Firenze에도 미공보 같은 게 있는지 찾아봐야겠습니다.) 만일 미국에도 내가 갈 수 있는 case가 마련되고 Paris 일도 잘 되면 그땐 미국 대학에 "Paris의 공부를 아주 마치고 가야겠으니 내년도로 그대로 미뤄달라."고 편지하는 것이 어떨까 합니다.

MM! 하도 쓸 이야기가 많아서 편지의 반도 못쓰고 지면이 다 차버렸습니다. 그동안 오래도록 편지를 못했으니 우선 여기까지의 분은 그대로 붙이고 곧이어(이 편지를 계속하는 것으로)도 한 장을 쓰겠으니 (2~3일 내 발송) 그것을 기다려 주십시오.

그럼 my beloved MM. I kiss you sweetly on your lips and caress you with so much love, your LL.

보고싶은 나의 MM에게. ——   Firenze, '65年 12月 2日 밤

이번에는 내 편지가 너무 오래 안간 形象가 되었습니다. Please excuse me! 지난번 로마에서 편지를 (아마) 두번 보냈던 것 같은데. aerogramme 도 오마 있을 때 보냈으고 Petzold 夫人 住所를 써 놓았는데, Firenze에 돌아오지도 벌써 17日이 되도록 쓰지를 못했습니다. 이번에 이렇게 오랫동안 못들은 건 MM도 짐작 했겠지만, 이달(12月)로 伊政府에서 나올 것이 끝났는데. Paris의 (授與度)일을 여름에 마련하지 못했고. 來年가을까지 10個月間 봉급 받을 터무가 도 없고. 앞일이 愈愈스럽게 되어. 學的 그 對策을 세워야 하기 때문입니다. 어제 12日分 pay를 받았었다. 銀行員이 '이달로 다 끝났으므' 했을 때, 돈을 받으면서 참 마음이 不安했습니다. 앞으로 어떻게 될지는 모르지만, 지금 나는 스릴의 순간에 처해 있다고나 할까요. 나는 1日 → 10日의 10個月(度)의 budget를 지금이순간 손으로 갔으나,

지난번 로마에 가서(10月 14日 → 20日 사이는 Firenze-Roma 사이의 여러 都市를 들리며 朱家했고) 10月 20日부터 11月 15日까지 꼬 한달을 머물었다. 파리에서 京王이를 시켜 Sorbonne의 Secretariat du Doctorat에 알아 놓았더니, 이미 登錄 되어 있으나 지금 Paris에 登錄하러 올 必要는 없다고. 重要한 것은 Martinet 先生과 論文의 打合 등 일들이 가며, 論文을 完成하는 것이다 마찬하는 대답이 있었습니다. 그래서 이제는 (1年間에 가는 伊太利에 있는) 마음껏, 살면서 빨리 論文準備를 하는 것이다 이런 뜻입니다. 하루를 그래 Roma에 있는 동안 나는 우리 大使館 8名에 여름 敎授가 있고. 이게 나는 Firenze 大學에서 工夫를 시 (하기로) 하고싶으나, 獎學生 동안 工夫할수있도록 招請을 해주시 않았나. 그 말을 데릴 없습니다. 그랬더니 Mr. Memmo 라는 弼擧 部長이 매우 親切하더니 '알아봐서 피렌체로 通知를 보내겠다.' 는 대답이었습니다. Roma가 좋은거나 아주 피렌체로 이사 왔습니다 (11月 15日에 돌아오니까). 왜냐하면 9日 우주 반달 (半月)餘間을 가 있었는데. 奬學金計劃書. 敎授 推薦書. 登錄 증명서 를 내가 꼭 提出하 꼭 速히 내달라는 通知가 있었습니다. 그것을 15日 이내에 받으니까 (다행히 獎學金을 안 하고 있을수 있었는데) 이일로 한순간이 登錄을 했습니다. 인젠 여기서 내일이 一週일을 맞았고. 그 宿所를 받는데 市內. 中家에 갔으나 해서, 우선 혼자 大學 雜誌 했습니다.

그리고 Devoto 先生의 편지(추천서) 받고. 市家事의 써 해서 11月 22日에야 겨우 세가지 書類를 모두 準備해서 外請者에 보냈습니다. 그런데 다음 이 애렇게 決定 權을 大使에게 있다고 들었으나. 外請者를 그냥 決定하는 手가 있어 伊太利에 가는건지 모르겠고. 大使를 無視 하지 않는 意味에서나 (大使만이 決定하는 경우) 일이 잘되게 하기 위해서나. 伊太使에게 편지를 해야만 되었는데. 그것이 참 自尊心 상했나 伊太使에게로 왔다 오기 싫어 Korean Republic에 쓴 글 때문에 感情이 나빠졌었고. 伊太使로 떠나온 것도 사실은 이미 다 決定되어 外請書를 大使가 있으믄 걸 이제 싫는 맞게지 못해. 어쩔수없이 그러도 보냈던 것을 다른 伊太利에 와 대붙한 手 사정까지도 쓰는 편지를 안했으니. 인제 내가 招請 公文을 받으면 매우 바로 하면서 있겠습니다. 그래서 지난 여름부터 별로 먼데다 이어 편지를 못 썼던 것인데. 이번에 또 10日間이나 머리를 써서 겨우 편지를 써서 보냈습니다. (11月 24日). Devoto 先生의 추천서 내 來年 計劃書를 (부탁하고). 내용을 먼저 고동에 편지 못한 事情을 明하고. '大學의 敎授가 되어 내가 1年을 더 달을 때 伊太利에 滯留하고. 그동안 매우 lost 여서 4個日를 잘지 냈다는 것. — 그래서 9月 20日 피렌체에 와서 Devoto 敎授를 맞아 인제 피렌체에서 工夫하기로 決定 했으므. Devoto 敎授가 참으로 親切하게고 好意를 돌봐주어. 내 生활을 내가 혼자 꾸려 맞아야. 인제는 좋을때 맞겠고. 재미있고. 어쩌고 — 즐거운 生活을 하고 있겠는데. — 이제 내 工夫는 시작되었으며. 그때 서울에 맞고 바로 맞아 伊太利大學에서 1年間 硏究하려 했던 것이야. 奬學生동안 工夫할수있도록 招請部 長을 부탁하기 위해. 여기에 Devoto 敎授의 推薦書 와 硏究計劃書 를 보낸다는 것. — 그리고 로마에 奬學金을 곧 부터 받도록 위해 써가지 登錄증을 보내서 넣는 公文을 받. 있고. 1ㅎ 數로 더 먹樣해서 지금 이 편지 와 함께 答狀을 冠. 내용과 같은 伊太利 에서 퍽 장히 有名하고 活동하는 元老的 存在이며. 外국에도 잘 알려진 분입니다. 나는 外국人 先生 분이 있는데. Paris의 Fouché 先生 (음성학). Durand 선생 (음성학). — 音声 敎育과 好評해 주시는 분. Martinet 先生 (언어학) 모두 世界的으로 音으로. 어디가서나 내 자랑이 되는 분들인데. 이번에 또 Devoto 先生을 맞나 分들로 — 것을 참 幸福 입니다. 이런분을 아무 紹介도 없이 명동하게 찾아와서 '直接 個人으로' 指導해 달라 고 했는데. 그것을 快하게의 人심이 참습니다. 더구 나 내게 敎授를 많은 안하고 '한국 말을 工夫하지 않고. 그만 했는데' 아까 그분이 나를 硏究하고 그런 僞을의 인물 評論 했는 Fouché 先生과 Martinet先生의 弟子마로것 하가지 였으려라 생각 됩니다. 그런데 그앞에 내가 professor라고 나를 이야기 했더니 굉장히 반가워 하면서. 누구에게나 professor로서 소개 했습니다.

Miss Eul-byoung Yun
c/o Mr. A. Green
Central Park. W.
New York. N.Y.
U. S. A.

MITTENTE Sac-kion Tchou
Presso Signoria Giochi
Piazza Indipendenza, 01,
Firenze. Italia

Kiss my beloved MM. (Tps)
you sweetly on your...
and caress you with so
much love. Yours LL.

윤을병 여사 독창회 가사 번역

1. 구노Charles GOUNOD의 곡

구애Aimons-nous

시: 쥘 바르비에

시냇물은 강에 합치고 강물은 바다에!
미풍은 바람과 날개를 합쳐 대기 속에 살아지고⋯⋯

여자여, 천사여, 이는 최상의 법칙
감미로운 자연의 법칙이오
만물이 이처럼 사랑하는 것과 합치려 하는데
말하여다오, 그대는 나를 사랑하는지?(반복)

하늘이 금빛으로 산의 능선을 물들임을 보라!
물결들이 행복하게 합쳐짐을 보라!
바위둥넝쿨이 사랑스레 엉켜
천진의 계곡을 부관하는 모습을 보라!

✱ 윤을병 여사가 1995년 11월 21일 호암아트홀에서 귀국 독창회를 가질 때 부른 프랑스 가곡의
가사를 최석규 선생이 번역한 것.

태양은 땅을 포옹하고

새는 노래하다 말고 울곤 하는데

이 오묘한 신비가 왜 있는 것인지?

당신 또한 사랑하고 있지 않다면……(반복)

이들 햇볕과

물결과 미풍처럼

내 영혼을 그대의 영혼 속에

사랑의 반향을 찾고 있으니

사랑의 보금자리 속에서

날개를 접고 함께 옴크리고 있는

저 충실한 새들처럼

우리도 길이길이 사랑합니다.(반복)

미뇽^{Mignon}

시: 루이 갈래

그대는 아는가, 끝없이 넓은 들판에
오렌지 열매 황금처럼 반짝이고
축복받은 하늘아래 사랑의 입김이
과수원 내음을 모아 멀리 품겨주는 나라를?

(후렴) 더욱 더 찬란한 태양이 솟는 나라를
그대는 아는가? 말하여보라. 그대는 아는가?
내가 늘 꿈꾸며 그리는 곳
그대와 함께 가고 싶은 나라는
아 사랑하는 그대여! 바로 그곳이라오.

그대는 아는가, 나비들이 찾아드는 미르떼 꽃밭 속의
그 새하얀 아담한 집과
맑은 이슬이 풀 위에 다이아몬드를 뿌려 놓은 것 같은
그 밝은 들판을?

(후렴)

멀리 떨어져 있는 사람 L'absent

시: 샤를르 구노

그의 음성을 들을 수 없는 지금
내게 유일한 달콤한 노래인 밤의 정적이여
그리고 나무 및 그늘
이끼 위를 지나가는 신비로운 달빛이여

말하여다오. 모든 것이 잠든 이 시간에
그는 가만히 두 눈을 떴는지
그리고 내가 잠 못 이루고 있는 지금
그 또한 멀리 있는 나를 생각하고 있는지
달이 하늘 높이서 그 빛으로
산림과 창공을 온통 은으로 물들일 때
또는 저녁 종이 기도 시간을 알리며
울려 퍼질 때

말하여다오, 그의 영혼은 잠시 경건해지며
종의 노래와 함께 하늘 높이 올라가는지
그리고 그 합창의 평화스런 화성이
그에게 멀리 있는 나를 생각하게 하고 있는지…….

봄에 Au printemps

시: 뵈누아

봄이 겨울을 몰아내며
푸른 나무 밑으로 미소 짓고 있다.
새로 돋은 잎사귀 밑에서는
작은 날개 소리가 들려오고…….

(후렴) 오라, 사랑하는 남녀들이 방황해 들어가는
저 울창한 숲길을 우리도 헤치고 들어가자.
봄은 우리를 부르고 있다.
오라, 오라, 우리도 행복해지자

보라, 저 태양의 반짝임을!
흐르는 광채가
네 아름다운 눈 속에 비칠 때
얼마나 그것이 나에겐 더 아름다워 보이는지!

(후렴)

노래하는 네 음성이
자연의 영원한 화음과 합해질 때

나는 그 속에

마치 하늘의 노래를 듣는 것만 같다.

(후렴)

2. 쇼쏭Ernest CHAUSSON의 곡

이태리 소야곡Sérénade italienne

배를 타고 먼 바다로 나가
별하늘 아래 이 밤을 새우자.
보라, 돛의 천을 부풀리기에 알맞은
바람이 불어오고 있다.

우리를 인도하는 늙은 이태리 어부와
그 두 아들은
이쪽에 귀를 기울이고는 있지만
우리의 입이 주고받는 말을 듣지는 못할 것이다.

고요하고 깜깜한 바다 위에서
보라 우리는 혼과 혼의 대화를 나누고 있다.
그리고 우리의 말을 알아듣는 것은
오직 밤과 하늘과 돛뿐……

옛사랑 Amour d'antan

시: 모리스 봉쇼르

그 옛날의 내 사랑을 기억하는지?
우리의 마음은 달콤한 입맞춤에
마치 봄바람 속의 두 장미처럼 피어났었지…….
그때의 모든 일 지금도 기억하는지?

지금도 아름다운 몽상에 잠길 때면
새파란 수평선, 그리고 당신의 발에 입 맞추며,
서서히 잠들어 가던 석양의 바다가 떠오르는지?
더러 잊은 곳도 있을 당신의 아름다운 몽상 속에…….

여러 번 같이 보낸 4월의 희미한 햇볕이 돌아오면
지금도 당신의 꿈의 꽃 향기롭고 싱싱한 생각의 꽃들이
한 아름 피어남을 느끼는지?
아, 그곳 모래사장에서 같이 보낸 아름다운 우리의 4月…….

3. 포레Gabriel FAURÉ의 곡

저녁Soir

시: 알배르 싸맹

이제 밤의 정원이 피어나려고 한다.
모든 선, 색, 소리가 흐려져 가며……
보라, 네 반지 속에 비친 마지막 햇볕도 사라져가고 있다.
누이여, 그 무엇인지 죽어가는 소리가 네게도 들리지 않느냐?

내 이마 위에 샘물처럼 맑은 네 손을 얹어다오.
내 눈 위에 꽃처럼 부드러운 네 손을 놓아다오.
그리고 남모르게 눈물의 성향을 지닌 내 영혼이
네 허리띠에 그려진 충실한 흰 백합화처럼 되게 해다오.

지금 자비의 여신이 우리 위에 손가락을 얹고 있다.
그리고 하늘을 올려보는 너의 부드럽고 슬픈 눈
나의 도취된 마음에는 그것이 마치
이 지상에서 올라오는 모든 인간의 한숨소리를
이야기해주는 것만 같다.

넬Nell

시: 르꽁뜨 드 릴

밝은 태양에 네 주홍의 장미 잔을 내미는
도취의 불꽃. 6월이여!
네 황금의 잔을 나에게도 부어다오.
내 마음 또한 너의 장미와 같으니.

짙은 나뭇잎 어렴풋이 가린 곳에서
황홀의 한숨소리가 올라오고
저만치 떨어진 나무에선 산비둘기들이
오 내 사랑이여, 사랑의 애처로움을 노래하고 있네.

명상적인 밤의 샛별이여
더운 하늘 속에 너의 진주가 얼마나 감미로운지!
그러나 그보다도 헤아릴 수 없이 더 감미로운 것은
네게 매료된 내 마음 속에 반짝이는 저 불빛.

긴 해변에 걸쳐 노래하는 바다가
어느 날 그 영원한 출렁거림을 그치는 한이 있더라도
나의 사랑, 넬이여! 내 마음 속에
꽃피어나는 너의 모습만은 그칠 수가 없을 것이다.

언제나–어느 날의 시 Toujours–Poème d'un jour

시: 샤를르 그랑무쟁

당신은 나에게 입을 다물고
영영 당신 앞에서 사라지라고 말했지만
사랑하는 사람을 깨끗이 잊고
홀로 떠나버리라고 했지만…….

차라리 별들에게
황막한 하늘에서 쏴 떨어지라 하고
밤에게 어둠의 장막을
낮에게 밝음의 옷을 벗어버리라고 하시오.

넓고 넓은 바다에게
끝없는 물결을 말려 없애고
광풍이 기승을 부릴 때
그 어두운 포효를 그치라 하시오

그러나 내 영혼이 쓰라린 아픔을 놓아두고
마치 봄이 만발한 꽃들을 두어두고 떠나가듯
사랑의 불꽃을 벗어날 것이라고는
꿈에도 생각지 말기를…….

4. 뿔랭끄 Francis POULENC의 곡

그런 날에 그런 밤 Tel jour telle nuit

시: 뽈 엘뤼아르

1) 좋은 날 Bonne journée

참 좋은 날이었다.

내가 잊지 못하는 사람

영 잊지 못할 사람을 만났으니…….

그밖에도 일일이 생각 안 나는 많은 여자들

모두 흠뻑 미소를 짓고 있었고

시선은 일제히 나를 둘러싸고 있었다.

참 좋은 날…….

나는 팔자 좋은 나의 친구들도 만났다.

그런데 남자들은 도무지 대접을 못 받고 있었다.

내 앞을 지나가던 한 친구는

갑자기 그림자가 생쥐로 변하더니

개울 속으로 도망쳐 버렸고…….

나는 넓고 넓은 하늘

가진 것 없는 사람들의 아름다운 눈

와 닿는 배 한 척 없는 바닷가를 멀리 멀리 쳐다보았다.

참 좋은 날……
푸른 나무의 검은 그늘 밑에서
처음엔 우울하게 시작되는 듯하더니
갑자기 서광에 쌓인 듯
예고도 없이 내 마음속에 뛰어 들어 온 좋은 하루였다.

2) 빈 조개껍질 Une ruine coquille vide
빈 조개껍질이
그녀의 에이프런 속에서 울고 있다.
그녀를 둘러싸고 노는 아이들은
파리 소리보다도 조용하고……
조개껍질은 풀밭의 젖소들을 찾아
더듬어 간다.
나는 세상에 태어나 아무 부끄럼 없이 이것을 보고 있다.
지금은 자정, 바늘은 심장에 꽂힌 화살만 같고
근처의 들뜬 밤의 불빛은
내 잠을 더욱 못 이루게 한다.

3) 패군의 군기 같이 풀죽은 얼굴 Le front comme un drapeau perdu
고독할 때면 나는
패군의 군기 같이 풀죽은 얼굴로

쌀쌀한 길을, 어두운 방안을 오간다
비참한 심정으로……

내 손에 쥔 작은 거울 속에 비친
네 깨끗하고 까다롭게 생긴 손을
나는 놓을 줄을 모른다.

그 밖의 모든 것은 다 좋아!
즉, 다 소용이 없단 말……
삶보다도!

네 그림자 밑에 땅을 파고
가슴 근처에 흠뻑 물을 부어라.
그 속에 돌맹이처럼
가라앉아버리게……

4) 기와를 올린 유랑민 마차 Une roulotte couverte en tuiles
기와를 올린 유랑민 마차
말은 죽었고 부리는 마차꾼은 어린아이
그런데 늘 젖가슴만 생각하고 있다.
혐오에 찬 얼굴로……
그러자 두 유방이 나타나 그를 때린다.
두 주먹처럼

이 멜로드라마는 우리로부터
감정의 논리마저 앗아가 버리네.

5) 전속력으로 말을 몰아라A toutes brides
밤이 되면 혼이 빠져나와
바이올린 소리에 맞춰 몸부림치는 그대여
전속력으로 말을 몰고 달려와 숲속에 군림하라

폭풍의 채찍은 너를 찾아가겠지만
너는 욕망을 일으켜 주어야 되는 여자는 아니니
이곳에 나와 키스를 마시고
너를 못살게 구는 불에 너 자신을 맡겨라

6) 가엾은 풀잎Une herbe pauvre
가엾은
들 풀잎 하나가
눈 속에서 나왔다.
아, 그 생명력

나의 입은 그것이 가진
맑은 공기 맛에 도취하였다.
비록 이미 시들었지만…….

가엾은

들 풀잎 하나

눈 속에서 나오다.

7) 너를 사랑하고 싶은 마음뿐Je n'ai envie que de t'aimer

나는 오직 너를 사랑하고 싶은 마음뿐.

소나기가 계곡을 채우듯

고기가 개울에 살 듯……

너의 크기는 바로 내 고독의 깊이

너는 내가 숨어버릴 수 있는 온 세계

그리고 우리가 서로를 이해할 수 있는 밤과 낮

그리하여 나는 네 눈 속에

오직 내가 생각하는 너

네 이미지 일색의 세계

네가 눈을 붙이고 뜸에 따라 이루어지는

밤과 낮만을 볼 수 있을 것……

8) 격정과 야성이 넘치는 얼굴Figure de force brûlante et farouche

격정과 야성이 넘치는 얼굴

그리고 검은 머리……. 그 위를 황금이

남쪽을 향해, 타락된 밤의 나라를 향해, 흐르고 있다.

쏟아 부은 황금, 퇴폐의 무희

– 한 번도 같이 자보지 못한 침대 위에……

관지의 혈관에도

유방의 끝에도

삶은 허락되지 않는다.

그러나 아무도 그를 눈멀게 할 수는 없고

그 눈빛이나 눈물을 마실 수도 없다.

오직 그의 눈 위에 흐르는 피만이 그를 위해

승리를 구가해 주고 있을 뿐……

도저히 다룰 수 없는 너무나 엄청난

그러면서도 아무 소용도 없는

이 건강(쌍떼*)은 그래서 하나의

형무소를 이루고 있는 것이다.

(* '쌍떼'는 또한 파리 형무소의 이름)

9) 우리는 같이 밤을 새웠다 Nons avons fait la nuit

우리는 같이 밤을 새웠다. 나는 네 손을 잡고

너를 지켜본다.

나는 온 힘을 다하여 너를 떠받혀 주고

네 힘의 별을 바위에 새겨 넣는다.

깊이 파인 그 고랑으로부터 네 몸의 아름다움이

다시 싹터 나오도록

나는 너의 진심 이야기와
남 앞에서 하는 이야기를 되새겨본다.
지금 생각해도 웃음이 나는 것은
네가 거지같이 생각하는 그 교만한 여자
네가 존경하는 그 미친 사람들, 그리고
너를 둘러싸고 있는 그 소박한 사람들…….

나는 어느덧 머릿속이 너와 같아지고,
밤과 같아지면서
알아볼 수 없는 딴 여자가 된 너에, 새삼 놀란다.
그러나 그것은 언제나 너와 닮았고,
또 내가 좋아하는 모든 것과 닮은
그때마다 새로운 '딴 여자'일 뿐…….

소프라노
윤을병 귀국 독창회

피아노/박정윤

1995년 11월21일 (화) 오후7시 30분

中央日報社
호암아트홀

주최 / 프랑스 문화원
후원 / 숙명여자대학교 음악대학
주관 / 세종예술기획

윤을병 여사 독창회 프로그램북

최석규 연보

1926년 3월 29일	서울에서 전주최씨 최형열과 박경배 사이에서 장남으로 태어나다.
1945년 10월	연희전문학교에 입학하여 1946년 5월까지 1년 수료하다.
1946년 6월	연희대학교 문과대학 철학과에 입학하다.
1950년 5월	동 대학교를 졸업, 문학사 학위를 취득하다.
1950년 6월	동 대학교 철학과 대학원에 입학. 1954년 3월까지 적을 두다.
1952년 9월	동 대학교 문과대학 전임강사로 임명되다.
1954년 10월	동 대학교 문과대학 영문과 조교수로 승진하다.
1956년 10월~1959년 2월	프랑스 정부 장학생으로 선발되어 파리대학교 언어학과 음성학 연구소 Institut phonétique에서 일반 음성학 연구하다.

1958년 1월	한국인으로서는 최초로 파리 언어학회Société linguistique de Paris 회원이 되다.
1958년 11월 4일	일반실험음성학 수료증diplôme de phonétique générale et expérimentale을 획득하다.
1959년 3월	귀국하여 연세대학교 문과대학에 복직하다.
1959년 3월~1961년 5월	서울대학교 문리과대학 언어학과에 출강하여 소쉬르의 『일반언어학통론』에 대해 강의하다.
1961년	이화여자대학교 문과대학 불어불문과에 출강하다. (1회 입학생)
1965년 3월	연세대학교 문과대학 영문과 교수로 승진하다.
1965년 6월~1966년 9월	이탈리아 정부 장학생으로 선발되어 피렌체대학교 문과대학에서 일 년간 이탈리아 방언을 연구하다.
1966년 9월	파리대학교 언어학과 박사과정에 등록하다. 불란서 언어학의 권위자인 앙드레 마르띠네André Martinet를 지도 교수로 정하다.
1966년 10월	국립학술연구소Centre National de Recherches Scientifiques의 연구원으로 임명되다.
1970년 5월	윤을병 여사(전 연세대학교 음악대학 교

수)와 결혼하다.

1974년 2월	연세대학교 문과대학 영문과 교수직을 사임하다.
1976년 4월 10일	논문 "일상 일본어의 변별단위와 기표의 구조Les structures des unités distinctives et des signifiants du japonais commun"의 심사 통과로 한국인으로는 처음으로 언어학 국가박사doctorat d'état학위를 취득하다.
1977년 10월	고등학술원École Pratique des Hautes Études, IVe section의 부교수로 임명되어 1986년 6월까지 강의하다.
1981년 6월~9월	정신문화연구원에 초빙교수로 위촉되다.
1987년 3월~1988년 2월	연세대학교 대학원 초빙교수로 위촉되다.
1992년 3월	프랑스 국립학술연구소 연구관직에서 정년퇴직하다.
1996년 8월~2001년 2월	이화외국어고등학교에서 초빙강사로 불어를 가르치다.
2008년 10월 22일	오후 한 시에 파리에서 별세하시다. 화장 후 파리의 Père Lachaise 묘역에 모시다.

| 편집 위원 소개 |

정현기

문학평론가

전 연세대학교 국어국문학과 교수

전 세종대학교 초빙교수

김영혜

파리 4대학-소르본느 불문학 박사

현 연세대학교 불어불문학과 강사

최석규

1926년 서울 출생으로 연희대학교 문과대학 철학과 졸업 후, 동 대학교 영문과 교수로 있다가 퇴직했다. 프랑스와 이탈리아 정부 장학생으로 선발되어 그곳에서 연구 활동을 했으며, 프랑스 국립학술연구소(CNRS) 연구원으로 임명되었다. 앙드레 마르띠네 지도하에 한국인 최초로 파리대학교 언어학 국가박사학위를 취득하고 파리 고등학술원에 부교수로 임명되어 음성학 강의를 하였다. 한국에서는 많은 학교와 기관에서 강의를 하며 지금껏 축적해 온 학문 지식을 좀 더 많은 사람들에게 쉽게 전달하고자 하였다. 그는 평생을 학문 탐구에 몰두하다가 2008년 파리에서 별세하였다.

최석규 문집
기억의 빛, 양심의 길을 찾아

1판 1쇄 펴낸날 2013년 10월 22일

지은이 · 최석규
엮은이 · 최석규 선생 문집 간행위원회

펴낸이 · 서채윤
펴낸곳 · 채륜
책만듦이 · 김미정
책꾸밈이 · Design窓

등록 · 2007년 6월 25일(제25100-2007-000025호)
주소 · 서울 광진구 군자동 229
대표전화 · 02-6080-8778
팩스 · 02-6080-0707
E-mail · book@chaeryun.com
Homepage · www.chaeryun.com

책값은 뒤표지에 있습니다.
ISBN 978-89-93799-79-8 93800

이 도서의 국립중앙도서관 출판시도서목록(CIP)은 e-CIP홈페이지(http://www.nl.go.kr/ecip)와 국가자료공동목록시스템 (http://www.nl.go.kr/kolisnet)에서 이용하실 수 있습니다. (CIP제어번호: CIP2013018885)